JULIE BIRKLAND

Hoch wie der Himmel

ROMAN

Besuchen Sie uns im Internet:
www.knaur.de

Aus Verantwortung für die Umwelt hat sich die Verlagsgruppe
Droemer Knaur zu einer nachhaltigen Buchproduktion verpflichtet.
Der bewusste Umgang mit unseren Ressourcen, der Schutz unseres Klimas
und der Natur gehören zu unseren obersten Unternehmenszielen.
Gemeinsam mit unseren Partnern und Lieferanten setzen wir uns für eine
klimaneutrale Buchproduktion ein, die den Erwerb von Klimazertifikaten zur
Kompensation des CO_2-Ausstoßes einschließt.
Weitere Informationen finden Sie unter: www.klimaneutralerverlag.de

Originalausgabe September 2020
Knaur Taschenbuch
© 2020 Knaur Verlag
Ein Imprint der Verlagsgruppe
Droemer Knaur GmbH & Co. KG, München
Alle Rechte vorbehalten. Das Werk darf – auch teilweise –
nur mit Genehmigung des Verlags wiedergegeben werden.
Redaktion: Catherine Beck
Covergestaltung: ZERO Werbeagentur, München
Coverabbildung: Collage mit Motiven von Westend61/
Getty Images und shutterstock.com
Satz: Daniela Schulz, Rheda-Wiedenbrück
Druck und Bindung: CPI books GmbH, Leck
ISBN 978-3-426-52601-9

Eins

Wahrscheinlich gehörte es nicht zu Anniks brillantesten Ideen, sich heute Abend in der fast leeren Wohnung der letzten Weißweinflasche zu widmen. Sie war ohnehin sentimental genug.

Womöglich gehörte es auch nicht zu ihren besten Einfällen, das allein zu tun. Andererseits kümmerte sie sich um alles andere auch allein. Warum dann nicht um diesen – was war es noch? –, ach ja, Riesling.

Und was hätte sie auch sonst mit sich anfangen sollen an diesem letzten Abend? Flo war schließlich nicht hier, um mit ihr auf den nackten Dielen zu sitzen, mit angezogenen Beinen an die kühle Wand gelehnt, nachdem das Sofa am Nachmittag an ein süßes Studentenpärchen verkauft und direkt hinausgetragen worden war. Ebenso wie der Wohnzimmerschrank von Flos Oma, den sie vom ersten Tag an gehasst hatte, Anniks IKEA-Schreibtisch und Theos Spielzeugkommode. Als sie einmal angefangen hatte, war es erstaunlich leicht gewesen, Möbel, Kleidung und sogar Spielzeug wegzugeben. Einzig Flos Sachen standen jetzt samt und sonders bei seinen Eltern auf dem Dachboden. Für irgendwann.

Das Haus in Lillehamn würde möbliert sein, zumindest hatte ihre zukünftige Chefin Alva ihr das zugesichert. Alles Wichtige – Theos liebste Spielsachen, Anniks Bücher, die Kuhtasse, die Flo ihr in Amsterdam gekauft hatte – war sicher verpackt und per Spedition auf dem Weg nach Norwegen.

Annik ließ den Wein in dem alten Senfglas kreisen und betrachtete ihr Hochzeitsfoto, das sie als Bildschirmhintergrund auf dem

Smartphone hatte. Auch das war wahrscheinlich nicht besonders schlau. »Wir haben uns das anders vorgestellt, oder?«

Es tat ihr nicht den Gefallen zu antworten, heute nicht. Heute musste sie ihr Leben allein bewältigen.

Die Dielen knarzten, als sie ungelenk aufstand. Sie musste das Weinglas wieder auffüllen. Ach was, Glas. Die Flasche in der Hand, ging sie auf Socken durch die Räume und verabschiedete sich. Mit den Fingerspitzen strich sie an der Wand entlang, wo das Poster von dem *Bright-Green-Purple*-Konzert gehangen hatte, bei dem sie sich das erste Mal geküsst hatten, über die Küchenanrichte, wo Flo regelmäßig die Spaghetti zu weich gekocht hatte, über den Türrahmen zum Bad. Hier hatten sie Theo gezeugt und es nicht mal mehr ins Schlafzimmer geschafft. Als Annik auf dem schmalen Badewannenrand saß, fingen ihre Augenwinkel an zu brennen. Dabei hatte sie gedacht, sie hätte allmählich mal zu Ende geheult. Blöder Riesling.

Blöde Tränen. Wie sollte sie das alles allein schaffen? Nicht nur diesen Umzug, nicht nur den neuen Job im neuen Land. Sondern das ganze verdammte, jahrelange Leben ohne Flo?

Sie hatte keine Ahnung, wie lange sie dort saß, auf die Fliesen starrte oder durch die Fotos auf dem Handy scrollte. Sie sollte zu Bett gehen … Vermutlich waren gute alleinerziehende Mütter morgens nicht übernächtigt und verkatert. Den – zugegeben kläglichen – Rest aus der Weinflasche kippte sie in den Ausguss, putzte sich die Zähne und wanderte dann noch ein wenig ziellos durch die verlassenen Räume, bevor sie sich zu Theo ins Bett legte.

Er schlief entspannt auf dem Rücken, die Hände neben dem Gesicht. Die blonden Haare klebten ihm verschwitzt an der Stirn, und sie strich sie zart zur Seite. Zum hundertsten, nein, zum tausendsten Mal dachte sie darüber nach, ob es richtig war, ihn aus seiner gewohnten Umgebung zu reißen und in eine ganz neue Welt zu verpflanzen. Wie viel Endgültigkeit kann ein Fünfjähriger verkraften?

Sie drückte ihm einen Kuss auf den Kopf und saugte seinen Kinderduft nach Sand, frischer Luft und Schokolade ein, bevor sie sich auf die Seite rollte. Flos Foto stand noch auf dem Nachttisch, das würde sie morgen als Letztes ins Handgepäck tun. Heute Nacht passte er noch auf sie auf.

Am nächsten Morgen weckte sie Theo früh. Sie wollte den Abschied nicht unnötig gefühlsduselig gestalten, also gingen sie nur kurz gemeinsam kontrollieren, ob sie auch wirklich nichts Wichtiges zurückgelassen hatten, dann zog Annik die Wohnungstür ein letztes Mal hinter sich zu und vermied den Blick auf das leere Klingelschild, an dem bis gestern noch *Annik Lerch / Florian Schäfer* gestanden hatte. »Tschüss, Wohnung«, sagte sie. »Hab viel Spaß mit den neuen Mietern.«

Sie wiederholten das Ritual mit ihrer Straße, dem Bäcker an der Ecke, Theos Kindergarten. So früh war zum Glück noch niemand unterwegs, dem sie hätten begegnen können. Es waren nur sie beide und die noch schlafende Stadt. Nur eine junge Frau und ein kleiner Junge mit zu viel Gepäck, deren Rollkoffer auf dem Gehweg der stillen Straßen unnatürlich laut klapperten.

Auf Wiedersehen, Hamburg.

Theo war nicht halb so sentimental wie sie, sondern hatte gestern den halben Tag Züge und Schiffe gemalt. Sie merkte ihm die Nervosität nur an, weil er den hässlichen gelben Plastikball, den Flo ihm im Urlaub in Dänemark gekauft hatte, an sich gedrückt hielt wie einen Teddy.

Auf der Zugfahrt nach Fredericia las sie *Das Hummelhörnchen* vor, das sie inzwischen fast auswendig aufsagen konnte. Sie mussten viermal umsteigen, es würde jedenfalls nicht langweilig werden. Annik wuchtete ihren Koffer, den großen Rucksack, Theos Koffer, den Kinderrucksack und ihre Tasche in Fredericia aus dem alten in den neuen Zug, las *Das Hummelhörnchen* vor, spielte mit

Theo Dinoquartett; wuchtete ihren Koffer, den Rucksack, Theos Koffer, den Kinderrucksack und ihre Tasche in Aarhus aus dem alten in den neuen Zug, las *Petterson und Findus* vor, gab Theo sein Malbuch; wuchtete ihren Koffer, den Rucksack, Theos Koffer, den Kinderrucksack und ihre Tasche in Aalborg aus dem alten in den neuen Zug, stellte Theo eine Folge *Paw Patrol* an und lehnte den Kopf gegen die Sitzpolster.

Sie konnte nicht mehr.

Noch keinen halben Tag unterwegs, und sie konnte jetzt schon nicht mehr. Wann weiß man, ob eine Entscheidung die richtige ist? Auf einmal wollte sie aussteigen, zurückfahren, nach Hause, in ihr altes, unvollständiges Leben. Nur hatte sie kein Zuhause mehr, sie hatte nur noch Theo. Und das hier war nicht für ein paar Tage oder Wochen, es war für immer – und viel zu groß für sie.

Sie drehte sich in dem engen Sitz zur Seite, starrte zum Fenster hinaus, wo die ewig gleiche, platte Landschaft hinter Regenschauern vorbeiraste, und drückte den Kopf in die Lehne. Es nützte nichts. Das Brennen hinter ihren Augenlidern blieb.

Theo kuschelte sich an sie, und sie legte den Arm um seinen kleinen, warmen Körper. *Wir schaffen das schon, wir beide.*

In Hjoerring klarte der Himmel auf. Ein paar schüchterne Sonnenstrahlen streichelten Anniks Gesicht, als sie sich auf dem Bahnsteig nach ihrer Schwester umsah. Mara hatte während eines Freisemesters Urlaub in Dänemark gemacht und würde sie hier treffen, um für ein paar Wochen mit nach Norwegen zu fahren.

»Siehst du Tante Mara irgendwo?«

Theo hüpfte auf und ab und schüttelte dann den Kopf. Seine fahrigen Bewegungen verrieten, dass er nervös, hungrig, müde oder alles zusammen war.

Die Müsliriegel und Apfelschnitze aus ihrem Rucksack waren schon in Aarhus aufgebraucht gewesen. Aber sich samt dem

Gepäckberg auf die Suche nach etwas Essbarem zu begeben, war ausgeschlossen.

Der Bahnsteig leerte sich, irgendwann standen sie beinahe allein dort. Mara war nach wie vor nirgends zu sehen. Annik zwang sich zur Ruhe. Manchmal kamen Züge später oder Autos standen im Stau. Leute konnten sich durchaus ab und zu verspäten, ohne dass ihnen etwas passiert war. Das geschah ständig. Aber was, wenn Mara …

Ruhig jetzt, Hirn. Inzwischen hatte sich die Sonne beinahe vollkommen durch die Wolken gearbeitet. Annik kramte ihr Telefon aus der Tasche und wählte die Nummer ihrer Schwester.

Der Anruf ging ins Leere. Wahrscheinlich hatte Mara gerade kein Netz. Mitunter kamen Menschen einfach zu spät.

»Annik! Theo!« Endlich! Mara eilte auf sie zu.

Theo zerrte an Anniks Arm und sah sie fragend an.

»Klar, lauf los.«

Den Ball an sich gepresst, flog er Mara entgegen. Sie hockte sich auf den Boden und breitete die Arme aus. »Lieblingsneffe!«

Er stürzte sich hinein, und Mara drückte ihn an sich.

Hand in Hand kamen die beiden zurück. Annik ließ ihr ganzes Zeug einfach stehen und lief nur mit auf die Hüfte schlagender Tasche los, um ihre Schwester zu begrüßen. »Ich bin so froh, dass du da bist.« So, so, so froh. Bis eben hatte sie durchgehalten, jetzt traute sie ihrer Stimme nicht mehr über den Weg.

»Kein Problem.«

Anniks Lachen klang zittrig. »Kein Problem, dass du dein Leben mal eben vier Wochen auf Eis legst, um für mich in Norwegen den Babysitter zu spielen. Im Ernst, ich weiß das zu schätzen, Mara. Ich schulde dir Dank, bis ich mindestens achtzig bin.«

»So ist es recht, Schwesterherz, so ist es recht«, sagte Mara mit einem Grinsen.

Annik schniefte. »Ich liebe dich auch.«

Aber Mara hatte sich schon Theo zugewandt, nahm wieder seine Hand und ließ zu, dass er ihren Arm fröhlich durch die Gegend schlenkerte.

Mit Mara zusammen erschien ihr der Rest wie ein Kinderspiel. Sie fuhren nach Hirtshals und checkten auf der Fähre ein.

Theo war begeistert von dem riesigen Schiff, und auch in Annik wuchs wieder die Zuversicht. Nachdem sie ihre Kabine bezogen hatten, suchten sie sich einen Platz auf dem Oberdeck. Denn, es war kaum zu glauben, die Sonne schien tatsächlich. Dänemark lag schnell weit hinter ihnen, die Fähre pflügte durch die Wellen Richtung Skagerak, begleitet vom leiser werdenden Gekreisch der Möwen, die sich schließlich wieder dem Festland zuwandten.

Abends gingen sie zum feudalen Büfett. Allmählich sollte auch Annik etwas Nahrhafteres als Müsliriegel zu sich nehmen, aber der Seegang und ihr Magen schienen keine besonders guten Freunde zu sein. Mara und Theo dagegen futterten sich durch sämtliche Nachspeisen. Anniks Magen rumpelte schon beim Zusehen protestierend.

Sie schaffte es, nicht vollends seekrank zu werden, dafür wachte Theo jammernd auf, kaum dass sie eingeschlafen war. Schön, dass sie allein in der Kabine waren. Und schön, dass das Bad gerade groß genug war, um einem Kind beim Übergeben zu assistieren.

Als im Morgengrauen der Wecker klingelte, hätte sie ihn am liebsten durchs Bullauge ins Wasser plumpsen lassen. Leider hatten sie eine Innenkabine.

Übernächtigt verließen sie schließlich in Stavanger die Fähre. Mit Mara zusammen schaffte Annik es, ihr Gepäck und ihr Kind von Bord zu bringen und den richtigen Bus zu finden. Inzwischen war sie beinahe besinnungslos vor Müdigkeit, und sobald sie im Bus saßen, legte sie den Kopf gegen die Scheibe und döste. Stavanger war bestimmt eine schöne Stadt, doch die Gebäude rauschten nur wie in einem Nebel an ihr vorbei, bis sie schließlich am Hafen im Stadtzentrum aussteigen mussten. Jede Faser ihres Seins wollte einfach sitzen bleiben und sich ewig durch die Gegend fahren lassen. Nie wieder aufstehen müssen. Kein Gepäck durch die Gegend hieven. Nur schlafen ... Ächzend erhob sie sich und reichte ihrem Sohn die Hand. Nur noch eine Fähre und ein Bus, und sie hatten es geschafft.

Inzwischen tupfte die hoch am Himmel stehende Sonne Tausende glitzernder Pünktchen auf die Wellen, und Anniks Lebensgeister wagten sich vorsichtig wieder hervor. »Wie geht es dir?«, fragte sie ihre Schwester. »Wie war der Urlaub mit ...« Verflixt, ihr fiel der Name von Maras aktuellem Schwarm nicht ein. In letzter Zeit war sie so damit beschäftigt gewesen zu überleben, dass ihr solche Sachen einfach durchrutschten.

»Dennis«, antwortete Mara. »Vergiss es. Er ist ein Arsch.«

Besonders traurig klang sie dabei nicht, deswegen verkniff Annik sich eine mitfühlende Bemerkung. »Aber es gibt andere schöne Männer auf der Welt. Guck mal, der da zum Beispiel.«

Unauffällig schielte Annik unter den Haaren hindurch und war fast ein bisschen enttäuscht. Der Kerl wäre für sie absolut uninteressant gewesen. Viel zu glatt mit diesem Zahnpastalächeln und der Föhnfrisur, die auf magische Weise dem Seewind standhielt. »Was war denn mit Dennis? Ich weiß nur noch, dass du geschwärmt hast, das würde der Urlaub deines Lebens werden.«

Unwillig winkte Mara ab. »Er hat in Kopenhagen eine Barbie kennengelernt, und das war's dann.«

»Tut mir leid«, sagte Annik jetzt doch.

»Nicht so schlimm. Der Sack ist es nicht wert, dass ich ihm auch nur eine Träne hinterherweine.«

»Wenn du das sagst ...« Annik hielt sich nicht für die große Expertin, was Männer betraf, wirklich nicht. Vor Flo hatte sie nur zwei kurze Beziehungen gehabt. Aber Mara tat ein wenig zu cool.

»Oh, oh, er kommt hierher.«

Tatsächlich tauchte der Typ in Anniks Blickfeld auf. Mara strahlte ihm entgegen, als ginge es darum, den Hauptgewinn bei einer Tombola entgegenzunehmen, der aus mindestens einem glänzend schwarzen Sportwagen bestand. Doch der Typ würdigte sie keines Blickes, sondern schwebte geradewegs an ihr vorbei in die Arme einer Frau, die neben ihnen in der Sonne stand.

»Dann halt nicht«, sagte Mara achselzuckend, und Annik musste lachen. Doch ihre Aufmerksamkeit wurde von Theo abgelenkt, der sie aufgeregt am Ärmel zupfte. »Was ist?« Sie hockte sich neben ihn, sodass sie mit ihm aufs Meer hinaussehen konnten. Nicht zum ersten Mal bedauerte sie, Flos Fernglas seinem Bruder geschenkt zu haben. »Was meinst du?«

Er drehte sich mit einem Blick zu ihr, der deutlicher als Worte sagte: *Siehst du es denn nicht?*

»Die Felseninseln? Die sehen toll aus, als würden da Piraten wohnen.«

Theo verdrehte die Augen.

»Hinter den Felsen irgendwo liegt Lillehamn, wo wir jetzt hinfahren.« Gut, das war auch nicht das, was er gemeint hatte. Es gab Gründe dafür, dass sie nicht Pädagogin geworden war. Die Felsen oder irgendein fremdes Kaff, zu dem er noch keinerlei Beziehung hatte, würden wohl kaum das sein, was er meinte.

Sie kniff die Augen zusammen, um gegen das Blitzen der Sonne auf den Wellenkämmen erkennen zu können, was ihm so wichtig war. Da waren Felsen, Wasser, Wellen, Himmel, Felsen, Wasser – und sonst nichts.

Theos kleine, warme Hände legten sich um ihr Gesicht und drehten es ein Stück, dann deutete er wieder hinaus.

Und endlich sah sie es. Dort draußen auf einem der flachen, vorgelagerten Felsen sonnte sich eine ganze Seehundfamilie! Mit ihren geschwungenen hellbraunen und grauen Rücken wirkten sie selbst beinahe wie Felsen. »Da sind Seehunde!« Anniks Begeisterung darüber, dass sie entdeckt hatte, was er meinte, war mindestens ebenso groß wie seine über die weit entfernten Meeressäuger.

»Wow, das sind ziemlich viele! Eins, zwei ... da versteckt sich noch einer ... fünf ...«

Theo hielt beide Hände mit gespreizten Fingern hoch.

»Zehn? Meinst du?«

»Ich zähle nur neun.« Mara sah ebenfalls mit zusammengekniffenen Augen hinüber.

Neben ihr drängelten sich nun mehrere Passagiere an der Reling, um ebenfalls Theos Fund zu begutachten: ein paar dunkle Flecken auf einem Felsen. Ein freundlich wirkendes, älteres Paar in Fjäll-Räven-Outfit war besser ausgerüstet als sie, der Mann blickte durch einen Feldstecher.

Annik entdeckte das zehnte Tier auch ohne. »Da ist noch ein kleinerer, man kann ihn fast nicht sehen.«

Theo grinste sie beglückt an. Sie wollte es festhalten, dieses Grinsen, aber sie wusste, dass sie mit der Kamera zu spät dran sein würde.

Also lächelte sie nur zurück und drückte ihn fest an sich. »Wow, zehn Seehunde, und du hast sie entdeckt. Nicht schlecht, Adlerauge.«

»Genau genommen sind es Kegelrobben, keine Seehunde. Wenn sie ihren Vettern auch recht ähnlich sehen«, sagte der Mann hinter seinem Feldstecher. Vielleicht war er Biolehrer.

»Siehst du, Theo, schon wieder was gelernt. Das sind also Kegelrobben.«

Der Mann hob das Band des Fernglases über den Kopf und hielt Theo das Glas hin. »Willst du mal durchschauen?« Auf der Stelle gewann er Anniks Herz für alle Biolehrer der Welt.

Theo nickte eifrig, und Mara schob sich an ihm vorbei auf Anniks andere Seite, damit der Herr Theo das Band um den Hals legen konnte.

Als er sich zu Theo hinunterbeugte, blieb Anniks Blick an einem Typen hängen, der das Geschehen beobachtet hatte. Irgendetwas an ihm irritierte sie. Sie war sich sicher, ihn schon einmal gesehen zu haben.

Schmales, kantiges Gesicht, dunkle Haare, die sich im Nacken leicht lockten. Helle, grünlich blaue Augen zwischen dunklen Wimpern. Hübsch.

Als er bemerkte, wie sie ihn anstarrte, lächelte er verhalten. Es war ein Lächeln, das man jemandem schenkt, der zufällig an der Kasse hinter einem steht. Während sie noch herauszufinden versuchte, was ihr an ihm so vertraut schien, wandte er sich ab.

Annik fotografierte Theo, wie er die Robben beobachtete. Kurz darauf nahm er das Fernglas ab und gab es dem alten Herrn zurück.

»Danke schön«, sagte Annik automatisch an seiner Stelle.

»Gern. Ist ein süßer Bub, Ihr Kleiner.«

»Gib mal her.« Mara streckte die Hand nach ihrem Smartphone aus. »Ich mache ein Foto von euch beiden. Annik und Theo auf dem Weg ins Abenteuer.«

Gehorsam hockte Annik sich wieder neben Theo auf das Deck. Gnädig ließ er zu, dass sie ihn an sich zog, dann sagte sie für die Kamera »Spaghettiiiii«, und Theo grinste sein Fotogrinsen.

Wenn es gut geworden war, würde sie das Bild in ihrem neuen Zuhause in Norwegen vergrößern lassen und an die Wand hängen. Theo und sie, zusammen – stark genug, allen Wirbelstürmen zu trotzen, die das Leben ihnen noch entgegenwehen könnte.

Eine Viertelstunde später saßen die meisten Passagiere in ihren Autos. Nur ein kleines Grüppchen von vielleicht fünfzehn Leuten wartete mit ihnen am Rand des Autodecks darauf, dass die Fähre anlegte. Keiner der Wanderer und Radfahrer war derart irrsinnig beladen wie sie. Aber vermutlich zog auch niemand von ihnen mal eben nach Norwegen um, noch dazu mit einem Fünfjährigen, der sich standhaft weigerte, in ein Auto zu steigen, aber den gesamten Inhalt seines Zimmers mitnehmen wollte.

Hinter drei Frauen mit bepackten Fahrrädern entdeckte Annik den Mann vom Oberdeck, der ihr so bekannt vorgekommen war. Zu seinen Füßen lag ein Seesack aus Lkw-Plane.

Mara hatte ihn auch bemerkt. Sie stieß Annik mit der Schulter an und flüsterte: »Hast du das Sahneschnittchen da gesehen?«

Theo hing wie ein Sandsack mit beiden Händen an ihrem Unterarm, und es gab kaum etwas, das Annik jetzt weniger interessierte als irgendein Typ. Während sie sich zu Mara umwandte, verdrehte sie demonstrativ die Augen. »Das geht aber jetzt nicht die nächsten vier Wochen so weiter, oder?«

Mara grinste. »Nur, wenn sich in deinem Nest nichts ergibt.«

»Und ich dachte, du wärst zum Kindersitten mitgekommen.«

Dankenswerterweise wurde Mara wieder ernst. »Bin ich auch, keine Sorge. Das ist nur Spaß. Ich brauche nach der Pleite mit Dennis nicht so schnell einen neuen Kerl. Aber schnuckelig ist der da schon.«

Annik tat Mara den Gefallen und betrachtete den Mann genauer. An wen erinnerte er sie? Doch so tief sie auch in ihren inneren Schubladen grub, sie fand keinen Anhaltspunkt. Er war ungefähr in ihrem Alter, Ende zwanzig oder vielleicht Anfang dreißig, und definitiv sah er auf eine Art gut aus. Von Friseurbesuchen schien er nicht viel zu halten. Die vollen, dunklen Haare waren einen Hauch zu lang, und auch der Bart war mindestens zwei Tage alt. Allerdings wirkte es nicht ungepflegt, eher im Gegenteil. Es gab ihm etwas Abenteuerlustiges. Unter dem offenen Reißverschluss des grob gestrickten, blauen Pullovers blitzte ein waschmittelwerbungsweißes T-Shirt hervor. Die langen Beine steckten in locker auf der Hüfte sitzenden Jeans, dazu trug er zerschrammte Wanderschuhe. Und diese hellen Augen mit den dunklen Wimpern waren wirklich, wirklich … »Okay«, gab sie zu. »Der ist hübsch.«

»Sag ich ja.«

Theo schien inzwischen kurz vor dem Zusammenbruch zu stehen – sie konnte es ihm nicht verdenken. Fordernd streckte er ihr die Arme entgegen.

»Ich nehme dich gleich auf den Arm, ja? Sobald wir von dem Schiff runter sind. Bis dahin brauche ich deine Kraft noch, du musst doch deinen Koffer ziehen.«

Er schüttelte den Kopf, Tränen in den Augen, und streckte wieder die Arme aus.

Scheiße. Er hatte so lange durchgehalten, und auf den letzten Metern machte er schlapp.

Jetzt fing er an, unwillig und heulig vor ihr auf und ab zu hopsen, gerade als die Fähre anlegte.

»Hör auf, Theo. Eine Minute, dann nehme ich dich hoch.«

Das Hopsen wurde verzweifelter, und schließlich gab sie auf. Zur Not musste sie eben Theo vom Schiff tragen und dann den Rest des Gepäcks holen, falls Mara es nicht allein schaffte. Doch Mara hatte Theos Köfferchen bereits gefasst. Die Frontklappe der Fähre wurde hinuntergefahren, und die Leute vor ihnen setzten sich in Bewegung.

»Warte.« Annik setzte den Rucksack auf und hob dann Theo hoch. »Wenn du dich seitlich setzt und gut festhältst, kann ich den Koffer vielleicht …«

Maras Sahneschnittchen-Typ tauchte neben ihr auf, deutete kurz auf den Koffer und griff dann ohne ein Wort, und ohne ihre Antwort abzuwarten, danach und zog ihn hinter sich her vom Schiff. Perplex folgte Annik ihm, Theo auf dem Arm und Mara mit dem Rest des Gepäcks im Schlepptau. Kaum am Festland angekommen, stellte er den Koffer ab.

»Danke«, sagte Annik. »Takk. Thank you.«

Ein kurzes Lächeln erhellte sein scharf geschnittenes Gesicht, dann hob er die Schultern, nickte ihr knapp zu und ging davon.

Auf seltsame Weise fühlte Annik sich allein, als sie ihm nachblickte. Sie setzte Theo ab.

Da standen sie also, an diesem Kai, Theo, Mara, der Hausstand und sie, im wahrsten Sinne des Wortes bestellt und nicht abgeholt.

Wenn sich dieser Neuanfang in Norwegen schon bei der Abreise aus Deutschland zu groß für sie angefühlt hatte, war er jetzt überwältigend. Annik hätte gern etwas Munteres gesagt, wie: »So, Leute, angekommen«, doch danach fühlte es sich nicht an. Der Boden unter ihren Füßen hatte noch nicht verstanden, dass er Festland war, er schien sich in leichten Wellenbewegungen zu heben und zu senken.

Sie holte tief Luft.

Um sie herum hasteten Menschen, erklangen Begrüßungen und Gelächter. Alle wussten, wo sie hinwollten. Alle hatten ein Ziel. Einzig sie hatte das Leben irgendwie an dieser fremden Küste ausgespuckt. Wie hatte sie so dämlich sein und Alvas Angebot ablehnen können, sie abzuholen? Aber das hätte bedeutet, sich über Theos Autophobie hinwegzusetzen, deswegen hatte sie nur lässig geantwortet: »Meine Schwester und ich sind ja nicht zum ersten Mal auf Reisen, wir werden es schon schaffen, mit dem Bus nach Lillehamn zu fahren.«

Alva hatte ihr Informationen zu den Bussen geschickt, nur konnte sie beim besten Willen keinen Bus entdecken. Lediglich ein kleines Wartehäuschen zeugte davon, dass irgendwann einer kommen musste. Sie ließ sich auf ihren Koffer sinken. Mara lief zu dem Bushäuschen hinüber, um den Fahrplan zu studieren. Theo torkelte theatralisch um Annik herum.

»Es fühlt sich immer noch an, als würde der Boden unter uns schwanken, oder?«, sagte sie. »Das macht der Gleichgewichtssinn in deinen Ohren. Er braucht ein bisschen Zeit, um sich wieder an festes Land zu gewöhnen.«

Sein Getorkel wurde alberner, überdrehter.

»Nach müde kommt blöd«, hatte Flo manchmal gesagt, und Theos Zustand war definitiv dort angekommen. Er brauchte dringend etwas zu essen und dann Ruhe und ein Bett. Und sie selbst brauchte einen Gepäckwagen, um das ganze Zeug zur Bushaltestelle zu bringen. Suchend sah sie sich um, als hinter ihr ein Schrei erklang.

Theo kreischte, als würde er gefoltert.

Doch es war nicht ihr Kind, das in Todesgefahr schwebte, sondern sein Ball, sein Allerheiligstes. Der scheußliche China-Plastikball, den er so liebte. Das Ding wurde vom Wind auf die Straße getrieben, wo bereits Autos auf die Fähre fuhren, und Annik konnte Theo gerade noch am Arm schnappen, um ihn davon abzuhalten, hinter dem Ball herzusprinten.

»Stehen bleiben!« Sie brüllte es instinktiv, ihr Puls war auf mindestens 180.

Theo wehrte sich, wollte hinter dem Ball her, sie hielt ihn fest. Wo blieb Mara? Theo schrie hysterisch und versuchte, sich loszureißen. Ein distanzierter Teil ihrer selbst registrierte nüchtern, dass es dann also so weit war. Die ganze Anstrengung der Reise, die ganze Unsicherheit über das Neue entluden sich in diesem panischen Geheul.

Er schrie, zerrte, strampelte und deutete mit rot verheultem Gesicht in Richtung seines Balles.

Inzwischen hielt sie ihn mit beiden Händen, ihr Herz jagte immer noch. Wenn er in dem Zustand wegrannte und vor ein Auto lief …

Ein zur Fähre eilender Teenager erfasste die Situation und kickte den rollenden Ball im Laufen nach oben, bevor er unter ein Auto geraten konnte.

Annik atmete auf.

Doch der Ball segelte zwar in hohem Bogen über die Fahrzeuge hinweg, hüpfte dann aber an ihnen vorbei auf das Wasser zu – und über die Kante zum Hafenbecken hinweg. Das besiegelte das Ende jeglicher Selbstbeherrschung für Theo. Er schrie nicht mehr, dafür versuchte er in einem stummen, erbitterten Kampf, sich von ihr loszureißen. Er trat, kratzte und schlug um sich.

Längst heulte sie auch.

Wieder und wieder zielte Theos kleine Faust auf ihr Handgelenk. Sein Fuß traf sie am Schienbein, und Annik schrie auf. »Verflucht, es reicht, Theo! Hör auf!«

Doch seine verzweifelte Wut steigerte sich zur Raserei. Er versenkte seine kleinen Raubtierzähne in ihrer Hand, und etwas in ihr riss. Das erste Mal im Leben hatte sie das Bedürfnis, ihr Kind zu schlagen. »Ich habe gesagt, es reicht!«, schrie sie und hasste sich dafür. »Es ist nur ein bescheuerter Ball!« Ihr Griff um seine Arme war grober als nötig, während er immer noch um sich trat. »Hör verdammt noch mal auf damit!« Mit Mühe und Not konnte sie sich davon abhalten, ihn zu schütteln.

»Hey!«, sagte jemand hinter ihr.

Ertappt zuckte sie zusammen, doch die Wut in ihr brodelte weiter. Zornig fuhr sie herum.

Abgelaufene Wanderstiefel, Jeansbeine. Maras Sahneschnittchen würdigte sie keines Blickes. Er hockte sich vor den vor Verblüffung still gewordenen Theo und hielt ihm mit einem Lächeln den Ball entgegen.

»Wo ... ich meine ...« War der Ball nicht ins Wasser gefallen? Wo hatte er den hergezaubert?

Als Theo nicht sofort danach griff, legte der Typ den Ball auf Anniks Rucksack, nickte ihr noch einmal kurz zu und wandte sich ab.

Theo riss den Ball an sich. Anniks erschöpfter Zorn verpuffte, ihre Knie fühlten sich auf einmal an wie Gummi. Geschlagen wischte sie sich mit dem Ärmel über die Augen. Es war ein Gefühl, als tauchte sie aus einem düsteren Film wieder auf.

Wie hatte das passieren können? Wie konnte sie ihr Kind, ihren geliebten, wundervollen Jungen so behandeln? Selten hatte sie sich so sehr für etwas verachtet.

Nur gut, dass lediglich dieser Typ, den sie nie wiedersehen würde, ihren Zusammenbruch wirklich mitbekommen hatte. Dennoch wäre sie am liebsten in Grund und Boden versunken vor Scham.

»Tut mir leid, Kleiner«, brachte sie zerknirscht hervor.

Theo schniefte immer noch.

»Ich hätte dich nicht anschreien sollen. Meinst du, wir können uns wieder vertragen?«

Schluchzen. Nicken.

»Es tut mir wirklich, wirklich leid.«

Endlich grinste er ein tränenüberströmtes Mir-auch-Grinsen und fiel ihr in die Arme. Sie presste die Nase in seine von dem Wutanfall verschwitzten Haare, aber das hielt ihre Reuetränen nur knapp zurück. »Ich hab dich so, so lieb, Kleiner. Wir schaffen das, auch wenn jetzt alles ein bisschen viel ist. Versprochen.«

Zwei

Über die Hafenmole auf den Holzsteg darunter zu springen, den Ball aus dem Wasser zu fischen und ihn seinem Besitzer zurückzubringen, hatte ihn nur wenige Minuten gekostet, doch der kleine Parkplatz leerte sich bereits. Krister wich einem aus einer Parklücke rollenden Auto aus, während er sich umsah. Rings um ihn begrüßten sich Leute, luden Gepäck ein, ließen Motoren an.

Krister beschatte die Augen und stellte sich auf die Zehenspitzen, um zu seinen eins dreiundachtzig noch ein paar Zentimeter dazuzumogeln. Sein Bruder Espen lehnte, mit der Ray-Ban ein Bild selbstverständlicher Lässigkeit, ganz am Ende des Parkplatzes an seinem schwarz glänzenden Jaguar i-Pace und hielt ein Pappschild vor sich. Beim Näherkommen erkannte Krister, dass es der abgerissene Deckel einer Verbandsmaterialpackung war, auf den Espen mit schwarzem Edding geschrieben hatte: *Dr. Krister Solberg.*

»Sind Sie der Chauffeur, der mich abholen soll?«, fragte Krister.

Espen zog ihn mitsamt dem Ungetüm von Seesack in eine raue Umarmung. »Gut, dich heil zurückzuhaben, Storebror.«

»Es waren bloß ein paar Tage, und ich war nicht am Nordpol oder so.«

»Ich freue mich immer, wenn ich dich heile zurückbekomme.« Espen feixte. »Wie geht's Oma?«

»Gut so weit.« Er ließ den Seesack auf den Boden gleiten. »Sie ist ein bisschen klapprig geworden, aber kratzbürstig wie eh und je.«

Durch einen Druck auf den Autoschlüssel öffnete Espen den Kofferraum und griff nach dem Seesack.

»Vorsicht, d---«, schaffte Krister zu sagen, bevor seine Sprache blockierte, zum ersten Mal seit Monaten ohne Grund und völlig unerwartet. Herzlichen Dank auch, Sprachzentrum. *Der ist schwer,* beendete er seinen Satz im Kopf. Es spielte keine Rolle, Espen merkte in dem Moment, als er das Ungetüm anhob, was es wog.

Doch er wäre nicht Kristers kleiner Bruder, ließe er sich vor ihm etwas anmerken. Nur an der Art, wie sich die Muskeln in seinem trainierten Oberkörper anspannten, erkannte Krister, dass er nicht mit diesem Gewicht gerechnet hatte. Trotzdem hievte Espen das Gepäckstück beinahe elegant in den Kofferraum und sah ihn dann grinsend über seine Sonnenbrille hinweg an. »Bin ich ein Mann oder was?«

»Ehrliche Antwort?«

»Nein.«

»Ich vermutete es.«

Espen lachte. »Und ich sehe, du hast deinen umwerfenden Charme nicht verloren. Los, steig ein. Alva wartet bei dir zu Hause mit dem Frühstück.«

Krister ließ sich in den Beifahrersitz fallen. Natürlich tat Alva das. Seine Schwester war eine Glucke, sie erlaubte ihm nicht, einfach so ohne familiäres Willkommensritual nach Hause zu kommen. Krister hatte wenig Lust auf Herumsitzen und Frühstücken. Nach einer Woche Kaffee-und-Kuchen-Plauderei kribbelte sein ganzer Körper vor Sehnsucht, zum Kjerag zu fahren, sich zu bewegen und endlich wieder lebendig zu fühlen. Aber er würde seine Schwester jetzt nicht wissentlich vor den Kopf stoßen. Das passierte früh genug von ganz allein.

Die Tür zu Alvas Wohnung im Erdgeschoss war geschlossen, als sie vorfuhren, Alva wartete auf der Treppe zu seinem Apartment. Es war ein Bild wie aus einem Reiseprospekt: im Hintergrund der glitzernde Fjord, blitzweiße Möwen an makellos blauem Himmel und dazu das Haus mit der topmodernen blassgrauen Verschalung und der Stahltreppe. Der Weg zum Eingang war gefegt, und jemand – wahrscheinlich Alva – hatte einen anthrazitfarbenen Tontopf mit irgendwelchen bunten Blumen neben das Treppengeländer gestellt. Echt jetzt?

Alva kam mit ausgebreiteten Armen auf ihn zu, der Wind zauste ihre kinnlangen, kastanienbraunen Haare. Noch ein Bild aus einem Prospekt. Sie war sonnengebräunt, vielleicht war sie wandern gewesen, und ihre Augen leuchteten in demselben unverschämten Grün, das auch Espens Augen hatten. Sie umarmte Krister zur Begrüßung. »Storebror! Schön, dass du zurück bist.«

»Hattest du nichts zu tun?«

»Wieso?«

Er deutete mit einer Kopfbewegung auf den Pflanzenkübel.

»Ach, das.« Sie lachte. »Ich war so im Flow, nachdem ich dein AirBnB für Annik fertig gemacht hatte. Gefällt es dir?«

Er zuckte die Schultern. »Wird halt nicht lange überleben.«

»Ich kann das Gießen übernehmen.«

Vorn an der Straße klappte Espen den Kofferraum zu und schleppte den Seesack heran. »Hast du Stahlplatten eingepackt?«

»Oma hat mir Bücher vermacht. Sind nur zwei Regalbretter voll.«

»Und die schleifst du durchs halbe Land?« Espen schüttelte fassungslos den Kopf. »Du bist ein guter Mensch, Kris.«

Krister nahm ihm den Seesack ab und folgte Alva die Treppe nach oben zu seinem Apartment. »In dem Fall eher ein feiger Mensch. Ich sehe es als Training. Und ich wollte immer schon Arztromane aus dem letzten Jahrtausend lesen.«

»Klar.«

Alva hatte den Tisch in der Wohnküche mit Croissants und Marmelade gedeckt. Auf der Anrichte standen langstielige weiße Rosen in einem lockeren Strauß, und die Obstschale daneben war bestückt mit frischen Äpfeln, Orangen und Bananen.

Seine Wohnung war wahrhaftig nicht groß, vielleicht war ihm

deswegen vorher nie aufgefallen, dass er in einer Designzeitschrift wohnte. In einer Designzeitschrift für Leute mit unanständig viel Geld noch dazu.

»Kaffee?«, fragte Alva.

Krister ließ sich auf einen der weißen Serie-7-Stühle fallen, bevor er die dampfende Tasse zu sich zog, die Alva vor ihn hingestellt hatte. »Hübsche Blumen auf der Anrichte.«

»Wie gesagt, ich war gerade so dabei.« Alva nahm am Kopfende Platz, Espen drehte einen Stuhl um und setzte sich rittlings neben Krister. »Apropos«, fuhr Alva fort. »Ich hab Annik gleich für morgen Abend zum Kennenlernen in die Praxis eingeladen, ich hoffe, das passt für euch.«

»Klar, jederzeit«, antwortete Espen im selben Moment, in dem Krister sagte: »Morgen ist Sonntag.«

»Mimimimimi.«

»Ey, keine Stottererwitze in meiner Gegenwart.«

Espen lachte und boxte ihm gegen die Schulter. »Du bist der, der sonst sonntags freiwillig die Buchhaltung macht. Also stell dich nicht an.«

»Du willst bloß die neue Kollegin abchecken.«

Gespielt empört verzog Espen das Gesicht. »Wir haben Regeln in der Praxis, schon vergessen? Und ich halte mich daran.«

»Meistens«, sagte Alva, während sie großzügig Marmelade auf ihrem Croissant verteilte.

»Stimmt nicht. Seit es die Regel gibt, hab ich ... also ...«

»Die Regel gibt es bloß deinetwegen«, sagte Krister.

»Richtig, bei dir besteht schließlich keine Gefahr.«

Das war unter der Gürtellinie. Er schloss kurz die Augen, um die Buchstaben zu sortieren, die in seinem Kopf durcheinanderpolterten. »M---ir ist d---anach, dir etwas St---inkendes an den K---opf zu werfen.« Herzlichen Dank für die Diskretion, Sprachzentrum, es ist mir immer wieder ein Vergnügen.

Doch Espen kannte ihn gut genug. Er hätte auch ohne Kristers Stottern gewusst, dass er getroffen hatte. Anscheinend war er aber noch nicht bereit, das Spiel aufzugeben, denn er sagte nur: »Muss ich Angst haben?«

Blödmann. Krister knuffte ihm mit dem Ellenbogen gegen den Oberarm.

Alva seufzte. »Jungs, könnt ihr euch vielleicht draußen streiten?«

»Du bist nicht unsere Mutter.« Sie sagten es gleichzeitig, Espen ein bisschen flüssiger als er, und grinsten sich an.

»Nein, aber manchmal fühlt es sich durchaus so an.« Genüsslich biss sie von ihrem Croissant ab und sagte kauend: »Also, was ist mit morgen Abend?«

Krister zuckte die Schultern. »Muss ja sein, oder?« Es war Wochen her, dass er den Arbeitsvertrag für diese Ärztin unterschrieben hatte, die Alva auf einem Kongress kennengelernt und auf der Stelle eingeladen hatte, mit ihnen zu arbeiten. Für sie würde es schön sein, eine weitere Ärztin im Team zu haben. Und für ihn würde es bedeuten, dass er weniger Händchen halten musste, sondern sich auf sein Fachgebiet, die Unfallchirurgie, konzentrieren konnte – besser für alle Beteiligten. Er wusste genau, dass die meisten Leute sich bei Espen mit seinem Charme oder Alva mit ihrer fürsorglichen Art wohler fühlten als bei ihm, der jedes Gefühl im Zusammenhang mit seinen Patienten so weit fernhielt wie möglich. Er musste das tun, er hatte schon recht früh herausgefunden, dass seine Fehlschaltung im Hirn mit intensiven Gefühlen nicht besonders gut klarkam. Solange er sachlich blieb, verhedderten sich seine Worte nur noch selten.

Den Rest des Frühstücks über erzählten seine Geschwister, was sich in der vergangenen Woche in Lillehamn zugetragen hatte. Die Robbenforschungsstation, in der Alva ehrenamtlich half, hatte Zuwachs bekommen. Zwei junge Robben, die das Aquarium in Tromsø aus irgendwelchen Gründen nicht hatte behalten können, waren eingezogen, und außerdem hatte, wie Espen berichtete, auch ein neuer, gut aussehender Biologe dort angefangen. Espen war, wie Alva daraufhin übergangslos berichtete, am vergangenen Wochenende mit der Tochter des größten – weil einzigen – Hoteliers von Lillehamn abgestürzt.

Krister hielt sich an seiner heißen Kaffeetasse fest, ließ die Worte über sich hinwegplätschern und versuchte, nicht auf die Uhr zu sehen. Er hatte noch genug Zeit, um auf den Berg zu laufen.

»Oh, und Papa und Mariana haben sich ein weiteres Haus in der Toskana gekauft«, sagte Alva.

»Man kann nie genug Häuser in der Toskana haben.«

»Sieh es mal so.« Espen lehnte sich zurück und verschränkte die Arme hinter dem Kopf. »Solange er in Italien Immobilien kauft, mischt er sich wenigstens nicht in die Praxis ein.«

»Stimmt auch.«

»Wo wir gerade von Praxis reden. Tilda wird wieder Großmutter.«

Alva grinste. »Wir Armen werden niedliche Babybilder bewundern müssen.«

»Danke für die Warnung.«

Nachdem sie gemeinsam den Frühstückstisch abgeräumt hatten und seine Geschwister gegangen waren, zog Krister sein Telefon aus der Hosentasche und wählte die Nummer seines ältesten Freundes.

Es hatte keine drei Mal geklingelt, da nahm Tom ab. »Hab schon von Espen gehört, dass du wieder da bist, Batman.«

Krister ging auf die Dachterrasse und sah in den Garten hinaus. In der Ferne erhoben sich die Berge rings um den Fjord. »Ich fahre nachher hoch, kommst du mit?«

Tom zögerte. »Ich habe Hanne eigentlich versprochen, mit zu ihrer Mutter zu kommen, aber vielleicht kann sie auch allein … Sander fährt auf jeden Fall mit einer Gruppe.«

»Nicht dasselbe wie mit dir.«

»Ich weiß«, antwortete Tom. »Aber ...«

»Das Wetter ist perfekt.« Die Luft war so einladend klar, dass er ganz zappelig wurde.

»Hanne wird nicht begeistert sein.«

»Ich dafür umso mehr.«

»Okay.« Tom schien immer noch mit sich zu hadern. »Okay, ich sag ihr, sie soll dieses Mal allein fahren, und hole dich in zwei Stunden ab.«

Krister lachte. »Ich wusste, dass du nicht widerstehen kannst. Ich freu mich.«

Der Busfahrer war ein riesiger, rothaariger Mann, und Annik musste sich ein Grinsen verkneifen, weil er aussah, als sei er *Wickie und die starken Männer* entsprungen. Das Namensschild an seiner Weste wies ihn als Håkon aus. Sobald Håkon bemerkte, dass sie aus Deutschland waren, beglückte er sie mit ein paar deutschen Brocken und erzählte von seinem Enkel, der in Theos Alter war. Dann hob er sämtliche ihrer Gepäckstücke in den Bus und versprach, ihnen Bescheid zu geben, wenn sie ihre Haltestelle in Lillehamn erreichten.

Sie saßen noch keine drei Minuten, da schlief Theo an sie gelehnt ein.

Der Bus hielt an jedem Gänseblümchen – manchmal sogar ohne Gänseblümchen, einfach, weil jemand am Straßenrand stand oder ein Passagier den Bitte-anhalten-Knopf drückte. Doch sobald sie das Ortsschild von Lillehamn hinter sich gelassen hatten, fasste Annik ihre Schwester vor Entzücken am Arm. Das Städtchen wirkte wie aus einem Astrid-Lindgren-Film. Dunkelrote, gelbe, blaue oder graue Holzhäuser schmiegten sich zwischen Obstbäumen gegen einen Hang inmitten von Sommerblumen und runden, grauen Felsblöcken, daneben ab und zu eine Garage oder ein Bootsschuppen. Die Straße wurde eng und schlängelte sich zwischen großzügigen Grundstücken hindurch. Vereinzelt hing Wäsche auf zwischen Bäume gespannten Leinen, und Kinderspielzeug lag in den Gärten verstreut.

Håkon bremste, weil ihnen ein Auto entgegenkam, und drehte sich dann um. »Wir sind gleich da.«

Sie küsste Theo auf den Kopf. Er rührte sich nicht. »Du musst aufwachen, Kleiner.«

Keine Chance.

Mara kitzelte ihn am Handgelenk, und er zuckte unwillig, ohne dass sein Kopf auf Anniks Arm leichter wurde.

Der Bus hielt, die Tür öffnete sich, Theo schlief.

Als Håkon merkte, was los war, sah er kurz auf die Uhr. »Zu welcher Hausnummer wollt ihr?«

Annik sagte es ihm, und zu ihrer Überraschung schloss er die Tür wieder und steuerte den Bus in die schmale Straße, die links abzweigte. Außer ihnen waren nur noch zwei ältere Damen im Bus, die es vollkommen normal zu finden schienen, für ein schlafendes Kind die Route zu verlassen.

Nummer 3, Nummer 8, Nummer 11 ... Auf einmal hatte sie Lampenfieber. Aber als der Bus vor Nummer 16 anhielt, konnte sie nicht anders, als nur noch zu lächeln.

Das Häuschen war zum Niederknien schön, mit taubenblauer Holzverschalung und weißen, einladend geöffneten Fensterläden. Dahinter erkannte sie blau-weiß gestreifte, zur Seite gezogene Vorhänge. Wildblumensprenkel durchzogen in allen Farben das hohe Gras des Vorgartens. Ein kniehoher, weißer Zaun, neben dem ein knorriger Apfelbaum wuchs, säumte das Grundstück. Ein Stückchen hinter dem Haus markierte eine schräge Felswand wohl das Ende des Gartens. Solange Theo nicht auf die wahnsinnige Idee kam, daran hochzuklettern, hatte das etwas sehr Wildromantisches mit dem kleinen Wasserfall, der an einer Seite der Felsen herunterplätscherte.

Neben der Tür stand eine merkwürdige, fast mannshohe Porenbetonskulptur, die wirkte, als hätte ein Kind sie irgendwann einmal angefangen und dann – halb fertig und nur teilweise bunt angemalt – dort vergessen. Entfernt erinnerte sie an einen Seehund, und jetzt wusste Annik auch, was Alva mit der Aussage gemeint hatte, der Schlüssel sei unter der Flosse der Robbe.

Håkon trug ihnen die Koffer und Taschen bis vor die Tür, Mara übernahm Theos und Anniks Rucksäcke, und sie selbst schleppte den immer noch schlafenden Theo.

»Vielen, vielen Dank«, stammelte sie auf Norwegisch.

Håkon tippte sich an die nicht vorhandene Mütze.

Dann fuhr der Bus weg, und sie waren allein.

»Okay, irgendwo hier muss der Schlüssel versteckt sein.« Vorsichtig legte sie Theo auf dem Rasen ab. Sie wollte nicht, dass er einfach in einem fremden Haus aufwachte. Er sollte dabei sein, wenn sie ihr neues Zuhause das erste Mal betraten.

Schlaftrunken rieb er sich die Augen und sah sich um.

»Na, ausgeschlafen?«

Erstaunlich schnell war er hellwach und betrachtete mit aufmerksamen Augen die Umgebung. Annik erklärte ihm, dass sie den Schlüssel suchten, und gab ihm einen unauffälligen Tipp. Kurz darauf entdeckte er tatsächlich eine Art Minitresor unter einer der angedeuteten Flossen der Skulptur.

»Du hast ihn gefunden! Willst du aufschließen?«

Im Inneren kamen ihr beinahe die Tränen, so liebevoll war das Haus eingerichtet. Die hohe Empfangsdiele hatte weiß gestrichene Bodendielen, auf denen ein flauschiger, taubenblauer Läufer lag. Gegenüber vom Eingang stand eine hübsche, antike Kommode, auf die ein paar rundgewaschene Steine dekoriert waren. An der Wand darüber hing ein breites, auf Holz gezogenes Landschaftsfoto. Besonders gut gefiel ihr die kleine Lampe neben den Steinen, die im oberen Teil aus einer Milchglaskugel bestand und unten aus einem glatt geschliffenen und geölten Stück Treibholz. Annik hatte sich darauf gefreut, hier ihre Leidenschaft für Inneneinrichtung auszuleben, aber Alva war ihr zuvorgekommen. Rechts und links der Kommode gingen Türen ab, und sie konnte es kaum erwarten, herauszufinden, wie es dahinter weiterging. Die linke war geschlossen, die rechte öffnete sich in eine lichte, freundliche Wohnküche. Alva hatte nicht übertrieben: Das Häuschen hatte etwas Besonderes an sich.

Vom Küchenbereich führte eine Terrassentür über eine Holztreppe in den Garten. Die kleine Felsklippe wirkte von hier aus höher und gefährlicher als von der Straße. Okay, dafür würde sie eine Lösung finden müssen, bevor Theo sich alle Knochen brach. Doch das war später dran.

Auf dem Küchentisch stand eine Schale mit frischem Obst, daneben lagen eine Liste mit Adressen vom besten Lebensmittelladen bis zum Kindergarten und ein kurzer Brief von Alva.

Herzlich willkommen in Lillehamn!

Macht es euch gemütlich. Falls ihr noch etwas braucht, ist der Supermarkt (KiWi) am Ende der Straße, drei Minuten zu Fuß. Er ist nicht ganz so teuer, wie dir die anderen Läden wohl vorkommen werden. Ruf mich sonst auch gern an oder schick mir eine Nachricht.

Bis bald! Alva

Der Kühlschrank war gefüllt mit Joghurt, dem braunen Karamellkäse, den Annik aus den Urlauben ihrer Kindheit kannte, Saft und noch dem einen oder anderen mehr, und neben einer Pralinenpackung stand ein Pappschild mit der Aufschrift: *Guten Appetit!*

Beinahe hätte sie wirklich losgeheult. Lange hatte niemand so etwas für sie getan.

Jemand hatte sie erwartet.

Jemand freute sich auf sie. *Meine Freundin Alva freut sich auf uns,* dachte Annik versuchsweise. Ihr gefiel der Gedanke, hier vielleicht wieder eine richtige Freundin zu haben. Im Idealfall sogar eine, der sie nicht bloß leidtat.

Nach Flos Tod waren alle erst mal eine Weile da gewesen, doch dann hatte sich ihr sowieso nicht sehr großer Freundeskreis merklich ausgedünnt. Das würde ihr hier nicht passieren, einfach weil sie niemandem von Flo erzählen würde. Schließlich zogen andere Frauen ihre Kinder auch dann allein groß, wenn deren Väter noch lebten. In Hamburg waren sie die arme Frau mit dem verunfallten Mann und das arme, merkwürdige Kind gewesen.

Hier waren sie Annik und Theo, und sie würde alles tun, damit das so blieb.

Theo erforschte bereits mit Mara das Haus. Sie hörte die beiden erst die Treppe nach oben gehen und dann Türen öffnen. Hoffentlich mochte Theo das Häuschen genauso sehr wie sie.

Annik war zu erschöpft, um das Haus jetzt schon vollständig in Besitz zu nehmen. Sie würde sich später alles von Theo zeigen lassen. Jetzt ließ sie sich erst einmal in ihrem neuen Wohnzimmer auf das Sofa sinken. Es war so einladend, breit und weich, und sie hatte Ausblick auf den kleinen Garten. Einmal kurz hinlegen, nur ein paar Minuten … Ohnehin hatte sie ihrer Mutter versprochen, sich zu melden, sobald sie angekommen waren, und wie es aussah, war das jetzt der Fall. Inzwischen war es Mittag, aber Annik hätte gut auch schon in aller Herrgottsfrühe anrufen können. Seit ihre Mutter mit ihrer Freundin Sarah in der Nähe von Winsen Schafe züchtete und eine kleine Landkäserei betrieb, hatte sie Energie für zehn. Annik genoss es, mitzuerleben, wie sie wieder aufblühte, nachdem ihre Ehe so unschön zu Ende gegangen war.

Ihre Mutter war nach dem zweiten Klingeln am Telefon.

»Hallo, Mama. Hier ist Annik. Hast du Zeit?«

»Für dich immer. Wobei«, sie lachte, »Sarah mich gleich auf den Pflanzenmarkt schleifen will. Sie hat sich in den Kopf gesetzt, wir bräuchten eine Streuobstwiese. Seid ihr gut angekommen?«

Annik erzählte ihr nur Bruchstücke von der Fahrt – dass Theo Berge von Mousse au Chocolat gegessen und sich übergeben und dass Håkon sie direkt bis vor die Tür chauffiert hatte –, dann schilderte sie ihr das Städtchen und ihr Haus, so schillernd sie konnte.

»Komme gleich, bin mit Annik am Telefon«, rief ihre Mutter und setzte gleich darauf hinzu: »Entschuldigung, das war Sarah.«

»Kein Problem. Geht es euch beiden gut?«

Annik sah ihre Mutter vor sich, wie diese wohlig den Rücken durchdrückte. »Ja, wunderbar. Hab ich dir erzählt, dass im neuen *Globus* ein Artikel über uns steht?«

»Ernsthaft?«, fragte Annik. »Im *Globus*?«

»Ja. Über unseren *trendigen lifestyle*. Seither klingelt ständig das Telefon. Die Käserei boomt.«

»Meine Mama, der Promi.« Es war schön, sie so glücklich zu hören.

Nach dem Telefonat hatte Annik wieder genug Energie angesammelt, um ins Obergeschoss zu steigen, wo Theo gleich das größte Zimmer als seins belegt hatte. Zusammen mit Mara hatte er es innerhalb weniger Minuten geschafft, gefühlt jeden Quadratzentimeter des Raums mit Legosteinen zu bedecken.

Das zweite Schlafzimmer war kleiner, doch es hatte eine Loggia zum Garten und ein eigenes Bad. Auch hier standen Treibholzlampen auf den Nachttischen. Unwillkürlich strich Annik über das glatte Holz. In dem großen Doppelbett wäre so leicht Platz für drei gewesen, für Theo, Flo und sie. Zu wissen, dass das nie wieder sein würde ...

Sie drängte die Dunkelheit zurück, die sich in ihre Gedanken schleichen wollte. Die Zukunft gehörte Theo und ihr. Und Theo würde in absehbarer Zukunft in seinem Kinderzimmer schlafen. So betrachtet, war das Bett beinahe beängstigend groß. Vielleicht mussten sie sich einen Hund kaufen. Oder eine Katze. Oder zwei Katzen?

Annik klappte ihren Koffer auf und holte die Bilder heraus, die sie mitgenommen hatte. Auf den Nachttisch stellte sie Flos Porträt, das in Hamburg auch schon dort gestanden hatte. Ganz zart strich sie mit den Fingerspitzen über die Glasscheibe. So ganz allein würden Theo und sie doch nicht sein.

Als Nächstes griff sie nach dem gerahmten Foto von Flo und Theo aus ihrem letzten Dänemark-Urlaub. Das dritte war auf der Hochzeit ihrer Cousine entstanden. Sie hatten nicht gemerkt, dass die Kamera auf sie gerichtet gewesen war. Annik liebte dieses Bild. Ihre Augen waren darauf geschlossen, sie warf lachend den Kopf zurück, und Flo küsste sie auf den Hals. Das Paar auf dem Bild wirkte glücklich – so, als sei alles zwischen ihnen in Ordnung. Annik betrachtete es, während sie die Treppe hinunterging. ›Fotos schaffen Realitäten‹, hatte ein Freund von Flo immer gesagt. Was er als Fotograf vielleicht hatte sagen müssen. Ihre Ehe gerettet hatte das Bild nicht. Trotzdem gab es ihr Halt und Sicherheit, dachte sie, während sie wieder nach unten ging. In der Eingangsdiele stellte sie beide Fotos auf die Kommode neben die Steine. Ein erster Schritt dahin, das Häuschen zu ihrem zu machen.

Drei

H anne war wenig angetan.« Auf Toms Stirn standen Schweißtröpfchen, während er neben Krister den Kjerag hochlief, vorbei an den Touristen, die sich abmühten, an den aufgespannten Ketten nicht den Halt zu verlieren. Tom und Krister hatten diesen Aufstieg hundertmal bewältigt, tausendmal, sie waren schnell und trittsicher geworden. Es gab keinen Stein hier oben, den Krister nicht kannte. Halbwegs fitte Tagesbesucher absolvierten den Achthundertmeteraufstieg in zweieinhalb Stunden, Tom und er brauchten achtundfünfzig Minuten. Normalerweise war der Aufstieg ihre Meditation, die Zeit, in der sie schweigend durch die Angst gingen, die unweigerlich aufstieg, jeder für sich die Panik niederlief, um am Ende schwer atmend auf dem Berg zu stehen und sich sehenden Auges in den Tod zu stürzen. Doch dieses Mal war Toms Gesprächsbedarf anscheinend größer als sein Bedürfnis, die Angst zu bezwingen. Dabei wusste Tom genau, wie Krister zu dem Thema stand.

»Redet sie noch mit dir?«, fragte Krister.

»Zähneknirschend.«

Krister lief schneller. Espen hatte ihm einmal beim Springen zugesehen und gemeint, er hätte vollkommen gelassen gewirkt. Doch das stimmte nicht. Er hatte furchtbare, animalische Angst, jedes Mal wieder. Er hatte nur Möglichkeiten gefunden, damit umzugehen. Und das Spannende war ja, die Angst am Ende zu besiegen.

Als sie das Hochplateau erreichten, peitschte ihm der immerwährende Wind eisig ins Gesicht. Er überholte eine dicke Frau, die mit rotem Gesicht weiterkeuchte, während sie versuchte, ihre Jacke anzuziehen, die der Wind immer wieder zusammenfaltete. Wollig weiße Schafe hoben sich gegen den azurblauen Himmel ab, ihre Glocken drangen selbst durch das beständige Heulen hier oben. Eine Viertelstunde, und sie waren auf dem Gipfel. Eine halbe Stunde noch, und die Angst würde verwirbeln in einem Rausch aus wildem, verrücktem, schreiendem Leben.

Tom hatte aufgeholt. »Lange macht Hanne das nicht mehr mit.«

Krister fiel neben seinem Freund in einen gleichmäßigen Trott. Er war an dem Punkt gewesen, an dem Tom jetzt stand. Er hatte sich entschieden, und er würde diese Entscheidung jederzeit wieder genauso treffen, trotz allem. »Ich glaube ja, dass man das Leben nur wirklich wertschätzen kann, wenn man dem Tod ins Gesicht sieht.«

»Den Bullshit glaubst du ernsthaft?«

»Es ist kein Bullshit.« Was war mit Tom in der einen kurzen Woche seiner Abwesenheit passiert? Er fühlte doch auch die Freiheit hier oben, und –

»Hanne ist schwanger«, sagte Tom in seine Gedanken hinein. »Sie hat es noch niemandem verraten, es ist noch ganz frisch, und es kann immer noch etwas schiefgehen, deswegen …«

Klar, wenn sie so winzig waren, konnte leicht noch was schiefgehen. Verflucht leicht. Viel zu … Unwillkürlich beschleunigte er seine Schritte noch mehr und merkte es erst, als Tom keuchend zu ihm aufschloss.

»Sie sagt, sie hält es nicht mehr aus, immer auf die erlösende SMS zu warten, dass ich noch lebe, während sie mit demnächst zwei kleinen Kindern zu Hause sitzt.«

»Kann man vielleicht irgendwie verstehen. Aber trotzdem finde ich es«, er suchte nach dem richtigen Wort, »unfair, wenn sie deine Hobbys einschränkt. Dazu hat sie kein Recht.«

Tom lachte nur. »Und ich verstehe gerade, warum es mit dir und Tonia den Bach runtergegangen ist.«

Mit einem Satz sprang Krister in eine Senke und federte ab. Die felsige Landschaft bot jetzt wieder mehr Nischen, Mulden und

Erhebungen. Krister wischte sich mit dem Ärmel über das Gesicht, als er merkte, wie ihm der Schweiß herunterlief.

»Sorry, ich wollte dir nicht zu nahe treten.«

»Schon okay.« Vielleicht war Tom ja auch einfach schlauer als er. Oder Hanne überzeugender als Tonia.

»Ernsthaft«, sagte Tom. »Nachdem Leon abgestürzt ist, hatten wir schon wirklich harte Diskussionen, und jetzt, wo Hanne schwanger ist … Diesen Monat hab ich noch ausgehandelt, dann ist Feierabend.«

»Leon war irre«, sagte Krister unwillig. »Du bist nicht irre. Du weißt, was du tust.«

»Das glaubt Hanne aber nicht. Und sie ist mir wichtiger.«

Irgendwie verlief dieser Nachmittag anders als gedacht. Der Plan war gewesen, den ganzen Scheiß, der zu dem Leben am Boden gehörte, genau dort zu lassen. Und jetzt erzählte Tom ihm, dass seine beste Arzthelferin demnächst ausfallen würde. Pünktlich, nachdem sie eine neue Ärztin eingestellt hatten, die noch nicht eingearbeitet war. Gran-di-os.

Endlich bogen die Touristen ab, um durch die Spalte mit den Felsblöcken auf das Kjerag-Plateau zu klettern, wo sie sich gegenseitig ihren Mut bewiesen, indem sie an die Kante robbten. Die ganz Wagemutigen trauten sich auf den frei zwischen Felsen hängenden Steinklotz, den Kjeragbolten, unter dem es über tausend Meter in die Tiefe ging.

Tom und Krister verließen den Pfad, um zu den Exits zu gelangen. Je näher sie kamen, desto kribbeliger wurde Krister. Gleich. Gleich durfte er wieder fliegen. Außer ihnen waren noch zwei Deutsche und ein Amerikaner hier, die Sander später ebenfalls mit dem Boot wieder mit zurücknehmen würde. Sein liebster – und gleichzeitig der riskanteste – Exit war frei.

Während Krister den Wingsuit überzog und Tom dabei zusah, wie dieser sich in seinen Sprunganzug verpackte, pumpte sein

Herz, als gäbe es hier oben nicht genug Sauerstoff. Er musste sich daran erinnern zu atmen, gleichzeitig fieberte er dem Sprung entgegen.

Für nichts würde er das hier aufgeben.

Und für niemanden.

Er zog den letzten Reißverschluss zu, überprüfte noch einmal den Fallschirm und streckte probehalber die Arme aus. Alles, wie es sein sollte. Schutzbrille, Helm, es konnte losgehen.

Tom war ebenfalls bereit und nickte ihm zu. Ein paar schnelle Schritte noch, dann ging es einen Kilometer in die Tiefe.

Selbst nach all den Jahren hatte sein Körper immer noch nicht begriffen, dass dies nicht das Ende war. Er sah zu, wie Tom startete, dann lief er selbst auf den Abgrund zu, ein Schritt, noch einer – und warf sich ins Leere. Die Luft griff unter seine ausgebreiteten Arme, Adrenalin raste durch seine Adern, trieb seinen Puls hoch, ließ jeden seiner Sinne hundertmal, tausendmal schärfer werden als sonst. Es gab kein Vorher mehr, kein Nachher; es gab keinen stotternden Loser mehr, der die Menschen um sich herum bei jeder sich bietenden Gelegenheit vor den Kopf stieß. Keine Praxis, für die er die Verantwortung trug. Keinen Vater, für den er nie gut genug war.

Es gab nur noch dieses unendliche, unfassbare Glück der tosenden Geschwindigkeit. Er flog jetzt so nah am Fels, dass er ihn beinahe mit den Fingerspitzen berühren konnte. Der Wind donnerte um ihn herum, während er mit ausgebreiteten Armen eine Schleife zog und dann ein Stück über den Fjord jagte, zurück auf das Land zu, eine Kurve direkt vor der Wand. Weiter, weiter. Wildes, grandioses, gutes Leben loderte durch seinen Körper. Er sollte den Fallschirm ziehen, aber das Gefühl war zu gut. Einen Augenblick noch, nur noch einen …

Im allerletzten Moment zog er die Reißleine und schwebte auf den blau markierten Kreis zu, der den Landeplatz markierte. Tom lief ein paar Meter unter ihm aus.

Krister setzte punktgenau und weich auf, lief aus, nahm den Helm ab und schüttelte die Haare, während er mit Tom die Irrsinnigkeit ihres Überlebens in die unglaubliche Größe des Fjords hinausjubelte.

Das hier, das war Leben! Seligkeit! Unfassbares, grandioses, orgiastisches Leben!

Wie konnte irgendjemand freiwillig auf das Fliegen verzichten?

———

Erst vermochte Annik den volltönenden Klang nicht einzuordnen, der am frühen Abend durchs Haus schallte. Doch dann begriff sie, dass es die Klingel war.

Vor der Tür stand Alva, in den Händen eine Kuchenplatte mit einem Traum aus lockerem Teig, einer weißen Füllung und einer Baiserdecke darauf. »Annik! Herzlich willkommen in Lillehamn. Schön, dich endlich wiederzusehen.«

»Ich freu mich auch.« Alva sah aus wie in ihrer Erinnerung. Kastanienbraune Locken bis zur Schulter, dazu diese sagenhaft grünen Augen und das Lächeln, bei dem es unmöglich war, es nicht zu erwidern. »Komm doch rein.«

Es fühlte sich seltsam an, sie in ihr eigenes Haus zu bitten, aber Alva zerstreute Anniks Verlegenheit, indem sie ihr den Traumkuchen überreichte. Ihr Blick blieb an den Fotos auf der Kommode hängen. »Du hast es schon wohnlich gemacht.«

»Ich habe angefangen. Möchtest du einen Tee?« Der Kuchen duftete verführerisch. »Theo? Mara?«, rief sie nach oben. »Wir haben Besuch!«

Alva folgte ihr ins Wohnzimmer. »Ist das Theos Vater auf den Bildern?«

»Ja.«

»Er sieht nett aus.«

Beim Aufstellen der Bilder hatte Annik sich das Risiko für alle möglichen Fragen überlegt, aber über eine Antwort auf Alvas simple Aussage hatte sie nicht nachgedacht. Vielleicht, wenn sie einfach nicht antwortete ...

»Warum ist er eigentlich nicht mitgekommen? Habt ihr euch getrennt?«

»So in der Art.« Annik warf ein unbeschwertes Lachen über die Schulter. »Die Bilder stehen da hauptsächlich für Theo. Wurzeln und so.« Wie viel von dieser locker hingeworfenen Aussage stimmte? Flo begann zu verblassen, und Bilder auf der Kommode änderten daran nichts.

»Entschuldige, wenn ich dir zu nahe getreten bin.«

»Bist du nicht.« War ihre Unbekümmertheit doch nicht so überzeugend gewesen? Sie war froh, Alva den Rücken zuwenden zu können, um Teller aus dem Schrank zu holen. »Das mit dem Kuchen ist eine sehr nette Überraschung.«

»Kvæfjordkake, der einzige Kuchen, den ich vernünftig backen kann. Geheimrezept von meiner Großmutter. Angeblich kannte ihre Mutter sogar die Frau, die den Kuchen erfunden hat.«

Es war eine merkwürdige, unbeholfene Stimmung. Auf dem Kongress hatten sie sich gleich verstanden, Alva und sie, die einzigen beiden jungen Frauen zwischen vielen Männern und ein paar sehr seriösen Damen. Sie hatten bis in die Nacht gemeinsam an der Hotelbar gesessen und geredet. Jetzt fehlten Annik die Worte.

Alva schien das zu merken. »Gefällt dir das Haus?«

»Ja, es ist toll.«

Wie selbstverständlich deckte Alva den Tisch für sie beide. Schließlich sprach Annik doch an, was sie beschäftigte.

»Weißt du, dass ich Lampenfieber wegen morgen habe?« Sie sah Alva dabei nicht an, sondern füllte Kaffee in die Maschine. In der Theorie war es eine unglaublich verlockende Idee gewesen, von der schlecht bezahlten, dauergestressten Assistenzärztin im Krankenhaus zu einer Partnerin in einer freundlichen Familienpraxis zu werden. Aber Familienpraxis bedeutete ja auch, dass es wesentlich weniger anonym zuging als in einem Krankenhaus. »Was, wenn ich aus irgendwelchen Gründen nicht ins Team passe?«

»Ich glaube nicht, dass du dir da Sorgen machen musst. Im Gegenteil, du bist als Allgemeinmedizinerin genau das, was wir noch brauchen.« Das hatte Alva auch vorher schon gesagt. Sie selbst hatte sich als Kinderärztin spezialisiert, und ihre Brüder waren Internist und Chirurg. Eigentlich sollte alles gut passen. Trotzdem fühlte Annik sich ein bisschen wie in der dritten Klasse, als sie nach Hamburg gezogen war, wo sich alle kannten, sie aber niemanden.

»Trotzdem. Vielleicht komme ich mit deinen Brüdern nicht klar. Ihr seid sicher ein eingespieltes Team, und ich …«

»Das wird schon.« Alva dachte einen Moment nach. »Weißt du was? Die Jungs und ich fahren ab und zu übers Wochenende in unser Ferienhaus. Ihr könntet einfach nächstes Mal mitkommen, deine Familie und du.«

»Die Jungs – damit meinst du deine Brüder?«

»Genau. Wir freuen uns auf dich, wirklich. Du brauchst dir keine Sorgen zu machen. Espen hat sogar extra sein Lieblingssprechzimmer für dich hergegeben.«

»Espen ist dein Zwilling, richtig?«

»Ja. Er ist vier Minuten jünger als ich. Aber es sind entscheidende Minuten, was die geistige Reife angeht, wenn du mich fragst.« Sie lachte. »Du solltest dich vor ihm in Acht nehmen, übrigens.«

»Wieso das?«

Alvas Lachen wurde zu einem amüsierten Grinsen. »Wirst du sehen. Ich will hier keine Vorurteile schüren.«

»Ich bin mir gerade nicht ganz sicher, ob mich das beruhigt.« Aber beim Anblick von Alvas Gesicht konnte Annik nicht anders, als ebenfalls zu lächeln.

»Also, kommt ihr mit ins Ferienhaus?«

»Wenn wir nicht stören …«

»Tut ihr nicht. Wir haben genug Platz, und wir freuen uns über Besuch.«

»Also dann«, ihr wurde ganz warm im Brustkorb, »dann sage ich einfach mal ›Ja‹. Ja, wir kommen gern.«

»Und ihr solltet mich auf jeden Fall am nächsten Wochenende in der Seehundstation besuchen. Für heute habe ich meinen Dienst leider schon beendet.«

Eigentlich war Anniks Englisch gut und ihr Norwegisch leidlich. Aber vielleicht war irgendwo zwischen dem Fremdsprachenmix doch etwas verloren gegangen. Sie hatte keine Ahnung, was Alva meinte. »Robbenstation?«

»Ja, hast du sie vom Bus aus nicht gesehen? Unten am Wasser, keine zehn Minuten zu Fuß von hier.«

»Nicht dein Ernst!«

»Doch, klar.«

»Theo!«, brüllte Annik nach oben. »Es gibt hier eine Robbenstation!«

Alva lachte über ihren Enthusiasmus. »Ich helfe dort ehrenamtlich aus, es ist mein Hobby. Wie gesagt, wenn ihr Lust habt, kommt jederzeit vorbei, dann kann ich euch alles zeigen.«

Es polterte auf der Treppe, und Theo kam mit leuchtenden Augen ins Zimmer geschossen. Mit diesen haselnussfarbenen Augen, die so sehr an Flos erinnerten. Als er Alva sah, wurde er langsamer und schmiegte sich eng an Annik. »Theo? Das ist Alva, meine …« Chefin? Kollegin? Vermieterin?

»Freundin.« Alva wechselte übergangslos vom Englischen ins Deutsche. »Wie wäre es damit?«

»Sehr gern. Alva, das ist mein Sohn Theo.«

»Freut mich, dir kennenzulernen, Theo.«

Theo grinste. Trotzdem klemmte er schüchtern an Anniks Hosenbein. Alva schien keine Antwort zu erwarten.

»Wo ist Mara?«, fragte Annik.

Er hielt eine Hand an die Wange und legte den Kopf schief.

»Sie schläft?« Es war nicht zu fassen. »Dann müssen wir diesen leckeren Kuchen ohne sie essen. Holst du dir einen Teller? Weißt du schon, wo die stehen?«

Er verschwand in der Küche. Alva sah ihm nach. »Du hast mir davon erzählt, aber irgendwie hatte ich es nicht so richtig begriffen. Er spricht tatsächlich gar nicht?«

»Nein.« Annik zögerte. Vielleicht, ganz vielleicht konnte sie Alva eines Tages erzählen, was passiert war. Was wirklich passiert war. »Ich weiß, dass wir da ranmüssen, vielleicht mit psychologischer Hilfe, aber die Versuche in Deutschland gingen schief, und gerade jetzt ...«

»Erst einmal richtet ihr euch hier ein. Und wenn du irgendwann einen Tipp haben willst, an wen du dich wegen Theo wenden kannst, fragst du mich einfach.«

Sie nickte. Sie brauchte ein leichteres Thema. »Aber nun erzähl mir von den Robben.«

»Die Arbeit dort ist mein Ausgleich zur Praxisarbeit. Du hast Theo, du brauchst so etwas wahrscheinlich nicht.«

In der Küche schepperte es ohrenbetäubend.

»Nein.« Das waren mindestens drei Teller gewesen. Immerhin schrie keiner. Theo hockte erstarrt auf der Anrichte vor dem Oberschrank. »Ich brauche eher die Adresse von *Ikea* für einen Satz neuer Teller.«

»Normaler Ferienhausschwund.« Alva blieb gelassen. »Ich bringe dir morgen Ersatz mit in die Praxis.«

Theo betrachtete entsetzt die Scherben, die großflächig auf dem Boden verteilt waren. Annik streckte ihm die Arme entgegen. »Handfeger und Besen sind im Abstellraum, oder?«

Doch Alva hatte sie bereits geholt.

Es waren nur zwei Teller. Theo ließ zu, dass Annik ihn neben dem Couchtisch absetzte, Alva und sie fegten die Scherben zusammen.

Alva hob den Kopf und lächelte Theo an. »Das ist ein gutes Anfang für ein neuer Haus, weißt du?«

Er sah sie skeptisch an.

»Na ja, Scherben bringen Glück. Sagt man das bei euch nicht?«

»Doch«, antwortete Annik befreit. »Das sagt man.«

Als sie Theo am Abend ins Bett gebracht hatte, betrachtete sie sein entspanntes Kindergesicht mit dem halb geöffneten Mund, und ihr Herz war kurz vor dem Zerplatzen. Wie konnte man so einen kleinen Menschen so sehr lieben? Sie küsste ihn auf die Wange und rollte sich auf die Seite.

Wie jeden Abend griff sie nach Flos Bild. »Na du. Wie war dein Tag?«

Nicht sehr ereignisreich, sagte seine Stimme in ihrem Kopf. *Wir haben eine neue Version von Halleluja geübt, aber ich konnte den Ton nicht halten. Du weißt, wie das ist mit mir und dem Singen.*

»Ich mochte es immer, wenn du Theo ein Gutenachtlied vorgesungen hast.«

Du warst verblendet, antwortete er.

»Ich war nicht verblendet. Dein Vorsingen mochte ich sogar, wenn wir uns richtig in den Flicken hatten.«

Also immer? Beruhigend, dass wenigstens etwas Schönes aus unserer Zeit zurückgeblieben ist. Aber erzähl. Wie war dein Tag, Prinzessin?

»Ich hab Theo angeschrien.«

Ausnahmsweise produzierte ihre Vorstellungskraft darauf keine kluge Antwort. Ach, Flo.

Vier

»Wisst ihr, was wir heute vorhaben?«, fragte Annik am nächsten Morgen nach dem Frühstück.

»Was Spannendes?« Mara grinste. »Wir machen gleich zusammen den Abwasch?«

»Das sowieso«, sagte Annik.

»Spielverderber.«

Theo gluckste.

»Okay, ich verrate es euch. Heute Abend muss ich zu meiner neuen Arbeit. Aber bis dahin ...«

Theo hüpfte unruhig neben ihr herum.

»Na? Weißt du es?«

Begeistertes Nicken.

»Ich will es auch wissen«, sagte Mara.

»Wir gehen zum Strand.«

Ohne Gepäck war es ein Leichtes, die paar Hundert Meter zu laufen. Wieso waren sie gestern noch nicht am Meer gewesen? Die Erkenntnis traf Annik unvorbereitet. Sie *wohnten* jetzt am Meer. Sie konnten jeden Tag an den Strand gehen.

Mara und Theo liefen Hand in Hand in der Mitte der schmalen Straße, denn Bürgersteige gab es nicht. Es gefiel Annik, dass sie nicht nötig waren.

Sie betrachtete die Umgebung. Ihr Häuschen gehörte zu den kleinsten. Die meisten Nachbarhäuser waren größer und strahlten eine freundliche, selbstverständliche Art maritimen Reichtums aus. Holzfassaden in allen erdenklichen Farben, Holzterrassen, als Dekoration dienten vielfach Anker, Schiffstaue oder Rettungsringe. Wie viele davon wohl Ferienhäuser für wohlhabende Städter aus

Oslo oder Stavanger waren und wie viele dauerhaft bewohnt? Behaglich wirkten sie fast alle.

Schon wenige Minuten später waren sie an einer Bucht, in der es einen kleinen Strand gab. Bevor sie darüber nachdenken konnte, ob das Meer vielleicht zu kalt sein könnte, hatte Theo die Schuhe ausgezogen und rannte zum Wasser. Mara folgte ihm. Es war unmöglich, dieser Freude nicht zu folgen, obwohl es sich nicht um einen einladenden Mittelmeerstrand handelte. Anniks Schuhe flogen neben Theos und Maras in den Sand. Das Zopfgummi, das ihre Haare locker zusammengehalten hatte, löste sich. Sie steckte es in die Hosentasche und ließ zu, dass der Wind – man konnte beinahe schon Sturm sagen – ihr wohl die Großmutter aller Verfilzungen zaubern würde. Ihr Gesicht war jetzt schon feucht von Gischt und Nieselregen.

Das Wasser spritzte um ihre Füße, als sie sich zu dem ziellosen Fangenspiel gesellte, das Theo und Mara begonnen hatten. Theo wetzte auf sie zu und tippte sie an, und Mara rief an seiner Stelle: »Du bist!«

»Na warte!« Sie setzte hinter Theo her.

Sie rannten, bis sie alle drei vornübergebeugt dastanden und nach Atem rangen – sogar Theo. Annik war sich sicher, ihr Gesicht zeigte genau dasselbe fast schon idiotisch selige Grinsen, das sie auf dem ihrer Schwester sah.

»Weißt du, dass wir hier jetzt ganz oft herkommen können?«, fragte sie.

※

Bereits durch die Glastür, die den Vorraum von der eigentlichen Praxis trennte, sah Krister, dass Tilda hinter dem Rezeptionstresen saß und konzentriert auf den Monitor blickte.

»Was machst du denn hier? Es ist Sonntag«, sagte er, nachdem er die Tür geöffnet hatte.

Sie hob den Blick. »Krister!« Mit ihren vom Alter kurz gewordenen Bewegungen kam sie eilig hinter dem Rezeptionstresen hervor und schloss ihn in die Arme. Sie war bestimmt einen Kopf kleiner als er. »Ich kann euch doch nicht allein die neue Kollegin begrüßen lassen. Jemand muss Kaffee kochen.«

»Du meinst, das bekommen wir nicht ohne dich hin?«

Sie lächelte verschmitzt. »Es macht mir Spaß, Junge, das weißt du doch.«

»Du bist neugieriger als eine Katze.«

»Man muss auf dem Laufenden bleiben.«

Etwas in Krister wurde weich. Tilda hatte schon als Sprechstundenhilfe gearbeitet, als die Praxis noch seinem Vater gehört hatte. Nach dem Kindergarten hatte er neben ihr am Tresen gesessen und gemalt, und sie hatte mit ihm die Sprechübungen gemacht, die der Logopäde ihm aufgetragen hatte. Sie war immer da gewesen. Als sein Vater keine Zeit hatte, als seine Mutter starb, immer. »Du bist die Beste, Tilda.« Krister holte den von Tilda ausgedruckten Aktenstapel aus seinem Fach und lehnte sich damit gegen die Tischkante. Er hatte gerade den ersten Fall durchgeblättert, als Espen das Büro betrat.

»Hi, großer Bruder.«

»Hi.« Krister sah kurz auf, bevor er sich wieder seiner Arbeit zuwandte.

Doch Espen ging weder, noch betrat er das Büro. Stattdessen lungerte er im Türrahmen herum. »Und? Wie war der erste Abend zu Hause?« Seine Worte hatten einen fast lauernden Unterton.

»Gut.«

»Hast du irgendwas Besonderes getan?«

Krister klappte die Akte zu. Daher wehte der Wind. Tom hatte Hanne natürlich erzählt, dass sie gestern Abend Springen gewesen waren. Hanne hatte nichts Dringenderes zu tun gehabt, als sich bei Alva auszuheulen. Und jetzt spielte Espen sich als sein Babysitter auf. »Ja«, sagte er freundlich. »Ich war spontan noch in Stavanger, habe in einem Club ein paar Pillen eingeworfen und hatte wilden Sex mit fünf schwedischen Touristinnen.«

»Du solltest an deinem Humor arbeiten.« Es klang wie: Du solltest etwas gegen diesen kehligen Husten tun.

»Ich fand das ganz gelungen.«

»War es nicht.« Endlich zog Espen einen Mundwinkel leicht nach oben. »Tut mir leid, ich weiß, wie sehr diese Wahrheit dich treffen muss.«

»Eventuell kann ich es gerade so ertragen.« Krister wandte sich wieder den Papieren zu, doch Espen schien auf irgendetwas zu warten. »Ist noch was?«

»Nö.«

»Schön.«

»Ich dachte nur in meiner Naivität, du wolltest uns vielleicht vorwarnen, dass wir dich doch irgendwann von der Bergwand kratzen müssen, nachdem du vor Monaten schon aufhören wolltest.«

»Du wolltest das«, sagte Krister kühl. »Du wolltest, dass ich aufhören will.« Aber niemand, der einmal das Glück gekostet hatte, würde es ohne triftigen Grund aufgeben. Niemand. Apropos aufgeben … »Hanne ist übrigens schwanger.«

Espens verblüffter – und leicht entsetzter – Gesichtsausdruck verschaffte ihm eine grimmige Befriedigung. Es dauerte mehrere Sekunden, bis Espen wieder sprach. »Sch… schön für die beiden.«

»Fand ich auch.«

»Dann wird es wohl Zeit, dass unsere drei Auszubildenden ein bisschen mehr Verantwortung übernehmen.«

Krister zog die Augenbrauen hoch. Das würde kaum reichen.

»Können wir gleich mit Alva bereden. Kommst du auch in den Besprechungsraum?«

Krister nahm die Akten mit. Im Besprechungsraum setzte er sich ans hintere Ende des Tisches, nahe beim Fenster, und Espen ließ sich neben ihn fallen. Tilda hatte es sich nicht nehmen lassen, Kekse, Obst, Wasser, Schorle und Kaffee auf den Tisch zu stellen wie für ein großes Meeting mit der ganzen Praxis. Espen zog die Keksschale zu sich, bevor er sein Smartphone herausholte, um E-Mails zu checken oder was auch immer er tat.

※

Sie hatten einen fantastischen Tag am Strand verbracht, hatten in der sündhaft teuren Eisdiele daneben Eis gegessen und waren durch Lillehamn geschlendert. Mit den farbigen Holzhäusern wirkte das Städtchen auf Annik wie die malerische Kulisse zu einem Skandinavienfilm. Nur besonders ausgehfreudig schienen die Lillehamner nicht zu sein. Außer der Eisdiele entdeckte sie lediglich eine Bar in einem deplatziert wirkenden Betonbau und eine Pizzeria. Allerdings war der Supermarkt wirklich gleich am Ende der Straße.

Zu Hause blieb Annik gerade noch genügend Zeit, sich dreiundzwanzigmal umzuziehen, bevor sie zum ersten Meeting ihres neuen Jobs fuhr. Vielleicht war es auch nur fünfmal, aber es genügte, um Mara, die im Schneidersitz auf Anniks Bett saß, in komischer Verzweiflung den Kopf schütteln zu lassen, während Annik ihre wenigen Kleidungsstücke nacheinander herausholte und kombinierte.

»Dein Vertrag ist aber bereits unterzeichnet, oder?«, fragte Mara. »Sie können dich nicht mehr wegen dieser merkwürdigen Blumen auf dem Oberteil entlassen?«

»Sag nichts gegen mein Oberteil.« Annnik verfluchte die Tatsache, dass ein großer Teil ihrer Sachen erst im Laufe der Woche per Spedition kommen würde. Letzten Endes entschied sie sich für eine taillierte weiße Bluse und die neueste Jeans, die sie besaß. Gepflegt, aber nicht overdressed; professionell, aber nicht steif. Dazu die halbhohen Sandalen, denn es war immer noch warm draußen.

Der Nagellack an ihren Zehen war abgeblättert, aber inzwischen zeigte die Uhr zwanzig vor sechs, sie würde es nicht mehr schaffen, ihn zu erneuern.

Die Haare ließ sie heute offen, sie würde sie bei der Arbeit noch oft genug zum Zopf binden. Lippenstift, Wimperntusche – der Spiegel in der Innentür des Schranks zeigte ihr eine Frau mit zu großem Mund, die etwas nervös lächelte. Vielleicht sollte sie den Lippenstift doch nicht …?

»Du bist wunderschön so«, sagte Mara. »Los, hau ab. Theo und ich machen uns hier derweil einen netten Abend.«

Fünf Minuten später holte Annik eins der beiden Fahrräder aus dem Schuppen hinter dem Haus. Ihre Handflächen waren schwitzig. Was, wenn es mit dem Team doch nicht so passte, wie Alva annahm? Gott, so nervös war sie nicht mal gewesen, als sie die mündliche Prüfung bei Anatomie-Söker abgelegt hatte.

Vor dem Praxisgebäude stellte sie das Rad ab. Obwohl es noch beinahe genauso warm war wie am Tag, waren ihre Finger so klamm, dass sie den Fahrradschlüssel kaum ins Schloss bekam.

Nur ein Job. Und bei dem Treffen heute handelte es sich nicht um ein Bewerbungsgespräch.

Ein letztes Mal kämmte sie sich mit den Fingern durch die Haare. Sollte sie sie nicht vielleicht doch zum Zopf binden?

»Komm einfach so, wie du bist, es ist alles ganz familiär«, hatte Alva gesagt.

Die Tür war offen, und Annik trat mit klopfendem Herzen ein. Natürlich hatte sie Bilder von der Praxis im Internet gesehen, aber diese Räume hier übertrafen ihre Erwartungen. Licht durchflutete den großzügigen, mit hellem Parkett ausgelegten Empfangsbereich. Rechts von ihr befand sich ein Rezeptionstresen aus Stahl und hellblauem Milchglas, dahinter trennte eine in einer eleganten Kurve auslaufende, teils gläserne Wand einen Raum ab, der vermutlich das Büro darstellte. Daneben ging ein breiter Flur ab.

Geradeaus wiederholte sich diese Kurve noch einmal. Eine runde, ebenfalls durch Fenster unterbrochene Wand begrenzte das Wartezimmer. Annik nahm all das mit einem Blick in sich auf.

»Hei hei, du musst Annik sein. Willkommen im schönen Lillehamn.« Eine ältere Dame mit einem freundlichen, runden Gesicht begrüßte sie in stark akzentuiertem, überaus charmantem Deutsch.

»Takk«, stammelte Annik auf Norwegisch. Danke. Erst jetzt merkte sie, dass sie die Bündchen ihrer Sommerjacke geknetet hatte.

Die Frau reichte ihr die Hand. »Ich bin Tilda. Ich gehöre sozusagen zum Inventar.«

Annik hatte Tildas Bild auf der Website gesehen, und schon da hatte sie sympathisch gewirkt. Etwas so Warmherziges, Freundliches ging von ihr aus, dass Annik sich in ihrer Gegenwart gleich wohlfühlte.

»Tilda ist extra für dich heute hier.« Alva kam aus dem Flur und umarmte Annik. »Schön, dass du da bist.«

»Ihr habt alles, was ihr braucht?«, fragte Tilda. »Dann fahre ich nach Hause.«

»Ja, wir kommen klar, danke dir.« Als sie außerhalb von Tildas Hörweite waren, wisperte Alva: »Sie war bloß neugierig auf dich.«

»Ich mag sie.«

»Alles andere hätte mich enttäuscht. Tilda ist so etwas wie meine zweite Mutter.« Alva öffnete den Arm zur Seite. »Das Wartezimmer.« An Wartezimmern erkannte man den Geist einer Praxis. Mit der gepflegten Spielecke, den kaum zerlesenen Zeitschriften und den Gläsern beim Wasserspender gefiel dieses hier Annik ausgesprochen gut. Es hatte etwas beinahe Gemütliches, das durch die große Stehlampe mit dem Treibholzfuß noch unterstrichen wurde.

»Dort hinten sind die Behandlungsräume. Wir haben jeder unser eigenes Sprechzimmer – Krister den OP, du, Espen und ich ganz normale Sprechzimmer –, zusätzlich gibt es zwei Räume zum Ausweichen. Siehst du die kleinen Fächer neben den Türen?«

»Ja.«

»Da stecken Tilda und Märtha uns immer Zettel mit drei Stichworten zu dem jeweiligen Patienten hinein. Das erleichtert besonders bei akuten Fällen oder Leuten, von denen wir noch keine Akte im Computer haben, sehr die Arbeit.«

Als Nächstes führte Alva sie in einen Raum mit einem großen, ovalen Tisch, um den bestimmt zehn Stühle gruppiert waren. Zwei Männer saßen dort, von denen einer zum Fenster gewandt las, während der andere sein Smartphone zur Seite legte und sie strahlend anlächelte. »Der Besprechungsraum«, sagte Alva. »Immer hinein in die gute Stube.«

Annik trat ein, der Mann, der aufgesehen hatte, erhob sich und reichte ihr die Hand. »Ich bin Espen.« Auf der Stelle erschien Alvas Warnung, sie solle sich vor Espen in Acht nehmen, plausibel. Er verströmte Sex-Appeal aus jeder Pore. Auf der Website hatte er wesentlich braver gewirkt. Das eng anliegende Shirt ließ keinen Zweifel daran, dass er ziemlich gut trainiert war, und er hatte dieselben beeindruckend grünen Augen wie Alva, dazu dunkelbraune, leicht lockige Haare. Ihm war seine Wirkung bewusst, das merkte sie an dem selbstsicheren Lächeln, das er ihr schenkte. »Freut mich, dich kennenzulernen.«

»Mich auch.« Definitiv würde sie Mara kein Sterbenswort von diesem Mann erzählen, sonst würde ihre kleine Schwester für den Rest ihres Aufenthalts alle Krankheiten von Asthma bis Zöliakie durchzelebrieren.

Während ihrer Begrüßung hatte sich der zweite Mann hinter Espen genähert. Espen trat zur Seite, und Anniks Herz machte einen Satz.

Der Typ vom Hafen.

Maras Sahneschnittchen war Alvas Bruder. Ihr Boss.

»Hi, ich –« Er hatte die Hand ausgestreckt, brach aber mitten im Satz ab, als er sie ebenfalls erkannte. Er schloss den Mund wieder, ein Mundwinkel hob sich einen halben Millimeter.

»Annik, das ist Krister. Krister – Annik«, sagte Alva.

Warum musste ausgerechnet dieser Typ ihr Boss sein? Annik merkte, wie ihr das Blut in die Wangen schoss. Sie hatte den Vorfall am Hafen so schnell wie möglich vergessen und nicht jeden Tag wieder daran erinnert werden wollen. Deswegen also war er ihr auf der Fähre so bekannt vorgekommen! Allerdings hatte er auf der Fähre – und jetzt auch noch – sehr anders ausgesehen als auf der Website, wo er nicht nur glatt rasiert gewesen war, sondern eine dickrandige Brille getragen und die Haare viel kürzer und ordentlich gescheitelt hatte.

Ausgerechnet er hatte sie in ihrem dunkelsten Moment der letzten Wochen erlebt. So viel also zum positiven ersten Eindruck.

Ihr Gesicht wurde noch eine Spur heißer, als ihr bewusst wurde, dass sie ihn anstarrte. Wie lange schon? Ein unsicheres Lachen drückte sich durch ihre Kehle. »Äh ... hi«, stammelte sie und nahm endlich seine Hand. Sie fühlte sich gut an, trocken und warm, und sein Händedruck war gerade richtig fest. »Freut mich, dich ... also ...« Die Worte versickerten in der Ratlosigkeit.

Krister nickte und ließ ihre Hand los.

»Kris freut sich auch, dich kennenzulernen.« Jovial klopfte Espen ihm auf die Schulter.

Mit einer unwilligen kleinen Bewegung schüttelte Krister ihn ab, nickte Annik noch einmal kurz zu und setzte sich wieder. Sein Lächeln wirkte gequält. Anscheinend war ihm am Hafen ebenso wenig klar gewesen wie ihr, mit wem er es zu tun hatte. Jetzt zu erkennen, dass er eine menschliche Niete eingestellt hatte, war bestimmt nicht die größte Freude für ihn.

»Schön, dann lasst uns anfangen.« Alvas Stimme klang in Kristers Ohren wie Hohn.

Diese Besprechung würde wohl oder übel stattfinden müssen, ohne dass er seine Meinung zu B---lutwerten oder L---ungengeräuschen kundtat. In dem Augenblick, in dem er auch nur versuchen würde, den Mund aufzumachen, würde in seinem Kopf das Chaos ausbrechen. Sein beschissenes Sprachzentrum hatte spontan beschlossen, jegliche Kooperation einzustellen, als er in der neuen Kollegin die Frau vom Hafen erkannte.

Nur ... warum? Was hatte sie an sich, das das ausgelöst hatte, so schlimm wie seit Jahren nicht mehr?

Genau genommen war es das letzte Mal passiert, als ... Fuck. Er sollte ein dringendes Wort mit seinem Unterbewusstsein reden. Diese Frau, die da so verunsichert saß, kaum einen Blick zu ihm wagte und mit den Fingern die Ecke ihres Notizblocks aufrollte, hatte rein gar nichts mit Tonia zu tun. Sie sah ihr nicht mal entfernt ähnlich. Wahrscheinlich benutzte sie dasselbe Parfum, und sein Unterbewusstes stürzte sich auf diese Erkenntnis und suhlte sich darin, bevor er das bewusst auch nur gemerkt hatte.

Aber warum war sie so nervös? Er konnte nur hoffen, dass sie keinen Fehler gemacht hatten, indem sie Annik blind eingestellt hatten, nur auf Alvas Urteil vertrauend. Als Ärztin würde sie Kompetenz ausstrahlen müssen. Dieses Verhuschte passte nicht zu dem Bild, das Alva von ihr gezeichnet hatte. Prüfend sah er sie an. Was hatte sie für ein Problem?

»... und die Praxis ist zwischen neun Uhr morgens und vier Uhr nachmittags geöffnet. Die Mittagspause machen wir umschichtig, sodass immer jemand da ist.« Nur am Rande bekam Krister mit, wie Alva Annik die Praxisabläufe erklärte, zwischendurch ergänzt von Espen, der natürlich zu Hochform auflief. Eine halbwegs attraktive Frau und Espen in einem Raum – das Ergebnis war vorhersehbar.

Unauffällig führte Krister ein paar der Entspannungsübungen durch, die er bei seiner dritten Logopädin gelernt hatte, einer Französin namens Madame Mercatier. Nur, um nicht ganz und gar hilflos zu sein, sollte er doch irgendwann etwas sagen müssen. Doch bisher wirkte es, als kämen die anderen drei ganz gut ohne ihn klar.

Anniks ausdrucksvolle, graue Augen waren auf Espen gerichtet, und Espen tat nach allen Regeln der Kunst, was er am besten konnte: Er wickelte sie ein. Vier Wochen, bis die beiden es miteinander trieben, Krister würde jede Wette darauf eingehen. Die Frau, die Doktor Espen Solberg widerstand, musste erst noch geboren werden.

Annik war nicht aufgetakelt, aber auf eine natürliche Art hübsch – und vermutlich sogar ziemlich sexy, wenn sie diese Unsicherheit ablegen würde. Die taillierte weiße Bluse mit dem großen Kragen und die engen Jeans brachten ihren Körper perfekt zur Geltung. Die blonden Haare hatte sie auf der Fähre zum Zopf getragen, jetzt fielen sie ihr seidig auf die Schultern. Sie entsprach haargenau Espens Beuteschema. Allerdings hatte sie das Kind. Kinder entstanden in der Regel nicht durch unbefleckte Empfängnis, und Espen ließ die Finger von vergebenen Frauen. Doch wo war der Vater zu dem Jungen?

»Kris, was denkst du?«

Der Teil seines Gehirns, der Alvas aktuellen Problemfall mitbekommen hatte, übernahm beinahe ohne sein Zutun. »Hast du einen D-rogentest gemacht?« Sehr gut. Fast flüssig.

Wieder dieser prüfende Blick, mit dem Alva ihn vorhin schon bedacht hatte, als sie die Vorstellung übernommen hatte. »Der Junge hat eine unerklärliche Anämie, kein Drogenproblem.«

Er konzentrierte sich auf Alva, atmete ein und ließ den Satz hinausfließen. »Teste ihn auf Reste von MDMA.«

»Er ist vierzehn.«

Krister sah sie nur an, und Alva seufzte. »Schön. Wenn du recht hast, geb ich dir einen aus.«

Er hoffte, dass sein Lächeln aussagte, was er dachte. In aller Regel hatte er recht.

»Gut, dann sind wir im Wesentlichen für heute durch, oder?«, fragte Alva. »Jungs, bis morgen. Wir sehen uns am Dienstag, Annik. Macht euch bis dahin eine schöne Zeit.«

Es war vorbei, er hatte diese elende Besprechung überstanden, ohne sich bis aufs Blut zu blamieren. Vielleicht hielt ihn Annik jetzt für ein wenig merkwürdig, aber damit konnte er leben. Besser merkwürdig als minderbemittelt.

Fünf

Krister hatte etwas gegen sie, das war mehr als offensichtlich – und leider wenig verwunderlich. Während der Besprechung war Annik sich ein paarmal sicher gewesen, dass er sie ansah, aber immer, wenn sie dann hinschaute, war sein Blick auf Alva oder Espen oder den Notizblock vor ihm gerichtet.

Irgendwo hinter dieser verschlossenen Fassade versteckte sich der Typ mit dem Seesack, der ihr an Deck der Fähre zugelächelt und später Theos Ball gerettet hatte. Sein Gesicht mit dem deutlichen Bartschatten war schmaler als das glatte, hübsche Gesicht von Espen, hungriger irgendwie. Und … verletzter? Aber wieso interessierte sie das? Die dunklen Haare hingen ihm immer wieder ins Gesicht, und er strich sie mit einer ungeduldigen Bewegung aus der Stirn. Am linken Daumenballen hatte er die frisch verheilte Narbe einer tiefen Wunde, doch seine Miene verbat derart deutlich jede Ansprache, dass sie ihn nicht danach fragen würde. Als unnahbar hatte Alva ihn bezeichnet. Dem arroganten Gesichtsausdruck nach, den er bei der Drogenbemerkung gezeigt hatte, konnte er trotz der Sache mit dem Ball auch schlicht und ergreifend ein überheblicher Misanthrop sein. Er wäre nicht der erste Arzt, der Chirurg wurde, weil er da nicht mit Menschen reden musste.

»Setzen wir uns noch irgendwo auf ein Bier zusammen?«, fragte Espen nach dem Meeting. »Dann können wir uns alle ein bisschen informeller kennenlernen.«

»Meinetwegen gern«, sagte Alva und erhob sich. »Wie sieht's aus?«

Annik zögerte. »Ich muss eigentlich nach Hause.«

Kristers Stuhl schabte auf dem Boden, als er aufstand. »Ohne mich, sorry.« Er hob die Hand zum Gruß, nickte kurz in die Runde und war weg.

Anniks Gedanken kreisten noch um die Besprechung, als sie wenig später die Tür zu ihrem Haus aufschloss. Aus dem Wohnzimmer hörte sie Maras Stimme. Sie streifte die Schuhe ab und ging hinein. Auf dem Teppich vor dem Sofa fuhren Theos Legomänner auf einem Papiermeer mit Schiffen herum. Sie gab ihrem Sohn einen Kuss auf den Kopf und ließ sich auf das Sofa sinken. »Na, ihr beiden. Was habt ihr so getrieben, während ich bei der Arbeit war?«

Als Antwort lief Theo in die Küche und kehrte kurz darauf, einen Hefezopf auf einem Teller balancierend, zurück. »Ihr habt gebacken? So lange war ich doch gar nicht weg.«

»Wo denkst du hin!« Mara schüttelte den Kopf. »Nein, die Nachbarin von gegenüber hat den als Willkommensgeschenk gebracht. Ihr Sohn Luis ist so alt wie Theo und geht in den Kindergarten, den wir uns morgen ansehen wollen.«

»Wie nett!«

»Ja, sie machte einen sehr netten Eindruck, und der Junge auch. Rose heißt sie.«

Rose und Luis. Und vermutlich ein Vater dazu, möglicherweise Geschwister. Eine ganze, heile Familie. Heile Familien gaben Annik nach wie vor einen Stich ins Herz. Aber sie sollte die Chance auf neue Freunde nicht verstreichen lassen und Rose und Luis in den nächsten Tagen zum Kaffee einladen.

»Und bei dir? Wie ist die Praxis? Wie sind die Leute?«

»In Ordnung, glaube ich.« Annik gähnte. So nebenbei wie möglich sagte sie: »Der Typ von der Fähre ist mein Boss. Krister heißt er.«

»Der alte Mann mit dem Fernglas?«

»Quatsch. Dein Sahneschnittchen.«

»Der mit den schönen Augen? Der Theo den Ball wiedergebracht hat?«

»Ja, und er ...« Annik zögerte. Er ist kein sehr sympathischer Zeitgenosse, hatte sie sagen wollen. Aber genau genommen wusste sie das nicht. Krister hatte ihr mit dem Koffer geholfen und den Ball gerettet. Heute allerdings hatte er keine drei freundlichen Worte – oder überhaupt irgendwelche – mit ihr gewechselt und schien insgesamt an der Besprechung eher desinteressiert gewesen zu sein.

Aber eigentlich wusste sie nichts über ihn. Es war ihr nur unangenehm gewesen, ihn wiederzusehen.

Verglichen mit Hamburg, war die Kinderbetreuung hier ein Traum. Das Städtchen selbst hatte keine zweitausend Einwohner, dennoch gab es einen Forscherkindergarten, einen Naturkindergarten und sogar einen Musikkindergarten. Nach Alvas Empfehlung hatte Annik Theo in dem Kindergarten angemeldet, der am nächsten lag und dessen Website Fotos von glücklichen Kindern schmückten, die in orangefarbenen Schwimmwesten am Strand spielten. Was sollte sie sonst tun, als sich auf Alvas Empfehlung zu verlassen?

Hinter einer üppigen Wacholderhecke erkannte Annik einen Teil des dunkelrot gestrichenen Holzbaus mit von innen an die Fenster gemalten Blumen.

Theo war langsamer geworden, je näher sie dem Kindergarten kamen, und sein Griff um ihre Hand fester. Annik hatte das Piratenschiff im Vorgarten schon auf Bildern gesehen. Es war ein echter alter Kutter, umgebaut zum Klettergerüst. Vier – oder nein, fünf – Kinder spielten darauf.

»Bist du aufgeregt?«

Er nickte.

»Kann ich verstehen. Aber das Schiff ist schon mal ein guter Anfang, oder?«

Theos Griff um ihre Hand lockerte sich ein wenig.

Selbst Mara, die, mit ihrem Smartphone beschäftigt, ein wenig hinter ihnen gegangen war, blieb stehen und bewunderte das Schiff.

Doch Anniks Aufmerksamkeit wurde jetzt von einer Frau abgelenkt, die auf sie zukam. Sie war etwa Mitte fünfzig und trug die langen, grauen Haare als dicken Zopf, der ihr über die Schulter hing.

»Hallo zusammen«, sagte sie auf Deutsch und hockte sich dann direkt vor Theo hin. »Du musst Theo sein. Ich bin Mette.«

Theo sah sie mit großen Augen an, aber seine Hand war entspannt, und er klemmte sich nicht an Anniks Hosenbein. Vorsichtig atmete sie auf.

In ihrer Mail hatte sie erklärt, dass Theo nicht sprach, und Mette schien kein Problem damit zu haben. »Du redest im Moment nicht so gern, nicht wahr? Ich mache dir einen Vorschlag. Du hörst einfach erst mal zu und siehst dir alles an, ja?«

Er nickte und ließ Annik los. Kurz darauf spazierte er neben Mette davon, auf das Piratenschiff und die anderen Kinder zu.

Als Annik am nächsten Tag vor der Praxis stand, war sie beinahe nicht mehr aufgeregt. Mara hatte ihr glaubhaft versichert, sie würde, falls nötig, den ganzen Tag im Vorraum des Kindergartens zubringen, solange es dort eine Steckdose für ihr Handyladegerät gäbe. Theo war also versorgt. Sie konnte sich auf die Arbeit konzentrieren.

Alva freute sich, dass sie hier war. Espen freute sich, dass sie hier war. Sie würde die neuen Kollegen kennenlernen, und vielleicht konnte sie Krister vorerst einfach aus dem Weg gehen.

In der Praxis herrschte bereits Hochbetrieb. Vor der Rezeption warteten fünf Leute, an denen sie sich mit einem Lächeln vorbeischob. Wen würde sie in ihrem Sprechzimmer wiedersehen? In ihrem Sprechzimmer ... Der Gedanke hatte immer noch etwas

Irreales und Beunruhigendes. In der Eppendorfer Uniklinik »die Neue« zu sein, war etwas anderes als in dieser Familienpraxis. Wie würden die Leute auf ihr Volkshochschulnorwegisch reagieren? Wie auf sie als Person?

»Guten Morgen.« Tilda blieb trotz des Zeitdrucks die Ruhe in Person. »Meine Schwester hat mir von deinem entzückenden Sohn erzählt.«

Annik umrundete den Rezeptionstresen, um ins Büro zu gehen, wo auch die Garderobe war. »Dann ist deine Schwester Mette?«

»Genau.« Routiniert reichte Tilda der wartenden Patientin ein Clipboard über den Tresen. »Füllen Sie uns das bitte aus und bringen es dann wieder zurück?« An Annik gewandt sagte sie: »Daran wirst du dich bei uns gewöhnen müssen. Hier sind alle irgendwie miteinander verwandt oder verschwägert.«

Tilda meinte es freundlich, trotzdem wurde Annik bei diesen Worten noch ein wenig mulmiger zumute. Konnten sie, die Außenseiter, die Deutschen, hier je wirklich Fuß fassen?

Eine junge Frau gesellte sich zu ihnen. Sie war hochgewachsen, mit ellenlangen Beinen, einem silberblonden Zopf bis zur Taille und einem ebenmäßigen, goldgebräunten Gesicht. Annik hätte sich auf der Stelle klein, hässlich und ungeduscht gefühlt, hätte die Frau nicht so aufrichtig gelächelt. Gut, sie fühlte sich dennoch klein, hässlich und ungeduscht. Nur nicht mehr ganz so schlimm.

»Keine Sorge«, sagte die blonde Frau. »Es sind nicht alle hier verbandelt. Ich bin auch vor einem Jahr erst aus Oslo hergezogen.« Sie reichte Annik die Hand. »Ich bin Svea, hallo.«

»Na, dann … auf gute Zusammenarbeit.« Annik begann zu ahnen, dass es nicht ganz einfach werden würde, sich alle Namen, Gesichter und Geschichten zu merken.

»Wir arbeiten wohl nicht oft zusammen.« Selbst Kopfschütteln gelang Svea mit Anmut. »Ich habe das Labor unter mir. Alva wollte dir heute Hanne zur Seite stellen.«

»Stimmt«, schaltete Tilda sich ein, während sie gleichzeitig eine Patientenkarte entgegennahm.

Svea hatte sich an den Computer gesetzt. »Ich rufe die beiden eben an.«

Als Alva gleich darauf mit einer weiteren Frau auftauchte, lächelte Annik. Hanne wirkte äußerst sympathisch. Sie mochte Anfang dreißig sein, war kleiner als Annik und sehr zart, mit kurzen schwarzen Haaren und vergnügten dunklen Augen. Sie würden miteinander klarkommen. Wie es bisher aussah, würde Annik mit fast allen im Praxisteam klarkommen. Nur bei einem war sie sich nicht sicher.

Im Laufe des Vormittags stellte sich heraus, dass viele von Anniks Sorgen unbegründet gewesen waren. Die Patienten hier waren – wer hätte das gedacht? – einfach nur Menschen, die Hilfe brauchten. Solange sie die bekamen, spielte es keine Rolle, ob Annik aus Deutschland kam oder vom Mars. Auch die Sprachbarriere stellte kaum ein Problem dar. Annik verstand erstaunlich viel, und einige der jüngeren Patienten wechselten ins Englische, sobald sie merkten, dass die neue Ärztin nicht aus Norwegen stammte. Einzig Lotta Eriksson, eine ältere Dame mit einem Katzenbiss, sprach weder Englisch noch Deutsch, und es war Annik wichtig, dass sie alle Anweisungen genau befolgte. Katzenbisse konnten extrem gefährlich werden, und so übersetzte Hanne für sie. Sie nahm einen Abstrich und schickte ihn zur Bestimmung der Bakterienstämme ins Labor, um beim nächsten Besuch gezielt weiterbehandeln zu können.

Lotta Eriksson war jedoch vor allem mit dem Fehlverhalten ihrer Katze beschäftigt. »Murre hat das vorher noch nie getan. Ich weiß nicht, was in sie gefahren ist.«

Annik säuberte die Wunde und legte eine Kochsalzkompresse auf. »Wir beobachten das«, sagte sie dann beruhigend, »aber ich gehe nicht davon aus, dass sich etwas Schlimmes hieraus entwickelt. Lassen Sie sich an der Rezeption einen Termin für morgen früh geben? Und wenn sich irgendetwas ändert, wenn Ihnen kalt wird, Fieber auftritt, irgendetwas, dann gehen Sie bitte sofort ins Krankenhaus.«

»Ich muss morgen früh arbeiten.«

»Sie müssen auch gesund bleiben.« Es schien schwierig, ihr den Ernst der Lage klarzumachen. Hanne legte Fettgaze auf und verband die Wunde, wobei sie Anniks Worte übersetzte und auch auf Norwegisch noch einmal betonte: »Wir sehen uns morgen früh. Bis dahin haben wir sicherlich auch die Ergebnisse aus dem Labor.«

Erst als Annik hoffen konnte, dass Lotta wirklich alles genau verstanden hatte, ließ sie sie mit der Anweisung gehen, sich sofort – mit drei Ausrufezeichen – zu melden, sollte irgendeine Verschlimmerung oder auch nur Veränderung auftreten.

An diesem Tag sah Annik Krister nicht, und auch am Mittwoch liefen sie sich nur kurz über den Weg, was er mit einem knappen Nicken quittierte. Okay, damit konnte sie leben, auch wenn sie sich bei der Erinnerung an ihren Aussetzer am Hafen immer noch am liebsten unter der Fußleiste verkriechen wollte. Doch es war so viel zu tun, dass ihr wenig Zeit zum Grübeln blieb. Und Espen war umso netter zu ihr. Jedes Mal, wenn sie sich begegneten – und das war erstaunlich oft –, hatte er ein Lächeln auf den Lippen oder fragte sie, wie es lief.

Der erste Tiefschlag kam an Anniks drittem Tag, dem Donnerstag. Der Morgen war Notfallpatienten vorbehalten, bei deren Versorgung sie sich in Krankenhauszeiten zurückversetzt fühlte. So viele Patienten, und alles musste sehr schnell gehen! Am späten Vormittag stöhnte Hanne auf. »Diese verfluchten ...«

»Was ist?«

»Dein nächster Patient.« Hanne verdrehte in komischer Verzweiflung die Augen. »Jostein Arnesen. Er ist ein bisschen speziell. Wir vermuten ja alle, er kommt bloß her, weil ihm langweilig ist oder seine Frau ihn einmal in der Woche loswerden will. Die anderen haben ihn immer gegenseitig weitergereicht, und jetzt bist du an der Reihe. Feuertaufe, Annik.«

»So schlimm wird es schon nicht sein.« Ihre Patienten im Krankenhaus in Hamburg waren auch nicht alles wohlerzogene Intellektuelle gewesen.

Doch mit der unverhohlenen Ablehnung, die ihr von dem alten Mann entgegenschlug, hatte sie nicht gerechnet. Er keuchte und hustete und verweigerte dennoch, sich von ihr abhören zu lassen. »Geht bergab mit der Welt«, grummelte er, »wenn sie schon deutsche Mädchen als Ärzte einstellen.«

Während Annik noch ihre norwegische Antwort möglichst fehlerfrei zurechtfeilte, sagte Hanne: »Jostein, Doktor Annik kann Ihnen nicht helfen, wenn sie Sie nicht untersuchen darf.«

»Ach, das Frauchen da kann mir nicht helfen.« Wieder hustete er, und es klang abfällig. »Mir hilft niemand.«

Anniks Brustkorb wurde eng. Sie hätte damit rechnen müssen, dass so etwas passierte. Sie war fremd. Das Vertrauen der Patienten würde sie sich erarbeiten müssen. Dennoch warteten andere Patienten, heute gab es keine Zeit zu vertrödeln, erst recht nicht mit sturer Verweigerung. Sie richtete sich auf. »Warum glauben Sie, dass Ihnen niemand helfen kann?«

Er lachte bitter. »Ich huste chronisch, seit vierzig Jahren. Steht doch alles in Ihrem Computerding da.«

Er roch, als rauchte er auch chronisch seit vierzig Jahren. Letztlich schrieb Annik ihm mit schalem Gefühl Medikamente auf, die ihm etwas Linderung verschaffen würden, und notierte ihn auf ihrer Liste für das Team-Meeting in der kommenden Woche.

In der Nacht von Donnerstag auf Freitag übergab sich Theo morgens um drei. Schlaftrunken kramte Annik im Bettkasten, bis sie die Bettwäsche gefunden hatte, bezog das Bett neu, tapste in die

Küche, um Theo eine Wärmflasche zu machen, stieß sich dabei den kleinen Zeh am Türrahmen und sang dann Theo vier Gutenachtlieder, bis er wieder schlief. Danach war sie wach, und je mehr die Zeit bis zum Aufstehen zusammenschrumpfte, desto beharrlich weigerte der Schlaf sich zu kommen. Endlich, um fünf, dämmerte sie wieder weg, und um Viertel nach fünf übergab Theo sich zum zweiten Mal. Wenigstens hatte er kein Fieber. Annik fehlte die Kraft für weiteres Bettenbeziehen, sie wischte nur das Schlimmste mit der alten Bettwäsche auf und legte zwei dicke Handtücher über die feuchte Stelle. Obwohl sie sich mittlerweile fühlte wie dreimal durch eine sehr enge Mangel gedreht, schlief sie erst kurz nach sechs für ein paar Minuten wieder ein und wachte mit hämmernden Kopfschmerzen auf.

Ächzend wälzte sie sich aus dem Bett, bis ihr einfiel, dass sie lieber leise sein sollte, um Theo nicht zu wecken.

Die Dusche brachte ihre Lebensgeister ein wenig zurück, aber beim Schminken schmierte sie sich versehentlich Wimperntusche ins Auge, musste sich die Kontaktlinse putzen und hatte danach ein rot unterlaufenes, geschwollenes Auge mit Pandaschatten, das wie Feuer brannte. Auf der Suche nach den Augentropfen fand sie wenigstens die Kopfschmerztabletten.

Sie verzichtete aufs Frühstück, schrieb Mara eine Nachricht und machte sich mit entsetzlich schlechtem Gewissen auf den Weg, Rabenmutter, die ihr krankes Kind allein ließ. Eigentlich konnte es jetzt nur noch besser werden.

Das dachte sie zumindest, bis sie auf halbem Weg zur Praxis so ungünstig über einen spitzen Stein fuhr, dass ihr Hinterreifen mit einem beeindruckenden Zischen die Luft entweichen ließ.

Verdammte, verfluchte, vermaledeite Scheiße! Zu dem Pandaauge hatte sie garantiert inzwischen hektische Flecken. Jedenfalls klebte ihr das enge Praxis-T-Shirt am Rücken. Hoffentlich hielt wenigstens das Deo.

Nach einer kurzen desillusionierenden Begutachtung des Hinterreifens schloss sie das Rad an einen Laternenpfahl und rannte los – gerade, als es anfing zu nieseln.

Eine Viertelstunde zu spät kam sie außer Atem und mit an der Kopfhaut klebenden Haaren vor der Praxis an. Phänomenal. So etwas konnte man sich leisten, wenn man eine gesicherte Position im Team hatte. Als Alleinerziehende in der Probezeit war es ein absolutes No-Go. Sie musste nicht gleich am Anfang sämtliche Vorurteile bestätigen.

Eilig kämmte sie mit den Fingern durch die Haare, lockerte sie auf, so gut es ging, und tupfte sich Regen und Schweißtröpfchen von der Stirn. Ein Blick in die Foto-App sagte ihr, dass sie sich die Wimperntusche am Morgen besser gespart hätte. Dunkle Schlieren zogen sich unter ihren Augen entlang über die Wangen.

Mit einem kurzen Gruß am Rezeptionstresen hetzte sie vorbei in Richtung Badezimmer, bevor die Patienten sie so derangiert sahen – und prallte vor der Bürotür mit voller Wucht gegen jemanden.

»Au!« Papier klatschte auf den Boden, vor ihr stand Krister, der sich den Oberarm rieb und sie ansah.

»O nein!«, sprudelte sie hervor. »O nein, das tut mir wirklich, wirklich leid. Ich weiß auch nicht, wieso …« Wieso sie blöd herumstand und ihn schon wieder anstarrte. Das hier war keine dieser romantischen Komödien, in denen sich die Heldin – sie – und der Angebetete – grandioser Witz! – über den Haufen rannten, die Zeit sich verlangsamte und sanfte Musik einsetzte. Hier gab es keine Musik, hier starrte nur jemand zurück. Ungehalten und … frustriert?

Hektisch bückte sie sich nach den Zeitschriften, die sie ihm aus der Hand gefegt hatte. Beinahe stießen sie auch noch mit den Köpfen zusammen, als er sich ebenfalls bückte. Okay, doch romantische Komödie. Allerdings erklangen keinerlei Geigen aus dem Off.

»Entschuldige bitte«, stammelte sie stattdessen mit zu hoher Stimme und richtete sich schnell wieder auf. »Ich war nur … in Eile, ich habe nicht aufgepasst. Du musst das nicht aufheben, ich kann wirklich …«

Er stand bereits wieder, den Aktenstapel unordentlich im Arm. Seine Miene war unlesbar. Dann drehte er sich abrupt um und war so schnell aus dem Büro, als hätte sie ihm seine Zeitschriften um die Ohren geschlagen.

※

Krister warf die Magazine achtlos auf den Schreibtisch und ging zum Fenster. Schön, dass Annik wenigstens nicht sein iPad erwischt hatte. Draußen ließ der Regen die Straße dunkel erscheinen und färbte die Mohnblumen am Seitenstreifen grellrot.

Was war mit ihm los?

Er war nicht mehr der kleine Junge, der sich nicht in die Schule traute. Er war verflucht noch mal erwachsen. Er hatte seine Doktorarbeit verteidigt, ohne auch nur ein einziges Mal zu stocken, er leitete seine eigene Praxis. Er konnte auf Kongressen reden und Small Talk machen, und niemand würde auch nur ahnen, dass er stotterte. Warum schoss sein elendiges Sprachzentrum dann jedes Mal, jedes verdammte Mal quer, wenn er Annik über den Weg lief?

Er presste die Mittelfinger auf die Nasenwurzel. Auf Dauer konnte er so nicht arbeiten. Inzwischen war ihm allein der Gedanke unangenehm, in die Praxis zu müssen. Noch zwei Wochen, und er war bereit, seinen Praxisanteil an den Meistbietenden zu verscherbeln.

Ein Klopfen durchbrach seine sinnlos kreisenden Gedanken; Espen betrat das Zimmer, ohne Kristers ›Komm rein‹ abzuwarten. »Ich suche nur meinen … Alles okay mit dir?«

»Ja.«

»Du siehst scheiße aus.«

»Ich hab gestern zu viel getrunken. Die Touristinnen aus Stavanger wieder, du weißt schon.«

Prüfend sah Espen ihn an. »Ich glaube, ich erwähnte, dass du an deinem Humor arbeiten solltest.«

»Was suchst du noch gleich?« Krister schüttelte die Verstimmung ab und kehrte vom Fenster zu seinem Schreibtisch zurück.

»Meinen Lieblingsstift. Hat wieder wer falsch weggepackt.« Espen beugte sich vor und fischte einen silberfarbenen Kugelschreiber aus Kristers Stiftbehälter.

»Ich hab gleich P-patienten.«

»Ich auch.« Ungerührt nahm Espen auf einem der Stühle vor dem Schreibtisch Platz. »Willst du drüber reden?«

Krister stützte sich auf den Schreibtisch und beugte sich grinsend vor. »Nein. Hau ab.«

»Du kannst mir alles sagen.«

»Du solltest an deinen Fähigkeiten als Seelenklempner arbeiten.«

»Pffft. Du bist undankbar, weißt du das?« Espen erhob sich wieder. »Da gebe ich mir Mühe, ein verständnisvoller Bruder zu sein...«

»Sei einfach ein fleißiger Bruder, dann passt das schon.«

Espen warf ihm einen Luftkuss zu und verließ das Zimmer, wobei er fröhlich mit seinem Kugelschreiber klickte.

Krister warf einen letzten Blick aus dem Fenster – Fliegen konnte er bei dem Wetter vergessen –, dann gab er Tilda Bescheid, dass er bereit war für die Sprechstunde.

Sechs

Der Zusammenstoß mit Krister ließ Anniks Zweifel wachsen. Wie sollte sie jemals mit diesem Mann klarkommen? Wie sollte sie so arbeiten?

In der Mittagspause ging sie mit Alva zu *Jamal's Place*, einem syrischen Imbiss an der Straßenecke neben der Praxis, der ihr bisher nicht einmal aufgefallen war. Von außen wirkte er wie ein Kiosk, doch es gab einen Nebenraum mit einigen Stehtischen. Die Speisenauswahl war begrenzt, aber Alva versicherte ihr, Jamal serviere sowohl traditionell norwegischen Fiskepudding wie auch die besten Falafel. Den Fiskepudding wollte Annik sich erst einmal ansehen, also bestellte sie einen Falafelteller und dazu eine Maracujaschorle. Während sie an ihren Getränken nippten und aufs Essen warteten, sagte Alva: »Schön, dass wir endlich ein wenig mehr Zeit haben. Wie läuft deine erste Woche bisher?«

Annik war danach, Alva sofort wegen Krister um Rat zu fragen. Aber so gut kannten sie sich noch nicht, und sie hatte keine Ahnung, wie die Geschwister zueinander standen. Also erzählte sie von dem alten Jostein, von der Katzen-Lady, die nicht wieder aufgetaucht war, und davon, wie gut die Zusammenarbeit mit Hanne klappte.

»Wenn du von Jostein die Nase voll hast, darfst du ihn weiterreichen. Ich glaube, Espen ist als Nächster dran.«

»Nein, wir kommen klar.« Sie war nach Norwegen gekommen, weil die Arbeitsbedingungen tausendmal besser waren als in Deutschland. Sie hatte einen Umzug in ein fremdes Land bewältigt. Sie würde nicht vor einem knurrigen Alten davonlaufen. »Ich habe Anatomie-Vorlesung bei dem frauenfeindlichsten Prof der ganzen

Uni gehabt. Wenn Theo auch nur kurz gemaunzt hat, musste der Sack Sprüche über Frauen mit Kindern ablassen. Weißt du, was ich gemacht habe? Ich habe mich in die erste Reihe gesetzt und Theo demonstrativ gestillt.«

Alva lachte. »Da wäre ich gern dabei gewesen.«

Bei der Erinnerung an Söker wurde Annik noch wütend. »Ich meine, was soll so was? Das war reine Schikane.«

»Ich stelle es mir eh nicht ganz einfach vor, mit Baby zu studieren.«

»Man wächst mit seinen Aufgaben.« Und ab und zu hatte Flo sich schließlich auch um Theo gekümmert. So alle paar Tage mal.

»Das Angebot steht trotzdem«, sagte Alva. »Wir reichen Jostein seit Jahren weiter. Immer wenn einer nicht mehr kann, ist der Nächste dran. Vor allem darfst du nichts persönlich nehmen, was er sagt. Er reduziert die Zigaretten nicht, nimmt Medikamente nur unregelmäßig, wenn überhaupt, weigert sich, zu Spezialisten nach Stavanger zu fahren … Aber er findet bei allen etwas zum Nörgeln. Trotzdem kommt er immer wieder.«

Das Gespräch verstummte, als Jamal ihnen das Essen an den Tisch brachte. Annik nahm den ersten Bissen und dann schnell den zweiten. Es war tatsächlich der beste Falafelteller, den sie je gegessen hatte.

»Mit den Jungs auch alles okay?«, fragte Alva mit noch vollem Mund, bevor sie sich mit der Serviette den Mundwinkel abtupfte.

Annik zuckte innerlich ein wenig zusammen. Also hatte Krister wirklich etwas gegen sie? Wusste Alva davon? »Gut geht es.« Sie spülte den Satz mit einem großen Schluck Maracujaschorle hinunter. Dann dachte sie: Was soll's? Wenn das so weiterginge, würde Alva es ohnehin erfahren. Spätestens an dem Tag, an dem Krister ihre Kündigung verlangte. Nach einem weiteren Schluck rückte sie raus. »Also, mit Espen ist es nett – wirklich nett. Und entgegen deiner Warnungen macht er mir weder Avancen, noch verliebe ich mich versehentlich in ihn.«

»Das ist gut.«

Noch konnte sie etwas sagen wie ›Und Krister kenne ich noch nicht richtig. Bestimmt ist er ein super Typ‹. Aber da waren die Worte auch schon heraus. »Aber Krister … Ich habe das Gefühl, er kann mich nicht ausstehen, und ehrlich gesagt weiß ich nicht recht, wie ich damit umgehen soll.«

Jetzt schien Alva ehrlich verblüfft. »Warum sollte Krister dich nicht leiden können?«

»Das weiß ich ja eben nicht.« Was gelogen war. Warum war in dieser Maracujaschorle nicht auch noch ein Schuss Wodka oder was immer man hier so trank? »Doch, eigentlich weiß ich es.« Sie holte tief Luft, und dann erzählte sie Alva die ganze beschämende Geschichte, angefangen mit der langen Reise bis hin zu Theos heiligem Ball. Sie sparte nicht aus, dass sie sich immer noch wand bei der Vorstellung, wie jemand – und dann auch noch ausgerechnet ihr neuer Boss – gesehen hatte, dass sie um ein Haar ihr Kind misshandelt hätte.

»Ich fände es eher beängstigend, wenn du mit Theo immer nur beherrscht und freundlich wärst.«

»Ja, aber das war weit jenseits von unfreundlich. Das war … nicht mehr ich. Es war schlimm, ehrlich. Auch schon ohne meinen Boss als Zeugen.«

Alva schob mit der Gabel Fischpuddingreste auf ihrem Teller hin und her. »Ich glaube, du bewertest das über«, sagte sie schließlich langsam. »Für dich war es entsetzlich, aber für jeden anderen halt eine Mutter im Stress.«

Annik schüttelte den Kopf.

»Und ich sage dir, das ist ein Missverständnis.« Alva dachte einen Moment nach, während Annik den letzten Rest aus ihrem Glas trank. »Kris ist nicht der Mann, der andere wegen eines kleinen schwachen Moments verurteilen würde. Wenn du mir nicht glaubst, dann frag ihn selbst.«

Frag ihn, sicher. Ganz einfach. Sie sah es förmlich vor sich, dieses leicht frustrierte, überhebliche Mundwinkelhochziehen. Danach würde er mit den Schultern zucken und sie stehen lassen. »Wenn ich eins ganz bestimmt nicht tue, dann das. Er würde nicht mal antworten. Er redet nicht mit mir.«

»Krister …« Das allerdings schien Alva zu erstaunen. »Krister redet nicht mit dir?« Sie wirkte nachdenklich.

»Nein. Also, abgesehen von einem erschrockenen ›Au‹ heute Morgen, als ich ihn über den Haufen gerannt habe.« Annik grinste schief, und Alva wirkte jetzt, als hätte sie Mühe, das Lachen zurückzuhalten.

»Du erledigst Dinge gern ordentlich, oder?« Grinsend schob sie die Teller zusammen, um sie zur Theke zu tragen. »Wir müssen wieder. Ich lade dich ein. Und ich spreche mit Krister.«

»Das musst du nicht.«

Die Teller schepperten leise, als Alva sie abstellte. »Doch«, sagte Alva. »Das muss ich. Weil er dir dazu gefälligst was erklären soll, damit du aufhörst, das auf dich zu beziehen.«

Am Abend stand Annik wieder einmal unentschlossen vor dem Kleiderschrank und war kurz davor, sich einfach den Schlafanzug anzuziehen und einen faulen Abend mit ihrer Schwester und ihrem Sohn zu verbringen, der dieser Tage ohnehin zu wenig von ihr sah. Doch Alva hatte darauf bestanden, dass sie ins *Frontstage* kam, die Bar, die Annik bei ihrem ersten Spaziergang gesehen hatte. Bisher hatte sie dem Betonbau mit der Leuchtschrift über dem Eingang wenig Beachtung geschenkt. »Wir treffen uns dort jeden Freitag«, hatte Alva gesagt. »Es ist ein Praxisritual. Nenn es Teambuilding.«

»Ich werde nicht mehr dabei sein können, wenn Mara zurück in Deutschland ist«, hatte Annik protestiert, doch Alva hatte den Einwand nicht gelten lassen. Und wann war Annik das letzte Mal in einer Bar gewesen?

Theo jedenfalls schien es nicht zu stören, dass sie schon wieder loswollte, denn er baute einen mannshohen Legoturm in seinem Zimmer, während Mara wieder im Schneidersitz auf Anniks Bett Platz genommen hatte und ihre Bemühungen bezüglich der Kleiderauswahl begutachtete.

Sollte sie die Jeans anbehalten oder eher einen Rock anziehen? Oder die enge, gemusterte Hose und dazu ein schwarzes Longsleeve? Herrgott, es war bloß ein Treffen in einer kleinen Bar, kein Staatsempfang.

»Was stimmt nicht mit den Klamotten, die du anhast?«, fragte Mara schließlich. »Nimm den großen bunten Schal dazu, zieh hohe Stiefel an, und du drehst deinen Hotness-Faktor gleich noch drei Stufen höher.«

»Es geht da aber nicht um Hotness – gibt es das Wort überhaupt? –, sondern darum, einfach die Leute ein bisschen privat kennenzulernen.«

Trotzdem, die Idee mit dem Schal war gut. Annik gab sich mit dem Make-up extra Mühe und zupfte sogar noch die Augenbrauen nach, wofür auch immer. Aber die unbequemen hohen Stiefel waren für diesen Abend definitiv zu warm, jetzt, nachdem es aufgehört hatte zu regnen.

Vor dem *Frontstage* waren Stehtische aufgebaut, um die sich lachende Jugendliche gruppierten, die kaum alt genug waren, um überhaupt hier sein zu dürfen.

Automatisch lächelte Annik ihnen zu, und es half ein wenig dabei, ihre aufkeimende Nervosität zu unterdrücken. Das Erste, was ihr auffiel, als sie den schweren roten Samtvorhang vor dem Eingang zurückgeschlagen hatte, war die Musik. Bluesartig, aber leicht, und gerade nicht zu laut. Der Schankraum war, anders als das kühle Äußere vermuten ließ, in warmen Braun- und Goldtönen gehalten, mit einer Theke, die sich der Länge nach durch den Raum zog, und einer ganzen Wand voller goldgerahmter Spiegel.

Und es war voll! Das *Frontstage* schien neben der Pizzeria der einzige Ort zu sein, wo man in Lillehamn freitagabends ausgehen konnte. Menschen jeden Alters drängten sich an der Theke und an den Tischen, und ganz hinten entdeckte Annik schließlich Alva, die ihr zuwinkte. Erleichtert schob sie sich durch die Menge. Beim Näherkommen erkannte sie, dass sich das ganze Team an einem langen Tisch versammelt hatte, in der Mitte standen einige Gläser mit Bier und Wasser. Zwischen Alva und Espen war ein Platz frei. Tilda unterhielt sich gegenüber mit Hanne, und Krister saß dankenswerterweise, ins Gespräch mit Svea und einem fremden Mann vertieft, ganz am anderen Tischende. Annik kletterte über die Sitzbank und quetschte sich zwischen Alva und Espen. »Hi.«

»Schön, dass du es einrichten konntest.«

Vielleicht konnte es wirklich ein netter Abend werden. Mit den drei Auszubildenden der Praxis, die ihr gegenübersaßen, hatte sie bisher kaum etwas zu tun gehabt, und sie mochte es, dass sie sich ganz selbstverständlich mit den älteren Kollegen unterhielten. Märtha, Mia und Marius hießen sie, und Espen hatte sie angeblich scherzhaft »Tick, Trick und Track« genannt, wobei Annik nicht genau wusste, wer wer sein sollte.

Es hatte wirklich etwas von einer großen, fröhlichen Familie. Und sie würde dazugehören.

Wahrscheinlich. Vielleicht. Wenn …

Unauffällig schielte sie zu Krister hinüber. Er hatte ihre Ankunft nicht bemerkt, sondern lachte über irgendetwas, das der Mann neben Svea gesagt hatte. Um seine Augen bildeten sich dabei kleine Fältchen. Es gab ihr einen seltsamen kleinen Stich, dieses Lachen. Was war nicht in Ordnung mit ihr? Warum behandelte er sie wie einen … einen hässlichen Käfer, der gerade genug Aufmerksamkeit verdiente, vom Jackenkragen geschnippt zu werden?

»Das ist Tom«, erklärte Espen ihr ungefragt. Entweder war er überdurchschnittlich aufmerksam, oder ihr Blick war überdurchschnittlich auffällig gewesen. »Er wohnt unten beim Marktplatz und repariert, was immer zu reparieren ist. Wenn du irgendwelche Handwerkerleistungen brauchst: Er ist der Richtige dafür. Außerdem ist er Hannes Mann.«

»Wer weiß, wie lange noch«, schaltete Hanne sich ein. »Blödmann, der.« Es klang eigentlich nicht besonders wütend, doch es erklärte immerhin, warum sie an einer Tischseite und Tom an der anderen Platz genommen hatte.

»Habt ihr gerade Ärger?«, fragte Alva dann auch.

»Das Übliche.«

Alle außer Annik schienen zu wissen, was Hanne damit meinte.

»Was ist das Übliche?«, fragte Annik. »Also, wenn du es sagen willst, natürlich.«

»Ist kein Geheimnis.« Hannes dunkle Augen blitzten. »Der Idiot weigert sich, mit Basejumping aufzuhören. Und ich weigere mich, meine Kinder mit jemandem aufzuziehen, dem sein Vergnügen wichtiger ist als seine Verantwortung.«

Basejumping. Typen, die mit Fallschirmen von hohen Gebäuden oder Bergen sprangen. Es sah mordsgefährlich, aber schon beeindruckend aus. Und es war etwas, das Fremde in Videos und Werbespots taten. Annik hatte nie darüber nachgedacht, was die Angehörigen wohl dazu sagten.

»Nach der Sache mit Leon nicht aufzuhören, ist schon echt …« Espen sandte einen finsteren Blick ans andere Tischende, wo Tom und Krister sich immer noch angeregt unterhielten.

»Leon war ein Kumpel, der dabei einen tödlichen Unfall hatte«, erklärte Hanne an Annik gewandt, bevor sie Espen antwortete: »Immerhin hat Tom versprochen, dass er Ende des Monats sein Zeug verkauft.«

Espen schnaubte. »Und das glaubst du?«

Hanne grinste. »Falls nicht, braucht er nicht mehr nach Hause zu kommen, sondern kann bei Krister auf dem Sofa schlafen.«

Annik war erleichtert, dass Hannes Beziehungskrise dann doch nicht so schlimm zu sein schien. Sie mochte Hanne, und ihr Mann sah eigentlich auch ganz sympathisch aus.

»Sag Bescheid, wenn ich ihn beizeiten an sein Versprechen erinnern soll«, bot Espen an.

»Nicht nötig, aber danke«, sagte Hanne trocken. »Die Chancen stehen immerhin ganz gut, dass er die zwei Wochen noch überlebt. Letztlich ist es nur Base.«

»Nur?« Annik sah sie verblüfft an. Ihr schien es schon wahnsinnig genug, sich mit einem Fallschirm von einem Berg zu stürzen – oder wovon Tom auch immer sprang.

Alva seufzte. Doch es war weder sie noch Hanne, die antwortete, sondern Espen, mit einem schiefen Grinsen. »Du bist an den richtigen Ort gekommen, um dich an seltsame Dinge zu gewöhnen. Anderswo in der Welt glaubt man, Basejumping sei extrem. Hier ist es fast schon normal. Die wirklich Bekloppten sind die Wingsuiter, die Typen mit den Fledermausanzügen. Als das vor ein paar Jahren populär wurde, ist hier alle paar Monate einer gestorben, wir haben irgendwann aufgehört mitzuzählen.«

»Können wir von was anderem reden als von sterbenden Leuten?«, fragte Hanne.

Annik lächelte ihr dankbar zu, auch wenn Hanne natürlich nicht wissen konnte, was sterbende Leute für Annik bedeuteten, und nur von sich selbst und ihrem Mann sprach. Dieser Abend hatte lustig werden sollen. Jetzt fühlte Annik sich zu dem Tag zurückversetzt, an dem die Polizisten an ihre Tür gekommen waren, um ihr mitzuteilen, was sie längst gewusst hatte: dass Flo tot war.

»Sorry«, sagte Espen zerknirscht. »Das war unsensibel.«

»War es«, antwortete Hanne. »Lasst Annik lieber mal das Schokoladenbier probieren.«

»Schokoladenbier?« Dankbar lenkte Annik ihre Gedanken wieder ins Hier und Jetzt, wo Espen ihr soeben ein Glas zuschob.

»Bedien dich. Ich lade dich heute ein.« In seinen Augen lag ein unwiderstehliches Funkeln. Praxisregel hin oder her – sein Lächeln ließ vermuten, dass er die im Zweifel ignorieren würde. Einfach unverbindlich mit jemandem zu flirten … wann hatte sie das zum letzten Mal getan?

Eigentlich war sie keine große Biertrinkerin, also nahm sie den ersten Schluck nur vorsichtig. Das Bier war leicht und nicht zu bitter, und es schmeckte tatsächlich entfernt nach Kakao. »Das ist gut.«

Espen schien ihre Einschätzung zu freuen. »Finde ich auch. Die brauen das hier selbst und experimentieren mit allen möglichen seltsamen Sachen. Schokolade und Apfelsaft und was weiß ich nicht alles. Das hellere dort ist, glaube ich, mit Moltebeeren.«

»Das sind diese Himbeerdinger, oder?«

»Himbeerdinger!«, schaltete Alva sich ein. »Lass das nicht Tilda hören.«

»Was soll ich nicht hören?«

Espen schenkte ihr ein bekümmertes Seufzen. »Ich bringe es nicht über mich, dir die Wahrheit zu sagen.«

»Dann war es sicherlich etwas Gemeines.«

Hanne beugte sich zu ihr und flüsterte vernehmlich: »Annik hat Moltebeeren *Himbeerdinger* genannt.«

In gespieltem Entsetzen schlug Tilda die Hände vor den Mund. Danach redeten sie über dies und das, alle riefen durcheinander, und jemand kam auf die Idee, dass Annik unbedingt Moltebeerenschnaps probieren musste. Krister hatte sich zu Svea hinübergebeugt, und Annik sah schnell wieder weg. Irgendwann legte Espen den Arm um sie, was Annik vollkommen okay fand. Ihr war warm und gemütlich zumute, und der Moltebeerenschnaps schwappte sanft durch ihr Gehirn. Espen könnte ihr bester Freund werden, beschloss sie. Alva ihre Freundin und Espen ihr Freund. Das war eine gute Idee. Das letzte Mal hatte sie in der zehnten Klasse einen besten Freund gehabt. Viel zu lange her.

Leider nahm ihr gut aussehender neuer bester Freund den Arm kurz nach diesem Beschluss von ihrer Schulter, um in der Hosentasche nach seinem Telefon zu graben. Er warf einen kurzen Blick aufs Display und dann zum anderen Tischende, wo Krister keinesfalls damit beschäftigt war, Svea zu küssen, wie Annik gedacht hatte, und auch nicht mehr mit Tom, dem Basejumper, sprach. Stattdessen sah er ... er sah ... *sie* an. Und zwar nicht mit seinem »Igitt, ein Käfer«-Blick. Sondern ... sie wusste es nicht. Sie wusste nur, dass es ihr davon komisch im Bauch kribbelte und ihr Mund irgendwie trocken wurde. Bestimmt vertrugen sich die Moltebeeren nicht mit dem Bier. Krister hielt ihren Blick fest. Anders war nicht zu erklären, dass sie nicht weggucken konnte, oder? Dann lächelte er, kaum merklich, aber sie war sich sicher, er lächelte.

Sie zuckte zusammen, als Espen nach ihrer Hand griff. »Also, wo waren wir stehen geblieben? Du hast wirklich diesem Professor gesagt, er solle lieber Fische züchten?«

»Yep.« Annik musste sich kurz orientieren. Richtig. Sie erzählten gerade Anekdoten aus ihren wilden Jugendjahren, und sie war einigermaßen stolz auf die Sache mit den Guppys, auch wenn ihr gerade entfiel, was sie genau erzählt hatte.

Espen drehte sein Smartphone mit dem Display nach unten.

Tilda wieherte vor Lachen über etwas, das Hanne zum Besten gegeben hatte und das an Annik vorbeigerauscht war. »Nicht wirklich!«

»Doch!«

Espens Telefon vibrierte neben ihren verflochtenen Händen. Ohne dem Gerät weitere Aufmerksamkeit zu gönnen, steckte er es zurück in die hintere Hosentasche. Gleich darauf kam der Kellner an ihren Tisch, und Alva orderte eine weitere Runde Moltebeerenschnaps. Wirklich extrem lecker, das Zeug, selbst wenn Tilda behauptete, ihr Selbstgebrannter sei noch besser.

⸻

Krister hatte sich wirklich Mühe gegeben, nicht ans andere Tischende zu schauen. Aber Espen ging ihm gerade so was von auf die Nerven, dass er es nicht ganz und gar verhindern konnte. Konnte der nicht ein einziges Mal seine Spielchen lassen? Krister wurde schon beim Zusehen schlecht. Espen nickte, wenn Annik nickte, ließ sein Standard-Verführerlächeln auf sie los, beugte sich zu ihr rüber, schob ihr ein neues Bier hin. Und Annik stieg voll drauf ein. Die Art, wie ihr Lachen nach einem von Espens ohne Zweifel geistreichen Witzen zu ihm herüberflirrte, bewies es. Jetzt drehte sie die Haare um einen Finger und flüsterte Espen gleich darauf etwas ins Ohr, große Güte.

Hatte er gedacht, es würde vier Wochen dauern? In dem Tempo würden die beiden nach drei Tagen miteinander im Bett landen. Er kannte Espen. Jeder im Ort kannte Espen, die meisten Frauen sogar recht … privat. Zumindest die in der entsprechenden Altersgruppe. Und Espen kannte die Praxisregeln.

»Also sehen wir uns Sonntagfrüh?«, fragte Tom und brachte ihn damit in die Gegenwart zurück.

Krister nickte. Wenn nach diesem Abend eins sicher war, dann das.

»Fein. Ich hole dich ab.« Tom schob den Stuhl zurück, und der Puffer zwischen Krister und dem anderen Tischende wurde dünner, als Tom aufstand.

Svea sagte etwas zu ihm, aber er hörte es nicht einmal, weil er beobachtete, wie Espen seine zweite Textnachricht – *Lass es, du bist ihr Boss!* – ebenso ignorierte wie die erste. So funktionierte das nicht.

Keine Verwicklungen im Team, wie schwer von Begriff war Espen denn bitte? »Entschuldige mich kurz«, sagte er zu Svea »B--- bin gleich wieder da.« Sein Stuhl scharrte über den Boden, als er aufstand, die Schultern zurückschob und so locker er irgend konnte zu Espen hinüberschlenderte.

»Krissi!« quietschte Alva begeistert, als er sich näherte. »Wir sind hier bei alten Geschichten. Erzähl doch mal das mit dem Hund.«

Man sollte Alkohol verbieten. Mit einer knappen Kopfbewegung bedeutete er Espen, ihm zu folgen.

Espen verdrehte die Augen, stand aber auf. Nicht ohne Annik vorher noch etwas zuzuraunen, wobei seine Lippen fast ihre Haut streiften. Große Güte.

Krister bahnte sich einen Weg durch die Menschen und stieß schließlich die Tür nach draußen auf. Gierig sog er die kühle Abendluft in die Lunge. Espen kam hinter ihm her, lehnte sich an die Wand und verschränkte demonstrativ die Arme. »Was ist?«

Krister konzentrierte sich darauf, souverän zu sprechen. »Das weißt du.«

»Sag es mir.« In Espens Blick lag eine klare Herausforderung.

Streiten war immer schon ein Problem gewesen, schlicht, weil Kristers Antworten nie so knackig und gelassen herauskamen, wie er sie im Kopf gab. Aber das hier musste ausgesprochen werden, um der Praxis willen. Er schloss die Augen. »K---«

Espen hob eine Augenbraue, was eine klare Provokation darstellte. Normalerweise hätte er schlicht gewartet, dass Krister seine Sprache klarkriegte.

Noch mal von vorn. *Keine persönlichen Beziehungen im Team.* »K--- Du wirst nicht mit Annik ins Bett gehen.« Eloquenz in Hochform, wieder mal. Vielleicht sollte er nur noch schriftlich mit Menschen kommunizieren.

»Sagt wer?«

»Sage ich.«

»Aha.« Schweigend starrten sie sich an, dann hob Espen einen Mundwinkel. »Und warum sollte ich nicht? Wir sind zwei erwachsene Leute, ich glaube nicht, dass dein Okay dafür notwendig wäre.«

»W---ir waren uns mal einig, dass es im Team keine V---erwicklungen geben sollte.«

»Du warst dir einig. Aber du bist nicht der Einzige, der was zu sagen hat.«

»Ich …« Es war eine Gemeinschaftsentscheidung gewesen. Kristers Wunsch zwar, aber beschlossen hatten sie es gemeinsam.

»Keine Sorge, Storebror.« Espen gab ihm einen freundschaftlichen Klaps auf die Schulter. »Entgegen deiner Annahme bin ich mir der Verantwortung für die Praxis durchaus bewusst. Ich werde nicht mit ihr schlafen.«

»Gut.«

Espen wandte sich wieder zum Eingang und sagte beim Hineingehen über die Schulter: »Jedenfalls nicht heute.«

Krister schickte ihm eine obszöne Geste hinterher, aber Espen lachte nur.

Sieben

So leise wie möglich kroch Annik neben Theo ins Bett. Er tastete mit geschlossenen Augen nach ihr, seufzte zufrieden und schlief weiter.

»Und, heute wieder *Halleluja*?«, fragte sie Flos Bild.

Nein, heute haben wir Gloria in excelsis deo *einstudiert. Man muss flexibel bleiben. Ich habe mich an der Posaune versucht.*

Sie kicherte. »Lief das besser?«

Ging so. Und bei dir, Prinzessin?

»Ich hab Bier getrunken. Und Moltebeerenschnaps. Und geflirtet, glaub ich.« Sanft strich sie über sein Gesicht, das ewig jung bleiben würde in seinem Glasrahmen.

Ich dachte, du wolltest nie wieder küssen?

»Das will ich auch nicht. Ich habe ja nicht vom Küssen und schon gar nicht von einer Beziehung gesprochen, sondern nur vom Flirten.« Wie sehr wünschte sie sich jetzt Flos weiche Lippen auf ihren. Und nicht nur dort.

Wortklauberei. Er hörte sich entfernt an, vielleicht, weil sie betrunken war. Vielleicht auch, weil die Erinnerung daran, wie sie sich liebten, sie mit solcher Kraft überrollte, dass sie nach Luft schnappte. Wie sollte sie leben können, noch jahrelang, ohne diese Seligkeit wieder zu spüren?

Es war seltsam, wie entschieden sich ihre Erinnerungen auf die schönen Zeiten konzentrierten.

»Nimm doch nicht alles so bitterernst, Kris.«

»V-verdammt, Espen!« Krister kickte einen unsichtbaren Kiesel weg, der auf der nächtlich leeren Straße am Hafen lag, die sie gemeinsam entlangliefen. »*Ich bin mir der Verantwortung für die Praxis bewusst.* W--- was für ein Bullshit! Wenn du dich betrinkst und irgendeine Tussi abschleppst, ist es das Eine, aber es hat nichts mit V--- V---« Fuck. Was war in letzter Zeit los mit ihm?

Espen hatte die Hände in die Hosentaschen gebohrt und schwieg.

»… Verantwortung zu tun, die neue Kollegin anzugraben. D--- Das ist unprofessionell.« Vor allem, damit exakt an der Stelle weiterzumachen, wo er vor ihrem Gespräch aufgehört hatte. Krister trat ein weiteres Steinchen zur Seite. Mit einem leisen Platschen schlug es auf dem Wasser auf.

Doch Espen blieb stehen. »Sorry.«

»Bisschen spät.«

»Kris, jetzt warte doch mal. Es tut mir wirklich leid. Ich war vielleicht ein bisschen aufgekratzt und hatte ein Bier zu viel. Oder zwei. Ich wusste, dass es dich ärgern würde, aber …«

Krister tat Espen nicht den Gefallen, stehen zu bleiben.

Espen schloss eilig zu ihm auf.

»Aber?« Jetzt schaute er Espen doch an, diese perfekte, unbeschädigte Version seiner selbst, der sogar im fahlen Licht der Straßenlaternen noch so aussah, dass jederzeit fünf Fotografen eines Modemagazins ihre Kameras auf ihn richten könnten. »Erklär es mir, Espen«, sagte er leiser. »W--- wenn wir uns mit der V--- Verantwortung für die Praxis einig sind, warum musst d--- d---« Er gab auf. Vielleicht wollte er es gar nicht so genau wissen.

Doch zu seiner Überraschung nickte sein Bruder nur langsam. »Warum muss ich mit Annik flirten, obwohl dich das sichtlich ärgert?« Espen wirkte verlegen. »Genau deswegen, glaube ich. Weil es dich ärgert, und weil dich das endlich mal hinter deiner beherrschten Fassade hervorholt.«

Der Schlag saß. »Was Fassaden angeht, nehmen wir uns beide nicht viel, oder?«, fragte Krister schließlich.

Espen seufzte. »Du weißt, dass ich dich wirklich liebe, Kris«, sagte er zögernd. »Aber schon in der einen kurzen Woche, als du bei Oma warst, habe ich gemerkt, wie es mich entspannt, mal niemanden vor der Nase zu haben, der alle Entscheidungen treffen will, der in allem besser ist, der jede meiner Beziehungen –«

Krister schnaubte. »Du hast keine Beziehungen. Du hast Sex.«

»Jede meiner Beziehungen mit einem milden Lächeln quittiert, der mit seinem eiskalten Verstand immer die passendere Diagnose rauszaubert, der … immer ein bisschen perfekter, schlauer, besser ist. Und der zu allem Überfluss auch noch arrogant genug ist, sein Leben einfach …« Er brach ab, als hätte er sich dabei ertappt, ein verbotenes Geheimnis auszuplaudern. »Ja, ich gebe zu, ich habe das genossen.«

Während Espen sprach, war Krister langsamer geworden. Er war sich sicher, dass sein Gesicht in diesem Augenblick weder besonders schlau noch besonders verantwortungsvoll wirkte. Vermutlich eher fassungslos. Er verstand, was seinen Bruder beschäftigte, aber trotzdem … Espen, dem alles zufiel, der klug, witzig und charmant war, Espen fühlte sich *ihm* unterlegen? Ihm, dem ewigen Verlierer? Dann riss er sich zusammen und versuchte ein Grinsen. »Du hattest immer noch Alva, die in allem besser ist.«

»Du Arsch.« Espen lächelte schief. »Ich meinte das ernst. Es hat sich gut angefühlt, mal nicht der Kleine zu sein, der immer in der zweiten Reihe steht.«

»Soll ich dir w-was v--- v--- verraten?«

»Immer frei raus mit der Sprache.«

»Wer ist jetzt der Arsch?« Krister schubste Espen ein Stück in Richtung Hafenbecken.

Schnell sprang Espen aus seiner Reichweite. »Du wolltest mir was v-v-v-verraten.«

»Arsch, ich sag's ja. Aber was ich meinte: Ich bin verblüfft darüber, wie du mich siehst.«

»Warum?«

»Weil es bei mir genau andersherum ist. Ich denke sehr oft, dass unsere Eltern bei mir erst geübt haben und ziemlich enttäuscht von dem mickrigen Ergebnis waren, bevor ihnen dann mit dir eine bessere Version von männlichem Nachwuchs gelang. Eine unbeschädigte.«

Espen lachte freudlos auf.

»Zumindest eine, die richtig sprechen kann, die offen und zugänglich ist und die andere Leute nicht ständig aus Versehen vor den Kopf stößt. Ich habe dich mein Leben lang darum beneidet.«

Espen sah schweigend aufs Wasser hinaus. Dann drehte er sich um. »Wow.«

»So sieht es aus.« Krister zuckte entschuldigend die Schultern.

»Das wusste ich nicht. Ich dachte immer, für dich bin ich der Kleine, den man nicht ganz ernst nehmen kann. Weil du in allem, was dir wichtig ist, so … na ja, so überdurchschnittlich bist.«

»Espen, ich bin der, den man als Kind für geistig behindert hielt, weil er keine drei zusammenhängenden Worte sagen konnte, geschweige denn den eigenen Namen, schon vergessen? Ich habe keine andere Wahl, als gut in dem zu sein, was ich mache, damit mich überhaupt jemand ernst nimmt. Du weißt nicht, wie anstrengend das war. Ist.«

»Ich hab dich immer ernst genommen.«

»Klar. Weil ich sonst deine Playstation geschrottet hätte.«

»Blödmann.«

Es war nicht nötig, darauf zu antworten.

Schweigend gingen sie nebeneinanderher bis zur Kongchristiansgate. Zu Fuß dauerte der Weg, für den Annik vorher mit dem Rad wohl kaum zwei Minuten gebraucht hatte, beinahe eine Viertelstunde. Als Krister mit seinen Gedanken so weit war, fiel ihm ein, dass zu ihrem Haus zwar zwei Erwachsenenfahrräder gehörten, aber bisher kein Kinderrad.

»Ab wann kann man eigentlich so ungefähr Fahrrad fahren?«

Aus seinen Gedanken gerissen, sah Espen ihn nur verständnislos an.

»Vergiss es, war nicht wichtig.«

Espen fragte nicht weiter nach, dachte aber ganz offensichtlich auch daran, wer in dem Häuschen wohnte, an dem sie soeben vorbeiliefen. Im Wohnzimmer brannte noch Licht. »Du meinst also, ich sollte nicht mit ihr …«

Krister lachte bemüht. »Verantwortung für die Praxis und so. Aber tu, was du nicht lassen kannst.«

»Schauen wir mal.« Herausfordernd grinste Espen ihn an.

Krister war immer noch geplättet von Espens Eröffnung zuvor. »Vergiss es, kleiner Bruder. Ich lasse mich heute nicht mehr provozieren. Diszipliniert, du weißt schon.« Inzwischen waren sie vor seinem Haus angekommen, das nur fünfzig Meter von Anniks entfernt lag. Hier trennten sich ihre Wege. Espen wohnte in einer ausgebauten Scheune einen Kilometer weiter oben auf dem Hügel. Der Gedanke, seinen nervigen Bruder allein weitergehen zu lassen, die leere, dunkle Wohnung aufzuschließen und sich mit irgendeiner Fachzeitschrift auf sein Designersofa zu legen, bis endlich der hoffentlich traumlose Schlaf kam, war nicht besonders attraktiv.

Er schielte zu Espen hinüber. »Willst du heute mein Gästebett haben?«

▶━◀

Die Robbenstation war ein unspektakulärer Flachbau, den Annik ohne das mannshohe Schild, das den Eingang markierte, vielleicht für eine Turnhalle gehalten hätte. Eine lächelnde Comicrobbe war darauf zu sehen, und darüber stand der Schriftzug: *Marinestasjonen.*

Im Inneren war das Gebäude beeindruckender als von außen. Eine riesige Fotomontage verschiedener Robben- und Seehundarten zierte den Raum. An der Seite fand Annik einen kleinen Kassentresen. Sie bezahlte für Theo, Mara und sich selbst und erhielt einen englischsprachigen Faltprospekt. »Velkommen«, sagte das Mädchen hinter dem Tresen. »Viel Spaß!«

Hinter der Kasse führte ein glatter Betongang steil nach unten. Zu sehen war nichts außer einem indirekten, blauen Leuchten. Theos kleine Hand umklammerte ihre, doch er grinste aufgeregt.

»Spannend, oder?«, fragte sie.

Mara war schon vorgelaufen und um eine Ecke gebogen. Ihre Stimme hallte, als sie rief: »Wow, kommt mal schnell her!«

Theo ließ Anniks Hand los und lief Maras Rufen nach. Annik folgte langsamer.

Der Gang öffnete sich in einer beeindruckenden, künstlichen Grotte, deren eine Seite ganz aus Glas bestand. Dahinter war türkisfarbenes Wasser – und eine große Robbe, die mit dem Rücken nach unten an der Glaswand vorbeizischte, keinen Meter vor Theos staunenden Augen.

Gleich darauf erschien ein zweites Tier, das gemächlicher seine Bahnen zog und sichtlich neugierig auf den kleinen Besucher zuschwamm. Die Robben waren interessant, aber das wirklich Schöne für Annik war, Theos fasziniertes Gesicht zu sehen. Sofort beschloss sie, eine Dauerkarte für die Robbenstation zu kaufen.

»Hier steckt ihr! Mir war doch so, als hätte ich euch beim Reinkommen gesehen!« Alva tauchte neben Annik auf. »Ach, da kommt Smule.« Die zweite Robbe erschien erneut vor ihnen. »Er ist mein Liebling«, erklärte Alva Theo. »Vielleicht kannst du ihn irgendwann mal mit mir füttern.«

»Wie alt ist das Kind denn?«

Ratlos ließ Krister den Blick über die Reihe der Kinderfahrräder vor ihm gleiten. Gestern Abend war es ihm noch wie eine brillante Idee vorgekommen, in die Stadt zu fahren und ein kleines Rad für das AirBnB zu kaufen. Es steigerte den Wert des Hauses, wenn er es wieder an Feriengäste vermietete. Jetzt fand er den Einfall im Wesentlichen idiotisch. Das Häuschen hatte sich bisher auch ohne Kinderfahrrad vermieten lassen. Er versuchte, sich an die Szene auf dem Deck zu erinnern. Wie groß war der Junge im Vergleich zur Reling gewesen? Und wie hoch die Reling? Er zeigte die ungefähre Größe mit der Hand. »So groß. Plus/minus ein bisschen.«

Der misstrauische Blick der Verkäuferin entging ihm nicht. Zugegeben, es war schräg, wenn man in einen Laden kam, um ein Fahrrad für ein Kind zu kaufen, dessen Alter man nicht einmal kannte. Vor dem geistigen Auge der Verkäuferin liefen garantiert gerade diverse Filme ab, von denen kein einziger der banalen Wahrheit auch nur nahe kam. »Ich brauche es für die Sommergäste in meiner Ferienwohnung«, sagte er.

Ihr Gesicht hellte sich merklich auf. »Dann soll es eher etwas Einfaches sein?«

»Es sollte fahren.«

Sie lachte höflich. »Da sind Sie hier genau an der richtigen Stelle.«

»Ich sehe mich einfach um, wenn das in Ordnung ist.«

Eine Familie mit einem Mädchen, das etwa so groß war wie Anniks Sohn, hatte den Laden betreten. Zielsicher steuerte das Kind auf das Ende der Fahrradreihe zu. »Das hier mag ich.«

Unauffällig näherte Krister sich. Es war eine knallblaue 18-Zoll-Rennmaschine, die das Kind ins Auge gefasst hatte. Dasselbe Modell stand noch in dunkelblau und grün daneben. Während die Verkäuferin dem Mädchen den Sattel auf die richtige Höhe für eine Probefahrt durch den Laden einstellte, erläuterte sie die Vorteile des Rads. Sobald das Kind losgefahren war und die Eltern sich berieten, wandte Krister sich an die Verkäuferin. »Ich nehme das grüne.«

Es war eigenartig, mit dem Rad im Auto durch die Gegend zu fahren, beinahe, als wäre der kleine Junge selbst mit im Wagen. Krister versuchte, sich vorzustellen, was der Kleine zu dem Fahrrad sagen würde. Was, wenn er es blöd fand? Nicht Rad fahren konnte? Schon ein Fahrrad hatte? Je näher die Kongchristiansgate kam, desto hirnrissiger erschien Krister seine Idee.

Aber selbst wenn. Es war sein Haus. Er konnte es ausstatten, wie er wollte, zum Henker. Er hatte als Teenager seine sterbende Mutter gepflegt, er hatte Verletzte zusammengeflickt und Beine amputiert. Er hatte dem Tod tausendmal ein Schnippchen geschlagen, indem er den Fallschirm zog. Er würde es wohl hinbekommen, bei seiner Mieterin, die zufällig auch seine Angestellte war, zu klingeln und dieses Fahrrad abzugeben. Er konnte es, und er würde es tun. Vielleicht gleich morgen, wenn er vom Kjerag zurückkam.

Sander hatte versprochen, ein zweites Boot zu organisieren, und Krister würde quer über den Fjord fliegen und auf der anderen Seite landen. Erst einer hatte das vor ihm gewagt. Die Landung würde nicht ganz einfach werden, die horizontale Fläche am anderen Ufer war klein. Aber wenn man es richtig anstellte, war es zu schaffen. Leon hatte es auch geschafft. Und es kam Krister wesentlich einfacher vor, als bei Annik zu klingeln.

◆–•–◆

Am Montagmorgen hatte Annik dank des Abends im *Frontstage* nicht mehr das Gefühl, »die Neue« zu sein, sondern freute sich auf die Kollegen. Auf fast alle.

Allerdings bekam ihr Hochgefühl bei Tildas Nachricht, Lotta Eriksson, die Katzen-Lady sei wieder da, einen kleinen Dämpfer. Annik war davon ausgegangen, dass es ihr gut ging, weil sie sich nicht gemeldet hatte. Doch als sie nun den laienhaften Verband sah und die schwelende Entzündung darunter freilegte, musste sie sehr tief durchatmen. Einen Tag länger, und ... »Warum sind Sie denn nicht früher gekommen?«

»Meine Babys brauchen mich doch.«

Annik lag auf der Zunge zu sagen, dass die Katzen sich bald ein neues Zuhause würden suchen müssen, wenn die alte Dame weiterhin so mit ihrer Gesundheit umging. Doch sie tätschelte nur Lottas gesunde Hand.

»Ist es sehr schlimm?«

»Wir bekommen das hin«, sagte sie ruhig, während sie die Wunde erneut reinigte. »Es ist sehr gut, dass Sie heute gekommen sind, es war höchste Zeit.« Diese Worte musste Hanne nicht übersetzen, dafür reichte ihr Norwegisch. Bei ihren nächsten Sätzen jedoch wollte sie sicher sein, dass Lotta sie wirklich verstand, also nickte sie Hanne zu, die vom Computer zu ihr kam. »Ich werde Ihnen einige Antibiotika geben müssen, die Sie bitte genau nach Anleitung nehmen. Hanne erklärt Ihnen das.«

Die alte Dame nickte eifrig. Gut, wenigstens schien sie nun begriffen zu haben, wie wichtig ihre Kooperation war.

»Außerdem sollte unser Chirurg sich den Entzündungsherd ansehen.« Annik legte einen lockeren Schutzverband an. »Ich schicke Sie jetzt zurück ins Wartezimmer, wo Sie warten, bis wir Sie wieder aufrufen. Morgen muss ich die Wunde kontrollieren.«

Annik würde Tilda bitten, Lotta Eriksson am nächsten Morgen anzurufen, falls sie nicht spätestens um neun auf der Matte stand. Notfalls würden sie den Rettungswagen bei ihr vorbeischicken.

Frau Eriksson nun an Krister zu übergeben, bereitete ihr Unbehagen. Falls er sie tatsächlich loswerden wollte, hatte sie ihm mit dieser vermeidbaren Entzündung einen praktischen Grund geliefert. Oder bildete sie sich seinen Widerwillen ihr gegenüber nur ein?

Grübeln konnte sie später, ihre nächsten Patienten warteten. Übers Wochenende schlimmer gewordener Husten, Krämpfe, Bauchschmerzen. Sie kam kaum zum Essen, geschweige denn dazu, darüber nachzudenken, wie sie die Montage bewältigen sollte, wenn Mara nicht mehr da war. Vor dem Team-Meeting am Abend aß sie schnell ihr mitgebrachtes Brot, dann eilte sie zum Besprechungsraum – und hörte, noch bevor sie ihn betrat, ihren Namen und gleich darauf das Wort ›Katze‹.

»... nicht vorkommen.« Das war Krister.

Ein Stein senkte sich in ihren Magen. Auf einmal erschöpft, lehnte sie sich neben der Tür an die Wand, während Espen antwortete. »Blödsinn. Das hätte jedem von uns passieren können.«

»Es darf aber nicht passieren. Lotta hätte eine Sepsis entwickeln können, und wir hätten einen Gerichtsprozess an der Hacke.« Kristers Stimme war kühl und beherrscht wie meistens. Hatte sie am Freitagabend allen Ernstes seine Augen bewundert? Und dieses Kribbeln im Körper gehabt, als er sie angesehen hatte? Sie musste irre gewesen sein. Total irre.

Ihr Herz klopfte jetzt aus ganz anderen Gründen, und ihre Hände waren feucht. Es war genau so gekommen, wie sie befürchtet hatte: Der Katzenbiss gab Krister einen Vorwand, sie zu feuern, noch bevor sie die Chance gehabt hatte, sich wirklich zu beweisen.

»Es ist aber keine Sepsis geworden«, sagte Alva ruhig.

Eben. Und selbst wenn es eine geworden wäre, wäre das nicht ihr, Anniks, Fehler gewesen. Sie würde nicht zulassen, dass ihr schwacher Moment mit Theo, der nicht einmal etwas mit der Arbeit zu tun gehabt hatte, ihre Chancen hier zerstörte.

Alva sprach weiter. »Außerdem sollten wir das fairerweise zu viert mit Annik besprechen.«

»Wo ist sie überhaupt?« Das war Espen.

Es war drei Minuten nach sechs. Entweder, sie brachte das jetzt hinter sich, oder sie lief heulend aus der Praxis ohne Aussicht, jemals zurückzukehren. Das zweite kam nicht infrage. Sie ließ die Luft entweichen und drückte den Brustkorb nach vorn. Ruhig. Kompetent. Gelassen.

Klinke runter. Jetzt.

»Hi. Störe ich?« Sie konnte nicht anders, als Krister dabei direkt anzusehen.

Seine Miene war erneut unlesbar.

Alva lächelte Annik immerhin ermutigend zu, und Espen wies auf den Platz neben sich. »Komm rein, nimm dir was zu trinken. Wie viel von unserer freundlichen kleinen Diskussion hast du mitbekommen?«

Sie klemmte sich auf den Stuhl neben Espen, so weit wie möglich von Krister entfernt, und nahm dankbar das Wasserglas an, das Alva ihr reichte. »Ich glaube, das Wesentliche habe ich gehört.« Leider war ihre Stimme ein wenig höher, als sie sich das wünschte. Sie räusperte sich. »Dazu kann ich nur sagen, dass ich für ein Breitbandantibiotikum zunächst keine Indikation gesehen habe und meine Anweisungen an Lotta Eriksson mehr als klar waren, Hanne wird das bezeugen können. Aber wenn Lotta sich entschließt, sie zu missachten, liegt das nicht in meiner Hand.«

Um Alvas Seufzer zu hören, brauchte sie nicht aufzublicken. »Kris? Möchtest du direkt darauf antworten?«

Krister hatte die Arme verschränkt und sich in seinem Stuhl zurückgelehnt. Wie konnte dieser hübsche Mann, der Theos Ball gerettet hatte, jetzt derart abweisend aussehen? Auf Alvas Frage hin zog er einen Mundwinkel zu der herablassenden Karikatur eines Lächelns hoch, als wäre er fassungslos über ihre abwegige Idee. Schweigend schüttelte er den Kopf, den Blick auf seine Schwester gerichtet.

Seine Reaktion kränkte Annik. Natürlich hatte sie am Freitag im *Frontstage* kein Wort mit Krister gewechselt, aber nachdem er sie so angesehen hatte … Irgendwie hatte sie angenommen, sie wären auf einem ganz guten Weg.

Sie legte alle Entschlossenheit, die sie aufbringen konnte, in ihre Stimme. »Es ist okay, wirklich. Ich weiß, dass ich mir nichts habe zuschulden kommen lassen. Niemand muss seinen Unmut erklären.«

Espen bedachte seinen Bruder mit einem genervten Seitenblick, doch Alva wirkte auf einmal milder. »Nach allem, was ich gehört habe, geht es Lotta ja jetzt besser. Was gab es sonst bei euch in dieser Woche?«

Krister fixierte seine Schwester. »Wie geht es dem Jungen mit der Anämie?«

»Du bekommst ein Eis von mir.«

»Wusste ich.«

Selbstgefälliges Arschloch. Schade, die Sache hätte eigentlich ganz witzig sein können.

Espen berichtete von einigen seiner Patienten und fragte nach ihrer Meinung, was die chronischen Bauchschmerzen eines jungen Mannes betraf. In der Runde überlegten sie nach möglichen Tests, die man noch durchführen könnte, schlugen potenzielle Diagnosen vor und verwarfen sie wieder. Beinahe vergaß Annik den unschönen Anfang der Besprechung. Gemeinsam nachzudenken, Lösungen zu finden, Gedankenpingpong zu spielen – das war etwas, das ihr wirklich lag. Und wenn sie lange genug nachdachten, würden sie etwas finden, das dem Patienten half. Allerdings gingen ihnen allmählich die Ideen aus. Kein Krankheitsbild schien wirklich zu stimmen. »So langsam weiß ich nichts mehr«, seufzte Espen schließlich.

»Bauchfellentzündung?«, fragte Krister.

»Dazu passen die Leukozytenwerte nicht«, sagte Annik, bevor sie merkte, wem sie gerade geantwortet hatte.

Kristers Blick traf ihren, zu Anniks Überraschung nicht unfreundlich. Er lächelte in sich hinein wie über einen Witz, den nur er verstand, schüttelte den Kopf und konzentrierte sich wieder auf seinen Bruder, der Anniks Argument aufnahm. »Dafür geht es ihm auch zu gut.«

Letztlich machten sie eine Liste weiterer möglicher Tests, die Espen dem jungen Mann vorschlagen würde.

Annik hatte nicht viel zu berichten. Außer dem Katzenbissfall, den alle zur Genüge kannten, hatte sich nichts Spektakuläres ereignet. »Die Zusammenarbeit mit Hanne läuft jedenfalls sehr gut«, schloss sie ihren kurzen Vortrag.

»Apropos.« Espen sah vielsagend in die Runde. »Wir müssen schon wieder eine Stellenanzeige schreiben. Hanne ist schwanger.«

Acht

Versager. Elender, jämmerlicher Versager, der er nicht einmal in einer offiziellen Dienstbesprechung den Mund aufbekam, um mit Annik zu reden. Krister hatte seine Sprachstörung lange nicht so ausgiebig gehasst wie in den letzten zwei Wochen. Und es wurde nicht besser, sondern jeden Tag schlimmer, ohne dass eine Lösung in Sicht war. Wie sollte er eine Praxis führen, wenn er mit einer seiner Mitarbeiterinnen aus irgendwelchen Gründen nicht sprechen konnte?

Das kleine grüne Fahrrad stand immer noch in der Diele. Jedes Mal, wenn er daran vorbeiging, wurde er daran erinnert, dass er sogar zu feige war, zwei Häuser weiter zu klingeln und das Ding einfach abzugeben.

Bevor er darüber nachgedacht hatte, hatte er sein Telefon in der Hand, die Nummer von Toms Smartphone gewählt und lief auf der Dachterrasse hin und her. Seine bloßen Füße machten kaum ein Geräusch auf den Holzbohlen. Noch war der Himmel hell, noch. Nach dem zehnten Ton wurde das Gespräch angenommen.

»Ja?« Es war Hanne.

»Hi, Hanne. Ich wollte eigentlich Tom sprechen.«

»Der bringt gerade Ella ins Bett.« Sie klang kühl.

»Klar.« Andere Leute hatten Familien. »Sorry.«

»Ist was Dringendes?«

Er rieb sich über die Augen. »Nein, nur ... nichts. Macht euch einen schönen Abend.«

»Du auch.«

Gerade wollte er auflegen, als Hanne nachsetzte. »Ach so, Kris? Tom wird nicht mehr mit dir springen.«

»Ich weiß.« Er hatte es in dem Augenblick gewusst, als Hanne an Toms Telefon ging. Wie konnte Tom sich von ihr so gängeln lassen? Vielleicht hatte Sander Zeit, noch mal mit dem Boot rauszufahren. Wenn Krister sich beeilte, konnte er in zwei Stunden am Exit sein, gerade noch rechtzeitig vor Sonnenuntergang. Er suchte eben Sanders Kontakt heraus, als seine Haustür klappte.

»Kris?« Es war Alva.

»Was, wenn ich gerade Sex gehabt hätte?«, rief er. »Wärst du dann auch einfach reingeplatzt?«

Ihre Schritte näherten sich, dann hörte er den Wasserhahn. »Eher unwahrscheinlich.« Kurz darauf ließ sie sich mit einem Wasserglas in der Hand in einen seiner Liegestühle sinken.

Krister blieb, ans Geländer gelehnt, stehen. »Nimm Platz, fühl dich wie zu Hause.«

»Danke«, erwiderte sie ungerührt.

»Eher unwahrscheinlich, dass du reingeplatzt wärst?«

Sie lächelte betont mitleidig.

»Schön, dass wir drüber gesprochen haben.«

Alva trank und betrachtete eine Weile still mit ihm den Abend. »Ich bin gekommen, um mit dir über etwas anderes zu reden.«

»Werde ich Alkohol brauchen?«

»Feigling.« Alva seufzte. »Glaub nicht, dass ich hierzu Lust habe, aber die Situation betrifft auch Espen und mich. Also, was ist los?«

»Nichts.« Er sah in den Garten hinaus.

»Bevor ich wilde Vermutungen äußere, sage ich dir, dass es nicht besonders angenehm ist, mit dir zu arbeiten, seit du zurück bist.«

Seit Annik da ist, wohl eher.

»Also?«

»Was, also?«

»Annik hat mir erzählt, was am Hafen passiert ist. Sie zermartert sich, weil sie Theo so grob behandelt hat, und sie denkt, du würdest sie deswegen hassen.«

»Sie denkt ... was?« Während er versuchte, sich zu erinnern, was sie meinen könnte, drehte er sich doch zu Alva um.

Sie sah ihn ruhig an und wartete. Und sie würde nicht gehen, bevor sie ihm die ganze, demütigende Wahrheit aus der Nase gezogen hatte. Ebenso gut konnte er es gleich hinter sich bringen. Er pulte einen losen Splitter vom Holzgeländer. »Ich kann nicht mit Annik sprechen.«

Sie nickte langsam, als hätte sich durch seine Worte eine Diagnose bestätigt.

»I-ich hab es v-versucht, wirklich. Mehr als einmal. Aber es g-geht nicht. K---eine Ahnung, warum.«

»Keine Ahnung, ja?«

Warum grinste sie jetzt? »Nein. Es ... es geht halt nicht. In m-meinem Kopf poltert alles durcheinander, wenn ich mit ihr sprechen will. Es wird schlimmer, je mehr ich mich anstrenge, und ...«

»Vielleicht solltest du ihr das erklären«, sagte Alva sanft. »Damit sie dein Schweigen nicht mehr als gegen sich gerichtet wahrnimmt.«

Erwartete sie, dass er ihr für diese Idee dankbar um den Hals fiel? Ganz bestimmt würde er sich nicht die Blöße geben und Annik erklären, dass er leider, leider zu dumpf war, um mit ihr zu reden. Stattdessen würde er das mit seiner Sprache regeln. Irgendwie.

»Wobei es natürlich genau genommen schon mit ihr zu tun hat, oder?«

»Was weiß ich.« Langsam ging ihm das hier auf die Nerven. Noch zehn Minuten länger, und er konnte den Ausflug zum Kjerag für heute vergessen. »Sie löst es irgendwie aus.«

»Kann es sein, dass ... du sie magst?«

»Was?!«

»Nur so eine Vermutung.«

Krister schnaubte. »Das wüsste ich ja wohl.«

»Wüsstest du es wirklich?« Alvas Ton war samtweich. »Hast du dir seit der Sache mit Tonia jemals gestattet, überhaupt etwas

Derartiges zu fühlen? Vielleicht ist deine Stimme schlauer als du.«

»B--- B---lödsinn.«

»Wäre es so schlimm?«

»Und w-wenn schon.« Das Sprechen war auf einmal wieder entsetzlich anstrengend. »E---s spielt k---eine Rolle.«

»Warum nicht?« Alva stand auf und trat zu ihm ans Geländer.

Er atmete sehr bewusst und sammelte sich einen Moment, wobei er alle Gefühle, die ihn am Reden hindern könnten, von sich fernhielt. »Erstens: Du irrst dich. Zweitens: Annik hat ein Kind«, erklärte er schließlich sehr ruhig. »Und wenn ich das richtig verstanden habe, fallen die nicht vom Himmel. Selbst wenn sie getrennt ist, wird sie sich kaum für einen Typen interessieren, der in ihrer Gegenwart zum vorsprachlichen Gemüse retardiert. Außerdem, drittens, haben wir in der Praxis eine Regel.«

Alva gab ein abfälliges kleines Geräusch von sich. »An die sich sowieso niemand hält außer dir. Du hast ja nicht mal mitbekommen, als Espen und Svea dieses Techtelmechtel –«

Espen und Svea? Nein, er hatte es nicht mitbekommen, weil er in der Regel zum Arbeiten in die Praxis ging und nicht zum Kuscheln. »Dann kann Espen ja sein Glück mit Annik probieren, wenn du sie unbedingt verkuppeln möchtest«, sagte er kühl.

Die Sonne stand schon zu tief, es hatte keinen Sinn mehr, heute noch auf den Berg zu fahren. Dabei sehnte sich jede Faser in ihm danach, und mit jedem von Alvas Worten mehr.

»Kris?« Alva legte ihm die Hand zwischen die angespannten Schulterblätter.

Er drehte sich halb zu ihr um. Im Abendlicht wirkte ihr kastanienbraunes Haar flammend rot, und die grünen Augen leuchteten.

»Du bist ein kluger, freundlicher und mutiger Mann. Du verdienst es, glücklich zu sein. Rede einfach mit Annik, bitte. Erklär ihr zumindest, dass du stotterst.«

»Du hast mir nicht zugehört, oder? Ich kann nicht mit ihr sprechen.«

Alva verdrehte die Augen. »Dann schick ihr eine Flaschenpost, meine Güte. Du bist doch nicht doof.« Dann grinste sie. »Du brauchst ihr ja nicht alles zu verraten.«

※

Nach einem langen Gespräch mit Mara hatte Annik beschlossen, dass Kristers Ablehnung ihr egal sein musste. Sie konnte ihre Kraft nicht damit vergeuden, dass sie versuchte, jede seiner Regungen daraufhin zu analysieren, ob sie etwas mit ihr zu tun haben könnten. Sie würde sich ausschließlich darauf konzentrieren, ihre Arbeit gut zu erledigen und privat vielleicht ein oder zwei Kindergarteneltern kennenzulernen. Mit Rose würde sie anfangen. Wäre doch gelacht, wenn das hier nicht zu schaffen wäre.

Resolut fuhr sie sich mit der Bürste durch die Haare. Sie hatte ein sehr gutes Leben und viele gute Pläne, jawohl.

»Mama!«

Zuerst fiel ihr gar nicht auf, was sie da gehört hatte – und dann schlug die Bürste klappernd auf dem Schlafzimmerparkett auf.

Das da eben, das war nicht irgendein Kind auf der Straße gewesen, das nach seiner Mutter gerufen hatte – das war Theo!

Schneller, als ein irgendein menschliches Wesen jemals zuvor eine Treppe hinuntergelaufen war, nahm sie die Stufen.

Theo hatte gesprochen!

Theo hatte »Mama« gerufen! Laut, fröhlich und ein bisschen aufgeregt.

Wie früher.

Erst als sie ihn im Vorgarten in der Morgensonne stehen sah, barfuß und im Schlafanzug, wo er etwas betrachtete, das sich ihren

Blicken entzog, merkte sie, wie ihr die Tränen liefen. Ihr Sohn hatte gesprochen. Ein Wort nur, aber er hatte gesprochen.

Sollte sie das jetzt feiern? Oder so tun, als wäre alles ganz normal? »Was ist denn, Adlerauge?«, fragte sie schließlich vorsichtig.

Nun wieder stumm, deutete er schräg hinter sie.

Es war ein Fahrrad. Ein knallgrünes Kinderfahrrad, an dessen Lenker ein Zettel befestigt war.

Vor Verblüffung starrte sie einen Augenblick genauso schweigend wie Theo. »Das ist ja eine richtiges Turborad«, brachte sie dann heraus. Mit zitternden Fingern griff sie nach dem Zettel. Nur wenige Worte standen darauf, mit Kugelschreiber in klaren, ordentlichen Druckbuchstaben geschrieben. *Im Mietpreis inbegriffen.*

»Wow.« Das war das Einzige, was sie krächzen konnte. »Wow. Alva, du bist ...«

Theo zeigte wieder auf das Fahrrad und dann auf sich.

Langsam nickte sie. »Sieht so aus, als wäre das für dich, ja. Nicht geschenkt, ausgeliehen. Wie es scheint, kannst du das benutzen, solange wir hier wohnen.«

Theo strahlte und schlang die Hände um ihren Bauch. Doch nur ein paar Sekunden, dann war er schon wieder bei dem grünen Fahrrad und schob es durch das hohe Gras auf den Gartenweg.

»Warte mal«, sagte Annik. »Der Schlafanzug ist kein Problem, aber zieh dir was an die Füße.«

Eifrig hüpfte er ins Haus, und sie löste in Zeitlupe den Knoten, mit dem der Zettel befestigt war. Mit dem Zeigefinger strich sie über die Schrift. »Danke.«

Theo hatte wirklich und wahrhaftig gesprochen.

Sie flog förmlich in die Praxis und suchte dort als Erstes nach Alva. Sie fand sie in der Küche, wo sie den Wasserkocher abstellte, als Annik eintrat. »Guten Morgen.«

Annik konnte nicht anders, als ihr um den Hals zu fallen. »Danke. Du bist ... o mein Gott. Danke. Du hast keine Ahnung, was das heute Morgen für mich bedeutet hat. Am liebsten würde ich dich abknutschen.« In ihrer Nase und in ihren Augen drückte es verdächtig. Sie musste aufpassen, nicht schon wieder loszuheulen, und löste sich verlegen von Alva.

Die sah etwas perplex drein. »Ich freue mich, dass es dir gut geht und du einen schönen Morgen hattest, aber ich habe tatsächlich keine Ahnung. Wovon sprichst du?«

»Jetzt tu nicht so unschuldig! Das Fahrrad! Theo hat sich so gefreut, das glaubst du gar nicht. Er hat ... er hat gesprochen, stell dir das vor!«

»Ich weiß nichts von ...« Alva schüttelte den Kopf, doch dann dämmerte Verständnis in ihrem Gesicht. »Ein kleines grünes Fahrrad?«

»Ja, aber das musst du doch wissen. Du hast es doch ...?« Jetzt war Annik verwirrt.

»Es ist nicht von mir. Aber ich habe es schon einmal gesehen.«

Alva wollte sie auf den Arm nehmen, ganz klar. Annik fummelte den Zettel hervor, der in ihrer Hosentasche ein wenig gelitten hatte, strich ihn notdürftig glatt und hielt ihn Alva hin. »Hier: im Mietpreis inbegriffen.«

Alva sah sie eigenartig an, dann grinste sie bis über beide Ohren. »Ich bin nicht die Vermieterin.«

»Aber ... aber ich ... du hast mir das vermittelt und uns im Empfang genommen ...«

Alva nickte. »Ja, ich helfe mit. Aber mir gehört das Haus nicht.«

»Wem dann?«

Alvas vergnügtes Grinsen wurde Annik allmählich unheimlich. Gerade als sie noch einmal nachhaken wollte, machte Alva eine kleine Kopfbewegung zum Gang hinaus, wo Krister soeben die Praxis betreten hatte.

In Anniks Kopf purzelten sehr viele Puzzleteile sehr schnell durcheinander, aber das Bild, das sie ergaben, blieb verwirrend. Das ... nein. Oder? »Du meinst ... Krister?« Sie flüsterte, damit wirklich nur Alva ihre Worte hörte. »Das Haus, in dem wir wohnen, gehört *Krister*?«

Alva nickte.

»Aber ...« Annik klappte den Mund wieder zu. Das war ... mehr als erstaunlich. Warum gehörte Krister Eisklotz Solberg ihr behagliches kleines Häuschen? Und wie kam er dazu, ihnen dieses Kinderfahrrad zur Verfügung zu stellen?

Seelenruhig schenkte Alva in beide Tassen Tee ein, während Annik versuchte, diese überaus irritierende Entwicklung zu verdauen. »Manchmal helfe ich ihm dabei, es zu verwalten.« Von der Seite erkannte sie, wie Alvas Mundwinkel sich noch ein Stück weiter hoben. »Ich nehme an, nun, da ein Kind dort wohnt, ist ihm aufgefallen, dass zu einem ordentlichen Mietobjekt nicht nur Erwachsenenräder gehören. Krister ist, was das angeht, sehr gewissenhaft.«

»Aber Krister kann mich nicht ausstehen«, flüsterte Annik, damit er sie nicht hörte. »Er will mich loswerden. Warum sollte er uns einen solchen Gefallen tun?« Er hatte nicht wissen können, was er ihr für ein Geschenk machte, aber trotzdem ... Theo hatte gesprochen!

»Wie gesagt, er ist ein sehr gewissenhafter Vermieter. Deine Umarmung vorhin gilt wohl eher ihm.«

Oooooh, nein. Sie wollte und würde sich bedanken, das war klar. Aber umarmen ging in dem Fall dann doch zu weit. Nachdenklich griff sie nach ihrer Teetasse. »Ich will mal wieder. Mein Katzenbiss wartet, wo wir gerade von gewissenhaft reden.«

Krister stand noch am Rezeptionstresen und sprach mit Tilda. Ihr war vorher schon aufgefallen, dass er mit Tilda lockerer war als sonst in der Praxis. Sie konnte nicht anders, als ihn mit neuem

Blick zu betrachten. Der Koffer am Hafen, der Ball, jetzt das Fahrrad – das alles waren hilfsbereite, freundliche Gesten. Vielleicht war er tatsächlich gar nicht so verkehrt. Aber warum hielt er sie dann nicht mal eines zivilisierten Wortes für würdig?

Sie mochte es, wie sich diese kleinen Fältchen um seine Augen bildeten, als er über eine Bemerkung von Tilda lächelte. Er sollte öfter lächeln. Und sie mochte es, wie sich seine Haare im Nacken ein wenig kringelten. Und – es war nicht so, dass sie ihr noch nie aufgefallen waren – sie mochte seine braun gebrannten, sehnigen Arme, die in dem engen Polohemd der Praxiskluft so gut zur Geltung kamen. Okay, diese Gedanken schossen nun definitiv übers Ziel hinaus. Sie war hier, um sich zu bedanken, sie musste ihn nicht gleich zu Mr Universum erklären.

Und genau das würde sie jetzt tun, sich bedanken. Woraufhin er ihr wieder einen seiner Käfer-Blicke zuwerfen und sie vom Ärmel schnippen würde. Trotzdem. Sie wollte das erledigt haben.

Doch als sie gedanklich endlich so weit war, hatte er sich umgewandt und ging, in einer Patientenakte blätternd, zum Wartezimmer.

»Krister?« Mit drei schnellen Schritten war sie bei ihm und sah, blöderweise ein wenig atemlos, zu ihm hoch. »Danke.«

Seine einzige Antwort bestand aus einem fragenden Augenbrauenhochziehen. Käfer, sie hatte es gewusst.

»Das Fahrrad«, sagte sie ungeduldig. »Das ist doch von dir, oder? Danke dafür. Theo liebt es.« Ganz egal, was er von ihr hielt, sie konnte das nicht sagen ohne ein Lächeln.

Zu ihrem Erstaunen erwiderte er es. Gott, war der Mann schön, wenn er lächelte. Ach, bitte, Hirn. Ernsthaft jetzt?

Sie musste noch breiter lächeln und wiederholte: »Vielen, vielen, vielen Dank. Es ist wirklich toll.«

Er hob die Schulter, wie um zu sagen ›Das hoffe ich doch‹, antwortete aber sonst nicht.

Also setzte sie nach. »Das Grün ist super. Es ist zufällig Theos derzeitige Lieblingsfarbe.«

Er nickte, und jetzt schlich sich doch wieder dieses Ungeduldige, Genervte in sein Gesicht.

Schnell hob sie beide Handflächen. »Entschuldige. Ich möchte dich nicht aufhalten. Ich wollte mich nur schnell bedanken.« Was für ein unbeholfenes Gespräch! »Ohnehin muss ich auch weitermachen. Meine Katzen-Lady wartet«, fügte sie mit einem schiefen Grinsen hinzu, woraufhin er ihr ... das war kein Zwinkern gewesen, oder? »Also, dann, bis später.«

Als sie sich umdrehte, hatte es mehr von Flucht als von elegantem Abgang.

»Es gehört zum Haus«, sagte er hinter ihr.

»Trotzdem danke.«

Noch während sie ihre erste Patientin begrüßte, die tatsächlich Lotta Erikson war, klangen seine wenigen Worte in ihr nach. *Es gehört zum Haus.* Ja, natürlich tat es das. Nahm er an, sie glaubte irgendwie, er hätte Theo das Rad geschenkt? Oder ging es darum, seine eigene nette Geste nicht zu wichtig erscheinen zu lassen?

Den Rest des Tages über bekam sie Krister nicht zu Gesicht, und zum ersten Mal bedauerte sie das ein winziges bisschen. Offensichtlich hatte sie falsch gelegen, was seine Abneigung gegen sie betraf. Aber warum ging er ihr dann aus dem Weg?

Am Donnerstag war von ihm wieder nichts in der Praxis zu sehen, und als sie mittags bei Jamal saßen, fragte Annik Alva danach. »Was ist eigentlich mit Krister?«

Alva schluckte den Bissen hinunter, an dem sie kaute, und tupfte sich mit der Serviette den Mundwinkel ab. »Fortbildung in Oslo.«

»Zu welchem Thema?«

»Gelenkverletzungen und Traumamanagement. Seit wir hier im Ort mehr und mehr Touristen kriegen, landen bei Krister auch mehr Leute auf dem OP-Tisch, die sich mit ihren Flipflops auf den Bergen die Knöchel verdreht haben.«

Annik sortierte ihren Salat auf die Gabel. »Er ist ziemlich engagiert, oder?«

»Kris? Ja. Und er ist gut. Würde ihm nicht so viel an dieser Praxis liegen, könnte er richtig Karriere machen, mit Professur und allem. Espen und ich sind da entspannter. Ich habe meine Robben, und Espen«, sie lachte, »Espen ist halt Espen.«

Anniks Gedanken kreisten immer noch um Krister. Irgendwie hatte sie ihn bisher falsch eingeschätzt. Sie fand keine Möglichkeit, höflich zu fragen, was sie beschäftigte. »Warum gibt er sich so unnahbar, wie du neulich gesagt hast?«

Alva seufzte. »Die Auszubildenden nennen ihn heimlich Dr. Frost. Er tut, als würde es ihn nicht interessieren.«

Er tut, als würde es ihn nicht interessieren. Wem konnte ein solcher Spitzname egal sein? Noch ein Puzzlestück. Aber wenn ihn der Spitzname störte – warum benahm er sich dann so, und ja ganz offensichtlich nicht nur ihr gegenüber?

»Und, wie sieht es aus? Kommt ihr am Wochenende mit zur Hütte?«, wechselte Alva das Thema.

Annik hatte die spontan ausgesprochene Einladung vom ersten Tag zwar nicht vergessen, aber auch nicht weiter darüber nachgedacht. Die Zeit war so schnell vergangen, und sie hatte so viel zu tun und zu denken gehabt, um mit allem hinterherzukommen. Und sie war sich nicht ganz sicher, wie entspannt ein Wochenende mit Krister werden konnte. Andererseits war er vielleicht ohnehin noch in Oslo …

»Hanne will mit ihrer Familie auch kommen«, sagte Alva in ihre Überlegungen hinein.

Theo hatte sich im Kindergarten mit Hannes Tochter angefreundet. Dass sie mitkommen würden, machte die Entscheidung leichter. »Wenn ihr wirklich genug Platz habt, dann gern.«

»Das freut mich.« Annik konnte Alva ansehen, wie ehrlich sie es meinte, und ein warmes Gefühl breitete sich in ihr aus. »Soll ich euch dann einfach am Samstagnachmittag abholen?«

Annik schüttelte den Kopf. »Theo kann Autofahren nicht leiden.« Was vermutlich die Untertreibung des Jahrhunderts war. »Falls es keinen Bus zur Marina gibt, wird das nichts.«

Der Blick, mit dem Alva sie daraufhin maß, war nachdenklich.

»Was ist? Gibt es keinen Bus?«

»Doch. Doch, es gibt einen. Ich dachte nur gerade darüber nach, dass du ziemlich viel für Theo tust. Und dass es dir selbst gegenüber unfair ist, wenn du dich immer noch für diese völlig unwichtige Sache mit dem Ball steinigst, an die Krister sich vermutlich nicht mal erinnert.«

Möglich. Leider tat sie es trotzdem.

Neun

Heute war der Tag.

Der Tag, an dem Krister Leons Rekord brechen würde.

Stundenlang Vorträgen zuzuhören, zu referieren, Small Talk zu halten und abends in der Hotelbar über Entwicklungen in der Diagnostik und die neuesten bildgebenden Verfahren zu fachsimpeln, hatte ihn zwar fachlich vorangebracht, aber nun lechzte sein Körper nach Bewegung, nach Freiheit. Schon als er vom Flughafen nach Hause fuhr, wusste Krister, dass er in den nächsten Wochen keine bessere Chance bekommen würde, den Fjord zu überfliegen. Am letzten Wochenende hatte das Wetter nicht mitgespielt, aber jetzt war es fantastisch, sonnig, klar, nicht zu heiß. Es würde kein Problem mit plötzlich auftretenden Winden geben.

Es würde überhaupt gar kein Problem geben.

Tom und Morten würden mit Kristers Boot am gegenüberliegenden Ufer des Fjords warten. Krister hatte nicht vor, ins Wasser zu springen, aber man musste nichts sinnlos riskieren. Anfang der Saison hatte sich an einem der Fjorde weiter im Norden wieder einer, der die Gegebenheiten nicht kannte, in seinem Fallschirm verheddert, war in Panik geraten und ertrunken. Es war besser, ein Boot in der Nähe zu haben.

Die vielen Menschen, die er bei seinem Marsch auf den Kjerag überholte, strengten ihn mehr an als sonst. Normalerweise waren die unzähligen Touristen ihm gleichgültig, heute hatte er das irrationale Gefühl, jeder Einzelne würde seinen – zugegeben möglicherweise ein wenig hochmütigen – Versuch gleich mit Zoomobjektiv und Feldstecher beobachten.

Aber als er kurz darauf am Exit stand, die Sonne im Rücken und Toms Boot ameisengroß vor den weiß strahlenden Felsflecken der anderen Fjordseite, hätte er zuversichtlicher nicht sein können.

Der rot-weiße Stoff seines Wingsuits flatterte erwartungsfroh um seine Beine, der steigende Adrenalinspiegel machte ihm die Lunge eng. Ein letztes Mal ging er im Kopf die Flugbahn durch. Nur ein paar Hundert Meter weiter als bis zur Wiese beim Leuchtfeuer. Er trat den endgültigen Schritt nach vorn, seine Fußspitzen berührten fast die Kante, hinter der es senkrecht in die Tiefe ging.

Sein Atem ging jetzt flach und schnell. Sein Körper wusste, was sein Geist ausblendete – dass er am Abgrund stand und dass eine einzige falsche Bewegung den unweigerlichen Tod bedeutete. Doch davon konnte er sich jetzt nicht abhalten lassen.

Tom war bereit.

Der Wind stand gut.

Krister ballte die Hände zu Fäusten, atmete noch einmal ein und warf sich in den Wind.

Sofort war der eisige Fokus wieder da, die absolute, ausschließliche Konzentration auf sein Ziel. Er verschwendete dieses Mal keine Zeit damit, sich in der Nähe der schattigen Felswand aufzuhalten, sondern schoss direkt in Richtung Fjord davon. Er hatte schon mit Leon zusammen wochenlang die beste Flugbahn kalkuliert und das Ufer erforscht. Er wusste, welche Strecke er fliegen musste, damit der rasende Sinkflug ihn präzise dorthin brachte, wo er sicher landen konnte, und während der Wind unter seinen Flügeln knatterte und um seine Ohren rauschte, glich sein adrenalingeflutetes Hirn mit kristallklarer Schärfe seine Flugbahn mit der errechneten ab. Hier eine kleine Kurve zur Korrektur, da ein bisschen steiler …

Sein Boot kam näher, wurde erkennbar. Tom winkte, Morten johlte, Krister griff nach dem Fallschirm. Noch ein Stück weiter ans andere Ufer, seine Position feinjustieren …

Und dann machte er den Fehler.

Er passte nicht auf, als er die Reißleine zog.

Die Bö erfasste ihn in dem Augenblick, in dem der Schirm sich öffnete, und riss ihn nicht nur nach oben, sondern zur Seite weg. Einen Moment lang verlor er die Kontrolle, einen winzigen Moment nur, doch dieser genügte, um ihn ins Trudeln zu bringen. Fuck.

Das Adrenalin brannte ihm jetzt fast durch den Körper, während er sich um sich selbst drehte und ihm das Herz so im Hals hämmerte, dass er das Gefühl hatte zu ersticken.

Fokus, Solberg. Das hier konnte ihn umbringen, wenn er in Panik geriet. Ein distanzierter Teil seines Selbst lachte höhnisch auf. Was war das hier, wenn nicht eine ausgewachsene Panik?

Fokus.

Die verdrehten Schnüre mussten dem Notschirm in die Quere gekommen sein, der automatisch ausgelöst hatte. Sein Flug beruhigte sich, und obwohl mit dem Schirm irgendetwas nicht stimmte und er wesentlich schneller sank, als er sollte, gewann Krister wieder die Oberhand. Er war zu schnell, er kam zu steil runter, viel zu steil, aber er konnte ansatzweise steuern, wohin er flog. Wasser oder Felsen? Aus der Höhe und mit der Geschwindigkeit … Das Wasser würde hart wie Beton sein, und auf dem Felsen war er auf jeden Fall Mus. Da sah er die schiefe, grasbewachsene Fläche, viel kleiner als sein üblicher Landeplatz, viel geneigter und durchsetzt von Felsen, aber die Schräge würde ihn bremsen. Vielleicht konnte er auch einen Busch erwischen. Mit Glück. Schmerzhaft würde es auf jeden Fall werden, aber es würde ihn möglicherweise nicht umbringen.

Die Rufe vom Boot drangen nur entfernt in sein Bewusstsein, kein Johlen mehr, sondern Schreckenslaute. Er scannte die Baumwipfel, die unter ihm vorbeirasten. Da! Da war seine Lücke. Seine Lücke mit dem hohen Gras – und waren das Brombeerranken? –, gleich oberhalb der Stelle, die er sich ohnehin ausgesucht hatte.

Jetzt musste er nur noch ...

Der Fallschirm tat nicht ganz, was er sollte, und Krister kam schlitternd und ungeschickt auf, fand keinen Halt, rutschte weiter abwärts, spürte rasenden Schmerz am Unterarm, knallte auf die Seite, wurde ein Stück mitgeschleift und blieb schließlich an einem Felsblock hängen, der sich aus dem Gras erhob.

Als er die Augen öffnete, war über ihm der Himmel.

Blau, vereinzelte Wolken.

Mühsam drehte er den Kopf. Da war der Fjord. Und der Kjerag, von wo er abgesprungen war.

Er hatte es geschafft! Große Güte, er hatte überlebt!

Dieser Beinahetod war noch größer, noch berauschender als jeder andere Sprung bisher.

Seine Hüfte brannte wie Hölle, er war zerschunden und zerschrammt, aus einem Riss an seinem linken Unterarm tropfte Blut, und die Landung war alles andere als elegant gewesen – aber er lebte! Er war über den Fjord geflogen!

»Ich bin okay«, brüllte er in die Richtung, in der er Toms Boot vermutete. »Ich bin okay!« Mit blutigen und vom Adrenalin zittrigen Fingern befreite er sich aus den Schnüren, zog den Wingsuit und die Kleidung aus und rannte nur in Boxershorts mit Triumphgeheul auf die Klippe zu, die sich vier Meter über dem Fjord erhob.

Er sprang noch einmal, mit ausgebreiteten Armen und durchgespanntem Körper und schoss wie ein Pfeil ins kalte Fjordwasser. Es stach wie mit tausend Nadeln, brannte auf seiner aufgeschrammten Haut, auf seinem lebendigen, atmenden, fühlenden Körper.

Als er wieder auftauchte, musste er immer noch schreien. Tom gestikulierte ihm, zum Boot zu kommen, aber Krister kraulte davon. Seine Klamotten lagen auf dem Felsen, der Anzug und der verhedderte Schirm ebenfalls.

Kurz darauf platschte es hinter ihm, und als er an der schartigen, muschelbewachsenen Felswand einen Ausstieg suchte, erschien Tom an seiner Seite. »Du bist irre.«

»Ich hab's geschafft«, keuchte Krister, streckte die Arme nach einem über das Wasser ragenden Kiefernast aus und zog sich hoch.

»Du bist irre«, wiederholte Tom, als sie hintereinander auf die Klippe stiegen und Tom das Ausmaß des Chaos sah.

Es war so egal. Er lebte. Himmel, er lebte!

Krister rannte noch einmal auf die Kante zu, und während er sprang, schrie Tom hinter ihm: »Du bist genauso kaputt wie Leon, weißt du das?«

Erneut schlug das eisige Wasser über ihm zusammen, gleich darauf tauchte Tom neben ihm ein. Prustend und japsend kamen sie schließlich gemeinsam an die Oberfläche.

»Ich hab es geschafft.« Er würde nie wieder etwas anderes sagen können als diesen einen Satz.

Tom stürzte sich auf ihn und drückte ihn unter Wasser. Krister strampelte, trat und kam lachend wieder hoch. Doch Tom lachte nicht. »Das war verdammt knapp, du Arsch, und wenn du so was noch mal versuchst, werde ich nicht der sein, der deine Leiche nach Hause bringt, ist das klar?«

»Nächstes Mal kommst du einfach mit.« Das Glück pulste ihm immer noch durch jede Zelle. Wie konnte Tom das freiwillig aufgeben?

»Nachdem ich diesen Stunt eben miterlebt habe? Nein, danke. Dafür liebe ich meine Familie zu sehr.«

Er hatte es geschafft. Was vor ihm nur Leon hinbekommen hatte – ihm war es gelungen. Und er hatte sogar die missglückte Landung überlebt.

Etwas, das selbst er als leicht größenwahnsinnige Seligkeit erkannte, blubberte auch zwei Stunden später noch in ihm, als er, geduscht und verpflastert, zum *Frontstage* schwebte. Wer über den

Fjord springen konnte, der konnte auch Annik Lerch erklären, dass er stotterte. Wer über den Fjord springen konnte, der konnte *alles*.

Wenn er ihr das mit dem Stottern erklärte, würde sie vielleicht aufhören, jedes Mal auf eine Antwort von ihm zu warten, wenn er keine geben konnte, ohne sich bis aufs Hemd zu blamieren. Er war über den Fjord geflogen. Er würde drei Sätze mit ihr sprechen, und sie konnten endlich alle zur Tagesordnung übergehen.

Doch zuerst einmal erklärte er gar nichts.

Er erreichte die Bar mit einer Stunde Verspätung, die Party war schon in vollem Gange. Annik stand, in einem beunruhigend engen, weißen Top, mit Espen am Tresen, hinter dem der Barkeeper Jarik rotierte. Sehr nah bei Espen, fand Krister, näher als selbst in dem Gedränge nötig. Sie nahm ihn nicht einmal wahr, als er sich näherte, weil sie vollauf damit beschäftigt war, Espen über den Lärm hinweg etwas ins Ohr zu rufen. Espen grinste sie daraufhin an, antwortete auf dieselbe Weise, und Kristers Hochgefühl begann, krümelig zu werden. Er sah sich um. Wo waren die anderen?

»Kris! Ich dachte schon, du kommst nicht mehr.« Wie aus dem Nichts tauchte Svea vor ihm auf und legte ihm die Hand auf den Arm. »Das hätte mich sehr enttäuscht.«

»Wie du siehst, bin ich jetzt hier.« Er schaltete ein Lächeln ein, das Espen nicht besser hinbekommen hätte. An ihrem Kopf vorbei sah er, wie sein Bruder sich wieder zu Annik beugte. Seine Lippen berührten beinahe ihren Hals. Irgendwie schien der Vater von Anniks Kind keine sehr große Rolle zu spielen.

»Gut siehst du aus«, sagte Svea. »Das Shirt ist ziemlich sexy. Bringt deinen Body gut zur Geltung.«

Wie viel konnte sie in der einen Stunde, bevor er aufgetaucht war, getrunken haben?

»Hast du heute noch was vor?« Ihre Zunge strich über ihre perfekt geformte Oberlippe.

»Wer weiß.« Behutsam nahm er ihre Hand von seinem Arm. »Wo ist der Rest der Meute?«

»An unserem üblichen Tisch.« Seine subtile Ablehnung schien sie nicht im Mindesten verstört zu haben. »Bis auf die beiden Turteltäubchen da vorn, die gerade Getränke für alle holen. Der Platz neben mir ist noch frei.«

Erwartete sie jetzt Begeisterung? Wahrscheinlich. »Geh schon mal vor«, brachte er heraus, »ich helfe den beiden tragen.« Ohne ihre Antwort abzuwarten, schob er sich durch die Leute zum Tresen.

Espen schien kein bisschen verlegen, sondern begrüßte ihn mit einem begeisterten »Storebror!«, was Annik den Kopf drehen ließ.

Hatte Alva doch recht? Oder warum sonst verspürte er einen Anflug von Genugtuung, weil Annik ein wenig Entfernung zwischen Espen und sich brachte, bevor sie sich eine Strähne aus der Stirn strich, die ihr auch vorher nicht ins Gesicht gehangen hatte. »Hallo, Krister.«

Er konnte über Fjorde springen.

Sprechen, ganz ruhig. Und lächeln. »Hi.«

※

Gemeinsam mit Krister und Svea schoben sie sich durch das Gedränge zurück zum Tisch. Ein dicker Typ fegte Annik beinahe das Tablett mit den Gläsern aus den Händen. Gerade noch rechtzeitig hob sie es hoch und balancierte es zu ihrem Tisch, wo sie wieder auf ihren Platz zwischen Alva und Espen zusteuerte, gegenüber von Hanne. Sie war sich Kristers Gegenwart hinter sich auf einmal unheimlich bewusst. Wenn er auch noch hier Platz finden wollte, würden sie mächtig zusammenrücken müssen. Der Gedanke war … einigermaßen beunruhigend. Trotzdem nicht unangenehm. Es war das erste Mal, dass sie Krister wiedersah seit dem Morgen, an dem Theo »Mama« gesagt hatte. Sie wollte ihm so gern versuchen zu erklären, was die Tatsache, dass er dieses Fahrrad besorgt hatte, für sie bedeutete. Doch während sie sich setzte, blieb er zögernd stehen.

Hanne hatte sich nach vorn gelehnt, beide Ellbogen aufgestützt, und grinste ihn überbreit an. »Na? War's schön in Oslo?«

Unwillkürlich drehte Annik sich um, bekam von seiner Antwort jedoch nur noch das übliche schweigende Schulterzucken mit.

»Alles gut überstanden?«, fragte Hanne.

»Alles bestens.« Krister fixierte Hanne einen Augenblick, dann schob er sich zwischen den Leuten durch zu Svea ans andere Tischende, wo er auch am vorherigen Freitag gesessen hatte.

Annik drängte die Enttäuschung zurück, die in ihr aufsteigen wollte. Und die Neugier durfte auch gern wegbleiben. Es ging sie nichts an, was dieser kleine Austausch zu bedeuten hatte. In der Praxis war ihr nie aufgefallen, dass Krister und Hanne ein Problem miteinander gehabt hätten. Eher im Gegenteil; als eine von Alvas ältesten Freundinnen schien Hanne auch zu Alvas Brüdern ein sehr entspanntes Verhältnis zu haben.

Trotzdem irrte Anniks Blick immer wieder ans andere Tischende. Nur mit Mühe konnte sie sich auf die Babybilder konzentrieren, die Tilda von ihrem Enkel zeigte. Der kleine Walter war ein zauberhaftes Baby. »Ist es dein erster Enkel?«, fragte sie.

»Nein. Der dritte. Ich habe noch Grete und Ida.« Tilda scrollte auf dem Smartphone nach weiteren Enkelbildern.

Sveas Lachen schnitt Annik ins Trommelfell. Sie griff nach einem der Moltebeerengläschen. Warum interessierte es sie, was am anderen Tischende stattfand?

Grete und Ida waren zwei und vier Jahre alt, zwei großäugige Engelchen, die ihren Babybruder abküssten. Tilda scrollte weiter.

Jetzt lachte Krister. Bestimmt war es Zufall, dass er in ihre Richtung blickte. Sein Lachen wirkte auf der Stelle wie ausgeknipst, aber sein Blick hielt ihren fest. Unvermittelt machte ihr Herz einen Hopser. Sollte das jetzt jeden Freitag so laufen?

Garantiert war es nur der Alkohol, der sie seltsam auf ganz simplen Blickkontakt reagieren ließ. Nur dieser unselige Moltebeerenschnaps. Außerdem war es sowieso Zeit zu gehen und sich um Theo zu kümmern. Oder um Mara. Oder um … die Wäsche. Dringend.

Doch erst zwei Biere später schaffte sie es, sich von Tildas Babybildern, Alvas Robbenbildern, Hannes Kinderbildern und – okay, sie zeigte auch ein paar Bilder von Theo – loszueisen. Sveas lauter werdendes Kichern vom anderen Tischende half dabei ganz enorm.

»Was'n los?«, fragte Espen irritiert, als Annik aufsprang und dabei die Bank zum Wackeln brachte.

»Ich muss los. Es ist schon spät.«

»Und ich dachte, ich könnte dich später noch mit meiner Bierdeckelsammlung locken.« Er grinste sie unverschämt an, ihr neuer bester Freund.

»Keine Bierdeckel mehr heute.« Der Raum schwankte leicht. »O Gott, ich glaube, überhaupt nie wieder Alkohol. Ich bin das nicht mehr gewohnt. Ich hab echt einen im Tee.«

»Tee und Bierdeckel vertragen sich nicht, das stimmt.«

Sie flüchtete. Zu blöd, dass sie ihr Fahrrad immer noch nicht repariert hatte und laufen musste. Aber die frische Luft würde ihren Kopf auf dem Heimweg wenigstens etwas klären. Hoffentlich.

Obwohl die Uhr auf ihrem Telefon nach elf zeigte, war der Himmel nicht ganz dunkel, und ein pastelliges Dämmerlicht lag über den verlassenen Straßen. Nachdem sie das *Frontstage* hinter sich gelassen hatte, klangen ihre Schritte unnatürlich laut in der Stille, und ihr Gehirn drehte sich. Musste sich drehen. Oder mit ihren Ohren stimmte etwas nicht, denn sie hörte doppelt.

Oder nein, sie hörte nicht doppelt. Hinter ihr erklangen tatsächlich Schritte. Schnelle, leichte, kaum wahrnehmbare Schritte. Und dann: »Annik!«

Das war nicht wirklich … Nein, nicht Krister. Krister knutschte gerade Svea, oder nicht? Sie drehte sich um.

»Annik, warte doch mal.«

Was die Abendluft nicht geschafft hatte, Krister gelang es. Auf einen Schlag war Annik nüchtern – nur leider nicht in der Lage, irgendetwas Geistreiches zu sagen.

Auf einmal wirkte er verlegen. Er bohrte die Hände in die Hosentaschen und grinste sie an, bevor er höchst sachlich den Straßenbelag darüber informierte, dass sie denselben Heimweg hätten. »Wir können zusammen gehen.« Es klang belanglos. Genauso gut hätte er einen Satz sagen können wie: »Wir können auch den linken Schrank für das Verbandmaterial nehmen.«

Annik kniff die Augen zusammen und versuchte, den letzten Rest des Moltebeeren-Nebels aus ihrem Hirn zu schütteln. Dann kamen unkontrolliert einige der vielen Worte heraus, die sie in den letzten beiden Wochen zu oft gedacht hatte. »Warum? Du kannst mich nicht mal leiden.«

Krister gab einen Laut von sich, der vermutlich eine Art frustriertes Stöhnen war, während er sich mit beiden Händen übers Gesicht fuhr, mit diesen schönen Händen, auf deren Rücken sich die Adern abzeichneten, und schüttelte den Kopf.

»Der Eindruck drängt sich aber in der Praxis durchaus auf.« Herrje, sie musste doch angetüdelter sein, als sie gedacht hatte. Nüchtern hätte sie das im Leben nicht gesagt. Nüchtern hätte sie ihn jetzt auch nicht herausfordernd angestarrt.

Doch Krister erwiderte ihren Blick nicht. Er schloss kurz diese irritierenden grünblauen Augen mit den irritierenden langen Wimpern und betrachtete dann wieder die Straße neben ihren Füßen. »Können wir … Ich muss dir etwas erklären. Gehen wir ein Stück zusammen nach Hause?«

Dafür, dass er hatte reden wollen, schwieg er erstaunlich anhaltend, während sie nebeneinanderher liefen und Annik erfolglos versuchte, den leichten Duft nach Aftershave und Kiefernwald zu ignorieren, der von ihm ausging. Er hatte wieder die Hände in den Hosentaschen versenkt, und sie tat es ihm gleich. Bei jedem Schritt stupste die Tasche, die sie schräg über der Schulter trug, gegen seinen Unterarm. Sie zog sie ein Stück nach hinten.

»Warum hast du das Fahrrad gekauft?«, platzte sie heraus, als sie in die Kongchristiansgate einbogen und er immer noch kein weiteres Wort von sich gegeben hatte.

»Es gehört zum Haus, sagte ich doch.« Der Satz klang neutral, fast sogar freundlich. Dann holte Krister tief Luft und stieß hervor: »Ich habe eine Sprachstörung.« Seine Schritte wurden schneller, und sie musste aufpassen, dass er sie nicht abhängte. »Ich bleibe an einzelnen Buchstaben oder Wörtern hängen.« Atempause. »Man nennt das tonisches Stottern.«

»Du hast ... Aber ... Ich meine, du redest ganz normal mit mir.«

»Ich habe mich ein wenig betrunken.« Selbst von der Seite konnte sie das Flackern von Frustration auf seinem Gesicht wahrnehmen. »Sonst wäre es nicht möglich, dieses Gespräch zu führen.«

Sprachstörung, hallte es in Anniks Kopf. Die vielen Momente fielen ihr ein, in denen sie gedacht hatte, Krister sei ihretwegen genervt – wenn es in Wirklichkeit um etwas ganz anderes gegangen war. Würde Theos Schweigen ihn auch noch als Erwachsener verfolgen?

Sie versuchte, mit Krister Schritt zu halten, der inzwischen fast rannte. »Nüchtern zeichne ich mich nicht durch Eloquenz aus, falls dir das aufgefallen ist.«

»Um ehrlich zu sein«, unwillkürlich wurde Annik langsamer, »nein. Ich fand bisher immer, du sprichst ganz normal, nur eben ...« Sie brach ab, weil ihr Alvas Worte in den Sinn kamen. Die Auszubildenden nennen ihn heimlich Dr. Frost. Er tut, als würde es ihn nicht interessieren. In der Praxis sprach Krister in diesem kühlen, unbeteiligten Ton, der stets ein wenig von oben herab klang, als wäre das Gegenüber seiner Aufmerksamkeit nicht wert. War das eine Art Schutzmechanismus?

»Ich kann es nicht steuern. Es ist situationsabhängig.«

Warum konnte sie auf einmal immer und immer diese Augen ansehen? Und diese Lippen, auf denen er jetzt herumbiss? Um darüber ausgiebig nachzudenken, nahm sie ihren Nachtspaziergang wieder auf.

»Ich wollte nicht ... Das Stottern ist mir extrem unangenehm, und manchmal, wenn ich neue Leute kennenlerne, bin ich mir nicht sicher, ob ich reden kann. Dann sage ich lieber nichts.« Die Hände wieder in den Hosentaschen, ging Krister neben ihr.

Ab und zu schielte sie verstohlen zu ihm hinüber, und einmal trafen sich ihre Blicke, ganz kurz nur. Hinterher lächelte er vor sich hin. Umso unerwarteter erwischte sie seine nächste Frage. »Wie geht es der Katzen-Lady? War sie rechtzeitig zur Kontrolle?«

Hatte er darüber nachgedacht, als er sie eben so angesehen hatte? Über eine *Katzenbissentzündung*? Sie rückte ein Stück von ihm ab. »Ja, die Wunde sieht gut aus. Ich habe Lotta Amoxicillin und Claluvansäure verordnet.« Leider klang es genauso angefressen, wie sie sich fühlte.

»Gut.«

Ihr Schweigen hatte jetzt wieder etwas Unbehagliches, und Annik war froh, als Krister stehen blieb. »Da oben wohne ich. Alva wohnt unten.« Es war eins der Häuser, die Mara mit einem Pfeifen quittiert hatte, als sie die Straße erforscht hatten. Ein eleganter, grau verschalter Kasten mit weißen Fensterläden.

»Ja, dann ... noch einen schönen Abend.« Sie wollte weiterstapfen, aber jetzt hielt Krister sie am Ärmel zurück.

»Warte.« Er schluckte und fuhr sich mit der Zunge über die Unterlippe. »Tut mir leid wegen der Frage nach der Katze gerade. Das war ... Ich habe neulich Unsinn geredet. Es war nicht gut.«

Ganz kurz überlegte sie, ob er es wohl in Ordnung fände, wenn sie seine Unterlippe mit dem Zeigefinger berühren würde.

»Und ich ... i-ich k---« Mitten im Wort blieb er stecken. »Ich k---k---«

»Das ist jetzt dieses tonische Stottern, ja?« Wo, bitte, war das nächste Mauseloch? Und warum musste sich selbst leichte Beschwipstheit bei ihr in diesem hemmungslosen Geplapper äußern?

Aber er lächelte nur komisch-resigniert und hob die Schultern. *Da siehst du es.*

»Sammelst du eigentlich Bierdeckel?« Mau-se-loch!

»W--- was?«

»Bierdeckel. Ob du sie sammelst.«

»Nein.« Jetzt grinste er. »Und ehrlich gesagt glaube ich, dass du genug Bier hattest heute Abend. Ich übrigens auch.«

Vermutlich hatte er recht. Was irgendwie sehr schade war.

»Ich gehe jetzt ins Haus«, sagte er vorsichtig. »Die letzten Meter schaffst du allein, oder?«

»Was, wenn nicht?« Halt die Klappe, Annik. Halt einfach deine dämliche Klappe.

»Ich könnte dich nach Hause bringen.«

»So weit ist es ja nicht.«

»Kann ich trotzdem machen. Wieso bist du überhaupt zu Fuß und nicht mit dem Rad?«

»Das hat einen Platten. Ich bin noch nicht dazu gekommen, es zu reparieren.«

»Ich kann das am Wochenende für dich erledigen. Jetzt, wo wir ... na ja ... so was wie Freunde sind.«

So was wie Freunde war auf jeden Fall besser als so was wie fast gekündigt. So was wie Freunde war geradezu sensationell!

Inzwischen waren sie vor ihrem Haus angekommen, es waren ja nur ein paar Meter. Warum küsste er sie jetzt eigentlich nicht? Er könnte sie jetzt küssen oder zumindest umarmen. Tat man das nicht, wenn man jemanden nach Hause brachte? Als er keine Anstalten dazu unternahm, beugte sie sich schnell vor und küsste ihn auf die Wange, ganz freundschaftlich. Ihr wurde ein kleines bisschen schwindelig von dem Kratzen seiner Bartstoppeln an ihren Lippen – oder vielleicht auch von den Resten des Moltebeerenschnapses. »Gute Nacht, Sahneschnittchen.« Hatte sie das wirklich gesagt? Wenigstens war es auf Deutsch gewesen.

Sein leises Lachen kribbelte ihr im ganzen Körper. »Gute Nacht.« Er lächelte ihr noch einmal zu, dann ging er davon, mit ganz leichten, frohen Schritten.

Sie friemelte den Schlüssel aus der Tasche, und es gelang ihr trotz der nachtblauen Dämmerung, ihn gleich beim ersten Versuch ins Schloss zu stecken.

»Annik?« Kristers Stimme war deutlich in der stillen Dämmerung. Er hatte sich noch einmal umgedreht. »Ich kann dich gut leiden.«

Zehn

Den kurzen Weg von ihrem zu seinem Haus schwebte Krister beinahe. Seine Wange brannte, wo Annik ihn geküsst hatte. Er hatte das deutsche Wort nicht verstanden, das sie nach *god natt* gesagt hatte, aber das spielte keine Rolle. Sie hatte ihn geküsst. Nicht Espen, der es seit zwei Wochen drauf anlegte. Ihn.

Und er hatte mit ihr gesprochen, in zusammenhängenden Sätzen sogar.

Die Ernüchterung kam erst am nächsten Morgen, als der unrasierte Typ im Spiegel ihn mit verkniffenen Augen anstarrte. Ja, sie hatte ihn geküsst. Und? Was bildete er sich jetzt darauf ein?

Sie war betrunken gewesen, genau, wie er leicht angeschossen gewesen war. Nur deswegen hatte die Fehlschaltung in seinem Hirn nicht dazwischengefunkt, weil er sie durch kontrollierten Alkoholkonsum ertränkt hatte. Es war wohl kaum realistisch, jedes Mal einen doppelten Moltebeerenschnaps zu kippen, wenn er mit Annik mehr als zwei Worte am Stück sprechen wollte.

Ohne dieses irrsinnige Hoch, auf dem er geschwebt hatte, gefolgt vom Alkohol, wäre er auch nicht auf das absurde Angebot verfallen, heute nach dem Fahrrad zu schauen, Wahnsinniger, der er war. Das bedeutete, dass er Annik nachher – und zwar bevor ... große Güte ... bevor er Alva sei Dank zwei Tage mit ihr im Ferienhaus verbringen würde – einen Besuch abstatten musste, ernüchtert, in privater Umgebung, ohne die Chance, sich hinter der Professionalität der Praxis verschanzen zu können. Ohne andere Leute, die er vorschicken konnte.

Als das Wasser beim Duschen auf seine Schürfwunden vom Vortag traf, keuchte er vor Schreck auf. Der Schnitt am Unterarm – ob er nun von Brombeeren oder spitzen Steinen stammte – hinterließ ein blassrosa Rinnsal am Boden der Dusche, und die Wunde an seinem Hüftknochen brannte wie die Hölle, bevor der Schmerz allmählich abebbte. Trotzdem ließ er den dampfenden Wasserstrahl so lange auf seine Schultern und seinen Kopf prasseln, bis er sicher war, sich gleich aufzulösen. Dann drehte er den Hebel auf eiskalt.

Prustend, keuchend und endlich wach und erfrischt, rubbelte er sich ab und tupfte vorsichtig die Wunden trocken.

Verband auf die Wunde. Jeans, T-Shirt, Kapuzenjacke. Über Nacht hatte sich das Wetter abgekühlt. Krister trank einen schnellen Kaffee und zog sich die Schuhe an, bevor er es sich anders überlegen konnte.

Die Luft schien fester zu sein als sonst, es fühlte sich an, wie durch eine dichte, zähe Masse zu laufen, während er hinüberging. Alvas katzenhaftes Lächeln fiel ihm ein. Ja, verflucht, er mochte Annik, wie auch immer das hatte passieren können. Und was hatte er davon? Stoisch wiederholte er sein Mantra – *Wer über Fjorde fliegen kann, der kann alles* –, bis er ihr Haus erreichte.

Im Vorgarten, neben der hässlichen Seehundskulptur, die er Elsa Holms Künstlerneffen nur aus Mitleid abgekauft hatte, lag ein großer Porenbetonklotz, der rudimentär an eine Robbe erinnerte, umgeben von abgehauenen Splittern. Immerhin hatte die komische Plastik Anniks Kind offensichtlich inspiriert.

Krister sog die dichte Luft tief in die Lunge und drückte auf den Klingelknopf.

Es dauerte eine Weile, bis er durch die Milchglastür ahnen konnte, dass sich jemand näherte. Er wischte die Hände an der Jeans ab. Er konnte das hier. Gestern hatte er mit ihr gesprochen, und ganz offensichtlich hatte er es überlebt. Er würde es auch heute hinbekommen.

Doch die Frau, die kurz darauf in Jogginghose und T-Shirt öffnete, war nicht Annik, sondern die junge Frau, die mit ihr auf dem

Schiff gewesen war. Jetzt erkannte er die Ähnlichkeit zu Annik. Sie hatte denselben sinnlichen Mund und dieselben ausdrucksstarken Augen, die sich nun bei seinem Anblick weiteten. »Ähm … Good morning.«

»Guten Morgen«, sagte er auf Deutsch. Nichts hakte. »Ich würde gern Annik sprechen. Ist sie da?«

»Ja.« Die Frau starrte ihn immer noch an wie eine Erscheinung. »Ja, sie ist da. Ich … komm doch herein. Ich hole sie.« Leichtfüßig hüpfte sie die Treppe nach oben.

In der Diele, in der er wartete, waren Spuren von Leben eingezogen. Diverses Spielzeug lag auf dem Boden verstreut. An der Wand klebte eine Kinderzeichnung. Kinderschuhe in der Ecke, auf der Kommode ein Lego-Auto und mehrere Lego-Tierpfleger, die sich um Salzteigklumpen kümmerten, die vermutlich Robben darstellen sollten. Daneben stand ein Bild von dem Jungen und einem Mann, der dieselben dunklen Augen hatte wie der Kleine. Und – das war's dann wohl – ein Bild von Annik, die übermütig über die Schulter lachte, während der Mann ihren Nacken küsste. Unwillkürlich trat Krister näher.

Auf einmal kam er sich wie ein Eindringling vor. Er sollte einfach wieder gehen. Wenn Annik es schon selbst nicht hinbekam, konnte der Typ auf dem Foto ja bei seinem nächsten Besuch das Fahrrad … Aus dem Obergeschoss drang Flüstern, Türenklappen, mehr aufgeregtes Flüstern. Dann endlich kam Annik herunter, barfuß, bekleidet mit einem zu großen T-Shirt und Leggings. Ihm war nie vorher aufgefallen, wie ausgesprochen heiß rot lackierte Fußnägel zu Leggings sein konnten. Klar, dass er das jetzt denken musste. Was war mit ihm nicht in Ordnung, dass er sich auf diese Art für sie interessierte, obwohl es in der Praxis klare Regeln gab und Annik ebenso klar vergeben war?

Aber wenn sie es war … War das dann gestern Nacht tatsächlich nur der Alkohol gewesen?

Sie fuhr sich mit den Fingern durch die Haare und band sie zu einem lockeren Knoten auf dem Kopf. »Hi.« Ihre Stimme klang unsicher.

»Hi.« Wieder wischte er sich die Hände an der Hose ab. »I---« Nicht jetzt. Bitte nicht jetzt. Er zwang sich, nicht daran zu denken, mit wem er sprach. Zu sprechen versuchte. Das hier war eine ganz sachliche Angelegenheit. Vermieter-Service. Business. Los, Solberg, sachlich. »I---«

Sie lachte nicht.

Sie wandte sich nicht ab.

Sie nahm die letzten Stufen und wusste ganz eindeutig ebenso wenig wie er, wie sie damit umgehen sollte, jetzt auf einmal so nah neben ihm zu stehen. »Komm doch erst mal rein. Ich schätze, du weißt, wo das Wohnzimmer ist. Also, klar weißt du das. Es ist ja dein Haus. Ich dachte übrigens erst, es wäre Alvas. Ich hab mich mächtig erschreckt, als ich die Wahrheit herausgefunden habe.«

Sie war aufgeregt, sonst würde sie nicht so viel plappern. Seltsamerweise beruhigte ihn diese Erkenntnis. Er atmete ein. »Ich hab dir versprochen, nach dem Fahrrad zu sehen.«

»Ja, ähm … klar.« Sie lachte verlegen. »Das Fahrrad. Das ist wirklich nett von dir. Sorry, dass es hier so aussieht. Ich bin noch nicht zum Aufräumen gekommen, und Theo macht schneller Unordnung, als man es wieder wegräumen kann.« Ihr Wortschwall war zum Niederknien. »Na ja, um die Wahrheit zu sagen: Wahrscheinlich hätte ich es trotzdem nicht geschafft aufzuräumen. Willst du was trinken oder so?«

Es ging nur um Gastfreundschaft. Einfache Frage, einfache Antwort. »Ein Wasser.« Ha! Er trat sich die Schuhe von den Füßen, legte den Rucksack mit dem Werkzeug ab und konnte nicht anders, als ihren Nacken zu betrachten, während sie ihm voran ins Wohnzimmer ging. Denselben Nacken übrigens, den der Typ auf dem Foto küsste.

Annik räumte eine Stoffdrachenfamilie vom Sofa auf den Boden, damit er sich setzen konnte. Dann blieb sie zögernd stehen, als ihr anscheinend auffiel, dass der einzige freie Platz dann neben ihm auf dem Sofa sein würde. »Wasser kommt sofort.«

Er setzte sich auf die Sofakante, fühlte sich dabei unglaublich brav und versuchte, ein wenig Lässigkeit zu erlangen, indem er sich nach hinten rutschen ließ, anlehnte und die Beine übereinanderschlug. Annik kehrte mit einem Krug Wasser und zwei Gläsern zurück, die sie auf dem Couchtisch abstellte. Dann rollte sie einen Gymnastikball heran, auf dem sie Platz nahm. Kurz darauf wippte sie wieder hoch, füllte beide Gläser, nahm sich eines und trank.

»N-nachdurst vom Moltebeerenschnaps?«

Sie betrachtete ihren Zeigefinger, der um den Rand des Glases fuhr. »So schlimm betrunken war ich nicht, oder?«

Kommt drauf an, wie man die Tatsache wertet, dass du mich geküsst hast, dachte er und murmelte: »War schon in Ordnung.« Es war entzückend. Du warst entzückend.

Sie nahm noch einen Schluck. »Ich bin das nicht mehr gewohnt, schätze ich. Normalerweise trinke ich nichts, schon wegen Theo. Theo ist mein Sohn.«

»Ich h-habe sein B-bild draußen gesehen.« Und das Bild von seinem Vater.

»Er läuft hier auch irgendwo herum.« Sie schien ebenso dankbar wie er, ein Thema gefunden zu haben. »Theo!«

»W---« Krister hasste, hasste, hasste sein Sprachzentrum.

Seltsamerweise schien sein Stocken Annik zu beruhigen. Sie betrachtete ihn abwartend, das erste Mal seit seiner Ankunft nicht nervös, sondern schlicht zugewandt.

Er setzte neu an. »W-as ist mit seinem Vater?«

»Er ist nicht hier.« Annik winkte ab. Irgendetwas an der Geste war seltsam, aber er fand nicht heraus, was es war.

Er ist nicht hier. Was bedeutete das?

Der Junge kam ins Wohnzimmer gehüpft, gefolgt von der Frau, die Krister die Tür geöffnet hatte. Der Junge schmiegte sich an seine Mutter, und sie legte den Arm um ihn. »Das ist mein Sohn. Theo, das ist Krister, mein Boss. Er wohnt zwei Häuser weiter.«

»Aber nicht in diesem supercoolen Designerhaus, an dem wir immer vorbeigehen?« Die jüngere Frau schien schwer beeindruckt.

Krister rang sich ein Lächeln ab, aber bevor er noch antworten konnte, tat Annik es. »Krister, das ist meine Schwester Mara. Und ja, er wohnt genau dort.«

Das Mädchen pfiff durch die Zähne. »Allererste Sahne.«

Krister begriff nicht, was sie an diesem Satz so belustigte. »Was hat das mit Sahne zu tun? Sahne ist doch *cream*, oder?«

Annik schüttelte in einer Art komischer Verzweiflung den Kopf. »Mara mag merkwürdige Formulierungen. *Allererste Sahne* ist ein ziemlich altmodischer Ausdruck für etwas richtig Gutes.«

»Oder etwas richtig Leckeres.« Mara feixte und warf Annik einen bedeutsamen Blick zu.

Der schien das mehr als unangenehm zu sein. »Wolltest du nicht noch für die Uni lernen?«

»Ach, stimmt.« Die Art, wie Mara es sagte, ließ keinen Zweifel daran, dass es keinesfalls stimmte. »Und oben aufräumen. Theo, hilfst du mir?«

Der kleine Junge schüttelte vehement den Kopf.

»Na, los. Wir könnten vorher zusammen eine Folge *Paw Patrol* gucken, was denkst du? Oder wir lesen draußen in der Hängematte was vor.«

Krister brauchte einen Augenblick, um zu verstehen, was ihn irritierte. Instinktiv erwartete er, dass das Kind diskutierte, zustimmte, irgendetwas. Doch es sprach nur mit den Augen und dem Körper. Seine Bewegungen sagten »Okay, du hast mich überredet«, während der Junge sich widerwillig von Annik löste und hinter seiner Tante hertrottete.

Nachdenklich sah er den beiden nach. »Was ist mit ihm?«

»Mit Theo? Was soll mit ihm …« Erkennen breitete sich auf Anniks Gesicht aus und dann der Ansatz eines freudlosen Lächelns. »Er spricht nicht.«

Vor Verblüffung hätten sich Kristers Worte beinahe wieder verhakt. »D--- d--- du meinst, er st-ottert?«

»Nein, er spricht gar nicht. Mutismus. In den meisten Fällen tritt er selektiv auf, aber Theo spricht nicht einmal mit mir.« Es war herzzerfetzend, zu sehen, wie sie um einen neutralen Tonfall rang. »Für ihn muss das unsäglich anstrengend sein, hinter diesem Schweigen zu leben, aber mir gehen so langsam die Ideen aus, wie ich ihn da rausholen könnte.«

Es ist anstrengend, dachte er. Es ist so verflucht anstrengend. Armer kleiner Kerl. Und für seine Mutter war es wohl auch alles andere als einfach. »D-das tut mir leid. War das immer schon so?« Oder ist irgendetwas zwischen dir und deinem Ex passiert, was das Kind zum Schweigen gebracht und dich in ein anderes Land verschlagen hat?

»Nein, erst seit …« Sie schaffte es tatsächlich zu lächeln, wenn es auch flackerte. »Ist egal. Lass uns über was anderes reden.«

※

Etwas geschah in Kristers Gesicht, etwas, das Annik noch nicht vorher an ihm gesehen hatte. Es war, als würde eine Maske davon abgleiten, die er zuvor mit eiserner Disziplin festgehalten hatte. Darunter erschien etwas sehr Weiches. Mitgefühl, Verständnis.

Er nickte langsam. »Wo ist denn das kaputte Rad?« Sie sah förmlich, wie seine Fassade wieder hochfuhr. Seine Stimme näherte sich wieder dem neutralen Tonfall, den er auch in der Praxis wahrte. Ganz klar wollte er das Gespräch in sachliche Bahnen zurücklenken. Oder hatte sie ihn mit ihrer Geschichte gelangweilt?

Sie dachte daran, was Alva gesagt hatte: Krister hielte in der Praxis Gefühle von sich fern. Weil – konnte es das sein? – Gefühle seine Sprache durcheinanderbrachten? Gestern Abend und jetzt gerade ließ er sie einen Blick hinter die sachliche Fassade werfen, auf einen Mann, der die Welt aufmerksam beobachtete, der sah, wenn etwas getan werden musste, und es ohne viel Aufhebens erledigte. Er hatte ihr mit dem Koffer geholfen, weil sie Hilfe brauchte. Er hatte ihr das Kinderrad gebracht, weil er gemerkt hatte, dass es fehlte. Und er hatte sie gestern Abend nach Hause begleitet, weil er vermutlich den Eindruck gehabt hatte, sie würde es allein nicht mehr schaffen.

»Das Fahrrad ist im Schuppen.« In der Nacht, betrunken, war es ihr nicht unangenehm gewesen, doch jetzt erschien es ihr merkwürdig, dass sie sein Eigentum schrottete und er es dann auch noch für sie reparierte – nur weil sie bisher keine Lust dazu gehabt hatte. »Du musst das nicht machen, wirklich nicht.«

»Ich kann aber. Vermieter-Service.« Er stand auf.

Auf dem Weg zum Schuppen mussten sie durch den Garten, wo Theo und Mara nicht etwa mit einem Buch in der Hängematte lagen, sondern Mara auf einem Holzklotz saß und Theo mit dem grünen Kinderrad durch den Garten kurvte. Die beiden hatten einen Slalom-Parcours aus Feuerholzklötzen aufgebaut, und wie es aussah, war Theo der Rennfahrer, während Mara die Zeit nahm.

Bevor sie sich selbst davon abhalten konnte, hatte sie ihn schon am Oberarm berührt. »Krister?«

Er blieb stehen und drehte sich um.

»Das wollte ich dir die ganze Zeit schon erzählen. Dieses Kinderfahrrad ist … ganz ehrlich, es ist das beste Geschenk, das mir je jemand gemacht hat.« Er öffnete den Mund, aber sie war schneller. Abwehrend hob sie eine Hand. »Ich weiß, dass das Fahrrad zum Haus gehört und nicht Theo persönlich, aber …«

»D---arf ich w-as sagen?« In Kristers Augenwinkeln versteckte sich jetzt wieder ein Lächeln.

»Sorry.«

»Ich f-freue mich, dass Theo es mag.«

Theo hatte den letzten Bogen ausgefahren und trat nun in die Pedale, um das Rad auf dem Weg zu ihr zu beschleunigen. Bevor er zum Stehen kam, schlug er den Lenker ein, und das Hinterrad brach aus. Unwillkürlich betrachtete Annik den zerfahrenen Rasen, aber Krister ließ keine Regung erkennen, und Theo grinste breit.

»Ist das Training schon abgeschlossen?«

Theo schüttelte den Kopf.

»Wie ist die Bestzeit?«

Theo sah zu Mara hinüber, und die warf einen Blick auf ihr Smartphone. »Sechsundvierzig Sekunden.«

»Das ist schnell, oder?«, fragte Annik, und Theos stolzes Grinsen zeigte ihr, dass es die richtige Frage gewesen war. »Rennfahrer, überleg dir mal bitte, was du gleich einpacken willst, wenn wir mit Krister, Alva und Ella und ihren Eltern einen Ausflug machen.«

Einen Fuß immer noch auf dem Pedal, den Brustkorb rausgestreckt, musterte Theo Krister prüfend. Dann nickte er und fuhr wieder los.

Annik folgte Kristers Blick. »Hast du schon immer gestottert?«, fragte sie. »Auch als Kind schon?«

»Ja, m---« Er schnaubte leise und bewegte dann die Hand mit der Handfläche zu ihr vor dem Körper entlang.

»Kein gutes Thema?«

Krister schüttelte den Kopf.

»Sorry.«

»Ist okay.«

Mittlerweile standen sie im dämmrigen Schuppen, ihr kaputtes Fahrrad zwischen sich. »Als Theo das Rad gestern entdeckt hat, da hat er mich gerufen. Es war das erste Mal seit einem Jahr, dass ich ihn habe *Mama* sagen hören.« Ihre Augen brannten, als sie Krister ansah. »Ich danke dir sehr, sehr herzlich dafür.«

Er betrachtete den Sattel, aber sie war sich sicher, dass sie ein millimeterdünnes Lächeln auf seinem Gesicht erkannte. »Dann war Grün wohl die richtige Farbe.«

»Es ist die perfekte Farbe.« Sie konnte nicht anders, als das Lächeln zu erwidern.

Krister brauchte keine zehn Minuten, um das Hinterrad auszubauen, einen neuen Schlauch einzuziehen und das Rad wieder festzuschrauben. Während sie danebenstand und immer mal wieder fragte, ob sie nicht doch irgendetwas festhalten sollte, sinnierte sie darüber, wie sexy es sein konnte, wenn jemand mit extrem schönen Chirurgenhänden und einem extrem angenehmen Geruch ein Fahrrad reparierte. Und darüber, dass diese Gedanken überflüssig wie ein Kropf waren.

»Danke«, sagte sie, als er fertig war.

»Es war kein Aufwand.«

»Trotzdem danke.«

Sein Lächeln wirkte wie aus Versehen. »Schon in Ordnung.«

Annik sah zu, wie er sein Werkzeug einpackte, und dann standen sie sich wieder einmal ratlos gegenüber, bis er die Hand ausstreckte. »B---is nachher.«

Sie ergriff seine Hand und spürte die harmlose Berührung bis in die Wirbelsäule hinein, von wo aus sie sich beunruhigend im ganzen Körper verteilte. »Bis nachher. Ich freue mich.«

»Viel Spaß euch beiden!«

»Dir auch.« Annik umarmte ihre Schwester zum Abschied. Mara wollte das Wochenende in Stavanger verbringen, wo ein Studienfreund zufällig Urlaub machte. Generalprobe für Theo und sie, das Leben in Norwegen ohne Mara zu meistern.

Theo hatte beschlossen, für den Ausflug sein Bärenkostüm anzuziehen. Anniks Mutter hatte es ihm zum fünften Geburtstag genäht, und es war im Wesentlichen ein sehr zotteliger, brauner Overall, unsäglich niedlich und bestimmt sehr bequem. Auf jeden Fall warm genug für das Wetter, das ab dem späten Vormittag immer kühler und grauer wurde. Mittags tauchte der zugezogene Himmel die Kongchristiansgate und das ganze Städtchen in ein gleichförmiges Nebelgrau. Obwohl Alva ihr versichert hatte, dass spätestens am Sonntagmorgen wieder die Sonne herauskommen würde, stopfte Annik Regenjacken für Theo und sich oben in die Tasche, bevor sie sich auf den Weg machten. Als der Bus kam, dachte sie einen wilden Augenblick lang, es wäre wieder Håkon, der ihn fuhr, aber dann musste sie über sich selbst lachen. Es gab selbst hier durchaus noch mehr Busfahrer als ihn. Dieses Mal war es eine indisch aussehende Frau, die ihnen beim Einsteigen zunickte. Sie quittierte Theos Bärenkostüm mit einem Lächeln, und Annik lächelte zurück.

Ihr Ziel hieß *Selerøy Marina*. Dort würden sie auf Alva, Espen und Krister treffen, denn das Ferienhaus der Solbergs lag auf einer Insel im Fjord, zu der sie mit dem Boot übersetzen mussten. Theo war begeistert gewesen, als sie ihm den Namen der Insel, Selerøy, übersetzt hatte: Seehundsinsel. Die Marina lag etwas außerhalb des Orts, dennoch dauerte die Busfahrt nicht lange. Theo drückte sich die Nase an der Fensterscheibe platt, als könnte er dadurch das nieselverregnete Graugrün der Umgebung dazu bringen, ihm einen Blick aufs Meer und seine neuen Lieblingstiere zu gewähren. Dass das nicht geschah, tat seiner guten Laune keinen Abbruch.

Endlich tauchte links neben der Straße das Meer auf. Der Nieselregen ließ nach, wie Alva vorhergesagt hatte, und kurz darauf fingen die Wellen an zu glitzern, weil Sonnenstrahlen sie streichelten.

»Wir sind da, kleiner Bär.«

Theo schulterte seinen Rucksack, und die Busfahrerin hatte kaum die Türen geöffnet, da sprang er schon nach draußen.

Annik konnte sich gerade noch davon abhalten, »Stopp! Autos!« zu rufen. Hier waren keine Autos. Hier war ein dunkelrotes Häuschen mit einem kleinen Laden, ein anderes rotes Häuschen, das offensichtlich eine Art Bootstankstelle beheimatete, und ein weiteres rotes Häuschen mit der Aufschrift *Yacht Klubb*. Dahinter befand sich die erstaunlich große Marina mit ihren unzählig vielen Bootsstegen, an denen Boote aller Art vertäut waren, und hinter der Marina begann das Meer. In der Luft lagen das Knattern von Flaggenstoff im Wind und das stetige Klappern von Metallseilen an Masten.

»Warte mal!«

Theo wollte direkt zu den Stegen laufen, aber Annik sah sich suchend um. Hinter dem Jachtclub befand sich ein großer Parkplatz, zwischen Parkplatz und Meer eine Wiese mit hölzernen Sitzbänken und einem Volleyballfeld, das sie gerade so zwischen einigen Büschen erkennen konnte. Und da war Alva!

Mit Theo neben sich und ihrer Reisetasche über der Schulter ging Annik zu den anderen hinüber. Alva und Krister warfen in einer Art Freistil-Volleyball einen Ball über das Netz hin und her, während Espen mit einem Schokoladeneis in der Hand am Rand stand und das Spiel kommentierte. Er sah sie als Erster, begrüßte Annik mit einer Umarmung und stellte sich Theo mit einem männermäßigen Handschlag vor. Theos Besonderheit schien sich herumgesprochen zu haben, denn Espen nahm sein Schweigen vollkommen selbstverständlich hin.

»Schön, dass ihr da seid.« Alva hatte das Spiel unterbrochen und war ebenfalls herübergekommen, um Annik zu umarmen. »Dann können wir los, oder?«

»Ja, auf jeden Fall. Der kleine Bär hier ist schon ganz wild aufs Bootfahren.«

»Bären mögen Bootfahren sehr, habe ich mir sagen lassen.« Erleichtert bemerkte Annik, dass Krister keinerlei Anstalten machte, Umarmungen zu verteilen. Er hatte die Hände in den Hosentaschen vergraben und schenkte Theo ein seltenes Lächeln, bevor er sich mit einem nüchternen »Hi« an sie wandte.

Sie ließen Segel- und Motorjachten links liegen und folgten Espen und Krister auf einen Steg, an dem hauptsächlich mittelgroße und kleine Boote festgemacht waren. Annik ertappte sich dabei, Kristers Hintern zu betrachten, während er vor ihr ging. Schnell wandte sie den Blick seinem Boot zu. Es heiß *Anne Bonny*, war knallrot gestrichen, vielleicht fünf oder sechs Meter lang, mit einem Steuerstand in der Mitte und Sitzbänken sowohl an beiden Seiten des Bugs als auch hinten neben dem Außenbordmotor.

Leichtfüßig sprang Espen an Bord, und Krister warf ihm das Gepäck der Geschwister zu, zwei Taschen und einen Seesack. Nachdem Espen auch die große Plastikkiste mit Vorräten angenommen hatte, griff Krister nach Anniks Tasche, und kurz darauf landete diese ebenfalls auf dem Boot. Alva folgte ihren Brüdern auf das Boot, es sah ganz leicht aus. Und letztlich war es bloß ein großer Schritt, sagte Annik sich. Sie würde das selbst mit Theo auf dem Rücken hinbekommen, ohne sich zu Tode zu blamieren. Entschlossen ging sie ein wenig in die Knie, damit Theo ihr auf den Rücken springen konnte, wie er es so gern tat, doch er schüttelte den Kopf.

»Du brauchst keine Angst zu haben, ich bringe dich da sicher rüber«, sagte sie mit mehr Selbstvertrauen, als sie angesichts des schwankenden Boots empfand.

Er blieb stur. Keine Chance, auf diesem Wege auf das Boot zu gelangen. Ratlos richtete sie sich wieder auf. »Bitte, Theo. Wir haben das geplant und sind extra mit dem Bus hierhergekommen. Steigst du jetzt bitte auf meinen Rücken, damit ich dich auf das Boot heben kann?«

Stoisches Kopfschütteln.

Noch konnte sie sie unterdrücken, aber sie merkte, wie sich frustrierte Wut in ihr regte. Gedanken wie ›Was soll ich denn noch alles tun, du kleiner Blutsauger?‹ streckten die klebrigen Finger nach Anniks Bewusstsein aus. Sie schubste sie beiseite.

Während sie noch überlegte, was zu tun war, machte Theo einen Schritt auf das Boot zu. Reflexartig wollte sie ihn von der Wasserkante fernhalten, schaffte es aber gerade noch, sich zu bremsen. Krister stand mit einem Bein auf dem Steg, mit dem anderen auf dem Boot und streckte Theo die Hand entgegen.

Theo ergriff sie und stieg mit einem großen Schritt und zur Schau gestellter Lässigkeit auf das Boot. Krister grinste Annik an und hob mit nach oben geöffneten Händen die Schultern.

Es war ein wenig demütigend, dass er schneller als sie verstanden hatte, dass Theo allein aufs Boot steigen wollte. Ihr Stolz verbot ihr, nach seiner Hand zu greifen, als er sie ihr ebenfalls reichte. »Schaff ich schon.« Sie lächelte und setzte an, mindestens genauso lässig wie Theo über den Graben zwischen Steg und Boot zu steigen. Leider schwappte im selben Moment eine Welle gegen das Boot, die sie das Gleichgewicht verlieren und gegen Krister stolpern ließ.

Geistesgegenwärtig umfasste er ihren linken Unterarm, ihre Rechte landete auf seinem Brustkorb.

Sein Gesicht. War. Viel. Zu. Nah. An. Ihrem.

Mit nervösem Lachen drückte sie sich von ihm ab, doch er hielt ihren Arm immer noch, bis sie stabil stand und Halt an der Kante des Führerstands gefunden hatte.

Der Moment der Unbeholfenheit war so schnell vorbei, dass ihn dankenswerterweise niemand mitbekommen hatte. Alva zeigte Theo die Instrumente am Führerstand, und Espen verstaute ihr Gepäck in einem Fach unter der Sitzbank im Bug.

Als Kind hatte sich Annik oft gewünscht, einmal in einem schnellen Motorboot im Bug zu sitzen, während die Gischt ihr ins Gesicht spritzte. Ganz sicher war sie sich nicht, ob das Wasser die richtige Temperatur dafür hatte, aber sie wollte sich die Chance nicht entgehen lassen. Sie kramte Theos und ihre Regenjacken heraus und wollte Theo zu sich nach vorn holen, da bekam sie mit, wie Krister etwas zu Theo sagte und der nickte. Kurz darauf saß Theo in seinem Bärenkostüm und einer knallorangefarbenen Schwimmweste auf dem Fahrersitz des Boots, und Krister stand neben ihm. Alva hatte es sich auf der hinteren Bank vor dem Motor bequem gemacht. Espen löste die Seile, mit denen das Boot am Steg vertäut gewesen war, und lümmelte sich auf die zweite Bank im Bug. Langsam lenkte Krister sie aus dem Hafenbereich hinaus.

Dann gab er Gas. Wie bestellt schob die Sonne die Wolkendecke auseinander, sie jagten auf den Fjord hinaus, und es war ganz genau so, wie Annik es sich vorgestellt hatte. Wind brauste ihr um die Ohren, Gischt sprühte ihr ins Gesicht. Gerade als sie dachte, es könnte nicht mehr besser werden, warf sie einen Blick nach hinten zum Führerstand. Theo hielt das Steuerrad mit beiden Händen umfasst, der Fahrtwind zauste seine Haare, die Wangen waren gerötet, und er strahlte. Dass Krister unauffällig mitsteuerte, war allenfalls zu erahnen. Annik wischte die von der Gischt nassen Finger an der Jeans ab und zog ihr Smartphone heraus. Sie brauchte ein Foto von dem kleinen Kapitänsbären.

Espen rief ihr über den Wind hinweg etwas zu, aber sie konnte kein Wort verstehen. Mit einer Drehbewegung ihres Zeigefingers neben dem Ohr gab sie ihm das zu erkennen, woraufhin er aufstand und sich zu ihr beugte. Oder eher beugen wollte, denn in diesem Moment schlug Krister das Steuerrad ein, die *Anne Bonny* sauste in ein Tal, und Espen wurde zurück auf seinen Platz gedrückt, wo ihn die nächste Welle prompt von hinten traf.

Lachend schrie er auf. »Du Drecksack!« Er zeigte seinem Bruder einen Mittelfinger und rubbelte sich mit den Händen das Wasser aus den Haaren.

Auch Krister lachte. Sie mochte es, wenn sein sonst so ernstes Gesicht aufbrach zu diesem Lachen, sie mochte das wirklich sehr.

Elf

Vom Bootsanleger ging kein einfacher Weg zum Ferienhaus, sondern sie mussten mit ihrem Gepäck über in Jahrtausenden rund gewaschene Steinriesen klettern, an sonnenwarmen Felsvorsprüngen vorbei und an morastigen, kleinen Tümpeln, über denen Libellen tanzten. Wie riesig war dieses Grundstück bitte? Gerade als Annik fragen wollte, kam die »Hütte« in Sicht, ockergelb mit weißen Fensterrahmen. Sie stellte sich als schlichtes, aber voll ausgestattetes Ferienhaus mit vier Zimmern und einem großzügigen, offenen Wohnbereich samt Kamin heraus. Sogar ein Klavier stand in einer Ecke. Es roch nach Holz, Kiefernduft und Salzwasser. Annik konnte sich lebhaft vorstellen, wie Alva und ihre Brüder als Kinder hier ihre freien Tage verbracht hatten.

»Ist das schön!« Annik stellte ihre Tasche auf den blau-weißen Flickenteppich in dem Zimmer, das Theo und ihr zugedacht war, und drehte sich zu Alva um.

»Freut mich, dass es dir gefällt. Ich hab doch gesagt, wir haben genug Platz.«

Im Wohnbereich sprang Theo auf einem der breiten Sofas herum. Unsicher sah Annik Alva an. »Er ist manchmal ein bisschen wild. Falls er etwas tut, was er nicht soll …«

»Wände anmalen wäre blöd«, sagte Alva gelassen. »Und ich mag die alte, getöpferte Kaffeekanne, also wäre es gut, wenn die heil bliebe. Aber diese Sofas haben definitiv schon andere Dinge überstanden als kleine Bären, die auf ihnen herumspringen.«

Espen trat aus dem Zimmer neben ihrem. »Wollen wir gleich das Feuer fürs Picknick anzünden? Hanne und Tom sind sicherlich auch bald hier.«

Anniks Magen knurrte vernehmlich.

Espen lachte. »Ich schätze, das war die Antwort.«

Klappernd legte Alva Teller und Besteck in einen Korb. »Nimm Badesachen mit.«

Beladen mit einer Decke, Picknickkorb, Badesachen und allerhand Essen verließen sie schließlich das Haus. Verstohlen sah Annik sich nach Krister um. Kam er nicht mit? Doch statt danach zu fragen, erkundigte sie sich: »Müssen wir wieder ganz zum Steg runter?«

»Keine Sorge. Die Badebucht ist näher.«

Die Badebucht stellte sich als eine glatt gewaschene, sonnenbeschienene Senke in den Felsen heraus. Links und rechts davon erhoben sich die Granitbuckel wie uralte Elefanten. In der Mitte der Senke war Krister bereits dabei, Feuerholz aufeinanderzuschichten. Während Annik noch nach dem besten Weg hinunter suchte, sprang Theo hinter Alva und Espen her, für die es offensichtlich kein bisschen schwierig war, auf dieser schrägen Felsoberfläche sicheren Halt zu finden.

Espen drehte sich zu ihr um. »Dort geht es am einfachsten, da ist der Stein ein bisschen rauer.« Als sie fast bei ihm war, reichte er ihr die Hand, und sie sprang das letzte Stück hinunter.

Hatte sie es sich eingebildet, oder hatte Krister eben blitzschnell weggesehen?

Es spielte keine Rolle. Hier war es wunderschön, Theo war glücklich, und sie war es auch.

»Wer kommt mit ins Wasser?«, fragte Alva, noch bevor Annik sie erreicht hatte.

Theo hopste hoch und runter.

»Kannst du schwimmen?«

Er nickte, und Annik präzisierte: »Er hat das Seepferdchen. Was bedeutet, er kann sich eine Weile über Wasser halten. Im Schwimmbad.« Nicht im Meer. Nicht da, wo es allem Anschein nach gleich viele Meter in die Tiefe ging. Ihre gute Laune bekam einen empfindlichen Dämpfer. Warum hatte sie nicht an den Schwimmgürtel gedacht? Wenn Theo baden wollte, würde sie auch baden müssen. Allein ging ihr Kind hier nicht ins Wasser.

Vorsichtig trat sie an den Rand des Felsens. Das Wasser sah sehr, sehr einladend aus, klar und azurblau. Und man konnte einfach hineinspringen, sie stand gerade mal einen halben Meter über der Wasseroberfläche. Aber wie kam man wieder heraus? Wie sollte ein kleines Kind wie Theo das tun? Und was, wenn er auf irgendeinen Unterwasserstein sprang? Dies hier war das Meer, nicht das Nichtschwimmerbecken. Ihre Gedanken fingen an, sich unkontrolliert zu drehen. Mara nannte das ihren Helikoptermodus. Tja, dann helikopterte sie eben. Sie würde immer auf Theo aufpassen und ihn beschützen. Das war schließlich ihr Job als Mutter.

»Alles in Ordnung?«

Annik fuhr herum. Sie hatte Krister nicht näher kommen hören, der jetzt in knielangen Badeshorts und einem blauen, langärmligen UV-Schutz-Shirt neben ihr stand. Sie fühlte ihre Ohren heiß werden, als sie sich bei einem Hauch des Bedauerns darüber ertappte, dass er so angezogen war. Doch gleich darauf wurde ihre Aufmerksamkeit wieder von Theo abgelenkt. Aus dem Augenwinkel sah sie, wie er auf der Suche nach seinem Neopren-Shorty ihre Tasche ausräumte. »Warte noch, Theo!«, rief sie, bevor sie endlich Krister antwortete. »So gut kann Theo auch nicht schwimmen. Außerdem: Wie soll er überhaupt über diese Kante wieder rauskommen?«

»Wir sind vier Erwachsene, die auf ihn aufpassen können.«

»Trotzdem. Er ist so klein, und –«

Weiter kam sie nicht, denn Krister drehte sich so um, dass er mit dem Rücken zum Wasser stand, und ließ sich ohne ein weiteres Wort nach hinten kippen. Wasser spritzte hoch. Gleich darauf platschte es noch einmal. Espen war von einem der hohen Felsen gesprungen, und Alva lief an Annik vorbei und setzte mit einem eleganten Kopfsprung hinter ihren Brüdern her.

Durch das klare Wasser sah Annik, wie Krister sich unter der Oberfläche drehte und zurück zum Ufer geschwommen kam. Einen Meter neben ihr tauchte er an der Wasserkante auf, hielt sich an einer Spalte im Fels fest, trat offensichtlich auf eine Art Stufe und stieg aus dem Wasser wie auf einer Leiter. Gut, das beantwortete ihre Frage.

Theo zerrte an ihrem Ärmel, und Annik gab sich einen Ruck.

Wenige Minuten später stand sie, sich im Bikini unangenehm jeder Delle und jedes Dehnungsstreifens bewusst, wieder am Wasser. Sie musste vor Theo springen, damit sie ihn gegebenenfalls herausfischen konnte. Zwar glaubte sie Krister seine beruhigenden Worte tatsächlich, aber von den vier Erwachsenen war sie immer noch diejenige, die für Theo verantwortlich war. Leider wirkte das Fjordwasser unter ihr sehr viel bedrohlicher als Schwimmbadwasser bei einem Sprung vom Startklotz. *Los jetzt, stell dich nicht an.*

Annik ging ein paar Schritte zurück, nahm Anlauf und sprang.

Es war wirklich ganz einfach, wieder auf den Felsen zu steigen, und nachdem Theo mehrmals ins Wasser gehüpft und danach wie selbstverständlich zum Ausstieg geschwommen war, entspannte sie sich. Espen kraulte vor der Insel hin und her, und Krister und Alva waren zum höchsten Punkt des Felsens gestiegen, der etwa fünf oder sechs Meter über der Wasseroberfläche lag. Aus ihrer Perspektive konnte Annik nicht sehen, wie die beiden anliefen, aber als sie synchron einen Salto schlugen und kopfüber eintauchten, wünschte sie sich, jemand hätte diese Schönheit fotografiert. Und sie wünschte sich zum zweiten Mal, Krister würde nicht dieses Oberteil tragen. Und es war vollkommener Blödsinn, das zu denken.

Es plätscherte neben ihr, Krister tauchte auf. »K---ommst du mit, runterspringen?« Die Sonne ließ die Tropfen in seinen Wimpern glitzern.

Sie konnte nicht von diesem Felsen springen. Sie würde sich blamieren. Hoffnungslos. Weil sie da oben stehen und versteinern würde. »Ich springe nicht mal vom Fünfmeterbrett«, gestand sie.

»Schade.« Damit schien die Sache für ihn erledigt, und er schwamm wieder auf den Ausstieg zu, während sie zähneklappernd im Wasser wartete, dass Theo ihr entgegengeflogen kam. Doch er kam nicht, sondern lief hinter Krister her.

»Theo!«

Statt ihr zu antworten, zupfte er an Kristers Shirt, deutete auf sich und dann auf den Felsen.

Oh, nein, mein Kleiner. Keine Chance. »Vergiss es, Theo!«, rief sie, kraulte, so schnell sie konnte, zur Ausstiegsstelle und stützte sich auf den Felsen.

Krister war vor Theo in die Hocke gegangen und sprach leise mit ihm; Theo stemmte die Arme in die Seiten und schüttelte den Kopf. Krister sagte noch etwas, dann klopfte er Theo kurz auf die Schulter, bevor er sich umsah – vermutlich nach ihr.

»Ich sagte, vergiss es. Du springst da nicht runter!« Sie stieß sich das Knie an, als sie aus dem Wasser krabbelte.

Krister richtete sich auf, während sie mit ein paar schnellen Schritten hinüberlief. Das nasse UV-Shirt lag eng um seinen Körper und ließ jede Kontur klar erkennen. Was irgendwie sehr … beunruhigend war. Außerdem spiegelte die Farbe des Shirts das Blau in seinen Augen. Die Erkenntnis, dass sie offensichtlich gerade dabei war, sich ausgerechnet in Krister Solberg zu vergucken, ließ sie für einen Augenblick vergessen, warum sie so Hals über Kopf aus dem Wasser gekommen war. Für unendliche Sekunden stand sie einfach nur da und sah ihn an, diese unglaublichen Augen mit den dunklen Wimpern, und spürte dem nach, was zwischen ihnen passierte, während er ihren Blick erwiderte.

Es war … albern.

Oder?

Bis vor sehr kurzer Zeit hatte sie geglaubt, er wolle sie so schnell wie möglich zum Donnerdrummel schicken, und jetzt stand sie hier und starrte ihn an, als sei sie fünfzehn und er der hübsche Junge aus der Oberstufe? Dass sich jetzt wieder dieses beinahe scheue Lächeln auf sein Gesicht stahl, machte es nicht leichter, wegzusehen und sich auf das Wesentliche zu konzentrieren.

Das Wesentliche hopste neben ihr auf und ab und knuffte sie gegen den Oberschenkel, als sie nicht reagierte. »Das tut mir weh, Theo«, sagte sie automatisch.

Er hörte auf zu boxen und hüpfte dafür zwischen Krister und sie. Nicht zum ersten Mal kam ihr der Gedanke, dass er nicht so vieles körperlich ausdrücken müsste, wenn er nur reden würde. Gerade ging ihr das Gezappel auf die Nerven. Sie hob die Hand. »Pause, Theo. Warte einfach kurz.«

Maulig verzog er das Gesicht, gab sie aber frei und trollte sich.

»Puh.« Es rutschte ihr heraus, ohne dass sie darüber nachgedacht hätte. »Sorry.«

Krister öffnete den Mund, wie um etwas zu antworten, stieß ein kleines, komisch-verzweifeltes Lachen aus und schüttelte den Kopf.

»Hakt wieder?«

Er nickte, und aus irgendeinem Grund musste sie auf seine Lippen starren. Sie waren geschwungen und hoben sich klar vom Rest seines Gesichts ab.

»Kein Problem«, plapperte sie. »Ich hab Übung im Umgang mit Leuten, die nicht so viele Worte machen.«

Krister holte Luft. »D-du machst es ihm leicht.«

Sie wusste nicht, was sie erwartet hatte, aber es war ganz bestimmt keine Einschätzung ihrer mütterlichen Fähigkeiten gewesen. »Was meinst du?«

»Sorry, es g-geht mich nichts an.«

»Stimmt. Aber ich will es dennoch hören.« Und dabei auf diese Lippen starren. Nimm dich zusammen, Frau Lerch!

Krister sammelte sichtlich seine Konzentration, dann sprach er, sehr bewusst. »Theo erinnert mich in vielem an mich, als ich klein war. Und auch meine Mutter hat mich ohne Worte verstanden. Aber dadurch musste ich eben auch nicht –«

»Mama!«

Am Rande ihres Blickfelds, ziemlich weit oben, bewegte sich etwas sehr schnell, ein Juchzen erklang, und dann sprang Theo in einem großen Bogen von dem Felsen. Beinahe im selben Augenblick, in dem er mit einer hohen Fontäne ins Wasser tauchte, platschte es ein zweites Mal, als Krister mit einem Kopfsprung ebenfalls ins Meer hechtete.

Scheiße, verfluchte! Während sie das noch dachte, rannten ihre Beine auch schon. Wie konnte sie hier kuhäugig herumstehen und nicht mitbekommen, was Theo tat?

Sie setzte zum Sprung an – und bremste sich im letzten Moment. Theo tauchte auf und schnappte nach Luft, ein seliges Grinsen breitete sich auf seinem Gesicht aus. Krister hielt sich wassertretend neben ihm, während Theo zur Ausstiegsstelle paddelte.

Auf einmal wurden Anniks Knie weich. Er hatte wieder »Mama« gesagt. Erst jetzt begriff sie, was sie gehört hatte, bevor Theo gesprungen war. Von dem Felsen, von dem sie ihm explizit verboten hatte zu springen, weil ... weil ... weil der Gedanke ihr verfluchte Angst machte, ihn auch noch zu verlieren. Doch er kletterte fröhlich aus dem Wasser, und sie zog ihn an sich, während sie sich hinsetzte. Erstaunlicherweise ließ er es geschehen, legte sogar die Arme um ihren Hals. Sie drückte seinen kleinen, nassen Körper an sich. »Mach das nicht noch mal, okay?«, flüsterte sie. »Du hast mich so erschreckt. Mach das bloß nicht noch mal.«

Hinter ihnen erklangen Johlen und Rufen.

Theo löste sich von ihr, um zu sehen, was los war.

»Warum nicht?«

»Was?« Annik zuckte zusammen. Krister war ebenfalls aus dem Wasser gekommen. Sie sollte ihn anschreien dafür, Theo diesen blöden Floh überhaupt erst ins Ohr gesetzt zu haben, aber so gut kannten sie sich noch nicht, und außerdem irritierte sie dieses ... dieses Neue zwischen ihnen. Und seine Frage gleich noch dazu.

»Warum soll Theo nicht noch einmal springen?«

»Weil ...« War das nicht offensichtlich?

»Hei hei!« Hanne und ihr Mann Tom kamen über den Felshügel, ihre Tochter Ella sprang ihnen voran und lief auf Theo zu, sobald sie ihn entdeckte. Es freute Annik zu sehen, dass Hanne sich offensichtlich mit ihrem Mann versöhnt hatte, die beiden hielten sich jedenfalls an den Händen, wie Flo und sie das zu Anfang ihrer Beziehung auch ab und zu getan hatten.

Doch Hanne ließ Tom gleich darauf los, um Annik zu umarmen. »Alva hat gesagt, dass ihr auch kommt. Das freut mich. Ella hat sich so auf Theo gefreut. Sie mag ihn am liebsten aus dem ganzen Kindergarten, sagt sie.«

Ella plauderte derweil munter norwegisch auf Theo ein.

Während Tom Annik die Hand schüttelte, warf Hanne Krister einen Luftkuss zu. »Sexy Shirt. Hast du Angst vor den paar Sonnenstrahlen?« Ihr so uncharakteristisch spitzer Tonfall erinnerte Annik an die kurze Missstimmung zwischen den beiden im *Frontstage*.

»Lass gut sein«, murmelte Tom.

Krister umfasste seinen Unterarm und klopfte ihm auf die Schulter, und Annik fragte sich unwillkürlich, wie lange die beiden sich schon kannten. Von Hanne wusste sie, dass sie bereits mit Alva die Grundschule besucht hatte. Ein kühler Windstoß fegte über den Fjord hinweg und ließ Annik frösteln. »Gut, dass ihr schon baden wart«, sagte Hanne. »Ella darf heute nicht ins Wasser, sie war gerade erkältet.«

Die Unterbrechung hatte Annik Zeit gegeben, sich zu sortieren. Theo hatte durch seinen Kamikazesprung keinen Schaden genommen, und genau genommen war Krister auch nicht schuld daran, sondern sie war es, die hätte aufpassen müssen. Krister war derjenige, der vernünftig reagiert und Theo abgesichert hatte.

Sie versorgte Theo mit einem Handtuch zum Abtrocknen und dachte daran, dass er wieder gesprochen hatte.

Sie grub seinen Bärenoverall unter den anderen Kleidern hervor und dachte daran, dass er wieder gesprochen hatte.

Sie zog sich um und dachte daran, dass er wieder gesprochen hatte. Sommerkleid, Cardigan. Die Badesachen breitete sie auf den Felsen zum Trocknen aus.

Für einen norwegischen Sommerabend war es erstaunlich warm. Alva und Espen hatten zusätzliche Decken und Kissen, Bier und Saft aus dem Haus geholt. Nun saßen und lagen sie alle um ein kleines, knisterndes Feuer, obwohl der Himmel noch hell war.

»Wir brauchen Stöcke«, erklärte Hanne und holte eine Schale mit Stockbrotteig aus ihrem Korb.

Nach allem, was Annik hier gesehen hatte, dürfte das mit den Stöcken nicht ganz einfach werden, aber Espen stand dennoch auf. »Wer kommt mit, Stöcke suchen?«

Kurz darauf machte er sich mit Theo und Ella auf den Weg.

Es dauerte einen Moment, bis Annik das Gefühl benennen konnte, das sich in ihr ausbreitete, während die drei gut gelaunt die Gegend absuchten: Entspannung. Obwohl Mara nicht dabei war, gab es hier andere Erwachsene, die ihr für ein paar wunderbare Minuten Theo abnahmen und es gern taten. Konnte es sein, dass sie in diesem fremden Land tatsächlich »ihre Leute« fand? Ihren Stamm, ihren Clan, wie immer man es nennen wollte?

Auch Tom lief davon und holte zu Anniks Verblüffung eine Gitarre. Kurz darauf kehrten die Stocksucher mit einige krummen, krüppeligen Exemplaren zurück. Angespitzt taugten diese dennoch, um damit Essen ans Feuer zu halten: Stockbrot, Marshmallows und von Tom selbst geangelten Seelachs.

Alva, die neben Annik saß, reichte ihr ein Bier. Krister prostete ihr von der anderen Seite des Feuers aus mit seinem Wasserglas zu. Tom improvisierte leichte, melancholische Melodien, und während

Annik zusah, wie Theo und Ella mit verschmierten Fingern Brotteig um ihre Stöcke wickelten, dachte sie, dass dies vermutlich der beste Tag war, den sie seit Langem erlebt hatte. Trotz des Schrecks, als Theo gesprungen war.

Theo hatte wieder gesprochen.

Und Krister ... Krister hatte unglaublich schöne Augen.

Sie legte sich zurück und faltete die Hände hinter dem Kopf. Rauch und Fünkchen stiegen in den Abendhimmel empor, wo sie sich auflösten und verglühten. Ella plapperte, Tom und Alva sangen im Duett norwegische Lieder, zu denen Espen ab und zu mitbrummte, der Fjord schwappte gegen den Felsen, am pastellblauen Himmel wagten sich die ersten Sterne hervor, und Annik spürte dem aufgeregten Glücksflattern in ihrem Inneren nach.

Unwillkürlich drehte sie den Kopf und schielte zu Krister hinüber. Er hockte auf der anderen Seite des Feuers, ein Knie angezogen, in Jeans und weißem Kapuzen-Longsleeve. Die tief über den Bergen am Horizont hängende Sonne verschärfte die Konturen seines Gesichts. Mit einem Stock stocherte er in den Flammen herum und schien mit den Gedanken sehr weit weg zu sein. War dieser Abend für ihn auch so besonders? Spürte er, dass zwischen ihnen etwas anders war als vorher, oder bildete sie sich das nur ein?

Was er auch dachte – als er ihren Blick bemerkte, sah er auf und lächelte.

⁂

Sie war so schön, mit ihren wind- und wassergezausten Haaren und diesem Leuchten in den Augen. Und so erstaunlich es war, sie schien sich tatsächlich nicht für Espen zu interessieren. Gut, dass er kein Geld darauf gewettet hatte.

Irgendwann hörten die anderen auf zu singen, nur Tom klimperte noch auf der Gitarre herum. Wie eine sanfte Decke lag die Musik über dem Abend. Annik hatte sich wieder aufgesetzt und sprach leise mit Alva. Hanne schwieg. Wie er betrachtete sie die Flammen. Einmal begegneten sich ihre Blicke, und Hanne schaltete so schnell ein Lächeln an, es war beinahe unheimlich. Er sollte ihr bei Gelegenheit sagen, dass er Toms Entscheidung in Ordnung fand, nicht mehr zu springen, dass er sie irgendwie sogar verstehen konnte, jetzt gerade an diesem Abend, an dem sich das Leben so unglaublich friedlich zeigte mit dem Plätschern des Fjords und den leiser werdenden Gesprächen am Feuer. Aber Hanne saß nicht neben ihm, und er würde das ganz bestimmt nicht an Espen und den beiden Kindern vorbeirufen, die zwischen ihnen saßen. Die Friedenspfeife mit Hanne musste warten.

Alva gähnte ausgiebig. »Ich werde hier gerade von Mücken aufgefressen, ihr auch? Und ich bin allmählich wirklich müde.«

»Ich auch.«

Als sei Hannes Zustimmung ein allgemeines Aufbruchssignal, rappelte Espen sich hoch und sammelte Kissen und Decken ein, Alva suchte Geschirr und Besteck zusammen. Tom spielte *Yesterday* zu Ende, dann packte er die Gitarre ein und hob Ella auf seine Schultern. Hanne nahm ihren Korb und ihre Decke. Krister sah ihnen nach, als sie nebeneinander vor dem nachtblauen Himmel über die Felsen davongingen. Er teilte Toms Meinung nicht, aber ja, er verstand sie.

Das Feuer würde in der Felssenke einfach vor sich hinflackern, bis es irgendwann nur noch glomm und dann erlosch. Annik hatte sich hingehockt wie an der Marina, und dieses Mal sprang der Kleine auf ihren Rücken. Sie waren ein eingespieltes Team, die beiden. Aber inzwischen war die Sonne untergegangen, es war fast dunkel, und Annik kannte den Weg nicht.

Alva und Espen waren leichtfüßig vorangegangen, aber Annik bewegte sich sehr vorsichtig. Doch selbst in dem Tempo war nicht sicher, dass sie nicht umknickte oder abrutschte. War es aufdringlich, wenn er ihr anbot, Theo an ihrer Stelle zu tragen? »Wenn du Theo selbst laufen lässt, hast du die Hände frei, um dir Licht zu machen.« Genau, Solberg! Sag ihr am besten gleich, wie sie ihr Kind zu erziehen hat, Klugscheißer. Konnte nicht ein einziges Mal irgendetwas so herauskommen, wie er es sagen wollte?

Aber Annik antwortete nur: »Theo ist müde«, während sie behutsam mit dem Fuß auf dem unebenen Stein nach Halt tastete.

Das Problem war: So kam sie erstens nie an, und zweitens würde sie sich und dem Kind sämtliche Knochen brechen. Warum hatte er nicht daran gedacht, eine Taschenlampe einzustecken oder wenigstens sein Smartphone? »Hast du dein Telefon dabei?«

Sie hatte festen Tritt gefunden, die nächsten Meter waren einigermaßen eben. »Der Akku ist alle.«

Auch ohne Licht würden sie das hier hinbekommen, irgendwie. Er musste einfach nur nahe genug bei ihr bleiben, um sie rechtzeitig warnen – oder auffangen – zu können.

»Du brauchst dich nicht für mich verantwortlich zu fühlen.«

Wieso las sie seine Gedanken? »T---« Tu ich aber. Mit ein paar schnellen Sprüngen hatte er sie überholt. »Geh einfach hinter mir her.«

»Hab ich gerade gesagt, du brauchst dich nicht verantwortlich zu fühlen?« Das Lächeln in ihrer Stimme war unüberhörbar.

Er grinste. »V-vermieter-Service.«

»Dann kann ich wohl nicht ablehnen.«

An ihrem Atem hinter ihm erkannte er, dass es keine Kleinigkeit war, einen übermüdeten Fünfjährigen im Dunkeln über unbekanntes Terrain zu tragen. Mehrmals musste er ihr zeigen, wo sie hintreten konnte, und einmal, als der Weg über einen großen, kniehohen Felsblock führte, hinter dem man seitlich über die Schräge laufen musste, um nicht im Matsch zu landen, reichte er ihr seine Hand. Sie nahm sie ohne Verlegenheit, ohne zu zögern, und ließ sie wieder los, nachdem sie die schwierige Stelle bewältigt hatte. Wahrscheinlich hatte er sich geirrt, als er in ihren kleinen betrunkenen Kuss gestern Abend mehr hineininterpretiert hatte.

Im Ferienhaus trug sie Theo sofort in ihr Zimmer. *Kommst du noch mal wieder?* schubste in seinem Kopf *Lohnt es sich, hier zu warten?* beiseite, rumpelte gegen *Wir könnten uns noch ein bisschen unterhalten* und wurde hysterisch kichernd übertönt von *Unterhalten? Das sagt der Richtige.* Als er glaubte, endlich etwas Sinnvolles von sich geben zu können, hatte sie die Zimmertür schon geschlossen.

Erst jetzt wurde ihm bewusst, dass er wie bestellt und nicht abgeholt hinter Annik herblickte, während Alva, ein Geschirrtuch in der Hand, neben dem Spülbecken stand und ihn ansah. Ihr Lächeln hatte etwas von einer Katze, der noch ein halber Flügel zwischen den Eckzähnen hervorragte.

Er zog die Augenbrauen hoch. »Was?«

»Nichts, nichts.«

In der Kiste neben der Spüle fand er ein weiteres sauberes Geschirrtuch. Alva schwieg, während sie gemeinsam das Picknickgeschirr abtrockneten, aber ab und zu erwischte er sie dabei, wie sie vor sich hin grinste.

Sollte sie denken, was sie wollte. Ja, er mochte Annik. Ziemlich. Aber er hatte keine Ahnung, ob sie dasselbe empfand. Am Feuer und auch eben noch, während sie draußen den Weg ertasteten, hatte er darüber nachgedacht, ob sie ihn mögen könnte, aber hier im Lampenlicht wurden seine Sinne wieder klar. Nur weil er es tatsächlich geschafft hatte, ein paar nichtssagende Sätze mit ihr zu wechseln, bedeutete das nicht, dass zwischen ihnen irgendetwas grundlegend anders war als vorher. Dr. Frost war der Letzte, für den sich eine warmherzige Frau wie Annik interessieren würde. Er hängte das Geschirrtuch zum Trocknen über die Stange am Herd, um in sein Zimmer zu gehen und seine Schlafsachen zu holen.

»Jungs, das war ein sehr schöner Abend mit euch.« Alva streckte sie wohlig. »Wir sollten das öfter tun.«

»Finde ich auch«, ließ sich Espens Stimme hinter der Sofalehne vernehmen. Bis eben hatte Krister nicht einmal gemerkt, dass er dort lag und las. »Und es war auch eine schöne Idee, Annik einzuladen. Sie ist nett, und der Kleine ist lustig.«

Krister sagte nichts.

»Auch dass Hanne mit Anhang noch gekommen ist, war schön.«

»Finde ich auch.« Alva sank auf das zweite Sofa und zog die Füße unter sich. »Was ist denn das eigentlich mit Hanne und dir im Moment, Kris?«

Er sollte nicht schon wieder wie Falschgeld hier rumstehen, sondern einfach gehen. »Nichts.«

Von Espen war ein kleines Schnauben zu hören, und Krister fing einen tadelnden Blick auf, den Alva Espen zuwarf. Sie waren also mal wieder an ihrem üblichen Diskussionspunkt angelangt. Kein Tag ohne. Klar, sie konnten sich denken, dass er das Shirt nicht ohne Grund anbehalten hatte.

»Ich hole meine Sachen. Ich schlafe draußen.« Wo er die Glutreste betrachten und dem Wasser zuhören konnte. Und wo ein paar Momente lang alles in Ordnung gewesen war, als Annik und er sich angesehen hatten.

»Hanne scheint irgendwie ziemlich sauer auf dich zu sein«, bohrte Alva weiter.

»Bis eben war der Abend sehr schön.«

Sie hob den Kopf. »Entschuldige, Kris, ich weiß, dass du das nicht gern hörst, aber wir machen uns doch nur Gedanken.«

Manchmal dachte er, dass Alva sich einfach extrem gern anderer Leute Kopf zerbrach. Vielleicht brauchte sie noch ein paar Robbenbabys mehr. Oder endlich mal wieder einen Freund. Sie übersah gern, dass er erwachsen und durchaus in der Lage war, auf sich selbst aufzupassen.

Espens Hände erschienen auf der Sofalehne und gleich darauf auch die obere Hälfte seines Gesichts. »Was mich angeht, ich mache mir keine Sorgen, nur dass du es weißt. Ich bin bloß zu faul, über die Gästeliste bei deiner Beerdigung nachzudenken. Es wäre also nett, wenn du diese Dinge rechtzeitig regelst.«

»Stell ich dir beizeiten zusammen.«

Schon beim Zähneputzen war Theo im Halbschlaf gewesen, und als sie seinen schlafenden kleinen Körper aus dem Bärenoverall zog, zuckte er nicht mal mit den Augen. Sie deckte ihn zu und drückte ihm einen Kuss auf die weiche, nach Lagerfeuer und Marshmallows riechende Wange.

Kristers Worte fielen ihr ein. Normalerweise ärgerte sie sich, wenn ihr irgendjemand meinte erklären zu müssen, wie sie mit ihrem Sohn umzugehen hatte. Vor allem die grenzenlose Erfahrung von Kinderlosen fand sie immer ganz besonders »hilfreich«. Aber Krister und Theo ... Wenn es in ihrem Umfeld jemanden gab, der sie auf Ideen bringen konnte, die sie wegen Theos Sprache noch nicht ausprobiert hatte, war es dann nicht Krister?

Sie war zu aufgekratzt, um sich ebenfalls schlafen zu legen. Aus dem Haus hörte sie leise Stimmen, Schritte, Geschirrklappern. Behutsam, um Theo nicht doch noch zu wecken, öffnete sie die Zimmertür und schlich hinaus.

Es waren nur Alva und Espen, die noch im Wohnzimmer unter den Lichtkegeln zweier Stehlampen lasen. Unschlüssig blieb Annik stehen.

»Setz dich gern noch zu uns«, sagte Alva, ohne aufzusehen.

»Nein, ich ...« Die Idee war nicht unattraktiv, das Buch, das sie seit Wochen in Fünfminutenabschnitten zwischen Arbeit, Abwasch und Theo las, zu holen und sich damit in den freien Sessel zu kuscheln. Aber noch attraktiver war etwas anderes. »Ich wollte Krister was wegen Theo fragen.«

»Er ist zum Lagerfeuerplatz zurückgegangen.« Alva lächelte. »Auf der Anrichte steht eine Taschenlampe, falls du auch noch ein bisschen am Feuer sitzen möchtest. Wir sind hier, wenn dein Kleiner etwas braucht.«

Beim dritten Mal war der unebene Pfad zum Wasser schon beinahe vertraut. Hier war die Stelle, wo sie um ein Haar ausgerutscht wäre, über diesen Felsblock war Theo am Nachmittag geklettert, die raue Oberfläche dort bot sicheren Halt für ihre Füße. Ob Krister es aufdringlich finden würde, wenn sie ihn jetzt störte? Vielleicht hätte sie doch lieber bis zum nächsten Tag warten sollen … Doch für diese Überlegungen war es zu spät, denn hinter der nächsten Erhebung lag schon die Senke mit der Feuerstelle, und garantiert hatte er ihren Taschenlampenkegel, der unruhig durch die dämmrige Nacht wanderte, längst entdeckt.

Neben dem noch schwach vor sich hin glimmenden Feuer lag eine ausgerollte Isomatte mit einem Schlafsack, doch Krister saß, die Arme um die angezogenen Beine gelegt, ganz vorn an der Kante zum Wasser. Annik knipste die Taschenlampe aus.

»Danke.«

»Sorry, ich …« Still setzte sie sich neben ihn. Die Taschenlampe war nicht nötig. Als ihre Augen sich an das magere Licht gewöhnt hatten, stellte sie fest, dass es tatsächlich immer noch nicht ganz dunkel war. Auf jeden Fall hell genug, um zu sehen, dass Krister den Griff um seine Knie löste und einen Arm so aufstützte, dass er sich ihr zuwandte.

Was hatte sie ihn noch gleich fragen wollen? Warum war sie hier heruntergekommen?

Es war schwierig, sich daran zu erinnern, wenn er sie so ansah, so … so … Ihr Herz schlug lauter als das Wasserplätschern, lauter als die einsame Nachtigall, lauter als die Grillen. Er musste das hören. Er war so nah bei ihr. »Ich wollte nur –« Federleicht legte er ihr eine Hand auf den bloßen Unterarm. Es war kaum eine richtige Berührung, und doch stand ihre Haut unter Strom, wo seine Fingerspitzen lagen, und wurde kalt, als er sie wegnahm.

Immer noch konnte sie sich nicht von ihm abwenden, sondern musste ihn ansehen, die gerade, schmale Nase, die markanten Wangenknochen, die Lippen – Himmel, diese Lippen – und die Augen, deren Blick auf ihr ruhte. Langsam, beinahe ohne ihre bewusste Entscheidung, hob sie die Hand und legte ihm die Handfläche gegen die unrasierte Wange. Es kratzte an ihrem Ballen, als seine Wange gegen ihre Hand drückte, weil er lächelte, und dieses Kratzen sandte kleine elektrische Funken durch ihren ganzen Körper. Es war nicht einfach, trotz der Funken weiterzuatmen.

Er drehte den Kopf, ganz behutsam, und küsste ihre Handinnenfläche, sodass es fast nur aus Versehen gespitzte Lippen sein konnten. Fast.

Wie konnten zarte Berührungen an der Hand einen solchen Wirbelsturm in ihrem Inneren auslösen?

Seine Küsse wanderten über ihre Finger, hin zu ihren Fingerspitzen, wobei seine Unterlippe weich wurde, sodass sein Mund bei dem letzten Kuss beinahe die Kuppe ihres Mittelfingers umschloss, bevor sie die Hand sinken ließ, um sich zu ihm zu beugen. War es Verwunderung, was sie in seinen Augen las? Sie brachte ihre Lippen sehr nah an seine und flüsterte: »Weißt du, was jetzt schön wäre?«

Seine Antwort war nur ein Hauch, der ihre Oberlippe streifte und dazu führte, dass ihr Atem zittrig wurde. Krister roch nach Fjord, Salz, Sommer und … Verlangen. Sie kam nicht dazu, ihm zu sagen, dass es schön wäre, wenn er sie küssen würde, denn er umfasste ihren Nacken und zog sie zu sich.

Weich waren seine Lippen auf ihren. Weich und fest und fordernd und fragend und so unglaublich köstlich, dass sie die Augen schließen musste, um alles genau spüren zu können. Wie seine Zungenspitze zart über ihre Unterlippe glitt, wie sich ihre Lippen Millimeter voneinander lösten, um sich gleich darauf wiederzufinden. Wie muskulös und glatt sich die Haut hinter seiner Oberlippe anfühlte, als sie mit der Zunge daran entlangfuhr. Die einzigen Geräusche hier waren das stetige Schwappen des Fjords an den Stein und ihre Lippen, die sich trafen, wieder und wieder und wieder.

Seine Hand stützte ihren Kopf, als sie nach hinten auf den glatten, noch warmen Stein sank. Sie legte die Handfläche auf seinen Brustkorb und spürte durch das dünne Kapuzenshirt hindurch seine festen Brustmuskeln, seine Wärme, seinen Herzschlag. Dann beugte er sich über sie, um sie erneut zu küssen.

Annik verlor jedes Zeitgefühl. Sie wusste nur, dass Krister irgendwann seine Isomatte holte, dass sie darauf umzogen, dass es kühl und fast ganz dunkel wurde und er den Schlafsack über ihnen ausbreitete. Und dass sie berauscht war von diesem verwirrenden Glück, das in ihr aufbrandete, als sie Kristers Lippen wieder auf ihren spürte.

Zwölf

>>•-•-•-•<<

Es war nach zwei, als Annik zum Haus zurückging und ihn mit einem irren Grinsen im Gesicht und tausend Fragen im Herzen zurückließ.

Das Feuer war inzwischen erloschen, der Mond nur eine dürre Sichel. Krister lag auf dem Rücken, einen riesigen, klaren Sternenhimmel über sich, und wusste, dass er in dieser Nacht kein Auge zutun würde. Dieses Mal war es kein angeschickerter kleiner Ausrutscher gewesen. Annik hatte ihn geküsst. Küsse wie ein Versprechen.

Der Lichtkegel von Anniks Taschenlampe war längst von den Schatten zwischen den Felsen verschluckt worden. Er stellte sich vor, wie sie Theo über die Haare streichelte und die Decke um ihn herum feststopfte, bevor sie sich selbst zum Schlafen hinlegte. Ob sie vorhin daran gedacht hatte, ihr Handy zu laden?

Das blaue Licht seines eigenen Displays blendete ihn kurz, bevor er die Helligkeit angepasst hatte und schreiben konnte.

> Danke für den schönen Abend.
> K.

Um nicht die ganze Zeit sein Telefon anzustarren und auf ihre Antwort zu warten, legte er das Gerät mit dem Display nach unten neben sich. Was hatte er getan, bevor sie gekommen war? Nichts eigentlich. Er hatte aufs Wasser geblickt, ein bisschen darüber sinniert, dass er nach Stavanger musste, um Reparaturmaterial für seinen Schirm zu kaufen, und ansonsten seine Gedanken treiben lassen. Leider war das jetzt keine Option; das Terrain, in das sich sein Bewusstsein verirrte, falls er es nicht kontrollierte, barg zu viele Gefahren. Wer hatte wen eigentlich zuerst geküsst? Und warum war Annik überhaupt zu ihm gekommen? War es Zufall, wollte sie einfach noch einen Spaziergang unternehmen, oder hatte sie gewusst, dass er hier war?

Nach drei Minuten endlich hatte Annik seine Nachricht gelesen. Dann zeigten drei Punkte an, dass sie etwas schrieb. Die Punkte verschwanden, tauchten wieder auf, verschwanden. Wie viele Hundert Seiten tippte sie denn?

> Ich fand es auch schön.

Dass sie für die fünf Wörter so lange gebraucht hatte, konnte er nachfühlen, als er an seiner Antwort knabberte. Was schrieb man einer Frau, der man nur schrieb, um ihr nahe zu sein? Sein Gehirn war wie leer gefegt, alles, was ihm einfiel, erschien banal. Oder aufdringlich. Oder … unanständig. Sie hatten sich geküsst, ganz und gar züchtig, ganz und gar angezogen, und schon das hatte so viel mit ihm gemacht. Aber das hieß nicht, dass … Er grübelte schon wieder. Währenddessen traf eine neue Nachricht von Annik ein.

> Schön und ein bisschen verwirrend.

Wenigstens darauf wusste er eine Antwort, die er tippte und abschickte, bevor er darüber nachdenken konnte.

> Der Schlafsack ist noch warm von dir. Ich liege auf dem Rücken, sehe mir die Sterne an und kann nicht schlafen, weil ich darüber nachdenke, was das bedeutet, was da eben passiert ist.

> Und? Kommst du mit deinen Überlegungen zu einem Ergebnis?

Er lachte auf und erschrak darüber, wie unfroh es klang. Wie sollte ausgerechnet er wissen, was die Küsse zu bedeuten hatten? Er war nun wirklich nicht der Experte für Gefühle.

> Nein.

Gleich nachdem er auf ›Senden‹ gedrückt hatte, merkte Krister, dass diese Antwort möglicherweise nicht besonders verbindlich war. Entsprechend dauerte es eine Weile, bis Anniks Antwort eintraf.

> Ich auch nicht. Auf jeden Fall kannst du ziemlich gut küssen. 😊 Aber ich glaube trotzdem, wir sollten das langsam angehen lassen. Ich bin noch nicht wieder bereit für eine Beziehung.
>
> Oder was auch immer das ist zwischen uns.
>
> Wobei ich schon gern wüsste, ob du andere Sachen auch so gut kannst wie küssen.
>
> Mist, lies das nicht! Lösch das, hörst du? Du hast das nicht gelesen! Sag, dass du das nicht gelesen hast.

> Ich habe es nicht gelesen.

Es platschte. Vermutlich war ein Fisch empört aus dem Wasser gesprungen, als Krister aufgelacht hatte.

> Was wolltest du eigentlich vorhin hier? Oder bist du nur zum Küssen gekommen?

Seine Nachricht wurde als ›gelesen‹ gekennzeichnet, doch Annik antwortete nicht. Er verstaute sein Smartphone in der wasserdichten Hülle und steckte es in einen seiner Schuhe neben der Isomatte. ›Neue Beziehung‹ hatte sie geschrieben. Immerhin.

Allmählich wurde die Nacht kühl. Krister schloss den Schlafsack um sich und drehte sich auf die Seite. Und obwohl er sicher gewesen war, keine Sekunde die Augen schließen zu können, war er eingeschlafen, bevor der Himmel im Osten sich wieder pastell verfärbte.

Am Morgen tastete er als Erstes nach seinem Telefon. *Wobei ich schon gern wüsste, ob du andere Sachen auch so gut kannst wie küssen.* Doch, er hatte es gelesen. Und er las es ein zweites und drittes Mal, um sicher zu sein, dass er nicht geträumt hatte.

> Ich habe es immer noch nicht gelesen.

Statt einer Antwort von Annik schickte Alva ein Bild vom gedeckten Frühstückstisch mit dem Kommentar, er sei herzlich eingeladen, wenn er schon einmal sonntags morgens da sei, und dürfe dann später auch gern den Abwasch machen.

Wann hatte er in den letzten Jahren an einem Wochenende um diese Zeit noch geschlafen? Vor einer halben Stunde hatte Sander die Basejumper zum Aufstieg gebracht. Krister unterdrückte das aufkeimende Bedauern und schälte sich aus dem Schlafsack. Mit ein bisschen Anstrengung konnte er den Kjerag von hier aus sehen.

Nicht heute.

Im Laufe der Woche würde er den Schirm reparieren und Freitag vielleicht an einen anderen Fjord weiter im Norden fahren – falls sich nichts anderes ergab. *Wir sollten das langsam angehen lassen.* Wie langsam war langsam?

Er musste sie das fragen.

Was, wenn sie nicht antwortete, weil sie inzwischen bedauerte, was zwischen ihnen geschehen war?

※

Alva tat ihr den Gefallen, weder auffällig zu grinsen noch neugierige Fragen zu stellen. Sie kommentierte auch nicht, dass Annik alle paar Sekunden zur Tür sah und zusammenschrak, als Espen hereinkam. »Lasst uns die Sachen rausräumen.«

Aus dem Küchenfenster sah Annik Theo in einem alten Holzboot Kapitän spielen, das ihr am Abend gar nicht aufgefallen war. Den Pfad zur Feuerstelle konnte sie nicht sehen.

Sie hatte als Erstes ihr Telefon auf neue Nachrichten von Krister überprüft, dann aber nicht gewusst, was sie antworten sollte, nachdem sie ihm in diesem seltsamen übermüdeten Glückstaumelzustand der Nacht allen Ernstes innerhalb von zwei Minuten geschrieben hatte, dass sie a) eigentlich keine neue Beziehung und b) trotzdem mit ihm ins Bett wolle. Zweiteres eher indirekt. Trotzdem.

Blöderweise waren ihre Gefühle im Tageslicht immer noch genauso wirr. Einerseits hätte sie kein Problem damit gehabt, wenn er aus irgendwelchen Gründen nicht zum Frühstück erschienen wäre, um ihm nicht begegnen zu müssen. Andererseits schien jedes noch so kleine Fitzelchen ihres Bewusstseins nur auf ihn ausgerichtet zu sein, Tausende kleiner Fühler, die sich in seine Richtung streckten. Während Alva ihr erklärte, wie man die fast schon antike Kaffeemaschine bediente, huschte Anniks Blick zu dem verblichenen Kinderfoto neben dem Kühlschrank – war das Krister? Und die kitschige Tasse mit der Aufschrift *Beste mor* – hatte er die vor Jahren von seinem Taschengeld gekauft?

Leises Klappern kündete davon, dass Espen Geschirr, Brötchen und was sonst noch auf dem Tisch stand, auf ein Tablett umräumte, um es auf die Terrasse zu tragen. »Brauchen wir diese komische Marmelade … Storebror!«

Krister betrat hinreißend zerzaust die große Wohnküche. Das dünne, weiße Longsleeve-Shirt brachte seine gebräunte Haut umso mehr zur Geltung. Anniks Herz hämmerte derart laut, dass es in ihren Ohren rauschte. Doch Krister sah nicht in ihre Richtung, sondern schenkte Espen sein Aus-Versehen-Lächeln. »Ich mag die Marmelade.«

»Du hast ja auch keinen Geschmack.« Espen grinste. »Guten Morgen. Was verschafft uns an einem Sonntag um diese Zeit die Ehre deiner Anwesenheit?« Etwas Ungesagtes gärte hinter der spöttelnden Frage.

»Es riecht nach Kaffee.«

»Kannst du gleich raustragen«, sagte Alva. »Guten Morgen.« Sie schwebte Krister entgegen, streifte im Vorbeigehen seinen Arm zum Gruß und ging zu einem Schrank hinter dem Sofa.

Annik holte eine zusätzliche Tasse aus dem Schrank. Garantiert war sie schon bei Kristers Eintreten knallrot angelaufen. Sie hatte überhaupt und ganz und gar keine Ahnung, wie sie ihm begegnen sollte. Es wurde nicht davon besser, dass er gleich darauf mit drei schnellen Schritten an ihrer Seite auftauchte und diesen Duft nach Meer, Salz und sich selbst mitbrachte. Ihr Gesicht glühte, als sie endlich wagte, ihm einen Seitenblick zuzuwerfen.

Er schielte zu ihr herüber und grinste so verboten, wie sie es ihm nie zugetraut hätte, machte aber keinerlei Anstalten, sie zu berühren, sondern ging stattdessen daran, den Kaffee in eine Thermoskanne umzufüllen.

Vor dem Fenster sprang Theo auf den Bug des Boots und beschattete die Augen mit der Hand. Sie hatte Krister nach Theo fragen wollen, gestern, bevor sie irgendwie ... abgekommen waren. Vielleicht konnte sie es jetzt tun, allein schon, um ein Gesprächsthema zu haben.

Aber konnte sie so tun, als sei nichts passiert? Es war etwas geschehen, und wenn sie es nicht selbst so deutlich gespürt hätte, würde Kristers unverhohlene Fröhlichkeit es ihr zeigen. Und die Tatsache, dass er sich jetzt zu ihr beugte, bis seine Wange ihre streifte und seine Lippen ihr Ohr kitzelten. »Was genau b-edeutet l-angsam angehen lassen?«

Es musste eine Nervenbahn direkt vom Ohr in den Unterleib geben. Eine, die jetzt in Flammen stand. Nichts! Nichts bedeutet es! Lass die anderen frühstücken, wir gehen nach nebenan! Annik schloss die Hände zu Fäusten. »Dass wir jetzt einfach den Kaffee nach draußen bringen sollten.« Sie merkte selbst, dass ihr Tonfall etwas ganz anderes ausdrückte.

»Okay.« Seine Zeigefingerspitze wanderte an ihrem Oberarm entlang. Es gab offensichtlich auch eine Nervenbahn vom Oberarm direkt ins Herz. Und ... und überall anders hin. Oder war es der Anblick seiner Zunge, die kurz seine Unterlippe befeuchtete, der sie kribbelig werden ließ?

»Lass uns zu den anderen gehen«, flüsterte sie.

Wie sie in der Nacht, als sie ihn versehentlich »Sahneschnittchen« genannt hatte, stahl jetzt er sich einen schnellen, beinahe unschuldigen Kuss auf ihren Mundwinkel, bevor er die Kaffeekanne nahm.

Es war nur ein winziger Kuss, nicht länger als ein Wimpernschlag, und trotzdem fühlte sie genau, wie weich und warm seine Lippen und wie kratzig die Haut darum war. Sie fühlte es noch, während sie sich nach Zeugen umsah, und sie fühlte es, als sie sich bedächtig fünf Tassen an die Hand hängte. »Krister?«

Er drehte sich um.

»Was ist mit der Praxisregel?«

Ein kleines Schulterzucken zeigte ihr, dass er es ebenso wenig wusste wie sie, doch sein diabolisches Lächeln wirkte nicht besonders hilflos. »Ich d---, ich dachte, wir lassen es langsam angehen.«

»Okay. Gut.« Genau. Ganz meine Meinung. Richtig. Sie hätte noch viele solcher Worte sagen können und mit dem Verstand gewusst, dass sie stimmten. Es war zu früh. Sie sollten es definitiv langsam angehen lassen. Blöd nur, dass ihr Körper irgendwie anderer Ansicht zu sein schien.

Beim Frühstück setzte Annik sich neben Theo und Krister schräg gegenüber. Alva sah ein paarmal neugierig zwischen ihnen hin und her, aber sie lächelte nur in sich hinein und schwieg, und Espen schöpfte definitiv keinerlei Verdacht. Nur für den Fall, dass sich wirklich etwas entwickeln sollte zwischen Krister und ihr, musste sie auf eine Antwort auf ihre Frage nach dieser Praxisregel bestehen.

Annik hätte gern auch den Rest des Tages auf der Insel verbracht, doch Alva hatte Dienst bei den Robben, Krister war noch mit Freunden verabredet, und Espen stellte mit theatralischem Seufzen fest, dass ihnen dann wohl nichts anderes übrig bleiben würde, als auch zurückzufahren.

Dieses Mal saß Alva mit ihr vorn, und Espen hatte sich im Heck ausgebreitet. Immer wieder spürte Annik Alvas forschenden Blick auf sich, aber sie konnte einfach nicht anders, als ihr glücksstrahlendes Kind anzusehen. Und den verstrubbelten Mann hinter ihm, der unauffällig eine Hand in der Nähe des Steuerrads hielt und dabei so gelöst und zufrieden wirkte.

Eine Bewegung im Augenwinkel ließ sie zu Alva hinübersehen. Die hatte ihr Smartphone gezückt. »Ist es okay, wenn ich Fotos von Theo am Steuer mache?«

»Klar. Schickst du sie mir dann?«

Alva nickte. Sie richtete die Kamera des Telefons auf den Führerstand. Annik lehnte sich zu ihr und versuchte vergeblich, den

Bildausschnitt auf dem Display zu erkennen. Natürlich wollte sie Theo auf dem Foto haben, aber es wäre doch Verschwendung, wenn man von Krister nur den Unterarm sähe. Wobei seine sehnige Hand mit den dünnen Lederriemen, die jetzt neben Theos auf dem Steuerrad lag, auch durchaus ein Detailbild wert gewesen wäre.

»Ich kann im Sonnenlicht absolut nicht sehen, was ich tue. Ich schicke dir einfach alle Bilder, die ich seit gestern gemacht habe. Lösch, was du nicht brauchst.«

»Das ist toll, danke.« Wann hatte Alva gestern Fotos gemacht?

Einen Klick später steckte Alva das Smartphone zurück in die Tasche, und Annik riss endlich ihren Blick vom Steuerstand los. Wenn sie sich nach vorn wandte und wie eine Galionsfigur in den Bug setzte, glitzerte das Wasser so, dass es sie blendete. Sie kniff die Augen gegen die Sonne zusammen, der Wind knatterte ihr in den Ohren, Gicht benetzte ihr Gesicht und Haare. Wenn sie ankamen, würde sie aussehen wie frisch geduscht.

Kristers Blick kribbelte in ihrem Nacken. Sie war sich ganz sicher, dass er sie ansah, wie sie ihn zuvor angestarrt hatte, doch als sie sich umdrehte, hatte er sich zu Theo gebeugt und deutete schräg nach vorn. Erst als er den Motor drosselte und das Boot nur noch langsam dahintuckerte, entdeckte Annik den kleinen, runden Kopf, der sich neugierig aus dem Wasser reckte.

»Sie wohnen hier in der Ecke«, erklärte Alva über das Brummen des Motors hinweg. »Hinter dem Felsvorsprung dort vorn sind unzählige Untiefen, wo sich Fische aufhalten. Da ist eine ganze Robbenkolonie.«

Der Seehund verschwand genauso schnell, wie er aufgetaucht war, doch sie alle verbrachten den Rest der Fahrt damit, nach einem seiner Familienmitglieder Ausschau zu halten.

Als Krister das Boot mit geübtem Schwung an der Marina in den Liegeplatz gleiten ließ, Espen auf den Steg sprang und Alva ihm die

Taue zuwarf, konnte Annik sich kaum vorstellen, dass sie diese Menschen vor wenigen Wochen noch nicht gekannt hatte.

»Gut gesteuert, Theo«, rief Espen. »Willst du Hilfe beim Aussteigen?«

Theo schüttelte den Kopf.

Annik ballte die Fäuste, um ihre instinktiv aufkeimende Furcht zu unterdrücken. Was sollte hier passieren? Schlimmstenfalls würde Theo sich wehtun und nass werden. Na und? Doch er tat sich nicht weh und wurde nicht nass. Lässig wie ein geübter Seemann sprang er von Bord.

Alva folgte mit zwei Taschen. Nun waren nur noch Krister und sie auf dem Boot. Annik warf Espen ihr Gepäck zu. Das Boot schwankte, als Krister sich abstieß und einen Fuß auf den Steg setzte.

Mit galantem Lächeln reichte er ihr die Hand und sah sie endlich wieder an.

Langsam angehen lassen. Sie hatte gesagt, sie wollte es langsam angehen lassen. Hatte sie doch, oder?

Wenn das stimmte, musste sie seine Hand nur kurz zum Aussteigen nehmen und jetzt wieder loslassen. Außerdem hatten sie die Sache mit dieser Praxisregel noch nicht abschließend geklärt. Und solange das nicht der Fall war ... Espen war am Ende des Stegs angelangt und blickte zu ihnen herüber. Sie sollte Kristers Hand definitiv loslassen.

Krister löste den Griff und ließ seine Finger langsam an ihren entlanggleiten bis zu den Fingerspitzen. Dann führte er seine Zeige- und Mittelfingerkuppe zum Mund, küsste sie und ließ den Kuss in Anniks Richtung schweben.

»Danke«, sagte sie, und er lachte lautlos.

»Kommt ihr?«, rief Alva. »Oder braucht ihr noch Hilfe?«

Krister schüttelte kaum merklich den Kopf und grinste Annik an. Sie brauchten keine Hilfe, bestimmt nicht.

»Alles gut«, rief Annik. Und alles sehr irritierend.

Sie schlossen zu den anderen auf, und sehr zu Anniks Überraschung marschierte Theo wie selbstverständlich neben Alva zu deren froschgrünem Nissan Leaf.

»Ähm, Theo?«

Er drehte sich um und zog in einer beinahe unheimlichen Imitation von Krister fragend eine Augenbraue hoch.

»Der Bus fährt da drüben.« Hoffentlich. Irgendwann.

Theo nickte lediglich.

»Ich hab ihm versprochen, dass er nächstes Mal wieder von der Klippe springen d-darf, wenn er heute mit im Auto fährt«, flüsterte Krister neben ihr.

»Du hast ... was?! Dazu hattest du kein Recht!«

Er grinste entschuldigend, und da Alva gerade die Sitzerhöhung in der Rückbank hochfuhr und Theo wie selbstverständlich darauf Platz nahm, nachdem er sich ein Jahr lang geweigert hatte, Autos auch nur anzugucken, konnte sie nicht wirklich wütend sein. Aber Krister sollte sich mal nicht einbilden, dass das jetzt zur Gewohnheit werden durfte. »Wir sollten es definitiv sehr langsam angehen lassen«, zischte sie und ließ ihn stehen.

Hinter ihr ertönte leises Lachen. Mistkerl.

Während sie auf das Auto zumarschierte, wurde ihr klar, dass es zu dritt auf der Rückbank ziemlich eng werden würde, beunruhigend eng. Der Gedanke von seinem Oberschenkel an ihrem Oberschenkel, seinem Oberarm an ihrem Oberarm, seiner Hand ... auf ihrer Hand? Auf ihrem Knie? ... ließ ihr das Blut in den Kopf schießen.

Doch es kam nicht dazu. Stattdessen hielt Espen ihr die Beifahrertür auf. »Madame?«

Dankbar lächelte Annik ihn an und stieg ein. Sie drehte sich nach hinten um. »Alles klar, Theo?«

Er reckte den Daumen. Vielleicht konnte sie allmählich anfangen, sich zu entspannen. Falls Theo auf offener Strecke irgendwo in der Pampa anfing, panisch zu kreischen, konnten sie immer noch zur nächsten Bushaltestelle laufen.

Alva nahm den Fahrersitz ein, und Krister und Espen schafften es tatsächlich, sich so auf die Rückbank zu falten, dass sie am Ende alle Türen schließen konnten.

Was für ein wahrhaft denkwürdiges Wochenende.

Theo schrie nicht, sondern stieg vor ihrem Haus aus dem Auto, als wäre es das Selbstverständlichste der Welt. Alle anderen waren ebenfalls ausgestiegen, Krister holte ihr Gepäck aus dem Kofferraum, das allgemeine Umarmen begann. Annik drückte Alva an sich. »Danke für die Einladung. Das war wirklich, wirklich toll.«

»Sehr gern, neue Freundin. Ihr seid jederzeit willkommen.«

»Hey, bekomme ich auch eine Umarmung?«, fragte Espen und zog Annik an sich, sobald sie sich von Alva gelöst hatte.

Theo bekam ebenfalls High fives und Umarmungen, und während Espen abgelenkt war, umarmte Annik Krister, schnell und ungelenk. Ein winziger Kuss landete auf ihrem Ohr, sie knuffte ihn gegen die Brust und entzog sich. »Komm, Theo.«

Theo nahm seinen Kinderrucksack, doch er folgte ihr nicht direkt ins Haus, sondern betrachtete Krister eindringlich und hob die Faust.

Krister ließ seine dagegenstoßen. »Wir haben einen Deal, Kumpel.«

Gemeinsam mit Tom breitete Krister den Fallschirm vor Alvas Terrasse im Garten aus, so gut es ging. Zwei der Leinen hatten sich mächtig verheddert.

Tom hockte neben dem Schirm im Gras und versuchte, sie zu lösen. Dabei strich er beinahe zärtlich über den dünnen Stoff und grinste ertappt, als er merkte, dass Krister es mitbekommen hatte. »Ich werde es vermissen.«

»Ich weiß.«

»Nicht nur das Springen selbst – das ganze Drumherum. Das Zusammensitzen hinterher, die Gemeinschaft. Wie lange machen wir das jetzt? Zehn Jahre?«

»Elf.« Die Leine war nicht zu retten. Krister richtete sich auf, um ein neues Stück abzumessen. »Du müsstest nicht aufhören.«

»Doch.«

Nachdenklich spulte Krister die Leine von der Rolle. Das Springen war Toms Leben, genau, wie es seines war. Konnte man jemanden so sehr lieben, dass man deswegen aufgab, was einen im Innersten ausmachte? Das hier war so viel mehr als nur ein Hobby.

Das Rot der Fallschirmseide verwob sich in seinem Kopf mit der Erinnerung an das Rot des ersten Fallschirms, den sie gezielt zusammen beobachtet hatten. Zwei Sechzehnjährige, die mit ihrer kleinen Segeljacht über Stunden den Fjord hinunterkreuzten und am Fuße des Kjerag ihr Zelt für die Nacht aufschlugen, weil sie die Basejumper beobachten wollten. Am Morgen, als Krister die Springer herunterfliegen sah, wusste er, was er wollte. Am nächsten Tag hatten Tom und er sich Aushilfsjobs in der Zimmerei organisiert, um Geld für die Ausbildung zu verdienen. Jetzt, weit mehr als fünfhundert Sprünge später, brannte er noch genau wie an jenem Tag. Und Tom auch – oder?

Krister schnitt die Leine ab.

Toms Blick ruhte auf seiner Unterarmwunde, der er endlich einmal ein wenig Luft gönnte. »Hast du das nicht nähen lassen?«

»War nicht nötig.«

»Hübsch ist trotzdem anders. Tut es noch weh?«

Krister hob die Schultern. Was sollte er darauf sagen? Natürlich tat eine Wunde, die sich beinahe die gesamte Elle entlangzog, weh. So what? Es würde heilen.

»Ich habe überlegt, es mit Paragliding zu versuchen«, sagte Tom. »Ich glaube, das wäre für Hanne okay.«

Krister schnaubte. »Du meinst, so wie alternde Tennisspieler irgendwann anfangen, Golf zu spielen?«

»Es hat mehr mit Prioritäten als mit dem Alter zu tun«, sagte Tom ruhig. »Gib mir das Ende da.«

Schweigend arbeiteten sie weiter, erneuerten die verknoteten Leinen, überprüften die Haken und den Stoff, bis Tom zufrieden den Rücken durchstreckte. »Ich denke, das sollte es gewesen sein, oder?«

Ein letzter prüfender Blick zeigte Krister, dass sein Freund recht hatte. Mit geübten Händen packte er den Schirm zusammen, und Tom half ihm dabei, wie er es so oft getan hatte. Sie waren ein gutes Team gewesen. Das beste des Clubs.

»Hanne lässt dich lieb grüßen.«

»Danke«, antwortete Krister automatisch.

»Ich soll dir explizit ausrichten, wie schön sie den Abend fand. Ich übrigens auch. Gute Idee, Annik und den Kleinen einzuladen.«

»Du kennst Alva.«

Tom lachte auf. »In der Tat. Sie hat es sich garantiert nicht nehmen lassen, eure Neue gleich einzugemeinden.«

»Natürlich nicht.«

»Apropos«, sagte Tom. »Hanne will sie fragen, ob sie auch bei unserem zweiten Kind die Patenschaft übernehmen würde.«

»Das macht sie bestimmt gern.«

»Und es wäre in Ordnung für dich?«

Vermutlich war sein Gesichtsausdruck nicht der intelligenteste, als er Tom verständnislos ansah. Was hatte er mit diesem Baby zu tun, abgesehen davon, dass es ihm seinen besten Sprung-Buddy genommen hatte? Oder ging es irgendwie um die Praxis? Wie er sie auch drehte und wendete, er fand keinen Sinn in Toms Worten.

Tom schien sein Schweigen misszuverstehen. »Wenn du das unangemessen findest, dann –«

»Ich finde es nicht unangemessen!«, unterbrach Krister. »Ich begreife bloß nicht, was das mit mir zu tun hat. Soweit ich mich erinnern kann, ist es nicht mein Kind.«

Tom lachte. »Das will ich hoffen.«

Wie sich herausstellte, hatten Tom und Hanne überlegt, ihn zum Paten zu machen, als ältesten von Toms Freunden. Es schien fair, vor allem, da Ella bereits Alvas Patenkind war. »Und du bist wirklich nicht gekränkt?«

»Nein.« Nein, wie in: Mal so überhaupt gar nicht. Er verstaute den Fallschirm im zugehörigen Rucksack. »Wieso sollte ich? Ich kann mit Kindern nicht mal besonders gut umgehen.«

»Ich glaube, dass du dich da irrst.«

Es war also so weit. Jetzt klaute ihm dieses ungeborene Baby nicht nur den Freund, sondern auch noch die Gesprächsthemen.

Und die Gedanken, fiel ihm später auf, als der reparierte Schirm neben dem Wingsuit im Auto lag, wo er hingehörte, und Tom längst nach Hause gegangen war. Er sinnierte immer noch über Tom und seine Familie, darüber, was Eltern für ihre Brut aufgaben … Und er fragte sich, was Annik für Theo wohl aufgab.

Bevor er sie aufhalten konnte, waren seine Gedanken zu Annik gewandert und hatten es sich dort ebenso bequem gemacht wie er in seinem Liegestuhl und der Starenschwarm in der Ecke hinter dem Grundstück. Falls die Küsse auf der Insel kein einmaliger Ausrutscher gewesen waren, sondern sie sich jetzt wirklich irgendwie in Richtung Beziehung bewegten, musste er Annik früher oder später von seinem Lifestyle erzählen. Nach dem Tonia-Fiasko hatte er sich vorgenommen, nur noch mit Frauen zusammen zu sein, die damit umgehen konnten und nicht plötzlich austickten und nach Australien abhauten. Andererseits: Ab wann war man zusammen? Nach einem Kuss? Nach mehreren Küssen? Wenn man miteinander schlief? Espen schlief ständig mit Frauen, mit denen er weder davor noch danach »zusammen« war. Wann also war der richtige Zeitpunkt, Annik diesen Teil seines Lebens offenzulegen?

Sein Telefon kündigte den Eingang einer Nachricht an.

Er ignorierte es. Er lag hier sehr bequem und musste nicht in die Küche wandern, um zu lesen, dass Espen morgen später zur Arbeit kommen würde, oder sich ein neues Bild von Alvas Lieblingsrobbe in der Familiengruppe anzusehen.

Noch eine Nachricht.

Na gut, er hatte ohnehin vorgehabt, sich etwas zu trinken zu holen. Die Stare waren nicht begeistert, als er aufstand. Sie krakeelten und zeterten hinter ihm her, während er ins Haus ging.

Sein Telefon lag auf der Anrichte. Beide Nachrichten waren von Annik, als hätte sie gefühlt, dass seine Gedanken um sie kreisten.

Was genau beinhaltete dein Deal mit Theo?

(Muss ich sauer auf dich sein?)

Er hatte keine Ahnung, was er daraufhin schreiben sollte. Anniks Name auf dem Display hatte seinen Herzschlag beschleunigt, der Inhalt der Nachrichten war dann doch eher ernüchternd. Er war nicht blöd, er erkannte durchaus, dass das nur ein Vorwand war, ihm zu schreiben. Aber was sollte er antworten, das im Idealfall nicht vollkommen stoffelig war? Er legte das Smartphone wieder auf die Anrichte, bevor er sich ein Bier und die noch ungelesene Ausgabe des *B. A. S. E. Magasin* holte und beides mit zurück auf die Dachterrasse nahm. War es tatsächlich nicht einmal vierundzwanzig Stunden her, dass er Annik geküsst hatte? Dass er ihre Haut unter den Lippen und Fingern gespürt und den Duft ihrer Haare eingeatmet hatte? Dass all das ihm dieses unglaubliche Gefühl des Angekommenseins, gekoppelt mit dem Wunsch nach *mehr* vermittelt hatte?

Wieder schnurrte das Telefon.

Mit aller Kraft ignorierte er es. Er mochte jetzt nicht darüber nachdenken, wie kompliziert eine Beziehung zwischen Annik und ihm werden würde, wenn er sich gleich am Anfang wieder in die Nesseln setzte. Er schlug das Magazin auf und blätterte zerstreut durch die Seiten. Das Blatt erschien nur alle drei Monate, deswegen war der Artikel, nach dem er suchte, erst in dieser Ausgabe. Krister dachte, er sei vorbereitet – schließlich hatte er das Heft nur wegen Leons Nachruf gekauft. Trotzdem war es ein Schreck, das breite, strahlende Lachen seines Freundes zu sehen, ganzseitig und in Farbe. Auf dem Bild trug Leon schon den Fledermausanzug. Es war unmittelbar vor dem Unfall entstanden, am Exit 8, wo nur Wingsuits zugelassen waren, weil die Zeit bis zum Aufschlag bloß sechs Sekunden betrug.

Er überflog den Artikel. Morten hatte ihn geschrieben, er war Journalist und arbeitete hauptberuflich für das *Dagbladet*. Entsprechend gut war Leon porträtiert, würdevoll und dennoch stimmig. Morten beschrieb sehr einfühlsam den Verrückten, den sie gekannt hatten, und den Sport, den er so liebte.

»Scheiße, Leon.«

In der Theorie war es das eine, sich für den Lifestyle zu entscheiden. In der Praxis war er dankbar gewesen, bei Leons Beerdigung Rettungsdienst zu haben, Feigling, der er war. Lieber sammelte er verirrte Touristen, die sich überschätzt hatten, von Bergen, als am frisch ausgehobenen Grab seines Freundes zu stehen.

Der Artikel auf der nächsten Seite stammte ebenfalls aus Mortens Feder. *Neuer Geschwindigkeitsrekord in Lauterbrunnen.* Neue Rekorde, neue Gadgets, neue Hotspots. The show must go on. Warum machte ihn das gerade müde?

Beim nächsten Telefonbrummen gab er auf.

Sorry, ich wollte dich nicht nerven.
Aber du liest deine Nachrichten ja ohnehin nicht. 😜

Krister musste lachen. Sie hatte den Vorabend also doch nicht ganz vergessen.

    Stimmt.

    Soll ich es noch mal schreiben?

    Eventuell könnte ich hochscrollen.

Sie tippte etwas, doch es kam keine Nachricht. Erst als sie nach mehreren Minuten noch nicht geantwortet hatte, verstand er, dass er immer noch am Zug war.
Schön, dann wollte sie es offensichtlich nicht anders.

    Schläft dein Sohn? Dann könntest du rüberkommen, und ich erzähle dir, was ich mit ihm besprochen habe.

Dreizehn

Pyjama aus, duschen, das Kleid vom Nachmittag an. Oder vielleicht lieber das blaue, das locker um die Knie schwang? Foundation, Mascara, leichtrosa Lippenstift, das musste genügen. Für den Fall, dass es kalt wurde, nahm sie noch die schwarze Nickijacke mit.

Aus Maras Zimmer ertönten leise Geräusche, sie schien noch ihre Lieblingsserie zu schauen. Behutsam klopfte Annik an. »Ich will noch mal kurz weg. Kann ich die Tür offen lassen, damit du Theo hörst?«

»Mal kurz weg. Abends kurz vor elf.« Bei Anniks Eintreten hatte Mara sich zu ihr umgedreht.

»Ja, nur ne Kleinigkeit klären.«

»Aha.« Mara bemühte sich sichtlich, ernst zu bleiben, aber in ihren Mundwinkeln versteckte sich mehr als eine Vermutung.

»Was, aha?«

»Nichts. Klär alles, was du klären willst, ich bin hier, falls Theo aufwacht.«

»Danke, Schwesterchen.« Annik hob die Hand und war schon fast an der Treppe, als Mara halblaut hinter ihr rief: »Tu nichts, was ich nicht auch tun würde. Und grüß das Sahneschnittchen.«

»Ich sagte, es geht ganz schnell.«

Maras unterdrücktes Lachen hinderte sie beinahe am Sprechen. »Sagtest du.«

Während sie die wenigen Meter zu Kristers Haus lief, tat Annik ihr Bestes, nicht darüber nachzudenken, was sie tat. Ja, sie wollte wissen, was Krister mit Theo besprochen hatte. Und sie wollte auch klären, was es nun wirklich mit dieser Praxisregel auf sich hatte.

Aber Krister und sie wussten beide, dass es darum in seiner letzten Nachricht nicht gegangen war.

Ihr Puls hämmerte weit mehr, als nach der Treppe zu Kristers Wohnung angemessen war. Annik stieß die Luft aus, von der sich viel zu viel in ihrer Lunge angesammelt hatte. Gott, gleich brauchte sie eine Tüte zum Atmen.

Die Straße unter ihr war in der Dämmerung menschenleer, hinter vielen Fenstern waren die Lichter eingeschaltet worden. Niemand sah, dass sie seit einer Minute mit pochendem Herzen vor Kristers Tür stand und sich nicht zu klingeln traute. Noch konnte sie gehen. Sie musste ihm lediglich morgen sagen, dass sie leider, leider eingeschlafen war, bevor sie auf seine Nachricht hatte reagieren können.

Sie drückte auf die Klingel, und im Inneren des Hauses erklang ein melodischer Gong.

Als Schattenriss vor gedämpftem Licht aus dem Inneren tauchte eine Silhouette auf.

Krister öffnete die Tür, barfuß in grauer Jogginghose auf den Hüften und – Himmel hilf – mit einem Sixpack, über den er soeben ein ausgewaschenes, türkisfarbenes Longsleeve-Shirt zog.

Seine Konturen wirkten in der Dämmerung und durch den Bartschatten noch schärfer als sonst. Dann verwandelte ein breites Lächeln seine strengen Züge in Sonnenschein, und sie konnte nicht anders, als ihn wieder einmal anzustarren. Vor allem seine Lippen, diese unglaublich küssbaren, hübschen, leckeren …

»Also«, platzte sie heraus und suchte sich einen Punkt über seinem linken Ohr, den sie fixieren konnte. Zur Sicherheit verschränkte sie noch die Arme vor der Brust. »Was hast du mit Theo abgemacht?«

Sein Lächeln verlor ein wenig Glanz, eine Augenbraue wanderte nach oben. Mit einer winzigen Kopfbewegung bat er sie ins Innere des Hauses und trat zurück – um eine zufällige Berührung zu vermeiden? Sie zwängte sich an ihm vorbei, an dem Wissen um diese Muskeln unter dem T-Shirt, an dem Hauch von Duschgel und seinem ganz eigenen Duft, der in der Luft lag.

Er legte ihr eine Hand auf den Unterarm. Federleicht, aber die Berührung setzte jede Faser ihres Körpers unter Strom. Viel zu nah stand er vor ihr, so nah, dass sie seinen Atem spüren konnte. Aber ihre Füße schienen am Boden festgewachsen, sie konnte beim besten Willen keinen Abstand zwischen sie bringen. Sein Kehlkopf bewegte sich deutlich sichtbar, vielleicht hatte er genau wie sie einen trockenen Mund von der plötzlichen Nähe. Doch dann trat er den Schritt nach hinten, den ihre Füße sich geweigert hatten zu tun. Wieder diese Kopfbewegung, die sagte: *Komm doch rein.*

Wo in ihrem Häuschen ihr Schlafzimmer, Theos Kinderzimmer und der Abstellraum waren, bestand Kristers Wohnung beinahe nur aus einem einzigen Raum. Riesig, mit anthrazitfarbenen Wänden und großformatigen, modernen Acrylbildern, die vielleicht abstrahierte Wolkenformationen darstellen sollten, vielleicht aber auch nicht. Einzig an der vom Eingang aus linken Seite befanden sich zwei Türen – zum Bad und zum Schlafzimmer? Gegenüber öffnete sich der Raum durch eine raumhohe Glaswand zu einer Dachterrasse. Davor stand eine elegante Sitzgruppe aus Couch und Chaiselongue, auf der anderen Seite des Raums ein hochmoderner Küchenblock mit Abzugshaube darüber. Alles wirkte überdimensioniert für eine Person, und nur wenig deutete darauf hin, dass in dieser Möbelausstellung überhaupt jemand wohnte. Neben der Couch auf dem weißen Teppich ein paar Zeitschriften und ein amerikanischer Krimi. An der Wand eine hingeworfene Tennistasche mit Schläger, daneben nachlässig ausgezogene Schuhe. Auf dem Herd stand ein Topf, an dem Tomatensoße heruntergelaufen war. Ein Designerteam hätte die Gegenstände genauso drapieren können, damit es belebt wirkte.

Der Bewohner des Hauses selbst schien seltsam fehl am Platz – und wieder viel weiter entfernt von ihr als auf der Insel. Weiter entfernt als selbst vor wenigen Sekunden noch. Nie war ihr klarer gewesen als jetzt gerade, dass sie so gut wie nichts über ihn wusste.

»W---willst du was trinken?« Er hatte sich hinter den Küchenblock geflüchtet, wo er den Kühlschrank öffnete. Das Neonlicht ließ sein Gesicht blass erscheinen.

»Klar, warum nicht?«

Er hielt eine Flasche Craftbier in einer Hand, in der anderen eine Ginflasche und hob erst die eine, dann die andere fragend hoch.

Sie erinnerte sich sehr gut an das, was nach dem Moltebeerenschnaps passiert war. »Ich brauche einen kühlen Kopf. Wasser reicht.« Das Lachen, das sie hinterherschickte, klang hoffentlich einigermaßen locker.

※

Einen kühlen Kopf, ja? Espen hätte ihr das verführerisch ins Ohr geraunt und damit nahtlos an den gestrigen Abend angeknüpft. Espen hätte sich von Anniks unerwartetem Rückzug auch nicht aus dem Konzept bringen lassen. Er hätte sie einfach geküsst, und dann wären sie vielleicht direkt auf dem Sofa gelandet. Aber Krister war nicht Espen. Er war die sozial inkompetente Betaversion, in deren Kopf wieder einmal das Chaos ausbrach, sodass er nicht einmal »Sicher, ein Wasser, sehr gern« herausbrachte. Wie er das hasste!

Er füllte zwei Gläser mit Wasser, stellte sie auf die Ablage und ließ das kühle Nass aus dem Hahn einen Moment über seine Handgelenke laufen, bevor er sie abtrocknete und den Ärmel des verletzten Arms wieder hinunterzog.

Musik. Sie brauchten Musik, um die Stille zu übertönen, die er nicht mit Worten füllen konnte. Er tippte auf sein Handy, der erste Titel seiner aktuellen Playlist erklang.

Annik hatte sich abwartend an die Seite des Küchentresens gelehnt, Blick zum Wohnzimmer, halb von ihm abgewandt. »Coole Musik. Was ist das?«

Er öffnete den Mund ein wenig und schloss ihn sofort wieder. Come on, Solberg. Small Talk. Das hier ist kein Hexenwerk. In seinem Kopf herrschte ein wildes Durcheinander von Wörtern, Sätzen, Möglichkeiten, von denen es keine einzige durch seinen Kehlkopf schaffen würde.

Warum war es gestern so einfach gewesen?

Warum war es jetzt so schwer?

Statt einer Antwort hielt er ihr sein Handy mit dem Titel des Songs hin.

»Will's Seaside? Sind die neu?«

Krister nickte.

»Gefällt mir.«

»M--- m---ir a---uch.« Wahnsinn. Gleich zwei Wörter. Konnte sich jetzt bitte der Küchenfußboden auftun und ihn verschlucken? Es nützte alles nichts. Er wandte das vermutlich knallrote Gesicht ab, holte den Notfall-Notizblock und einen Kuli aus der Krimskramsschublade und kritzelte darauf: *Tut mir leid. Ich fühle mich gerade wie ein Neandertaler. Gib mir drei Minuten, ich hoffe, dann kooperiert mein Sprachzentrum wieder.* Den Block schob er ihr über den Tresen hinweg zu.

Beim Annehmen berührten sich ihre Fingerspitzen. Krister konnte nicht anders, als Annik ins Gesicht zu sehen. Es lag keinerlei Ungeduld oder gar Verachtung in ihrem Blick. Eher ... Neugierde? »Was ist los?«

Er bedeutete ihr, ihm den Block zurückzugeben, und achtete sehr genau darauf, erst zuzugreifen, als sie schon losgelassen hatte. Das flatterige Gefühl in ihm ähnelte erschreckend dem Gefühl, das er kurz vor einem Sprung hatte. Ein Schritt. Ein Wort. Und hinterher kein Zurück mehr. Er setzte den Stift an. Was, wenn er ihre roten Lippen, ihre aufgeregte Stimme, ihr zu helles Lachen falsch deutete? Wenn sie nur gekommen war, um ihm zu sagen, dass »Langsam angehen lassen« zu »gar nicht angehen lassen« geworden war?

»Krister?« Sie kam um den Küchenblock herum.

Jetzt wegzugehen, wäre mehr als unhöflich, also blieb er stehen, wo er war, bis ihre Nähe jegliche Hoffnung auf kongruente Artikulation ins Nirwana schickte. Sie legte ihre Hand auf seinen Unterarm, den mit der Wunde, und er zuckte zusammen.

Schnell nahm sie die Hand wieder weg. »Sorry.«

Etwas in ihrer Stimme führte dazu, dass ihm das eine Wort, das er schreiben musste, noch unheimlicher wurde. Ein Wort, das sein Innerstes nackt und verwundbar machte. Wenn er diesen Schritt tat und Annik fing ihn nicht auf, würde er fallen. Ohne Notfallschirm.

»Sorry, wenn die Frage zu persönlich war. Du musst mir nicht sagen, was los ist.« In ihren Augen brannte es. »Ich wollte dir nicht zu nahetreten. Ich dachte nur ...« Sie biss sich auf die Lippen. »Ich dachte ...«

Verflucht, er verbockte es.

In ihrem Gesicht arbeitete es, das sah er, obwohl sie sich abgewandt hatte. Dann straffte sie mit einem Ruck den Rücken und drehte sich wieder zu ihm um, lächelnd. »Also, was hast du mit Theo besprochen?«

Er las sie nicht falsch. Sie hatte gedacht, da sei etwas zwischen ihnen. Und er war dabei, es königlich zu ruinieren, bevor es angefangen hatte. Schnell schrieb er auf den Block: *Gleich. Du hast gefragt, was passiert ist, das mein blödes Sprachzentrum wieder einmal aussetzen lässt.*

Sie nickte.

Ein Schritt.

Keine Reißleine, kein Notfallschirm.

Er atmete tief ein und ließ die Luft entweichen, bevor er den Stift erneut ansetzte.

DU.

Du.

Einen winzigen Augenblick lang weigerte ihr Gehirn sich zu verstehen. Dann rastete die Wahrheit ein. Langsam hob sie den Blick. »Ich?«

Noch während er nickte, kam er näher und neigte den Kopf, bis sie seinen Atem auf der Haut spürte.

»Ich bringe dein Sprachzentrum aus dem Takt?«, flüsterte sie gegen seine Lippen und genoss, dass offensichtlich auch seine Atmung durcheinandergeriet.

»Hm.«

Noch ein winziges bisschen näherte sie sich, ihre Lippen lagen jetzt an seinem Mundwinkel. »Nur dein Sprachzentrum?«

Er stieß ein kleines Lachen aus, das ihr durch den ganzen Körper rieselte, legte beide Arme um ihre Taille und zog sie an sich. Im nächsten Augenblick hatte sie ihrerseits die Hand um seinen Hinterkopf gelegt und zerwühlte ihm das Haar, während sie ihn endlich küsste. Sie war ihm passiert. Sie konnten da weitermachen, wo sie gestern Abend aufgehört hatten, genau da. Und es gab nichts, was sie gerade dringender wollte.

Er zog sie enger an sich, bis sie das Gefühl hatte, gleich mit ihm zu verschmelzen. Keine Sekunde ließen ihre Lippen von seinen. Sie saugte an seiner Unterlippe, und er gab ein unterdrücktes Stöhnen von sich, das sie kichern ließ. Sie wollte es noch einmal hören, aber er übernahm jetzt die Führung und ließ die Zunge zwischen ihre Lippen gleiten.

Irgendwie schaffte er es, sie beide zum Sofa zu manövrieren, ohne dass sie sich voneinander lösen mussten. Er landete auf dem Rücken und zog sie mit sich, sodass sie auf ihm zu liegen kam. Gut. So konnte sie die Geschwindigkeit bestimmen – falls sie dazu noch in der Lage war. Ihn im Dunkeln am Fjord zu küssen, während Alva oder Espen jederzeit hätten auftauchen können, war das eine gewesen. Das auf seinem Sofa zu tun, wo es einzig ihrer beider Entscheidung war, wie weit sie gingen, war etwas anderes.

Sie stützte sich mit dem Ellbogen auf seiner Schulter ab und betrachtete ihn. Was war das in seinem Blick? Verwunderung? Mit dem Zeigefinger fuhr er erst ihre Augenbrauen entlang, dann auf dem Nasenrücken nach unten. Es kitzelte, als er federleicht am Rand ihrer Lippen entlangstrich.

»Du«, flüsterte er rau. »Du bist passiert.«

Langsam angehen lassen, klar. Warum konnte sie dann den Blick nicht von ihm lösen? Warum musste sie mit den Fingern durch seine Haare fahren und sich dann vorbeugen und sein Ohrläppchen küssen? Und dann seine kratzige Wange und seinen Jochbogen und sogar seine Nasenspitze? »Nein, du bist passiert. Und glaub mal, dass ich damit nicht gerechnet habe.«

Jetzt waren seine Hände in ihren Haaren, aber nicht hungrig, sondern immer noch beinahe andächtig.

Um ihn besser küssen zu können, verlagerte sie ihr Gewicht und rutschte ein Stück nach oben.

»Wir sollten es langsam angehen lassen.« Krister grinste sie unter halb geschlossenen Lidern an, dann hob er ganz leicht das Bein zwischen ihren. Mistkerl, der. Er gab den Unschuldigen, aber er wusste ganz genau, was er tat. O ja, ganz genau.

»Das sollten wir«, flüsterte sie. Sehr ... langsam. Er verstärkte den Druck seines Oberschenkels zwischen ihren Beinen, und es wurde schwierig, regelmäßig Luft zu holen.

»Ich kann dir leider nicht helfen.« Die Computerstimme kam von irgendwo unterhalb ihrer Hüfte.

Bevor sie noch verstanden hatte, was geschah, lachte Krister atemlos auf. »Ist auch nicht nötig, Siri.« Er versuchte, an das Telefon zu gelangen, das anscheinend in seiner Hosentasche steckte. Seine Finger tasteten zwischen ihrer beider Hüften herum, und zwar ziemlich ... gefährlich ... nah ... »Mist, w-wo ist das Ding?«

»Ich kann das für dich im Web nachsehen.«

Kichernd drückte Annik sich hoch und zog die Beine an, bis sie rittlings auf seinen Oberschenkeln saß.

Krister fand das Smartphone unter seinem Hintern.

»Was möchtest du wissen?«

Er schaltete es aus und reichte es Annik, die sich zur Seite beugte, um es auf den Tisch zu legen. In diesem Moment verkrampfte sich ihr Fuß und kippte damit eiskaltes Wasser auf die romantische Flamme, die zwischen Krister und ihr flackerte. »Argh.« Sie unterdrückte ein Stöhnen, das kein bisschen mit Erregung zu tun hatte, während sie das Bein streckte, um den Krampf zu lösen.

Sie zu küssen hatte ihn in Flammen gesetzt. Doch ihr den Fuß zu massieren, während sie lang ausgestreckt auf dem Sofa lag, war auf seltsame Weise noch intimer.

Zuerst hatte sie sich angestellt – »Ich bin den ganzen Tag barfuß mit diesen Füßen herumgelaufen!« –, aber jetzt hatte sie die Augen geschlossen und lächelte genüsslich vor sich hin. So blöd stellte er sich offensichtlich nicht an. Ab und zu gab sie entzückende kleine Laute von sich, die irgendwo zwischen Brummeln und Stöhnen lagen. Er arbeitete mit den Fingerknöcheln die Unterseite ihres Fußes durch. »Besser?«

»Ja«, seufzte sie, und er hielt die Hände ruhig. In gespieltem Erschrecken schlug sie die Augen auf. »Nein! Nein, natürlich nicht! Es tut immer noch furchtbar weh.«

»Tut es das?« Er konnte mit ihr sprechen! Er konnte tatsächlich und wirklich mit ihr sprechen!

»Ja!«

Außerdem konnte er seine Finger an der Innenseite ihres Unterschenkels nach oben gleiten lassen. Ganz langsam und leicht. Und sie mochte es.

»Krister?«

Am linken Knie hatte sie einen kleinen Leberfleck. Er fuhr mit der Mittelfingerspitze darum herum. »Ja?«

»Ich meinte das ernst. Glaube ich. Wir sollten es langsam angehen lassen.«

»Glaubst du.« Solange sie sich nicht sicher war, würde er es ihr verflucht schwer machen, denn sie hatte noch etwas anderes geschrieben, und sie war beileibe nicht die Einzige, die hier neugierig war, was noch alles zwischen ihnen geschah. Er nahm mit seinen Fingerspitzen die Wanderung wieder auf, innen an ihrem Knie entlang und über den Oberschenkelansatz. »Ist es so langsam genug?« Er hätte einen Eid darauf geschworen, dass ihre Haut unter seinen Fingern vor Erwartung vibrierte.

»Warte.«

Genau wie ihre Stimme nicht ganz fest war. Was ihn gleich noch sehr viel neugieriger machte, um es harmlos auszudrücken.

Ihre Hand legte sich auf seine, hielt ihn fest. »Nicht.«

»W---arum nicht?« Danke, Stimme. Vielen herzlichen Dank.

Ihr Daumen fuhr über die Adern auf der Rückseite seiner Hand. »Es ist nicht so, dass ich dich nicht will. Aber ... ich ... ich hab einfach Angst, es könnte noch zu früh sein, weißt du? Ich will das zwischen uns nicht kaputt machen.«

Sie war genauso erregt wie er. Sie wollte ihn genauso wie er sie.

Warum machte sie jetzt diesen Rückzug? Krister schloss einen Augenblick die Augen. Vielleicht brauchten sie einen anderen Ansatz. »Ist es in Ordnung, wenn ich mich zu dir lege?«

Sie nickte stumm. Er wünschte, er könnte die Bitte in ihren Augen deuten. Hieß das »Aber fass mich nicht an« oder genau das Gegenteil?

Das Sofa war breit genug, dass sie nebeneinanderliegen konnten, die Arme um den anderen gelegt. Seine Nasenspitze berührte ihre, und ihre Lippen waren so verführerisch nah an seinen. Er brauchte all seine Beherrschung, um die Hände nicht doch unter ihr Kleid zu schieben, sie nicht zu küssen, nicht einmal ihren Rücken zu streicheln. Es war lange her, dass er jemanden so sehr gewollt hatte.

»Erzähl mir, wovor du Angst hast.« Seine Stimme war rauer als sonst, er merkte es selbst.

»Ich …« Ihr Atem strich über seine Lippen. Nicht küssen, nur zuhören. »Ich …« Welche Last trug sie nur mit sich herum?

Vorsichtig, sehr vorsichtig ließ er die Hand jetzt doch unter ihr Kleid gleiten. Nicht dorthin, wohin es ihn meisten zog, sondern nur ihre Wirbelsäule entlang nach oben. Und als sie das erlaubte, legte er ebenso vorsichtig seine Lippen auf die ihren. »Wir haben Zeit«, flüsterte er zwischen zwei zarten Küssen und versuchte, das Pochen in seinem Unterleib zu ignorieren. »Wir haben Zeit.« Harte, heiße Zeit, die er nicht unendlich würde ausdehnen können.

Doch Annik war es, die das Tempo wieder beschleunigte, die ihm das T-Shirt abstreifte, die sich an ihn drückte und das durch das hochgerutschte Kleid nackte Bein über seinen Körper legte. Sie war es auch, die ihre Küsse wieder tiefer und intensiver werden ließ, die ihn auf den Rücken rollte und sich auf seine Hüfte schwang, die sich auf ihm bewegte, bis er sicher war, es nicht mehr aushalten zu können, ohne weiter zu gehen. Die Erregung baute sich immer weiter in ihm auf, staute sich, immer … weiter … Gott, die Jeans war nie so eng gewesen.

Er konnte nicht anders, als jetzt doch Anniks BH nach oben zu schieben und ihre Brüste zu liebkosen. Zarte, erwartungsvoll vibrierende Haut unter seinen auf einmal viel zu rauen Händen. Das unterdrückte Stöhnen, das sie von sich gab, trieb ihn weiter. Ihr Griff um seine Schultern wurde fester, und in ihren grauen Augen stürmte ein Ozean aus Emotionen, als sie ihn unter halb geschlossenen Lidern ansah. Und dann verzog sich ihr Gesicht in einem atemlosen, selbstvergessenen Auflachen.

Er hatte selten etwas so Schönes gesehen wie Anniks Miene in diesem Moment, in dem sie jede Kontrolle losließ und die Lust sie überrollte. Jeans hin oder her, er presste sich gegen sie. So kurz war er davor, so kurz ... Er schloss die Augen, konzentrierte sich ganz auf die erbarmungslose Hitze, die nach draußen drängen wollte.

Etwas tropfte auf seine Brust.

Noch etwas.

Er öffnete die Augen einen Spalt. Anniks Griff war weich geworden, ihr Gesicht entspannt. Und an ihren Wangen liefen lautlos Tränen hinab. Über ihre Wangen, über ihr Kinn, auf Kristers Brust. Eine kalte Dusche hätte nicht wirkungsvoller sein können.

Verflucht, was geschah hier?

»Hey«, brachte er hervor und zog sie hilflos an sich. »Hey.« Sie sank über ihm zusammen und barg das Gesicht in seiner Halsbeuge. Jetzt liefen ihre Tränen an seinem Hals hinunter und sammelten sich unter seinem Nacken. Was hatte er falsch gemacht? Hilflos streichelte er ihren Rücken.

»Es tut mir leid«, murmelte Annik. »Ich wollte nicht losheulen.«

Auch wenn sie es nicht sehen konnte, rang er sich ein Grinsen ab. »Ich hoffe, es ist nicht, weil das eben so furchtbar war.«

»Nein.« Zwischen ihre unterdrückten Schluchzer mischte sich ein kleines Lachen. »Das ganz bestimmt nicht.«

Weil Krister nicht wusste, was er sonst tun sollte, streichelte er weiter.

»Florian ist tot«, sagte sie plötzlich. »Theos Vater.«

Was der kalten Dusche einen Eimer mit Gletscherwasser hinterherschickte. Wollte er das wissen? *Ich hab einfach Angst, dass es noch zu früh ist,* hatte sie gesagt. In diesem Fall hätte er dann wohl schlicht das Pech, sich zur falschen Zeit in die falsche Frau verguckt zu haben.

»Es war ein Autounfall.«

Krister wünschte, sie würde nicht weitersprechen.

»Theo war mit im Auto, und seither …« Ihre Stimme versickerte.

»Seither spricht er nicht mehr.« Es war nur eine Vermutung, aber als er sie ausgesprochen hatte, wusste er, dass sie stimmte.

Annik sah auf. »Es tut mir leid. Ich wollte dir das eigentlich nicht sagen. Niemand hier sollte es wissen, damit wir endlich wieder ein normales Leben führen können, weißt du? Aber ich wollte dich auch nicht anlügen.« Sie drückte sich hoch. »Es tut mir wirklich, wirklich leid. Ich hab es vermasselt. Ich werde jetzt lieber nach Hause gehen.«

»Nein.« Endlich kam er wieder zu sich und griff nach ihrer Hand.

»Doch, wirklich, ich …« Inzwischen hatte sie sich aufgesetzt.

Vergeblich versuchte Krister, einen Überblick über sein inneres Chaos aus Gefühlen und Worten zu bekommen. Alva hatte recht gehabt. Er hatte sehr lange nicht wirklich gefühlt, nicht auf diese Weise. Und vielleicht sollte er besser ganz schnell wieder damit aufhören. So richtig begabt schien er jedenfalls nicht darin zu sein.

»Bitte, Krister, es ist besser, wenn ich gehe. Ich dachte, ich … Es war eben doch zu früh.«

Wenn Annik gehen wollte, würde er sie nicht halten. Er ließ sie los. Immerhin hatte er sich wieder so weit sortiert, dass er eine einzige Frage herausbrachte. »Wann war das?«

Annik hielt in der Bewegung inne, während er sich aufsetzte. »Vor vierzehn Monaten.«

Sie zählte also noch in Monaten – nicht gut. Er sollte einfach die Finger von der Sache lassen. Aber wie konnte er das, wenn sie die Eisschicht in seinem Inneren zum Schmelzen brachte? Wie konnte er es, wenn sie sich widerstandslos in seinen Arm ziehen ließ und sich an ihn schmiegte? »Es wird immer zu früh sein«, sagte er ruhig und ohne auch nur das winzigste bisschen zu stottern.

»Das kannst du nicht wissen.«

Wenn sie auch nur ahnte, wie viel er genau darüber sein halbes Leben lang nachgedacht hatte. Seiner eigenen Moral nach sollte er der Letzte sein, der mit Annik etwas anfing, nun, da er wusste, was sie zurückhielt. Aber er war nicht mehr siebzehn, und vielleicht wurde es Zeit, diesen Teil seines Lebens in Ordnung zu bringen. »Doch. Das kann ich. Auf eine Art«, er konzentrierte sich auf jedes Wort, »wird es immer zu früh sein. Weil ein Teil von dir immer ihm gehören wird. Und gleichzeitig wird es immer genau der richtige Zeitpunkt sein.«

»Ist das eine alte nordische Weisheit?«

»Nein, es ist eine Erkenntnis, für die ich beinahe mein halbes Leben gebraucht habe.«

»Wie meinst du das?«

Die Wut wollte wieder in ihm aufflackern, die Verzweiflung, die Verlassenheit von damals. Aber es war lange her, und es wäre nicht besonders schlau zuzulassen, dass ihn die Sache heute noch lähmte. »M---« Atmen. »Meine Mutter ist gestorben, als ich fünfzehn war.«

Jetzt hatte er ihre volle Aufmerksamkeit. »Ich weiß gerade ganz ehrlich nicht, was ich sagen soll.«

Er hob die Schultern und fühlte die Sicherheit seiner Eisdecke wieder an ihren Platz gleiten. »Nichts.«

»Warum ... ich meine, woran ist sie gestorben?«

»Huntington.«

Aber er sprach nicht schnell genug weiter, um das mitleidige Entsetzen wegzuwischen, das sich auf Anniks Gesicht ausbreitete. »Hast ... ich meine ...«

»Nein, ich hab es nicht«, sagte er, wobei ihm nicht entging, dass seine Stimme flach geworden war. »Aber für das, was ich sagen will, ist dieser Teil völlig egal. Es hätte ebenso gut Krebs sein können oder ein Autounfall.« Immerhin, er blieb nicht stecken. »Zwei Jahre später kam mein Vater mit seiner jetzigen Freundin zusammen. Ich habe ihn dafür gehasst. Ich habe sie gehasst. Ich war so wütend, weißt du? Und dann war da endlich jemand, dem ich die Schuld geben konnte. Ich habe meinem Vater Vorwürfe gemacht, er hätte Mama nie geliebt, wenn er so schnell nach ihrem Tod Ersatz fand. Ich schätze, es war nicht b-besonders einfach, in der Zeit mein Vater zu sein.«

»Aber dann *war* es für dich doch eindeutig zu früh.«

Krister schüttelte den Kopf. »Das ist das, was ich sage. Es wäre, egal wann, immer zu früh gewesen. Aber eben immer auch nicht. Denn meine Mutter war ja noch da. Sie lebte in uns weiter, in Alva, Espen und mir.«

Jetzt war es Annik, die ihm den Rücken streichelte.

»Irgendwann begriff ich, wie unfair es von mir war, meinem Vater sein Leben vorschreiben zu wollen. Er hat sie nicht weniger geliebt, nur weil er eine neue Freundin hatte. Und irgendwie ist meine Mutter sogar Teil von Marianas Leben – das ist die Freundin meines Vaters. Denn er wäre ja, ohne Mama geliebt zu haben, nicht der, der er heute ist. Und dann hätte er Mariana vielleicht nie kennengelernt.« Er überließ es Annik, die Parallele zu ihrem eigenen Leben zu ziehen.

»Ohne Flos Tod wäre ich nie nach Norwegen gekommen.«

»Und du hättest mich nie geküsst.«

»Theo würde sprechen wie ein normales Kind.«

»Und«, jetzt nicht wieder stecken bleiben, »angenommen, wir hätten uns irgendwie zufällig doch getroffen, hättest du mich vielleicht für den größten Loser unter der Sonne gehalten, weil ich es nicht kann.«

»Hätte ich nicht.«

»Hättest du wohl.« Er grinste und beugte sich vor, um ihr einen kleinen freundlichen Kuss auf die Nase zu geben. Leider verlor er das Gleichgewicht, der Kuss landete irgendwo an ihrer Schulter und sein Kopf in ihrem Schoß.

»Hätte ich nicht, Blödmann.« Es wackelte, als sie versuchte, ihre Beine unter ihm zu entfalten. »Danke. Du hast mir eine Menge zu denken gegeben.«

»Ist nur fair.«

»Ich werd jetzt wirklich gehen. Tut mir leid, dass der Abend ein bisschen anders gelaufen ist als gedacht.«

Er konnte sich ein Grinsen nicht verkneifen. »Für dich war er doch recht gut.«

»Ich revanchiere mich beizeiten.« Der Kuss, den sie ihm auf die Wange drückte, war beinahe so zufällig wie der allererste an jenem betrunkenen Abend. Als hätten sie nicht inzwischen eine andere Stufe erreicht. »Sehen wir uns morgen?«

Krister schüttelte den Kopf. »Ich bin diese Woche nicht da. Notarztdienst bei der Bergwacht.«

»Gar nicht da?«

»Höre ich Enttäuschung? Du wolltest doch Zeit.«

―――

Krister wusste jetzt also Bescheid, und es kam ihr erstaunlich richtig vor. Wie konnte dieser Mann, von dem sie noch vor zwei Wochen gedacht hatte, er würde sie bei nächster Gelegenheit feuern, sich als derart verständnisvoll erweisen? Er wusste nicht nur Bescheid, er hatte auch genau die richtigen Worte gefunden, um ihr die Angst zu nehmen. Ja, es war zu früh. Und ja, es war ganz genau rechtzeitig.

Wie mochte es für ihn gewesen sein, so früh seine Mutter zu verlieren? Und Alva und Espen waren noch drei Jahre jünger gewesen.

Erst im Bett fiel ihr ein, dass sie Krister nicht nach Theo gefragt hatte, wieder einmal.

> WAS hast du denn nun mit Theo ausgehandelt?

Sie bekam keine Antwort.

Erst am nächsten Morgen, als sie die Banane für den Morgenshake in den Mixer tat, piepte ihr Telefon.

> Ich könnte das im Web für dich nachsehen.

>> Blödmann! Hätte ich Kaffee im Mund gehabt, wäre die Küche jetzt vollgespritzt. Sag schon!

> Bloß, dass ich wegen der Klippe mit dir rede, wenn er mit dem Auto mitfährt. Nichts Aufregendes.

Sie schickte ihm ein Thumbs-up. Allein das, was am Vorabend passiert war, fand sie aufregend genug.

»War's schön gestern?«

Annik zuckte zusammen. Sie hatte Mara nicht bemerkt.

»Du hattest Herzchen in den Augen, als du eben deine Nachrichten gelesen hast.«

»Trugschluss. Meine Lieblingsschwester hat soeben den Raum betreten. Natürlich habe ich da Herzchen in den Augen.«

Mara lachte. »Hattet ihr Sex?«

»Sind wir hier im Kindergarten? Wir haben … geredet.«

»Aha.«

Statt einer Antwort schaltete Annik den Mixer ein.

»Kann er gut küssen?«, rief Mara über den Lärm hinweg.

»Ich sag doch, wir haben geredet. Er weiß jetzt Bescheid über Flo.« Sie füllte den Shake in drei Gläser und stellte zwei davon auf den Tisch, bevor sie sich mit dem dritten Glas in der Hand an die Anrichte lehnte.

»Und?«

»Mal sehen.« Sie musste erst selbst klarkommen, bevor sie Mara von dem Gespräch mit Krister erzählen konnte. »Wie war es eigentlich in Stavanger?«

»*Ich* habe geküsst«, sagte Mara versonnen. »Sehr viel geküsst. Und ich glaube, ich werde es wieder tun.«

»Bist du verliebt?«

»Vielleicht.« Mara setzte sich. Sie hatte immer noch diesen entrückten Blick. Herzchen in den Augen. Sah Annik genauso aus? »Doch, ja. Ich glaube, ich bin verliebt.« Der Shake hinterließ eine feine helle Spur auf ihren Lippen, die sie genüsslich ableckte. »Ole nimmt mich mit nach Hause.«

»Ole, ja?«

»Genau.«

»Die große Liebe scheint dieser Dennis dann wirklich nicht gewesen zu sein.« Irgendwie hatte sie das Gefühl, ihre Schwester vor deren eigener Überschwänglichkeit zu bewahren. »Bist du dir sicher, dass du …« Sie unterbrach sich selbst. Sie war nicht Maras Mutter, und wenn der neue Schwarm ein Dreiwochenflirt war, der Mara in dieser Zeit glücklich machte, war nichts daran auszusetzen. »Lerne ich ihn kennen?«

»Vielleicht«, sagte Mara wieder. »Wenn du zugibst, dass du mit dem Sahneschnittchen was hast.«

Annik seufzte. Um ihre Schwester nicht ansehen zu müssen, spülte sie ihr Glas mit kaltem Wasser aus und stellte es in die Spülmaschine. Sie bedauerte, die Haare zum Zopf gebunden zu haben, sodass sie ihr Gesicht nicht verdeckten. »Gestern Abend, das war schön. Sehr schön.«

»Also habt ihr geküsst?«

»Ja.«

»Und?«

Zwischen Anniks Beinen meldete sich die Erinnerung. »Und es war ziemlich heiß.«

»Siehst du, das wollte ich hören.« Mara grinste. »Wo ist also das Problem?«

»Das Problem ist«, tastete Annik sich vor, »dass ich Angst habe, mich ernsthaft in Krister zu verlieben.«

»Zu spät, schätze ich.«

»Was?«

»Ich sag doch, Herzchen in den Augen. Du bist längst verliebt. Nur musst du es vor dir selbst endlich zugeben.«

»Ich kenne den gerade mal drei Wochen. Und mindestens eine davon hat er sich benommen wie ein Idiot. Außerdem ist Flo erst ein Jahr tot, und –«

»Und du redest Unsinn«, unterbrach Mara liebevoll.

»Ich rede keinen Unsinn, nur weil ich mich nicht Hals über Kopf wie ein verknallter Teenie in eine Affäre mit meinem Boss stürzen will.« *Klar steckst du auch nicht schon längst drin*, verhöhnte ihre innere Stimme sie. Trotzdem fuhr sie unbeirrt fort: »Was ist, wenn das schiefgeht? Dann sitzt im Zweifelsfall nicht er ohne Job da, sondern ich. Mit Theo in einem fremden Land.«

Mara dachte nach. »Ganz ehrlich, traust du Krister das zu? Dass er dich rauswirft, weil es zwischen euch nicht hinhaut?«

»Das weiß ich eben nicht. Weil ich ihn nicht gut genug kenne. Dem Krister, den ich am Anfang getroffen habe, traue ich das durchaus zu.« Dem der letzten Tage allerdings nicht …

»Und wenn du seine Schwester nach ihrer Meinung fragst?«

»Sie war es, die mir die Regel erklärt hat. Keine persönlichen Beziehungen in der Praxis.«

Vierzehn

Der Gedanke, Alva um Rat zu fragen, ließ Annik dennoch nicht los. Aber irgendwie ergab es sich nicht. Nicht am Montag, nicht am Dienstagvormittag. Immer war sie entweder nicht mit Alva allein, oder eine von ihnen beiden hatte es eilig, zum nächsten Termin zu kommen. Sie begegneten sich lediglich auf dem Flur, auf dem Weg von einem Sprechzimmer ins andere. Die Woche war das, was Espen im Vorbeilaufen »crazy week« genannt hatte. Krister war nicht da, Svea krank, und zusätzlich hatten sie die Vertretung für die Praxis im Nachbarort übernommen. Die einzige Erleichterung war das Wissen darum, dass der Freitag ein Feiertag und damit frei war.

Als Annik am Donnerstag klar wurde, wie viele Stunden sie in der Praxis verbracht und wie wenig sie Theo gesehen hatte, bekam sie Angst. Zufällig war Espen derjenige, mit dem sie an der Rezeption zusammentraf. Sie war auf dem Weg, ihre – hoffentlich – letzte Patientenakte für den Tag zu holen, und Espen rannte sie, sichtlich in Eile, beinahe über den Haufen. »Sorry, Annik. Alles okay?«

Sie rieb sich den Arm, gegen den er gestoßen war. »Ja.«

»Soll ich pusten?« Sein herausforderndes Grinsen reichte von einem Ohr zu anderen. Es war faszinierend, wie ähnlich er Krister sah – und wie anders er tickte.

»Lass mal, passt schon.«

»Brauchst du ein Pflaster?«

Sie musste lachen. »Einen Gips.«

»Tut mir echt leid. Diese Woche war gruselig, ich schätze, ich war unkonzentriert.«

»Kommt so etwas wie diese Woche öfter vor?«

Er schüttelte den Kopf. »Normalerweise planen wir besser, es ist einfach dieses Mal blöd gelaufen.«

Das war zu hoffen, anderenfalls hätte sie ein ernst zu nehmendes Problem. Maras letztes Wochenende näherte sich rasant, demnächst musste sie sich darauf verlassen, pünktlich zum Kindergarten zu kommen.

Sie hörte Kinderlachen aus dem Garten, noch bevor sie ihr Fahrrad in den Schuppen gebracht hatte. Doch das war nicht Theos Stimme. Theo lachte nicht so laut.

Neugierig schloss sie die Haustür auf. »Hallo? Ich bin zu Hause!«
Niemand antwortete, keine Füße trappelten ihr entgegen.
»Theo? Mara?«

Die Terrassentür stand offen, Mara kam die Holzstufen vom Garten hochgestiegen, als Annik hinaustrat. »Schön, dass du zu Hause bist. Wir haben Besuch.«

»Ich –« ... sehe das schon. Ihr Herz machte einen Satz.

Das Lachen stammte von dem etwa fünfjährigen, dunkelhäutigen Jungen, der hinter Ella herjagte. Was tat Ella hier? Auf einer Decke im Schatten der Birke saßen eine ebenfalls dunkelhäutige Frau mit einem Baby auf dem Schoß – und Krister. Theo schien mächtig Spaß an dem Versuch zu finden, Krister umzuwerfen, doch der fing ihn locker mit einem Arm ein und warf ihn sich über die Schulter, bevor er sich geschmeidig erhob. Krister. In ihrem Garten. Mit ihrem Sohn. Und es war erschreckend wenig seltsam, sie beiden herumkabbeln zu sehen. Selbst jetzt noch nicht, da Krister ihr entgegenkam, wobei er Theo an den Beinen über seinen Rücken gehängt hatte. »Hi«, brachte sie nur hervor, bevor sie sich damit rettete, um ihn herumzuschielen und Theo zu begrüßen, der kichernd hinter ihm herumzappelte. »Geht es dir gut, so über Kopf?«

Mit breitem Lächeln reckte Theo den Daumen, bevor er wieder anfing, sich in Kristers Griff zu winden.

Krister ging ein wenig ihn die Knie und ließ ihn abrollen. »Ich hab dich vermisst«, sagte er leise.

Hatte sie wirklich gezweifelt? Ohne all die Menschen in ihrem Garten hätte sie sich auf der Stelle in seinen Arm geworfen und ihn besinnungslos geküsst.

So stand sie nur mit hängenden Armen vor ihm. »Ich dich auch.«

»Annie?« Mara erinnerte sie an ihre guten Manieren, bevor sie in Kristers Augen versinken konnte. Sie hatte die anderen Gäste noch nicht begrüßt.

Theo warf sich schon wieder auf Krister, und Annik eilte zu der Frau mit dem Baby hinüber.

»Annie, das ist Rose, von der ich dir erzählt habe. Rose, das ist meine Schwester Annik.«

»Ich würde dir die Hand geben, wenn ich könnte, aber Amy ist gerade eingeschlafen, und wenn ich mich jetzt bewege ...« Rose lächelte entschuldigend.

Annik kniete sich zu ihr und betrachtete das schlafende Baby. »Kein Problem. Ich freue mich, dich endlich kennenzulernen. Und es tut mir leid, dass ich eine so schäbige Nachbarin bin.«

»Ach was.« Rose winkte, wenn auch nicht mit den Händen, so doch mit ihrem Tonfall ab. »Mara hat mir erzählt, dass du mit Theo ganz allein hierhergezogen bist. Und ich überlege, mir ein Standbein als Tagesmutter aufzubauen. Rein freundschaftlich ist dieser Besuch also nicht.« Sie lachte ein freundliches, offenes Lachen. »Ella war allerdings nur zufällig bei uns, als Luis auf die Idee kam, Theo zu besuchen. Hey, Luis, komm mal her, ›Guten Tag‹ sagen.«

»Das war auf jeden Fall eine gute Idee.« Annik reichte dem kleinen Jungen die Hand, und er lächelte sie an, wobei mehrere Zahnlücken sichtbar wurden. »Danke für diese Idee, Luis. Ich bin Annik, Theos Mama.«

»Okay.« Damit war er wieder unterwegs.

Krister setzte Theo ab, hockte sich zu ihm und sprach leise auf ihn ein.

Theo schüttelte den Kopf.

Wieder sagte Krister etwas.

In einer gelungenen Imitation eines genervten Erwachsenen verzog Theo das Gesicht.

»Überleg es dir«, hörte Annik Krister sagen, bevor Theo davonlief, um sich Ella und Luis anzuschließen. Sie hätte eine Menge gegeben, um zu wissen, worum es eben gegangen war. Ohnehin wurde es Zeit, dass Krister ihr mitteilte, welche Deals er noch mit ihrem Sohn abzuschließen gedachte.

Mara brachte einen frischen Krug mit Saftschorle und setzte sich zu ihnen. Der einzige Platz, der jetzt noch annähernd Raum für einen Erwachsenen bot, war das bisschen Decke neben Annik. Kristers süffisantes Grinsen ließ darauf schließen, dass ihm dieser Umstand durchaus nicht missfiel. In einer fließenden Bewegung ließ er sich neben ihr nieder – gerade so, dass sich ihre Beine nicht berührten. Dennoch war Annik sich sicher, das Flirren der Luft zwischen ihnen müsse sichtbar sein. Sie hatte sich mit einer Hand abgestützt, und Kristers kleiner Finger umhakte kurz den ihren. Wäre es nur um Mara gegangen, hätte sie Krister jetzt umgeworfen und sich auf ihn gestürzt, richtiger Zeitpunkt hin oder her. Selbst Roses Anwesenheit hätte sie nicht unbedingt davon abgehalten. Aber sie würde Theo nicht verwirren. Theo durfte erst dann etwas von Krister und ihr mitbekommen, wenn sie über die Praxisregel gesprochen hatten und Annik Zeit gehabt hatte, sich an die Sache zu gewöhnen – wenn sie sich sicher war. Falls sie es je sein würde. Vielleicht würde ein Teil von ihr ein Leben lang befürchten, jemand, der ihr nahestand, würde ihr unerwartet wegsterben.

Während die Kinder spielten, redeten sie über die Unterschiede zwischen dem Leben in Hamburg und in Lillehamn, über die Seehunde im Fjord und Alvas Job in der Seehundstation.

Als sei das sein Signal, erhob sich Krister. »Ich muss los. B---ringst du mich zur Tür?« Sein kleiner Finger an der Außenkante ihrer Hand ließ ihren ganzen Körper kribbeln.

Vergiss den richtigen Zeitpunkt. Ihr Körper interessierte sich kein bisschen für ihre Bedenken.

Sobald sie im Haus waren, außer Sicht, verschränkte Krister die Finger mit ihren und zog sie daran zu sich, während sie den anderen Arm um seinen Hals schlang. Ihre Nasenspitzen berührten sich, aber der Kuss, den sie erwartet und ersehnt hatte, kam nicht, obwohl die gut getarnte Unregelmäßigkeit in Kristers Atem ihr verriet, dass ihm die Beherrschung ebenso schwerfiel wie ihr.

»Langsam angehen«, flüsterte er rau.

»Ja.« Und wie soll das bitte schön funktionieren? Und wo war überhaupt die ganze Luft hin, die hier eben noch gewesen war?

»D--- das g---eht so nicht.«

»Ich weiß«, flüsterte sie und hatte das Gefühl, ihm eine Erklärung zu schulden. »Ich brauche nur wirklich noch Zeit, und wir müssen über so vieles reden. Ich will nicht, dass Theo etwas mitbekommt, solange ich nicht weiß, ob …«

»Ob es n-nicht zu f-früh ist.« Er schloss die Augen, und sein Gesicht wurde einen Moment vollkommen unbeweglich. Dann schlug er sie wieder auf und lächelte. »Morgen werde ich Alvas Robben angucken gehen. Kommt ihr mit? Als Freunde?«

Der emotionale Freiflug mit Annik, in den er sich durch dieses eine Wort gestürzt hatte, war um einiges unheimlicher, als tatsächlich zu fliegen. Umso entschiedener stapfte Krister an diesem Morgen aufwärts, vorbei an ein paar frühen Touristen. Den stufigen Pfad in die erste Senke nahm er mit geübten Sprüngen, und die grobe, steinerne Treppe auf der gegenüberliegenden Seite stieg er so schnell hoch wie selten zuvor. Auf dem zweiten Gipfel war sein Shirt zum Auswringen nass, und er bekam kaum noch Luft. Leider sirrten in seinem dämlichen Hirn immer noch die Zweifel. Wie sehr musste er denn noch rennen, um sie zum Schweigen zu bringen? Rational erkannte er, wie unsinnig sie waren. Rational verstand er Anniks Lage, oder er versuchte es wenigstens. Das änderte allerdings nichts daran, dass ihr Zögern mit einer glühenden Nadel genau in seine ewige Wunde gestochen hatte und ein blöder, zweifelnder Teil seiner selbst ihm jetzt wieder weiszumachen versuchte, dass es an ihm lag. Wäre er ein bisschen witziger, ein bisschen mehr wie Espen, sähe er ein bisschen besser aus und würde, vor allem, nicht stottern, müsste sie nicht überlegen.

Große Güte, Solberg, du hast echt einen Knall.

Es war nicht so, dass er das nicht erkannte. Nur hinderte das Wissen die Wunde nicht am Bluten.

Er sprang von einem Felsbrocken auf den nächsten, so schnell es gerade noch möglich war. Wie lange kannte er Annik jetzt? Drei Wochen? Was erwartete er denn bitte schön?

Der Atem brannte in seiner Lunge, die Beine fingen an, weich zu werden. Er trieb sich weiter. Wenn er die Geschwindigkeit beibehielt, würde das sein persönlicher Rekord für den Kjeragaufstieg werden.

Irgendwie musste er ihr erklären, dass er es ernst meinte, dass es nicht zu früh war, wenn sie es beide wollten. Das Grübeln über Annik führte dazu, dass er keine Zeit für seine übliche Anti-Panik-Meditation hatte. Erstaunlicherweise überkam ihn auf den letzten paar Hundert Metern über die Hochebene dennoch dieselbe eisige Ruhe wie sonst. Vielleicht war sein Kopf darauf inzwischen einfach konditioniert.

Das Wetter war gut, alle Exits nutzbar. Er wählte einen der einfacheren, er musste heute keinen Rekord aufstellen, er brauchte lediglich genug Adrenalin im System, um den Nachmittag über zu funktionieren.

Ruhig zog er sich an, schloss die Reißverschlüsse, straffte die Gurte und überprüfte den Sitz des Schirms, während Morten vor ihm einem Neuling die letzten Anweisungen gab. Krister hatte ihn bisher nur einmal kurz im Clubhaus gesehen, aber er machte seine Sache nicht schlecht. Musste früh angefangen haben, wenn er in dem Alter schon die Lizenz hatte, um hier zu springen.

»Bereit?«, fragte Morten.

Der Junge nickte, rannte und sprang.

Morten ließ sich nach ihm in die Tiefe fallen.

Showtime.

Krister trat an die Kante, und sein Herz jagte Blut und Botenstoffe durch seine Adern, um dem bevorstehenden Tod zu begegnen. Jedes einzelne Mal. Jede Zelle schrie in Todesangst. Als das Atmen schwer wurde, lächelte Krister. Nicht dieses Mal, Tod, mein Freund. Nicht dieses Mal.

Er kippte nach vorn und flog.

Ohne Tom war sein Fliegen leiser geworden. Kein wildes Schreien mehr, kein Johlen und Jubeln. Nur noch dieser absolute Fokus, die Schärfung jedes seiner Sinne, die Gewissheit, jetzt, in diesem Augenblick, so lebendig zu sein, wie es nur irgend möglich war.

Die Sekunden streckten sich, wurden zu seligen Ewigkeiten, in denen nichts zählte als eine kleine Bewegung der Schultern, ein Anspannen der Arme, eine Neigung des Kopfs.

Das hier war Freiheit.

Krister schoss an der Felswand entlang, zog eine Kurve und öffnete den Fallschirm. Er schwebte ein Stück und segelte nach einer weiteren Drehung beinahe gemächlich auf die blau markierte Landezone zu, die Morten soeben verlassen hatte.

Präzisionsarbeit. Er setzte in der Mitte auf, genau in der Mitte, und er brauchte kaum auszulaufen.

»Hey, du kannst ja treffen.« Morten reckte den Daumen. Ganz klar bezog er sich auf Kristers missglückte Landung letzte Woche.

Doch das spielte keine Rolle. Krister zog die Schutzbrille vom Kopf. Er war sicher, dass sein Grinsen bis etwa auf die andere Fjordseite reichte.

Als er kurz darauf mit Sander am Bootsanleger stand, nickte der ihm anerkennend zu. »Ich mag deinen neuen Stil. Hat was sehr Souveränes.«

»Danke.«

»Hast du dir mal überlegt, ob du nicht Ausbilder werden willst? Ich bräuchte noch jemanden.«

Ausbilder? Das würde bedeuten, mehr Zeit hier zu verbringen, aber weniger eigene Flugzeit zu haben. Die Leute mit dem Terrain vertraut zu machen. Dafür zu sorgen, dass niemand beim Springen zu Schaden kam, einige Exits waren schon sehr speziell. Vermutlich wäre es etwas, das er gut könnte. In der Regel konnte er mittlerweile ja auch mit fremden Leuten sprechen, solange er sich kompetent fühlte – und nirgendwo außer im OP war er kompetenter als hier. Aber Unterrichten würde auch bedeuten, nach der Arbeit für Theoriestunden ins Clubhaus zu hetzen, Touris zu chauffieren – und kaum mehr Zeit zu haben für etwas anderes. Kaum Zeit für Annik. »Ich denke drüber nach.«

»Und ich bräuchte in nächster Zeit ein paarmal jemanden, der Sonnenaufgangssprünge vom Preikestolen begleitet. Morten würde das Boot fahren.«

Morgens war Annik ohnehin mit Theo beschäftigt. Und Sonnenaufgang bedeutete, er würde beinahe rechtzeitig in der Praxis sein können. »Schick mir einen Terminplan.«

⁌⋯⋯⋡

»Oh, das Was-zieh-ich-nur-an-wenn-ich-mich-mit-dem-Sahneschnittchen-treffe-Problem wieder?«

»Eher das Welche-Kleidung-passt-für-dieses-Wetter-Problem.«

»Klar.« Mara stolzierte wie auf dem Catwalk durch das Schlafzimmer und präsentierte mit einem lockeren Hüftschwung ihre enge, helle Jeans und das locker sitzende, meerblaue Top. »Guck mal eben. Meinst du, das hier passt, so vom Wetter her, wenn ich nachher mit Ole nach Stavanger fahre?«

»Ich denke schon. Das Wetter wird zu schätzen wissen, wie gut deine goldene Sommerhaut durch das Blau zur Geltung kommt.«

Mara warf die Haare zurück. »Ich hoffe, das Wetter weiß auch zu schätzen, wie lasziv dieses Oberteil ab und zu von der Schulter rutscht.«

»Du bist unglaublich.«

»Und du bist feige. Nimm nicht dieses schlabberige T-Shirt! Willst du das Sahneschnittchen vergraulen, oder was?«

»Es ist mein Lieblings-T-Shirt. Außerdem steht mir die Farbe.«

»Was ist mit dem blauen da unten?«

»Nein.« Das Wort schoss heraus, bevor Annik auch nur darüber nachdenken konnte. Sie hatte das Shirt ebenfalls gemocht, irgendwann, in einem anderen Leben. Aber sie würde es nie wieder anziehen, nachdem sie es nach dem Anruf nassgeheult hatte. So viel Schrecken, Schmerz und Verzweiflung hingen in diesem Oberteil. Warum konnte sie es dann nicht einfach weggeben?

Am Ende entschied sie sich wieder für das enge weiße Top und eine Jeans, gänzlich unvorbelastete Kleidungsstücke. Es war kein Staatsempfang. Es war genau genommen nicht einmal wirklich ein Date. Es war bloß ein Ausflug zu den Robben, den sie Theo schon vor einer Weile versprochen hatte. Und zufällig war Krister dabei. Als *Freund*. Also kein Grund zur Aufregung.

Aber wenn kein Grund zur Aufregung bestand, warum hatte sie dann dieses enge Gefühl im Hals, als sie später vor der Robbenstation ihre Fahrräder abschloss?

Mit einem Schwung nahm sie ihre Tasche aus dem Fahrradkorb. Eindeutig zu schwungvoll für die Plastikwasserflasche, die darin gewesen war. Sie klatschte auf den Boden, sprang hoch und rollte auf die kleine Zufahrtsstraße, direkt vor einen schwarzen Tesla.

Annik schnitt eine entschuldigende Grimasse in Richtung der Frontscheibe, in der sich der wolkenlose Himmel spiegelte.

Dann fuhr das Auto vorbei, und die Flasche fand mit einem Plopp ihr Ende unter seinem Unterboden.

Mist, verflixter. Theo und sie sollten dringend aufhören, Gegenstände auf Straßen rollen zu lassen. Und wo blieb Krister?

Theo kletterte auf dem schulterhohen Felsen neben dem Haus herum, und Annik musste sich zwingen, ihn zu lassen. Es war nicht gefährlich, was er da tat. Sie dachte daran, wie Krister auf Selerøy gefragt hatte, warum Theo nicht noch einmal ins Wasser springen dürfe. Und die Wahrheit war schlicht: weil sie Angst um Theo hatte. Aber realistisch gesehen konnte sie ihn nicht vor allen Gefahren dieser Welt schützen. Sie wusste das. Trotzdem entschlüpfte ihr ein »Pass auf!«, als er nun mit einem Satz im Gras landete. Das »Tu dir nicht weh« unterdrückte sie gerade noch rechtzeitig, da es ihm ganz offensichtlich gut ging und er nun freudig auf jemanden hinter ihr zulief.

Krister.

Kurze Jeans, blütenweißes Langarmshirt, weiße Sneakers. Wunderbar. Sie waren im Partnerlook.

Krister streckte die Hand zur Seite aus, und Theo klatschte ihn ab, bevor er vollkommen selbstverständlich neben Krister herspazierte. Ganz eindeutig hatte er vor, ihren Boss, ihren Flirt … ihren *Freund* … als männlichen Erwachsenen in seinem Leben zu adoptieren. War das gut oder schlecht? Und was passierte mit dieser aufkeimenden Freundschaft, falls das mit Krister und ihr vollends in die Grütze ging? Sie hätte nicht zustimmen sollen, diesen Ausflug mit Krister zusammen zu unternehmen. Es war besser, wenn Theo und er sich nicht zu nahekamen, bis sie eindeutig geklärt hatten, was jetzt zwischen ihnen war oder nicht.

In der Hoffnung, dass man ihr ihre Unsicherheit nicht anmerkte, schlenderte Annik den beiden entgegen, die Hände in den Hosentaschen. »Hi.«

Krister war frisch geduscht und rasiert. Was sie rein freundschaftlich bemerkte, natürlich. Dafür geriet ihre Begrüßungsumarmung reichlich eckig. Warum musste dieser Mann ein so angenehmes Aftershave benutzen und selbst so unglaublich verführerisch nach Wind und Meer und Sonnenschein riechen?

»Ja, also. Ähm. Wollen wir gleich reingehen?« Sie sah sich nach Theo um und schämte sich ein bisschen, weil sie so offensichtlich jedem möglichen Gespräch auswich. Das Kind, das vor ihr zum Eingang hüpfte, war schließlich kaum zu übersehen. Trotzdem musste sie unbedingt noch ein »Theo? Kommst du?« hinterherschicken.

Okay. Gut. Sie war nervös.

Keine Chance, das vor sich selbst zu leugnen. Hoffentlich fiel es Krister wenigstens nicht zu sehr auf.

»Zwei Erwachsene, ein Kind?«

»Ein Erwachsener, ein Kind«, sagte Annik blitzschnell und deutete auf Theo. »Wir beide.«

»Entschuldigung, das war ein Missverständnis. Ich dachte, Sie gehörten zusammen.«

»Kein Problem.« Annik fummelte ihre Bankkarte aus dem Portemonnaie und hielt sie über das Lesegerät. »Alva wollte uns eigentlich hier treffen. Aber wir sind ja ein bisschen zu spät gekommen, also konnte sie vielleicht nicht warten.«

Theo flitzte bereits in Richtung des Unterwassergangs davon.

Krister bezahlte ebenfalls, unterbrach dabei aber ihren Wortschwall nicht, sondern nickte der jungen Frau an der Kasse nur zu.

»Schließlich ist sie ja zum Arbeiten hier. Wollen wir einfach auch schon mal zu Loki und Smule –« Eine leichte Berührung seiner Hand an ihrem Unterarm genügte, um ihr eine wohlige Gänsehaut zu verschaffen. »Rede ich wieder zu viel?« Und warum konnte sie eigentlich nicht lachen wie ein normaler Mensch, sondern kiekste dabei wie ein liebeskrankes Seepferchen?

Krister hatte die Hand von ihrem Arm genommen. Sein Adamsapfel bewegte sich, dann huschte ein Grinsen über sein Gesicht, gefolgt von einem knappen Nicken.

»Ich fürchte, ich bin ein bisschen aufgeregt.« Sie sprach leider auch piepsig wie ein liebeskrankes Seepferdchen.

»W---arum?«

»Wie, warum?«

Krister sah sie jetzt vollkommen ernst an, und erst, als es um seine Mundwinkel verräterisch zuckte, begriff Annik, dass er einen Witz gemacht hatte. »Du ... du ... Mistkerl! Du genießt meine Unsicherheit!«

Er nickte mit dem herzzerreißend schönsten schiefen Lächeln, das sie sich vorstellen konnte. Und er sagte keinen Ton. Weil er – es fiel ihr tatsächlich erst in diesem Moment auf – weil er ebenfalls aufgeregt war.

Die Erkenntnis machte ihre Schritte so leicht, dass sie glaubte, gleich abzuheben. »Ich deine auch, übrigens.« Sie tänzelte vor ihm her in das blaue Halbdunkel des Gangs, in dem Theo verschwunden war. Bevor sie um die Ecke bog, gönnte sie sich noch einen kleinen Hüftschwung.

Es war deutlich zu hören, wie Krister hinter ihr in sich hineinlachte.

Theo hatte die Hände an das Glas des großen Sichtfensters gepresst. Sie blieb hinter ihm stehen und sah sich nach Alva um. Auch wenn sie es vor Theo nicht zugegeben hätte, fand sie es eher minder aufregend, den Robben minutenlang dabei zuzusehen, wie sie ihre Kreise zogen.

Etwas streifte ihren Handrücken; Krister hockte sich neben Theo. »Hey. Darf ich mit dir zusammen gucken?« Er stockte kein einziges Mal.

Theo nickte, ohne den Blick von dem türkisfarbenen Wasser zu lassen.

Eine Robbe flitzte mit dem Bauch nach oben vorbei.

»Das war Loki, oder?«, fragte Krister.

Theo schüttelte den Kopf.

»Wie kannst du die auseinanderhalten?«

Theo sah ihn mit seinem Das-ist-keine-ernsthafte-Frage-oder?-Blick an.

»Ich weiß es wirklich nicht«, beharrte Krister. Falls er sich nur mit Theo beschäftigte, um sich bei ihr einzuschmeicheln, tat er das jedenfalls sehr überzeugend. »Ist es die Fellzeichnung, oder woran erkennst du, wer das ist?«

Theo nickte, und neben Annik sagte eine Stimme: »Woran erkennst du es denn bei Menschen?« Unbemerkt war Alva näher getreten.

Krister drehte sich um und grinste zu ihr hoch. »An den giftgrünen Hexenaugen.«

Theo gluckste.

»Charmant wie immer, großer Bruder. Hi, Annik.«

»Hi.« Annik begrüßte Alva mit einer Umarmung, und Krister wandte sich wieder Theo zu.

»Weißt du, warum die immer mit dem Bauch nach oben schwimmen?«

Theo schüttelte den Kopf.

»Wenn sie im Meer schwimmen, können sie auf diese Weise besser sehen, ob unter ihnen etwas Leckeres zu fressen ist. Fische verstecken sich gern in Pflanzen, und die wachsen am Meeresboden.«

»Krister, der kleine Biologe. Wer hätte das gedacht.« Alva feixte. »Solltest du dich tatsächlich für Robben interessieren?«

»Nein, das habe ich mir vorhin angelesen, um Eindruck zu schinden.« Krister richtete sich auf. Annik war sich trotz des Dämmerlichts ziemlich sicher, an den Rändern seiner Ohren einen rötlichen Schimmer zu erkennen. »Außerdem merke ich mir auch Dinge, die mich nicht ...« Sein Blick fiel auf Theo. »Wenn du wüsstest, wofür ich mich alles interessiere.«

»Ich habe eine ungefähre Ahnung.«

Und Annik hatte eine ungefähre Ahnung, dass ihre Ohren jetzt ebenfalls glühten.

»Jedenfalls ist es eine angenehme Überraschung, euch hier so in trauter ... na ja, euch zu sehen.«

Annik durchforstete ihr Hirn nach einer souveränen Reaktion und fand keine.

Krister, der Kluge, vermied eine Antwort von vornherein, indem er sich wieder neben Theo hockte. »Okay, zeig es mir noch mal. Der da ist jetzt aber Loki.«

Kopfschütteln von Theo.

Alva klopfte Krister auf die Schulter. »Das ist Tora.«

»Siehst du, ich interessiere mich.«

Das Witzige war: Er sagte die Wahrheit, da war sich Annik sicher. Er interessierte sich tatsächlich. Nicht unbedingt für die Robben, aber Krister interessierte sich für Theo. Und zwar nicht nur, weil er sich dadurch Vorteile bei ihr versprach, sondern einfach, weil ... warum? Weil er etwas von sich selbst in Theo erkannte? Einen kleinen Jungen, der nicht sprechen konnte?

»Die anderen Robben hängen jetzt eher auf der anderen Seite des Beckens herum«, erklärte Alva. »Sie wissen, dass es gleich etwas zu fressen gibt. Ihr solltet euch das ansehen, es ist eine tolle Show.« Sie beugte sich zu Annik. »Wenn das für dich in Ordnung ist, frage ich Theo, ob er mir helfen will.«

Annik sah Alva verblüfft an und nickte.

»Theo? Hast du Lust, mir heute beim Füttern zu helfen?«

Theo hüpfte wie ein Gummiball auf und ab.

»Er hat Lust«, übersetzte Annik überflüssigerweise.

Fragend blickte Theo sie an.

»Ist okay«, sagte sie. »Zisch ab. Viel Spaß!«

Alva streckte Theo die Hand hin, und er nahm sie, ohne zu zögern.

Kristers Miene war im blassen Gegenlicht des Beckens unlesbar. Er hakte die Hände in den Hosenbund, Annik steckte ihre in die Taschen. Schweigend folgten sie Theo und Alva zurück ins gleißende Sonnenlicht.

Es war kein behagliches Schweigen, das an den Flirt von vor ein paar Minuten anknüpfte, sondern eines, in dem Unausgesprochenes darauf wartete, in Worte gefasst zu werden. Störte es Krister, dass Alva ganz offensichtlich die richtigen Schlüsse zog? Dann hätten sie nicht hierherkommen dürfen, oder?

Sie drehte sich zu Krister um, der ein Auge gegen die Sonne zusammenkniff und sie mit dem anderen prüfend ansah.

»Was?«

»N---achher.« Mit dem Kopf deutete er auf die Menschenmenge, die sich am Robbenbecken versammelt hatte.

Annik quetschte sich an einem Baum von einem Mann vorbei und schlüpfte in eine Lücke zwischen einem Rentnerpaar und einer Familie. Ohne sich umzudrehen, wusste sie, dass Krister ihr gefolgt war und direkt hinter ihr stand, eben weit genug entfernt, um sie nicht zu berühren. Wie sollte sie sich auf die Show konzentrieren, wenn von ihrer Wirbelsäule aus tausend kleine Lichtfädchen nach hinten tasteten?

Vor Stolz drei Köpfe größer, stapfte Theo mit Alva in den abgesperrten Bereich. Sie blieben stehen, Alva sprach leise mit Theo. An ihren Gesten las Annik ab, dass sie Theo erklärte, wie er sich gleich bei der Fütterung verhalten musste.

Neben ihrem Ohr wurde es warm. »Er ist ein toller Junge«, sagte Krister leise.

»Danke.« Und du könntest aufhören, mich so zu irritieren.

»Ich meine das ernst.«

Ich auch. Sein Atem flirrte durch ihren ganzen Körper. Sie verlagerte das Gewicht, machte einen halben Schritt nach hinten. Warm und fest schmiegte sich Kristers Oberkörper an ihren, und dann schoben sich seine Hände vorsichtig unter ihren Armen nach vorn. Vor ihrem Bauch legte er sie ineinander. Sicherheit. Versprechen. Und auf eine angenehme Art äußerst beunruhigend.

Sie umfasste seine Hände und hielt ihn fest.

»Th---« Er räusperte sich. »Theo macht das wirklich gut, so ohne Sprache in einem fremden Land mit neuen Leuten. Ich finde, er wirkt nicht wie ein Kind mit einer Angststörung.« Sie hörte die Andeutung eines Lächelns. »Und glaub mir, ich kenne mich aus.«

Die Robben sprangen platschend auf den Beckenrand, und eine von ihnen gab ein lautes, heiseres Bellen von sich. Um sie herum wurden die Stimmen der Zuschauer lauter.

Es ging los.

Krister löste die Umarmung, nachdem er ihre Hände noch einmal gedrückt hatte. Es war auf einmal unangenehm kühl an ihrem Rücken, doch Annik hatte jetzt anderes zu tun, als das zu bedauern.

Theo marschierte in Gummistiefeln, die ihm bis in die Mitte des Oberschenkels reichten, hinter zwei weiteren Tierpflegern her an Alvas Hand in den Fütterungsbereich. Einer der Tierpfleger hatte ein Headset-Mikrofon und begrüßte die Zuschauer. Alva übersetzte für Theo. Annik konnte den norwegischen Sätzen mittlerweile problemlos folgen. Und einen Satz verstand sie ganz besonders gut.

»Heute haben wir einen Robbenspezialisten aus Deutschland zu uns eingeladen. Begrüßt mit mir … Theooo!«

Theo stand stolz und strahlend.

Applaus brandete auf. Das Kind neben Annik beäugte Theo fasziniert, ein anderes neidisch. Eine alte Frau ließ sich entzückt über Theos riesige Gummistiefel aus, und Annik klatschte, bis ihr die Hände wehtaten.

Fünfzehn

Niedlicher Vorschlag, als *Freunde* hierherzukommen. Krister unterdrückte ein kleines Lachen. Wenn er seine Freunde ansah, Tom oder Lise oder Morten, dann war er durchaus in der Lage, den Blick zu lösen. Aber wenn er Annik beobachtete, wie sie lachte und klatschte, so stolz auf ihren Sohn, und wenn sich beim Lachen dieses winzige Grübchen neben ihrem Mund bildete, dann wollte er nicht wegsehen. Dann wollte er diesen Anblick für immer festhalten. Sie für immer festhalten.

Er wandte den Blick nicht rechtzeitig ab, als sie ihn bemerkte. Sie lächelte. Er lächelte zurück.

Doch dann war sie schon wieder mit ihrer Aufmerksamkeit bei der Robbenfütterung. Erst als der letzte Fisch verfüttert war, Alva Applaus für die Robben und für Theo gefordert hatte und sich die Zuschauer zu verteilen anfingen, drehte sie sich wieder zu ihm um – und legte ihm die Hand auf die Brust, genau in die Mitte, da, wo sie garantiert merkte, wie sein Herz gegen ihre Handfläche hämmerte. »Ich hab ein Problem.«

Ich auch. Ich bekomme keinen Ton raus. Aber er konnte nicht schon wieder nur bedeutungsschwanger nicken. Er deutete auf sich und formte mit den Lippen: »Ich auch.«

»Warte.« Verschwörerisch sah sie sich um.

Wonach suchte … oh.

Ihre Lippen streiften seine. Ihre Arme schlangen sich um seine Taille. Sie zog ihn an sich und küsste ihn noch einmal. »Stottern weggeküsst?«, flüsterte sie.

Er nickte stumm. Von wegen.

Noch einmal sah sie sich um, und endlich begriff er. Es machte ihr nichts, dass Alva erfuhr, was Sache war, aber Theo sollte es nicht mitbekommen. Sobald Annik sicher sein konnte, dass er beschäftigt war, schmiegte sie sich noch enger an Krister. So eng, dass er den Atem anhalten und dann ganz langsam entweichen lassen musste.

Das Gefühl ihrer Fingerspitzen auf seinem Hinterkopf, als sie ihm die Haare durchwühlte, jagte kleine, heiße Blitze durch seinen Körper.

»Mein erstes Problem ist«, wisperte sie gegen seine Lippen, »dass ›als Freunde‹ mit dir nicht funktioniert.«

Just in diesem Moment fand er überhaupt nicht, dass das ein Problem darstellte. So … überhaupt … nicht.

Wieder sicherte sie sich ab, dass ihr Sohn noch mit Alva beschäftigt war, bevor sie Krister noch einmal küsste. »Und das beunruhigt mich.«

Mich auch. Er schluckte, räusperte sich.

»Außerdem«, ganz behutsam tastete sie sich an seinem Rücken unter das Shirt, während die andere Hand immer noch in seinem Nacken lag, »hat Alva mir am ersten Tag gesagt, dass persönliche Verflechtungen in der Praxis nicht erwünscht sind.«

Er schloss die Augen, während ihre Finger über die Ansätze seiner Schulterblätter strichen, bevor sie die Umarmung abrupt löste.

»Theo kommt.«

Schade. Gott sei Dank. Krister atmete auf und rollte die Schultern.

»Wie gehen wir mit eurer Praxisregel um?«, fragte Annik schnell und leise über die Schulter, bevor sie in die Knie ging und die Arme ausbreitete. »Da bist du ja, mein Schatz! Und, hat es Spaß gemacht?«

Theo nickte selig.

Und doch schnitt es Krister ins Herz. Er würde Theo wirklich gern irgendwie aus seinem stummen Gefängnis heraushelfen. Wer, wenn nicht er, sollte das hinbekommen? Niemand, der es nicht selbst erlebt hatte, wusste, wie es sich wirklich anfühlte, an der Welt nicht teilhaben zu können, immer ein bisschen außen zu stehen, nie wirklich dazuzugehören. Wenn Theo noch länger schwieg, würde er dieses Gefühl vielleicht nie mehr loswerden. Und auch das verstanden vermutlich wenige so gut wie Krister.

Theo umfasste Anniks Hand und griff dann zu Kristers Erstaunen ganz selbstverständlich nach seiner. In gewisser Weise war diese kleine, schwitzige Kinderhand noch beunruhigender als das, was zwischen Annik und ihm passierte. Er konnte nicht anders, als ihr Dreiergespann von außen wahrzunehmen, Annik, Theo und sich selbst. Jeder, der sie nicht kannte, würde einfach eine Familie sehen. Seine Familie. Spürte Theo mit seiner kindlichen Unschuld mehr, als sie ihm zutrauten? Oder wünschte er es sich einfach so sehr, dass er Krister kurzerhand in die Familie aufgenommen hatte? Nicht sicher, wie er damit umgehen sollte, sah Krister Annik über Theos Kopf hinweg an.

Sie hob nur die Schultern. »Was soll ich machen?«

Theo sah strahlend zwischen ihnen hin und her. Und dieses Strahlen machte Krister eine Höllenangst.

‣ ⬣ ◂

»Theo hat Krister adoptiert.« Annik lag auf dem Sofa und betrachtete die Zimmerdecke.

Aus dem Kinderzimmer drangen die hohen Stimmen eines Hörbuchs über Meerestiere. Mara hatte es für Theo herausgesucht, bevor sie sich in den Sessel neben dem Sofa flegelte und ihr Smartphone herauszog. »Aber das ist doch schön.«

»Ich weiß nicht, ob es das ist. Grundsätzlich ja, klar. Aber …«

»Du hast immer noch Angst, was passiert, wenn das mit euch nicht funktioniert.«

»Ja.«

»Lass uns das nüchtern betrachten. Fakt eins: Du bist in ihn verliebt.«

O Gott, und wie. So sehr, dass ihr ganzer Körper summte, wenn sie nur an ihn dachte. Was ziemlich oft der Fall war. Eigentlich dachte sie seit ihrem ersten Kuss ununterbrochen an ihn. Selbst wenn im Vordergrund Theo oder irgendwelche Alltagspflichten standen – Krister war immer da, eine stille, beglückende Präsenz im Hinterkopf. Da, wo doch eigentlich immer noch Flo sein sollte ... Oder nicht? »Ja«, sagte Annik.

»Und ist er in dich verliebt?«

»Glaube schon.«

»Gut.« Annik merkte deutlich, dass Mara sich lieber um ihr Chatfenster gekümmert hätte, und rechnete ihrer Schwester hoch an, dass sie sich davon nicht ablenken ließ. »Ihr seid beide verliebt, das ist eine gute Basis. Aber du fürchtest dich dennoch vor dem Tag, an dem es vielleicht irgendwie nicht mehr funktioniert. Warum?«

»Warum? Weil ...« Das war doch eindeutig, oder nicht? »Es wäre schrecklich für Theo.«

»Für dich vielleicht auch?«

»Ja«, gab Annik widerwillig zu. »Natürlich.«

»Und hat Krister dir bisher einen Grund geliefert, warum es nicht klappen sollte mit euch?«

»Nein.«

Damit war die Sache für Mara erledigt. Sie wandte sich wieder ihren Textnachrichten zu. Von der Seite erkannte Annik schemenhaft eine Menge roter Herzen.

»War's schön mit Ole?«

Mara reckte den Daumen, sah aber weiter aufs Display und lächelte dabei versonnen. Wenigstens eine von ihnen konnte diese Sache mit der Liebe offensichtlich unbeschwert angehen.

»Ich will gleich noch mal weg, ist das okay?«

Jetzt blickte Mara doch auf. »Klar, hatte ich eingeplant.«

»Seit wann kannst du hellsehen?«

Mara lachte. »Heute ist Freitag. An den letzten Freitagen warst du im *Frontstage*. Also bin ich davon ausgegangen ...«

»Du bist die Beste.«

»Ich weiß.«

»Ich gehe nur schnell zu Krister, *Frontstage* fällt heute aus wegen des Feiertags.«

»Du gehst nur schnell zu Krister. Aha.«

Annik musste lachen. »Ja, wir treffen uns dort mit ein paar Leuten.« Namentlich Krister, Alva, Espen – und sie. Das waren die, von denen sie wusste. »Und ein paar Freunde«, hatte Krister gesagt, sich aber nicht weiter darüber ausgelassen, wer diese Freunde waren.

Kristers Tür stand einen Spalt offen, als Annik später seine Wohnung erreichte. Dennoch klingelte sie.

»Komm rein«, rief Krister von drinnen.

Sie trat ein – und blieb verblüfft stehen. Draußen war es noch hell, doch nachdem sie die Tür geschlossen hatte, wurde die schummrige Eingangsdiele durch eine Reihe Teelichter erleuchtet, die in Richtung des großzügigen Wohnzimmers führten. Auch auf der Kommode stand ein Leuchter mit Kerzen. Annik streifte die Schuhe ab und folgte der Spur. »Bin ich die Erste?«

»Ja.« Kristers Stimme klang jetzt viel näher, und gleich darauf stand er vor ihr. Die Shorts vom Nachmittag hatte er gegen eine lange Jeans ausgetauscht, das Longsleeve gegen ein körperbetontes, schwarzes Hemd, dessen einer Ärmel aufgekrempelt war. Das Kerzenlicht spiegelte sich in seinen Augen, als er Annik anlächelte und ihr die Hand reichte. »Komm rein.«

Er hatte die grau gestreiften Vorhänge vor der großen Fensterfront zugezogen, sodass auch der Wohnbereich im Dämmerlicht lag und nur von einer Teelichterspur erleuchtet wurde. Im Hintergrund lief sommerleichte Musik. Krister ging, den Kerzen folgend, vor Annik her zum Sofa. Erst dort ließ er sanft ihre Hand los und lud sie mit einer eleganten Armbewegung ein, sich zu setzen.

Dies war definitiv nicht das Setting für eine ungezwungene Party unter Freunden. Nervös folgte sie seiner Aufforderung, und gleich darauf ließ sich Krister elegant vor ihr auf ein Knie sinken. Sein Grinsen sollte definitiv verboten werden. Ihr Herz klopfte jetzt so laut, dass er es hören musste.

Er wurde ernst und räusperte sich.

Sie wartete.

Doch er sagte nichts, sondern fuhr sich nur mit beiden Händen durch die Haare und atmete hörbar aus. Mit einem Ausdruck äußerster Konzentration schloss er die Augen. Als er sie wieder öffnete, war das Grinsen zurück, allerdings lag jetzt weniger Übermut darin. Annik konnte nicht den Finger darauf legen, was es stattdessen war. Selbstironie? Krister hob eine Hand, wie um ›Warte!‹ zu sagen, beugte sich dann nach vorn und zog etwas unter dem Sofa hervor.

Neugierig neigte Annik den Kopf. Bei dem, was er hervorzog, handelte es sich um mehrere Blätter aus dickem, weißem Papier. Mit beiden Händen hielt er den Stapel vor seine Brust.

Ich weiß, du willst es langsam angehen lassen, stand auf dem ersten Zettel.

Kristers Blick ruhte auf ihr, während er das Blatt zur Seite legte und das zweite dahinter sichtbar machte. *Ich weiß auch, dass ich alles andere als perfekt bin.*

Das dritte Blatt. *Hey, ich kann dir das nicht mal sagen.* Dazu hob er eine Augenbraue.

Sie knotete die Hände ineinander und schob sie unter die Oberschenkel, als es ihr bewusst wurde. Ihre Unterlippe schmerzte, so fest hatte sie darauf gebissen.

Auf dem vierten Blatt stand nur ein Wort: *Aber ...*

Anniks Mund wurde trocken.

... ich wäre sehr gern deine persönliche Verflechtung.

Vor Nervosität und Entzücken musste sie kichern.

Krister grinste jetzt über das ganze hübsche Gesicht, aber sein Blick brannte, als er das nächste Blatt zeigte: *Willst du das auch?*

»Du Spinner!« Ihr Kichern wurde zum Lachen, und sie setzte an, sich zu ihm vorzubeugen.

»W--- warte.« Auf dem letzten Blatt waren zwei Kästchen zum Ankreuzen. *Ja* oder *Nein*.

Sie rutschte vom Sofa und warf ihn auf den Rücken, wobei sie aufpasste, genug Abstand zu den Kerzen einzuhalten. Bevor er protestieren konnte, schwang sie sich rittlings auf seine Hüften und küsste ihn, diese köstlichen Lippen, die vom Bartschatten raue Wange.

»Was ist, wenn ich Nein sage?«, flüsterte sie ihm ins Ohr und versuchte, seine Hände zu ignorieren, die sich unter ihr Shirt schlichen und langsam, ganz langsam an ihrem Rücken nach oben glitten.

»S-sagst du N---ein?«

Als Annik klar wurde, dass Krister sich tatsächlich nicht sicher war, hopste ihr Herz. »Ich glaube nicht. Genau ...« Sie wollte sich aufrichten, doch der Druck seiner Hände auf ihrem Rücken machte es unmöglich. »... sage ich dir das später«, ächzte sie, die Lippen beinahe auf seinen.

Seine Zungenspitze kitzelte ihre Oberlippe, neckte, bat um Einlass und schoss mit dieser kleinen, zarten Berührung tausend Funken durch ihren Körper, bevor Krister Abstand zwischen sie brachte und Annik forschend ansah, mit diesen Augen, die ihr direkt in die Seele blicken konnten. *Wann kommen die anderen?*, wollte sie fragen. *Lass uns denen einfach absagen, und ...* Aber Krister wartete auf ihre Antwort.

Hauchzart berührten ihre Lippen die seinen, die Unterlippe, die Oberlippe, den Mundwinkel. Erst spielerisch, doch dann schien sich die Luft zwischen ihnen elektrisch aufzuladen, und ihre Küsse wurden von allein tiefer, drängender, atemloser. Ohne dass sie es bewusst entschieden hätte, ließ sie seine Zunge ein. O Gott, es gab auch Nervenbahnen vom Gaumen direkt in den Unterleib, ganz sicher. Nervenbahnen, die mit jeder Sekunde, mit jedem von Kristers Küssen sehnsüchtiger sangen.

Kristers Griff an ihrem Rücken wurde fester, seine Hüfte hob sich ihr entgegen, dort, wo sich die Sehnsucht zusammenballte, wo es jetzt schon pochte und gierte.

»Warte«, brachte sie mühsam hervor und richtete sich nun doch auf. »Wann kommen die anderen?«

»Gar nicht.«

»Wie, gar nicht?« Das Pochen wurde stärker.

Seine Hände wanderten unter den Rand ihres Shirts und hinterließen auf dem Weg nach hinten brennende Bahnen auf ihrer Haut. »Sorry.«

»Du klingst nicht«, sie öffnete den obersten Knopf seines Hemdes, »als täte es dir leid.«

Er lächelte atemlos, eine seiner Hände glitt ihre Wirbelsäule hinab, Annik öffnete den zweiten Hemdknopf und den dritten. Kristers Finger auf ihrem Rücken, an ihrem Hosenbund, an ihrer Taille. Und überall dieses Kribbeln, dieses Verlangen, das direkt in ihre Mitte floss, sich dort sammelte und anschwoll ... Dies war das erste Mal seit fast zwei Jahren, dass sie mit einem Mann zusammen war. Alle Lust der letzten Monate wollte sich Bahn brechen, jetzt sofort, ohne Zögern, ohne Warten. Aber dann wäre es viel zu schnell vorbei. Und Krister war keiner, an dem sie sich je sattsehen oder sattspüren konnte.

Sie strich ihm das Hemd von den Schultern und berührte das erste Mal seine Haut dort. Im flackernden Licht der Kerzen erschien sie golden, makellos, sodass man sie streicheln musste, vom Halsansatz hinunter zur Wölbung des Bizeps.

Annik ließ die Oberseiten ihrer Fingernägel an der Innenseite seiner Arme wieder nach oben gleiten und strich dann mit flachen Händen über seine Brust. Von der Seite nach innen und weiter nach unten über seinen Bauch. Krister betrachtete sie unter halb geschlossenen Lidern, sein Atem beschleunigte sich.

Obgleich alles in ihr inzwischen nach Erlösung schrie, öffnete Annik langsam die letzten beiden Knöpfe seines Hemds und strich es zu den Seiten. Gott, war der Mann schön, so zum Anfassen, Berühren, Küssen schön. Seine Hüftknochen hielten den Gürtel, aber unter dem Bauchnabel war ein Abstand zwischen Hose und Bauch. Eine verlockende Linie feiner, dunkler Haare zog sich von seinem Bauchnabel dort hinunter, als wollte sie ihr den Weg weisen. Mit der Spitze ihres Zeigefingers strich sie an dieser Linie entlang.

Krister stöhnte leise. »Ist das ein Ja?«

Zwischen Anniks Beinen toste es fast schon schmerzhaft, sie schob die flache Hand in seinen Hosenbund. Hartes, heißes Verlangen drängte sich ihr entgegen. Sie wollte ihn anfassen, fühlen, der Hitze nachgeben. Gleich, gleich.

So viel war gleichzeitig zu fühlen, ihre Finger spürten diese heiße, samtige, gespannte Haut, aber da waren auch Kristers Hände, die jetzt um Anniks Brüste lagen und deren Daumen sich immer näher an ihre Spitzen wagten.

Kristers Blick verschleierte sich, als Annik sich schnell das Shirt über den Kopf streifte. Sie beugte sich nach vorn und ließ die geöffneten Lippen an seiner Halsbeuge entlanggleiten. Seine Haut schmeckte ein bisschen nach Salz und sehr viel nach ihm. Während sie fortfuhr, seinen Hals zu liebkosen, drehte er den Kopf, sodass ihre Lippen sich wiederfanden. Sie schmiegte sich an ihn, Haut an Haut. Ihr BH war zu eng, viel zu eng. Ungeschickt tastete sie auf ihrem Rücken nach dem Verschluss, doch Krister war schneller. Er umfasste ihren Oberkörper und öffnete den BH, während er ihren Halsansatz küsste. Sie wollte ihn so, so sehr. Jeden Zentimeter seiner Haut auf ihrer spüren und mit ihm gemeinsam endlich, endlich dieses Brennen löschen.

Während er ihre Brüste massierte, machte sie sich mit fliegenden Fingern daran, seinen Gürtel zu öffnen, und er versuchte seinerseits, ihr die Jeans über den Hintern zu streifen. Es war keine sauber choreografierte Bewegung, eher ein von atemlosem Lachen begleitetes Ruckeln und Zupfen und »Warte mal«, »Jetzt geht es«. Hosen und Oberteile fielen auf den Boden, Krister kniete vor Annik auf dem Sofa, und für einen Moment sahen sie sich nur an. »D-du bist so schön.« In seinem Blick lag eine derartige Hingabe, jegliche Hemmung wegen der Beulen auf Anniks Oberschenkeln und der Dehnungsstreifen an ihrem Bauch löste sich einfach auf. Sie streichelte Kristers muskulösen Bauch, seine Brust, seine Arme. Er war es, der schön war, sogar mit diesem überdimensionierten Pflaster am Arm noch, das sie erst jetzt sah. Und er war ebenso erregt wie sie.

Sie ließ sich auf den Rücken sinken und zog ihn mit sich.

Vorsichtig schob er ihre Beine auseinander. Durch die Boxershorts hindurch spürte sie, wie dringend er sie wollte, während er sich gegen ihr Becken drückte. Sie kam ihm entgegen, forderte ihn rhythmisch zum Tanz auf, öffnete ihre Beine weiter, wollte ihn dazu bringen, endlich ... Ob er irgendwo Kondome hatte?

»Ich will mit dir schlafen«, flüsterte sie. »Jetzt.«

Er schluckte hörbar, und dann küsste er sie erneut, dringlich, unbeherrscht, atemlos. O ja, er wollte das ganz klar auch. Annik unterdrückte ein Keuchen, als Krister ihren Slip zur Seite schob und mit der Handfläche zwischen ihre Beine glitt. Tausend Lichtblitze rasten ihre Nervenbahnen entlang, aber sie brachten keine Erlösung, sondern steigerten das Pochen nur noch mehr. Und war sie das, die so abgehackt nach Luft rang?

»Niemand hier«, murmelte Krister ihr ins Ohr, während seine Fingerspitzen immer neue, besonders empfindliche Stellen fanden. »Lass es raus.«

Richtig, Theo war nicht hier. Niemand war hier, auf den sie Rücksicht nehmen musste. Sie musste nur ... konnte nur ... wenn Krister so weitermachte, würde sie explodieren und sich in Millionen Lichtfunken auflösen, bevor er auch nur in ihr war. Aber sie konnte auch nicht mehr aufhören. Sie wollte, dass er sie weitertrieb, drängte sich gegen seine Hand, stöhnte, weil sie es durfte – und weinte beinahe, als er die Hand zurückzog.

Es drückte auf ihrer Schulter, als er sich zur Seite beugte. Irgendwo – aus der Hemdtasche? – zauberte er ein Kondom hervor. Wie in Trance nahm sie ihm die kleine Packung ab und riss sie auf. Ihn in der Hand zu halten, während sie ihm das Gummi überzog, löschte jeden klaren Gedanken, den sie noch haben mochte.

Mit sanftem Druck schob Krister ihre Beine weiter auseinander, aber statt in sie einzudringen, verharrte er an ihrer empfindlichsten Stelle, umspielte sie, drängte gegen sie. Unwillkürlich hob sie ihm das Becken weiter entgegen und keuchte auf, als er in sie glitt – ein Stück nur, bevor er sich wieder zurückzog. Sein Gesichtsausdruck war konzentriert, er genoss, er lächelte – und er trieb sie in den Wahnsinn, als er wieder und wieder in sie glitt und sich zurückzog. Danach musste sie die Augen schließen, weil es zu viel geworden wäre, auch noch zu sehen, während all diese Gefühle durch ihren Körper rasten. Ihre Hände waren inzwischen fest um seinen Hintern gelegt, wahrscheinlich krallte sie sich in ihn, sie küsste ihn, drückte ihn an sich, und dann endlich, endlich erlaubte er ihr, ihn zu umschließen.

Einen Moment lang genoss sie nur das Gefühl, ihn in sich zu spüren, doch dann begann er, sich langsam und rhythmisch in ihr zu bewegen. Eine Spannungswelle nach der anderen jagte durch ihren Körper, immer mehr, immer weiter. Ganz von allein passten ihre Rhythmen sich einander an, vereinigten sich zu einem einzigen anschwellenden Rhythmus. Annik merkte kaum, dass sie aufschrie, als sie sich unter der Kraft der letzten Entladung bog, die durch ihren Körper zischte. Krister presste das Becken gegen sie, konzentriert, jeden Muskel gespannt – und ließ den Oberkörper schwer atmend auf ihr sinken.

»Das war«, er lachte, »ziemlich wild.«

»War es.«

Träge kämmte Annik ihm mit den Fingern durchs Haar und strich mit der anderen Hand seine Wirbelsäule hinunter. Ein Zittern durchlief seinen warmen Körper. »Und schön«, sagte sie leise.

Sie lag auf dem Sofa, in Kristers Armbeuge, eine Decke über sich. Schläfrig fuhr sie mit den Fingern an den Rändern des überdimensionalen Pflasters an seinem Unterarm entlang. Auch an seinem Beckenknochen und am Brustkorb hatte sie blaue Flecken gesehen. »Was hast du da gemacht?«

»Bin auf dem Berg abgerutscht«, nuschelte er.

»Trägst du deswegen immer die Longsleeves?«

»Es sah am Anfang ziemlich brutal aus.«

Sie sollten reden, nicht über Pflaster, sondern über alles andere. Über Trauer und Vertrauen und die verschiedenen Arten von Freundschaft zum Beispiel. Irgendwo in einer Zeitschrift beim Friseur hatte sie mal gelesen, dass nach dem Sex die beste Zeit für wichtige Gespräche sei. Wenn man sich so ganz nah ist. Sie spitzte den Mund und küsste Krister auf die Schläfe. Fast war es erschreckend, wie nah sie ihm in der kurzen Zeit gekommen war und wie selbstverständlich es sich anfühlte, so mit ihm hier zu liegen.

»Annik?«

»Was?«

»Ich weiß nicht, wie ich damit umgehen soll, wenn d---«

Sie stützte sich ein bisschen hoch, um ihm ins Gesicht sehen zu können. Sein Blick war ernst. Schnell küsste sie ihn auf den Mund. »Stottern weggeküsst.«

Krister lächelte schief. »Wenn d-du Nein sagst.«

»Was meinst du? Wozu soll ich …« Dann fiel es ihr ein. Er meinte den Zettel. *Willst du das auch? Ja oder Nein.* »Du Spinner!« Sie küsste ihn noch einmal auf den Mund. »Glaubst du nicht, dass das eben ein Ja war? Ja, ich will sehr gern deine persönliche Verflechtung sein.«

»Gut.«

Annik streichelte Kristers Bauch. »Ich hatte Angst, es könnte irgendwie komisch sein. Ich meine, es war das erste Mal, seit …«

»… Florian gestorben ist.« Krister beendete ihren abgebrochenen Satz ganz ruhig. Und er wusste Flos Namen noch.

»Ja.« Und noch viel länger.

»Ich hab auch Angst gehabt.«

»Wovor?«

Anniks Kopf wackelte, als Krister mit der Schulter zuckte. »Was Falsches zu machen. Zu schnell zu sein. Dir wehzutun. Irgendwelche Erinnerungen auszugraben.« Er lachte ein kleines, trockenes Lachen. »Und ich bin jetzt auch nicht der mit der meisten Erfahrung.«

»Dafür war das eben aber ziemlich einfühlsam.«

»Es ist zwei Jahre her.« Er kraulte ihr den Hinterkopf, aber in seinen Tonfall hatte sich wieder ein Hauch von Dr. Frost geschlichen, und Annik wusste, dass sie an der Stelle nicht weiterzufragen brauchte.

»Du dachtest nicht wirklich, ich würde Nein sagen, oder?«

Eigentlich nicht. Aber lieber im Zweifelsfall wissen, wenn man im nächsten Moment verdammt hart aufschlägt.

Der Flug war es so was von wert gewesen. Selbst wenn Annik ihn morgen in die Wüste schicken sollte – was Krister nach wie vor nicht ausschloss –, wäre es das wert gewesen. Er hatte nicht gewusst, dass es möglich war, für jemanden so zu empfinden. »Die Praxisregel ist Blödsinn«, sagte er in ihre tiefer werdenden Atemzüge hinein.

»Was?«

»Ich habe die aufgestellt. Espen und Alva ist sie völlig egal. Ich glaube, die beiden freuen sich sogar, wenn sie das mit uns mitbekommen.«

»Gut«, murmelte Annik und kuschelte sich noch enger an ihn. Es schien, als wäre er zumindest heute weich gelandet.

Während ihr Kopf auf seiner Schulter schwerer wurde, streichelte er die blonden Haare. Sein Arm kribbelte, aber um nichts in der Welt würde er ihn jetzt wegziehen. Ihr Arm auf seinem Bauch hatte aufgehört, ihn zu liebkosen, und lag nun ruhig. »Schläfst du?«, flüsterte Krister.

Annik machte nur ein kleines, undefinierbares Geräusch.

»Ich habe die dumme Regel eingeführt, um mich selbst zu schützen.« Er wusste, dass er zu leise sprach, als dass sie ihn hätte hören können. Nur deswegen war er überhaupt in der Lage, ihr diese Gedanken mitzuteilen. »Aber ich fürchte, dafür ist es jetzt zu spät.«

Wieder murmelte sie etwas und rutschte dichter an ihn heran. Ihr einer Oberschenkel war hochgezogen und lag ... genau da, wo sie merken würde, wenn er sich genug ausgeruht hatte. Er versuchte, ihr Bein ein Stück nach unten zu schieben, aber sie grummelte nur und zog es wieder an.

Es gab so vieles, das er ihr sagen musste. Oder zeigen. Begeistert würde sie wahrscheinlich nicht sein von seinem Lifestyle, aber vielleicht konnte sie es wenigstens verstehen. Vielleicht, wenn er sich nicht ganz dumm anstellte. Abwesend spielten seine Finger mit ihrer Brustwarze.

Annik seufzte im Schlaf.

Und egal, wie das mit ihnen weiterging, er wollte sich mit ihrem kleinen Jungen anfreunden. Um Annik das Leben leichter zu machen, aber auch, weil er Theo wirklich mochte. Anders als er Tom gegenüber behauptet hatte, konnte er vermutlich tatsächlich ganz gut mit Kindern umgehen. Kinder waren cool. Sie verurteilten einen nicht sofort, wenn man nicht im ersten Anlauf supereloquent daherkam. Und Theo … Vielleicht konnte er Theo tatsächlich helfen. Annik musste recht jung gewesen sein, als sie ihn bekommen hatte. Und dennoch hatte sie ihr Studium bewältigt. »Du bist ziemlich großartig«, flüsterte er in ihre Haare.

»Hm?«

»Du bist großartig«, wiederholte er.

»Ich habe das immer noch nicht verstanden.«

Krister lächelte.

Ein zartes Flattern an seiner Haut verriet ihm, dass sie die Augen geöffnet hatte. »Du ja auch.« Mit noch schlafmüden Bewegungen schob sie sich auf seinen Bauch und küsste ihn auf den Mund. Und er war sicher, es war kein Zufall, dass die Mitte zwischen ihren gespreizten Beinen genau auf seinem Becken landete.

Sechzehn

Das Display von Kristers Smartphone zeigte halb elf. Draußen prasselte der Regen und ließ die Welt vor dem Fenster dunkler erscheinen, als sie vermutlich war. Krister drehte sich auf die Seite und zog die Decke um die Schultern, während der Tag in sein Bewusstsein schlich. Es dauerte einen Augenblick, bis er sich an die Details des Vorabends erinnerte.

Bevor Annik gegangen war, hatten sie sich noch einmal geliebt, langsamer und sanfter. Mit der Zeit wollte er sie auf alle möglichen Arten lieben und sich von ihr lieben lassen. Wild und sanft und gierig und behutsam. Annik hatte in den letzten Wochen etwas freigelegt, von dem er nicht einmal gewusst hatte, dass es in ihm war. Wenn er es benennen müsste, würde er vielleicht sagen, es war der Wunsch, wirklich tief zu fühlen. Der Wunsch, sich einem anderen Menschen ganz hinzugeben, ohne Rüstung.

Es war verdammt beängstigend.

Und es war verdammt belebend.

Er hatte den Wecker nicht gestellt, nachdem er Annik erst um drei nach Hause gebracht hatte. Lachend unter seinem Regenschirm, den der Wind immerzu drohte umzustülpen, waren sie Arm in Arm zu ihr hinübergelaufen.

Jetzt lag das ganze lange, verregnete Wochenende vor ihm. Annik hatte darum gebeten, Theo erst nach und nach erkennen zu lassen, welche Rolle Krister in ihrem Leben spielte. Sie wollte heute mit Theo und Mara nach Stavanger ins Ölmuseum, allein. Und er war oft genug im Ölmuseum gewesen, um nicht den Drang zu haben, es noch einmal zu besuchen. Theo würde es dort gefallen, und

Annik würde es helfen, sein Land zu verstehen, das dem Öl so viel zu verdanken hatte – und nicht nur Gutes.

Krister war nicht undankbar für die kurze Atempause. Annik und er, das funktionierte, darum machte er sich wenig Gedanken. Aber unerwartet in eine Art Vaterrolle zu rutschen, nahm er nicht auf die leichte Schulter. Atempause hin oder her, er sehnte sich jetzt schon wieder nach ihr. Nach ihren Lippen auf seinen und ihren Händen auf seiner Haut, klar. Aber vor allem danach, sie besser kennenzulernen und einfach mit ihr zusammen zu sein.

Beim Frühstück schickte er Sander eine Textnachricht, dass er nicht als Ausbilder zur Verfügung stünde. Selbst zu springen und dazu die ehrenamtlichen Notarzteinsätze nahmen genug Zeit in Anspruch.

Er stellte den Teller in die Spülmaschine und setzte einen zweiten Kaffee auf. Während das Wasser zu kochen begann, las er, an den Küchentresen gelehnt, seine E-Mails, als es klingelte. Krister sprang über die Kerzen, die immer noch auf dem Boden standen, zur Tür.

Espens Regenjacke glänzte nass, und seine Haare tropften. Krister holte seinem Bruder ein Handtuch. »Danke.« Espen hängte die Jacke auf den Ständer und rubbelte sich die Haare ab. »Es regnet.«

»Nein, tut es das?«

»Bisschen.«

»Komm rein. Willst du einen Kaffee?«

»Sicher.« Espen folgte ihm in den Wohnbereich. »Mir war langweilig, und da kam mir die hohe Luftfeuchtigkeit da draußen gerade gelegen.«

Krister goss Wasser in die Stempelkanne. »Muss ich das verstehen?«

»Nein, aber es trübt mein strahlendes Bild von dir, wenn du es nicht tust.« Espen drückte sich mit einer Hand hoch, setzte sich auf den Küchentresen, ließ die Beine baumeln und sah Krister beim Kaffeekochen zu. »Bei Sonnenschein hätte ich dich vermutlich nicht hier angetroffen, sondern auf deinem verfluchten Berg suchen müssen, oder? Was sollen die Kerzen eigentlich?«

»Milch und Zucker?«

»Schwarz.«

»Seit wann das?«

»Ist ein Experiment. Was sollen die Kerzen?«

Krister drückte ihm eine Tasse in die Hand. »Ist auch ein Experiment. Vorsicht, der ist heiß.«

»Ja, Mama.«

»Idiot.« Krister sprang neben Espen auf den Tresen. »Also, warum bist du hier?«

Espen schlürfte vorsichtig an seinem Kaffee. »Wie gesagt, ich hab mich gelangweilt. Svea und ich hatten uns eigentlich zum Tennis verabredet, aber die Hallenplätze waren voll, und bei dem Weltuntergang da draußen …«

»… dachtest du, du gehst stattdessen deinem Bruder ein bisschen auf die Nerven.«

»Du bist doch beeindruckend schnell von Begriff.«

Krister pustete in seine Tasse. »Dann lass uns die Abrechnungen vom letzten Monat durchsehen.«

»Muss ich?«

»Nur, wenn du deinen Job behalten willst.«

»Du hast einen Knutschfleck am Hals.«

Vor Schreck kippte Krister sich Kaffee über die Jogginghose. »Autsch.« Mit einem Satz sprang er vom Tresen, riss ein Handtuch vom Haken und tupfte sich die Hose ab.

Espen ließ seelenruhig den Blick schweifen, über die Kerzen, über die zerwühlte Decke auf dem Sofa. »Wem galt denn das Experiment gestern Abend?«

»Frag ich dich, mit wem du schläfst?«

»Nein.« Espen lächelte sanft. »Aber warst du es nicht, der mir den Unterschied zwischen uns erklärt hat? Ich habe keine Beziehungen. Ich habe Sex. Du hingegen glaubst immer noch an Liebe und Beziehungen und das ganze romantische Zeug.«

Mit Schwung warf Krister das kaffeegetränkte Küchentuch in Richtung Tür.

»Also«, fuhr Espen freundlich fort, »gehe ich davon aus, dass du nicht nur mal eben jemanden abgeschleppt hast, sondern dass die Glückliche in absehbarer Zukunft mit an meinem Frühstückstisch sitzen wird, wenn ich zum Brunch lade. Insofern geht es mich durchaus etwas an.«

Espen hatte recht, und Krister wusste selbst nicht genau, warum ihn das ärgerte. Aber er hatte das Gefühl, etwas zu zerstören, wenn er dieses Hauchzarte, das sich zwischen Annik und ihm entwickelte, jetzt schon herumzeigte. »Weißt du, was ich glaube?«

»Na?«

»Ich glaube, du genießt es, mir diese Bandwurmsätze unter die Nase zu reiben.«

»Jedem sein Vergnügen.« Ungerührt sprang Espen ebenfalls auf den Boden. »Ist es Annik?«

Krister wusste, dass sein Schweigen Antwort genug war.

»Deswegen also hatte sie kein Interesse an meinen Bierdeckeln.« Espen klopfte ihm auf die Schulter. »Herzlichen Glückwunsch. Das freut mich für dich.«

Tatsächlich kamen sie mit der Buchhaltung zu zweit recht schnell voran. Drei Kannen Kaffee später klappte Krister den Ordner zu. »Das war's für diesen Monat. Und, hat es wehgetan?«

»Nicht so schlimm, wie ich dachte.« Espen drückte die gefalteten Handflächen über dem Kopf in Richtung Zimmerdecke. »Sag mal, was ist eigentlich mit dem Vater von dem Kleinen? Der ist irgendwie so gar nicht mehr mit im Bild, oder?«

»Der ist tot.«

»Scheiße.«

Krister hob die Schulter. »Vor einem Jahr bei einem Autounfall gestorben.«

»Arme Annik. Armer Kleiner.«

Eine Weile schwiegen sie beide das weg, was in der Luft hing. Krister räumte den Papierkram ins Büro, und Espen zog aufs Sofa um, wo er sich so lang ausstreckte, dass Krister nur noch Platz auf der Armlehne fand. Er schob die Füße seines Bruders zur Seite und platzierte seine daneben auf dem Sofa.

»Weiß Annik von deiner Neigung, dich von Bergen zu stürzen?«

»Ich ... sie ... noch nicht.«

Espen seufzte, stützte sich auf einen Ellbogen und sah Krister an. »Ihr Mann ist gestorben, Kris. Du musst ihr sagen, dass du ein Hobby hast, das durchaus den Tod mit einkalkuliert.«

»Du tust, als wäre Base so was Ähnliches wie, unbewaffnet gegen einen Drachen ins Feld zu ziehen.«

»Sag es ihr.«

»Natürlich sage ich es ihr. Nach und nach. Wir sind noch ganz am Anfang, ich kenne ihre Interessen auch noch nicht. Wer weiß, vielleicht steht sie auf Apnoetauchen oder so.«

»Bestimmt. Das hat man auf Selerøy deutlich gemerkt.«

Krister lachte.

»Jedenfalls freue ich mich wirklich für euch.«

Alva sagte am Nachmittag dasselbe, und als Krister sich am Sonntagmorgen mit Tom zum Trailrunning traf, sprach der ihn direkt auf Annik an. Große Güte, diese Stadt war schlimmer als das Schwesternzimmer in der Uniklinik bei Dienstübergabe. Konnte man nicht einmal in Ruhe eine Frau kennenlernen, ohne dass die Leute gleich eine Nachrichtenlawine in Gang setzten? Arme Annik, sie hatte keine Ahnung, in was für ein neugieriges Nest sie geraten war. So viel dazu, ihre Beziehung zunächst im Geheimen wachsen zu lassen.

Krister liebte es, im Regen zu laufen. Die Luft war dann satter und lebendiger, die Schritte leichter, und wenn ihm die vom Regen tief hängenden Blätter nass in die Stirn klatschten, hatte er nicht einmal das Bedürfnis, ihnen auszuweichen. Tom, der hinter ihm lief, hatte eine dünne Regenjacke übergezogen, wogegen Kristers Shirt ihm bereits nach wenigen Schritten nass am Körper klebte. Er fühlte das. Er fühlte jede kleine Spur, die die Tropfen auf seiner Haut hinterließen.

Normalerweise liefen sie diesen Trail schneller, er führte fast eben durch den Wald hinter dem Ort. Heute jedoch kündete der feuchte Glanz der Steine davon, wie rutschig sie waren, und die moosigen Tümpel waren gut gefüllt. Immer wieder wurde er langsamer, und sie suchten sich einen Weg seitlich an einer besonders matschigen Stelle vorbei. Kristers Füße machten bei jedem Schritt schmatzende Geräusche in den klitschnassen Schuhen.

Als Tom ihn nach Annik gefragt hatte, war er erst ein bisschen verschnupft gewesen, aber letztlich konnte Tom am allerwenigsten dafür, dass Krister zu blöd war, sein Wohnzimmer aufzuräumen, bevor er Espen hereinließ. »Hat Hanne sonst noch was gesagt?«, fragte er über die Schulter.

»Nein, nur dass sie dir den Kopf abreißt, wenn du es versaust.«

»Schön, wie die ganze Stadt da mitzureden hat.« Er gab sich Mühe, beim nächsten Schritt direkt in einem der Matschtümpel zu landen.

»Hey!« Tom schubste ihn von hinten, und Krister brauchte einen Augenblick, bis er das Gleichgewicht wiedergefunden hatte und lachend beschleunigte.

Aufpassen jetzt auf den glitschigen Steinen.

Tom setzte ihm nach. »Ernsthaft, Batman. Hast du dir überlegt, wie du ihr dein kleines, schmutziges Geheimnis beichten willst?«

Keuchend beugte Krister sich vornüber. »Mein supersexy, absolut beneidenswertes und ultracooles Lieblingshobby, meinst du?«

»Genau das.«

»Mal sehen.« Vergeblich versuchte Krister, mit seiner nassen Hand den Regen von seinem nassen Gesicht zu wischen, bevor er sich wieder aufrichtete. »Drehen wir um?«

Tom trabte eine ganze Weile schweigend vor ihm her. »Ich war letztens bei den Paraglidern. Du hattest recht, was die Golf-Analogie angeht.«

»Ich habe meistens recht.«

Tom beschleunigte seine Schritte, und Krister blieb dicht hinter ihm, wodurch ihm der Grund für Toms plötzlichen Spurt erst auffiel, als eine Ladung Matsch an seinen Schienbeinen landete. Lachend lief Tom weiter.

»Ich habe trotzdem meistens recht!«, brüllte Krister ihm hinterher, bevor er losrannte, um Tom einzuholen. Der Regen hatte noch zugelegt, und allmählich gab es wirklich nicht mehr den geringsten trockenen Flecken an seinem Körper.

»Es macht Spaß, übrigens. Paragliding«, sagte Tom. »Die Leute sind nett. Und auch da gibt es natürlich die Irren, die es drauf anlegen.«

»Wie Leon.«

Tom drehte sich zu Krister um und wischte sich den Regen aus dem Gesicht. »Ja«, sagte er langsam, »wie Leon.«

Schweigend liefen sie zur Straße zurück.

Beim Auto angekommen, ließ Tom den Blick einmal an Krister hoch und runter wandern. »Ich frag dich jetzt nicht, ob ich dich mitnehmen soll.«

»Ein wahrer Freund.« In Wirklichkeit war es kein Problem, die paar Hundert Meter nach Hause jetzt auch noch zu laufen. Nass war nass, und dreckig war dreckig.

»Vielleicht nimmst du sie einfach mal mit«, sagte Tom nachdenklich, während er seinen Toyota aufschloss. »Nächstes Wochenende soll das Wetter wieder besser werden.«

»Der erste Tandem-Wingsuit-Jump ever vom Gipfel des Kjerag, schöne Idee.« Dankbar nahm Krister das Handtuch entgegen, das Tom ihm reichte. »Nur hoffentlich verliebt sich Annik dann nicht versehentlich in einen der Sanitäter im Rettungshubschrauber.«

»Blödmann. Aber jemand könnte sie mit dem Boot zur Dropzone bringen, zum Beispiel.«

»Ich denke drüber nach. Danke.«

Tom fing das Handtuch mit einer Drehung des Handgelenks auf. »Wir sehen uns. Lass dich morgen nicht von Hanne ärgern.«

»Zur Not feuere ich sie«, gab Krister im Loslaufen zurück.

»Du kannst eine schwangere Frau nicht feuern.«

Krister hob nur die Hand und winkte nach hinten.

❦

»Guten Morgen.« Es hatte endlich aufgehört zu regnen, und Annik stellte den unbenutzten Schirm in den Schirmständer neben der Rezeption, nachdem sie sich lächelnd und grüßend an bestimmt zwanzig Leuten vorbeigequetscht hatte, die im Vorraum warteten, dass die Praxis öffnete.

Wohlwollend lächelte Tilda sie an. »Guten Morgen, meine Liebe. Hattest du ein schönes Wochenende?«

»Ja, sehr. Ich war mit Theo im Ölmuseum.« Unter anderem. »Und du?«

Tilda winkte ab. »Frag nicht. Meine Schwester und ich haben unsere Mutter im Altersheim besucht. Hat Theo das Ölmuseum gefallen?«

»Sehr.« Unauffällig sah Annik sich nach Krister um. Es fühlte sich viel zu lange an, dass sie ihn zum letzten Mal gesehen hatte. Die Pause am Wochenende war wichtig gewesen, um zu verstehen, was zwischen ihnen passierte, und sich zu überlegen, wie und wann sie es Theo sagen wollte. Jetzt fieberte sie dem Treffen umso mehr entgegen. »Mir auch«, kehrte sie mit großer Willensanstrengung zum Gespräch zurück. »Mir war nicht klar, wie sehr das Öl die ganze Gesellschaft beeinflusst hat.«

In Tildas Lächeln lag etwas Schwermütiges. »Vor allem hier in der Gegend, ja. Viele Familien haben Opfer gebracht. Mette und ich sind auch Ölkinder.«

»Echt? Das heißt, euer Vater hat auf einer der Bohrinseln gearbeitet?«

Tilda nickte. »Er ist einer der Überlebenden von der Alexander-L.-Kielland-Katastrophe. Bis heute sitzt er oft am Meer und sieht den Hubschraubern nach, die zu den Ölfeldern rausfliegen. Und dann spricht er darüber, ob es wohl stürmisch ist draußen.«

In Anniks Kopf mischte sich Tildas unbekannter Vater mit dem alten Jostein Arnesen. Sie sah einen knurrigen Kerl vor sich, der in der Vergangenheit lebte und sich schwertat mit menschlicher Nähe, sich aber dafür bei jedem Unwetter um ihm fremde Kameraden weit draußen auf See sorgte. »Habt ihr viel Kontakt?«

»Es geht. Er ist ein wenig anstrengend geworden. Aber immerhin hat er überlebt. Hat Alva dir erzählt, dass ihr Großvater auf der Kielland gestorben ist?«

»Nein, hat sie nicht. Wie schrecklich.«

»Sie hat ihn nie kennengelernt, keiner von ihnen. Das war Jahre vor Kristers Geburt.«

Annik hätte gern mehr gehört, aber sie musste arbeiten. »Ich finde das unglaublich spannend, erzählst du mir irgendwann mehr davon?«

»Gern.«

Märtha und Marius tuschelten im Büro, als Annik vorbeiging, und Svea, die sie im Gang traf, grinste sie unverhohlen an. »Guten Morgen. Wie war das Wochenende?«

Erst Tilda mit dieser Frage, jetzt Svea. Hatte Svea sich je vorher nach ihrem Wochenende erkundigt? So langsam wurde es seltsam. »Gut«, sagte Annik gedehnt.

»Das habe ich gehört.« Sveas Vergnügen war nicht zu übersehen – und bezog sich möglicherweise nicht auf das Ölmuseum.

»Wie es aussieht, bist du da nicht die Einzige.« Annik versuchte ein Lächeln. »Gibt es hier im Ort irgendjemanden, der nicht innerhalb von vierundzwanzig Stunden weiß, wer mit wem was tut?«

Svea lachte. »Es ist schrecklich, nicht wahr? Man sollte meinen, ich hätte mich in zwei Jahren daran gewöhnt, aber … Du wirst in dieser Stadt nicht verhindern können, dass die Töpfe in der Gerüchteküche überkochen, ganz egal, was du tust oder nicht.«

»Du meinst, die Leute reden ohnehin?«

»Ich bitte dich! Du bist die Sensation hier. Selbstverständlich reden sie.«

»Ich glaube, das wollte ich nicht wissen.«

»Du wirst dich daran gewöhnen.«

Vermutlich würde Annik das, ja. Und irgendwann würde die nächste Sensation im Ort auftauchen, und Theo und sie würden zu den alten, eher uninteressanten Nachrichten rutschen.

In ihrem Behandlungszimmer wartete Hanne schon. Annik hatte damit gerechnet, dass auch sie fragen oder eine Bemerkung machen würde. Doch Hanne deutete nicht einmal mit einer Silbe an, etwas von der Sache zwischen Annik und Krister zu wissen oder sich auch nur dafür zu interessieren. Im Montagswahnsinn blieb nur wenig Zeit für private Worte. Annik erzählte von Theos Begeisterung für die Rettungskapsel im Museum und Hanne von den Planungen zu Ellas fünftem Geburtstag. Einzig an den ein wenig zu prüfenden Blicken, die sie im Laufe des Vormittags auffing, konnte Annik ablesen, dass Hanne sehr wohl Bescheid wusste.

Zwischen den einzelnen Terminen der Notfallsprechstunde blieb ihr kaum die Zeit, zur Toilette zu gehen, geschweige denn, Krister einen guten Morgen zu wünschen. Sie lachte auf, als sie erkannte, dass Jostein Arnesen ihr erster Terminpatient sein würde und sie tatsächlich nach dem hektischen Morgen beinahe froh war, sein grummeliges Gesicht zu sehen.

»Jostein, kommen Sie rein. Was macht die Lunge?«

»Glauben Sie, dass die besser wird von den paar Pillen, die Sie mir gegeben haben?«

Annik reichte ihm die Hand. »Nehmen Sie Platz und zeigen Sie mal her.«

Nur widerwillig zog er das Hemd aus, aber er forderte keinen männlichen, norwegischen Arzt mehr, immerhin. »Auf welcher Bohrinsel haben Sie eigentlich gearbeitet?«, fragte sie, nachdem sie ihm die Lunge abgehört hatte.

Ein verblüffter Blick traf sie. »Was wissen Sie denn schon davon?«

»Nichts,« sagte Annik freundlich. »Aber vielleicht können Sie mir davon erzählen.«

Als die letzte Patientin vor der Mittagspause den Raum verlassen hatte, streckte Hanne sich durch. »Das Mini und ich brauchen frische Luft. Kommst du mit?«

Annik schüttelte den Kopf. »Ich hab hier noch ein bisschen zu tun.«

Das Lächeln versteckte sich nicht besonders gut in Hannes Mundwinkeln.

»Und dann bin ich mit Alva bei Jamal verabredet.«

»Gut, dann bis nachher.«

Warum hatte sie so betonen müssen, dass sie mit Alva verabredet war? Erstens ging die Sache niemanden etwas an außer Krister und ihr, und zweitens war sie Hanne nun wirklich keine Rechenschaft schuldig. Drittens schien die komische Praxisregel tatsächlich niemanden zu interessieren. Und viertens wusste es ohnehin schon die ganze Stadt.

Es klopfte, und ihr Herz machte einen Satz. Wie konnte man am Klang des Klopfens erkennen, wer draußen wartete?

»Komm rein.« Sie war bei Krister, bevor er die Tür hinter sich zugetreten hatte. Es war eigenartig, ihn in dieser Umgebung zu sehen, in der sie ihn bisher nur nüchtern und kühl kannte. Nüchtern und kühl wirkte er jetzt gar nicht, obwohl er einen schwachen Geruch nach Handdesinfektion mitbrachte. Er überbrückte ihr winziges Zögern, indem er sie an sich zog. Seine Lippen waren immer noch genauso ... unfassbar köstlich wie beim ersten Kuss, genauso zart und fest. Sie schlang die Arme um ihn. »Ich hab dich vermisst.« Der Satz passte gerade so zwischen zwei Küsse. Zwei sehr ausgiebige und zunehmend atemlose Küsse, in deren Verlauf Kristers Hände irgendwie unter ihr T-Shirt fanden.

Sein Atem zitterte, als sie die Hände hinten an seinem Hosenbund entlangfahren ließ. »Weißt du, was ich jetzt tun würde, wenn wir nicht in der Praxis wären?«

Sie sollten das lassen. Sie sollten das definitiv lassen. Aber wenn er weiter so ihre Brustansätze streichelte ...

Sie zog ihn näher heran, um ihn wieder und wieder zu küssen. Mit einer Hand strich er jetzt an der Innenseite ihres Oberschenkels nach oben, und trotz des Stoffs dazwischen hinterließ er dabei eine Funkenspur, die ... nicht ... besser wurde ... je näher er ... Sie unterdrückte ein Stöhnen.

»Ich weiß, was ich tun würde«, sagte er rau.

»Was denn?«

Der Druck seiner Hand zwischen ihren Beinen wurde stärker, und seine Lippen kitzelten ihr Ohr, als er flüsterte: »Ich würde dafür sorgen, dass dieser Stoff zwischen uns verschwindet, und dann würde ich mich an deinen Beinen nach oben küssen.«

»Zu dumm, dass wir in der Praxis sind.« Vorsichtig tastete sie sich ebenfalls an seiner Hose entlang nach vorn.

Er sog die Luft ein. »Nicht.«

»Sicher?«

Sein »Ja« kam gepresst.

Sie sollten das wirklich, wirklich lassen. Die Erkenntnis schien sie gleichzeitig zu ereilen. Wenn sie jetzt nicht aufhörten, würden sie in der Praxis Dinge tun, die dort ganz und gar unpassend waren. Atemlos lösten sie sich voneinander.

»Nachher mehr«, sagte Krister.

Zehn Minuten später betrat Annik im Laufschritt, frisch gebürstet und mit dezent erneuertem Make-up *Jamal's Place*. »Sorry, dass ich zu spät bin. Ich musste noch …« Was für ein Schwachsinn. Alva wusste ganz genau, dass sie nichts Dringendes zu tun gehabt hatte.

Aber Alva lächelte nur. »Alles okay?«

»Ja.« So wahnsinnig, irrsinnig okay, wie Annik nie gedacht hätte, dass es je wieder sein könnte. So unglaublich wundervoll okay.

»Ich hab dir Falafel bestellt.«

»Kein Fiskepudding heute?«

»Du undankbare Deutsche magst den ja nicht.«

Annik setzte sich. »Danke. Falafel sind perfekt.« Sie merkte erst, dass sie versonnen vor sich hin gegrinst hatte, als Alva auflachte.

»Krister tarnt es ganz gut, aber du … Sehr verliebt?«

»Ist es so deutlich?«

»Schon. Ich freue mich für euch.«

Sie nickte Jamal dankend zu, als ihr der Duft des Falafeltellers in die Nase stieg, den er vor ihr abstellte. »Du hast mir am allerersten Tag von eurer Regel erzählt, keine persönlichen Verflechtungen in der Praxis zu erlauben. Hast du keine Angst, dass jetzt Chaos ausbricht?«

Alva zerteilte mit der Gabelseite ihren Fischpudding. »Was soll passieren? Im Zweifelsfall kriecht Krister in sein eisiges Schneckenhaus, was ihn noch nie daran gehindert hat, der beste Unfallchirurg des Landkreises zu sein, und dich werde ich schon irgendwie auffangen. Wir sind doch alle erwachsen.«

»Aber die Regel war dir so wichtig.«

»Krister hat sie aufgestellt, nachdem ... Ich weiß nicht, ich sollte dir das vielleicht nicht erzählen.«

Hatte es je einen Satz gegeben, der neugieriger machte? Annik nippte an ihrem Wasserglas. »Mein Vater hatte eine Affäre. Er neigt dazu, um es mit den Worten meiner Mutter auszudrücken, attraktive, jüngere Kolleginnen auf ihren Schreibtischen zu vögeln.« Noch während sie den Satz zu Ende sprach, merkte Annik, wie ihr das Blut in den Kopf schoss. Behandlungszimmer war schon recht nah an Schreibtisch, oder? Aber die Situation war anders als bei ihren Eltern. Ganz anders. Sie riss sich zusammen. »Insofern habe ich selbst das eine oder andere Vorurteil, was Beziehungen im Job angeht.«

»Ihr schafft das schon, ihr beide«, sagte Alva. »Du hast ein bisschen Glück mehr als verdient, und Kris ... na ja, er ist mein allerliebster bester großer Bruder. Natürlich wünsche ich mir, dass er jemanden hat, dem er sich öffnen und bei dem er sich fallen lassen kann. Ihr passt gut zusammen. Und Krister mag Theo, das habe ich gesehen.«

Über dem Gespräch war das Essen kalt geworden. Annik konzentrierte sich dennoch sehr darauf, während sie fragte: »Warum hat Krister die Regel eingeführt?«

»Na gut.« Alva seufzte. »Da er selbst dir das kaum erzählen wird und ich finde, dass du es wissen solltest ... Kristers letzte feste Freundin war Physiotherapeutin bei uns in der Praxis. War ein Versuch, weil wir ja doch recht viel Unfallnachsorge machen. Es lief auch alles gut, bis Krister sich ein Bein gebrochen hat. Er spricht nicht darüber, was genau zwischen ihnen schiefgelaufen ist, aber Tonia ist jedenfalls, während man ihm im OP das Bein zusammengeschraubt hat, in den Zug gestiegen und hat sich nur noch einmal aus Australien wieder gemeldet.«

»Scheiße«, rutschte es Annik heraus. »Wie unfair ist das denn? Einfach abzuhauen, während der andere im Krankenhaus ist, finde ich arm, ganz gleich, wie sehr man sich gestritten hat.« Hätte sie das getan, wenn Flo an jenem Tag nicht gestorben wäre, so, wie sie sich gestritten hatten?

»Wie gesagt, keine Ahnung, was da noch war. So etwas ist ja selten einseitig.« Alva schob den Stuhl nach hinten und stand auf. »Frag ihn sonst selbst.«

Krister hatte versprochen, am Abend vorbeizukommen. Theo würde noch wach und Mara zu Hause sein. Kein wildes Herumküssen also. Vielleicht würde sie ihn nach dieser Tonia fragen. Allerdings – wer will schon eine aufkeimende Beziehung mit langen Offenbarungen über Verflossene beginnen? Sie würde ihm, wenn überhaupt, auch erst nach und nach erzählen, wie das mit Flo wirklich gewesen war. Möglicherweise musste sie gar nicht so genau wissen, warum er auf dieser Regel bestanden hatte.

◆—◆—◆

Es war schwierig, Annik nicht direkt in ihr Schlafzimmer zu schleifen, um zu vollenden, was sie am Mittag begonnen hatten. Und noch schwieriger war es, sie nicht wenigstens zu küssen. Aber angesichts von Mara, die mit übergeschlagenen Beinen auf einem der Barhocker am Küchentresen den Fuß wippen ließ und nur so tat, als würde sie ihr Smartphone betrachten, beschränkten Annik und er sich auf eine beinahe unverbindliche Umarmung und einen winzigen Kuss unter seinem Ohrläppchen. »Ich bringe gleich das Abendessen auf die Terrasse«, sagte Annik. »Jetzt, wo endlich wieder die Sonne scheint. Wenn du Lust hast, kannst du schon rausgehen.«

Der Garten war tatsächlich wieder vollkommen abgetrocknet. Theo hatte den Parcours abgebaut und zerrte stattdessen eine Palette hinter dem Schuppen hervor, von deren Existenz Krister nicht einmal etwas geahnt hatte. Zwei weitere Paletten lagen bereits im Gras. »Hey, Kumpel.«

Theo stieß zur Antwort mit den Knöcheln seiner kleinen Kinderfaust an Kristers.

»Was wird das?«

Auf einer der Paletten lag ein Blatt Papier, auf das Theo etwas gezeichnet hatte. Er hielt es Krister unter die Nase und erwartete eindeutig eine Reaktion.

»Ein Kasten?«, rätselte Krister. »Ein ... keine Ahnung. Was ist das?«

Theo betrachtete ihn prüfend. Dann lief er ins Haus und kehrte kurz darauf mit einem Buch über Boote zurück. Zielsicher blätterte er zu einer Seite, auf der ein prächtiges Floß abgebildet war.

»Ein Floß, ja? Sind da noch mehr Paletten?«

Theo nickte.

Krister legte ihm die Hand auf die Schulter. »Weißt du, wie viel einfacher es wäre, wenn du sprechen würdest, Kumpel? Komm, wir gehen mal nach der Palette gucken. Aber wir brauchen dann auch noch Schwimmkörper, irgendwelche alten Plastikkanister oder so was.«

Als Annik den Tisch deckte, hatten Theo und er zwei mal zwei Paletten nebeneinandergelegt und Bohlen darauf verteilt, die sie anschrauben würden, um die Paletten zusammenzuhalten. Es hatte etwas Surreales. Krister rutschte so viel selbstverständlicher und schneller in die Rolle eines Ersatzvaters für Theo, als er es für möglich gehalten hätte. Er fürchtete sich immer noch vor der immensen Verantwortung, die das mit sich brachte, aber es machte ihm auch einfach Spaß. Wann hatte er das letzte Mal ein Floß gebaut?

»Kommt ihr zum Essen?«

Jetzt musste Krister doch lachen. Es fehlte wirklich nur noch die Kamera für die perfekte Waschmittelwerbung. »Theo, ich fürchte, wir haben ein Problem.«

Theo, der vor ihm die Stufen zur Terrasse hochstieg, drehte sich um.

»Wie bekommen wir das Riesending da aus dem Garten ins Wasser?«

»Ich würde dafür plädieren, es vielleicht nicht ganz so groß zu bauen«, sagte Annik trocken. »Eineinhalb Palettenlängen in jeder Richtung sollten reichen, oder?«

Sichtlich nachdenklich kletterte Theo auf einen der Stühle.

»Wir werden uns das überlegen, während wir nachher den Tisch abräumen«, sagte Krister. Wenn schon Ersatzvater, dann wenigstens nicht der aus der Waschmittelwerbung, der so tat, als wäre er zu blöd für die Hausarbeit.

Siebzehn

*E*s tat erstaunlich wenig weh, Mara zu verabschieden, als sie abgeholt wurde, um zurück nach Deutschland zu fahren. Rose und Luis waren ebenfalls zum Winken gekommen.

Maras Freund Ole machte einen netten Eindruck, aber mehr konnte Annik während der fünf Minuten, die sie ihn kennenlernte, nicht sagen. Er hatte sie freundlich begrüßt, Rose freundlich begrüßt und mit den Kindern ein paar Witze gemacht, bevor er Maras Gepäck in seinen VW-Bus lud.

Dann begann das allgemeine Umarmen. Zum Abschied drückte Mara Theo an sich, und er zerquetschte sie, so sehr er konnte. »Ich komme bald wieder, Kleiner. Dann fahren wir mit deinem Floß.«

Danach war Annik an der Reihe, ihre Schwester zu umarmen. »Danke, dass du hier warst.«

»Wie gesagt, ich komme wieder. So schnell werdet ihr mich nicht los.«

Ihr Gepäck war verstaut, Ole hatte die Schiebetür zugeschoben und lehnte jetzt abwartend an der Stoßstange. Mara stieg ein, ließ es sich aber nicht nehmen, ihnen aus dem offenen Fenster noch Kusshände zuzuwerfen, als der Bus kurz darauf davonrollte.

»Gute Heimreise, und grüß Mama«, rief Annik.

»Du grüß mir das Sahneschnittchen!«

Sie winkten, bis das Auto nicht mehr zu sehen war.

»Und was tun wir jetzt?«, fragte Rose. »Kuchen essen?«

Auch in den nächsten Tagen verbrachte Annik immer wieder Zeit mit ihrer neuen Nachbarin. Nach wie vor sagte Theo kein Wort, aber weder er noch Luis schienen ein Problem damit zu haben.

Luis redete dafür umso mehr. Manchmal trafen sie sich auch mit Hanne und Ella.

Nachdem alle in der Praxis – und vermutlich in der ganzen Stadt – über Krister und sie Bescheid wussten, bestand keine Notwendigkeit, ihre Liebe geheim zu halten. Trotzdem hatte Annik das Bedürfnis, Privatleben und Job zu trennen. Ganz gelang es nicht. Immer wieder gab es gestohlene Minuten, schnelle, heiße Küsse zwischen zwei Patienten, kleine Berührungen, verschwörerische Blicke. Abends, wenn Krister zu ihr kam, versuchte sie, Theo möglichst vorher ins Bett zu bringen, um den Abend mit Krister zu haben, denn wenn er auftauchte, solange Theo noch wach war, belegte der ihn sofort mit Beschlag.

An einem dieser Abende baute Theo im Wohnzimmer eine Burg aus Kapla-Steinen. Krister lag neben ihm auf dem Teppich, den Kopf auf einen Arm gestützt, und half ihm. Im Schneidersitz ließ sich Annik ebenfalls nieder, doch kaum saß sie, angelte Krister mit der freien Hand nach ihr und zog sie zu sich, sodass sie lachend das Gleichgewicht verlor und halb auf ihm landete. »Ich liebe dich«, murmelte sie irgendwo in der Nähe seines Halses. »Ich fürchte, ich liebe dich tatsächlich.«

»F-fürchtest du, ja?«

»Blödmann.« Sie krabbelte ein Stück nach oben und küsste ihn auf die Nase. »Es ist schon ziemlich beunruhigend.«

»Ich weiß.«

Erst jetzt fiel Annik auf, dass das leise Klappern der Holzbausteine aufgehört hatte. Theo saß neben seiner Burg und sah mit einem unlesbaren Gesichtsausdruck zu ihnen herüber. Annik brauchte einen Moment, um zu verstehen, was ihn so … verstörte? Irritierte? Er hatte sie bisher noch nicht einander küssen gesehen. Sie streckte den Arm nach ihm aus. »Komm her, mein Schatz.«

Ein breites Grinsen schlich sich auf Theos Gesicht. Nein, er war keinesfalls verstört. Eher wirkte er beglückt, als er jetzt mit einem

Satz auf Krister und ihr landete. Sie legte die Arme um ihn und Krister, und Krister legte die Arme um sie, und irgendwie drückten sie sich alle, und Annik war sicher, es hatte noch nie ein zufriedeneres Menschenbündel gegeben.

An diesem Abend schlief Theo auf dem Sofa ein, während Annik und Krister davor auf dem Teppich saßen. In Kristers Arm geschmiegt, scrollte Annik auf ihrem Handy durch die Ergebnisse der Suchmaschine. Vor einige Tagen hatte sie zufällig ein Bild von einer Wohnzimmertrennwand gesehen, das sie ihm unbedingt zeigen wollte. »Hab's gleich. Schließlich kann ich hier nicht einfach ohne die Zustimmung meines Vermieters etwas einbauen.«

Doch Kristers Blick war nicht auf ihr Smartphone gerichtet, sondern auf das Bild von Baby-Theo und Flo, mit dem Annik den Anfang einer Fotowand gemacht hatte.

»Stört dich das?«, fragte sie vorsichtig.

Krister dachte nach. Noch eine Eigenschaft an ihm, die sie mochte. Er antwortete nicht leichthin irgendetwas, von dem er dachte, sie wolle es hören. »Nein«, sagte er schließlich. »Ich glaube nicht. Auch wenn ich mir nicht unbedingt Bilder von meiner Ex aufhängen würde. Aber das ist wohl was anderes.«

Ja, dachte Annik. Weil diese Tonia gegangen war und nicht gestorben. Und weil da kein Kind im Spiel gewesen war.

»Tut es noch sehr weh?«, fragte Krister.

»Manchmal. Nicht so oft.« Sie hörte ihre eigenen Worte verklingen. »Es ist schon so, wie du gesagt hast. Ohne Flo wäre ich nicht die, die ich jetzt bin.«

»Das wäre sehr schade.« Er zog sie enger an sich.

»Und ich glaube, manchmal muss es einfach wehtun, sonst wären wir nicht menschlich. Es gibt immer wieder Momente, in denen es mich einholt, aber sie werden weniger.«

»Ja. Als meine Mutter gestorben ist, habe ich meine Tante gefragt, ob es je aufhören wird, wehzutun. Sie meinte, die Zeit würde den Schmerz heilen. Aber in Wirklichkeit ... ich weiß nicht. Man lernt, damit umzugehen. Er verändert einen, und nach einer Zeit merkt man nicht mehr, dass er da ist.«

Annik legte das Handy zur Seite und wandte sich ganz zu Krister um, um ihn zu küssen. »Ich hätte deine Mutter gern kennengelernt.«

»Du hättest sie gemocht.«

»Bist du ihr ähnlich? Dann hätte ich sie sogar sehr gemocht.«

Grinsend schüttelte er den Kopf. »Überhaupt nicht.«

Annik lachte. »Ich hätte sie trotzdem gemocht.«

»Espen hat viel von ihr. Dieses Witzige, Charmante, das ist von ihr. Als sie noch sie selbst war, vor der Krankheit.« Er war wieder ernst geworden, und Annik nahm seine Hand. »Wenn du mir davon erzählen willst ...«

»Will ich. Irgendwann.«

Erst am Freitag der vierten Woche kam Annik endlich wieder dazu, mit ihrer eigenen Mutter zu telefonieren. »Es ist unfassbar, wie glücklich man sein kann«, sagte sie, während sie die Spülmaschine ausräumte. Aus dem Obergeschoss drang Luis' Plappern, und ab und zu hörte sie Krister etwas sagen. »Es ist beinahe zu viel.«

»Kann es zu viel Glück geben?«

»Keine Ahnung.« Sie reckte sich, um den Glaskrug in den Schrank zu stellen. »Manchmal denke ich das. Was, wenn das Glück sich immer wieder in der Mitte einpendeln will? Ich bekomme langsam Angst, dass das hier morgen alles wie ein Kartenhaus zusammenklappt.«

»Du könntest es auch einfach genießen, weißt du?«, sagte ihre Mutter. Annik hörte Sarah im Hintergrund mit dem Hund schimpfen und lächelte in sich hinein.

»Das hört sich so leicht an.«

»Ist es auch. Überleg mal. Selbst wenn deine Theorie stimmt, hättest du doch nach dem grausigen letzten Jahr jetzt mindestens fünf Jahre Glück verdient, meinst du nicht?«

Vielleicht hatte ihre Mutter recht. Hoffentlich hatte sie recht. Annik musste ihr versprechen, Fotos von Theo und Krister zu schicken, dann beendete sie das Gespräch. Die Wahrheit war: Krister und sie taten einander gut. Seit jenem denkwürdigen Kerzenabend hatte Annik das Gefühl, jeden Tag glücklicher und lebendiger zu werden und jeden Tag ein wenig mehr zu vertrauen. Sie fühlte sich gesehen, gehalten, geliebt. Und Alva behauptete, Krister noch nie so anhaltend froh und ausgeglichen gesehen zu haben. Obwohl Annik ihm keine Fahrräder reparierte, schien sie ihm dennoch etwas Wichtiges zu geben. Auf der Kommode stand inzwischen eine ganze Reihe von Fotos. Theo und Krister am Steuer der *Anne Bonny,* Annik und Krister Arm in Arm auf Selerøy. Es war eine liebevolle, entspannte Normalität, die nach und nach einzog. Selbst das Floß, das Theo mit Krister angefangen hatte zu bauen, hatte Gestalt angenommen.

Die Wahrheit war aber auch: Krister bedrückte etwas, und sie konnte es zunehmend weniger übersehen. Er sprach nie darüber, wo er am Wochenende und manchmal sehr früh morgens vor der Arbeit hinging, und sie fragte nicht danach. Wäre er nicht Krister gewesen, hätte sie sich vermutlich Gedanken über eine andere Frau gemacht. Seit zwei Tagen stotterte er wieder, aber als sie ihn darauf angesprochen hatte, hatte er nur gegrinst. »Du könntest es wegküssen.«

Nachdenklich stieg sie ins Obergeschoss. Auf der Treppe kam Krister ihr entgegen.

»Willst du schon los?«

»*Frontstage*-Night.« Kristers Fingerspitzen an ihrem Kinn brachten sie zurück in den Augenblick. »Ich muss mich da mal wieder sehen lassen. Aber ich bleibe nicht lange, und ich komme hinterher vorbei, wenn dir das recht ist.« Seine Augen blitzten. »Du wirkst, als könntest du eine ausgiebige Massage gebrauchen.«

Sie ließ zu, dass er ihr Kinn anhob und sie küsste. Und noch mehr küsste. Und beim Küssen an das Treppengeländer drängte, dass es quietschte. Und die Hand unter ihr Shirt schob und weiterküsste.

Erst als sie meinte, von oben kleine Schritte zu hören, drückte sie Krister atemlos von sich. »Ich fürchte, ich bin tatsächlich ziemlich erschöpft. Treffen wir uns morgen?«

»Sorry, morgen kann ich nicht.«

Nebeneinander gingen sie ins Erdgeschoss.

Während er kurz darauf seine Sneakers zuschnürte, sah er zu ihr hoch. »Ich w---« Da war es wieder. Immerhin wurde er nicht mehr frustriert und distanziert, wenn er hängen blieb, sondern schnaubte nur noch kurz. »Ich w---ollte dich noch w---as fragen.«

»Frag.«

»Ich habe m---it Rose gesprochen. Sie hat gesagt, es wäre okay, wenn wir es v---ersuchen.«

Er musste die Ratlosigkeit auf ihrem Gesicht mehr als deutlich erkennen. »Was versuchen?«

Irgendetwas an dem, was er sagen wollte, schien nicht so einfach zu sein. Warum sonst stotterte er und redete um den heißen Brei herum? Er richtete sich auf. »Hast du mal was v---om Kjerag g---ehört?«

Sie durchsuchte ihr Hirn. »Das ist dieser Berg am Fjord, oder? Da, wo der Stein zwischen den Felsen hängt und die ganzen Instagramer hinrennen, um Fotos zu machen?«

Kristers Lachen war ein bisschen brüchig. »G---enau der. A-ber wenn man s-sehr früh losgeht, hat man ihn f-fast für sich und stolpert nicht an jeder Ecke über Touris.«

Annik verstand immer noch nicht, was Rose damit zu tun hatte und warum Krister das Sprechen auf einmal wieder so schwerfiel.

»Ich m---öchte d---ir meinen Kjerag zeigen. Es ist w---ichtig.« Er atmete ein. »Rose hat gesagt, Theo kann bei ihr übernachten. Wir können morgen Abend mal etwas anderes machen. Vielleicht essen gehen, und Sonntag früh fahren wir auf den Berg.« Erwartungsvoll lächelte er sie an, anscheinend sicher, den weltbesten Vorschlag gemacht zu haben. Sie hatte recht gehabt mit ihrer Vermutung. Natürlich wollte er auch mal etwas anderes unternehmen. War Rose vielleicht tatsächlich die Lösung für ihr Babysitterproblem? Aber das wäre schon wieder so einseitig. Sie wollte nicht immer nur nehmen.

»Darüber muss ich erst nachdenken.« Theo hatte außerdem noch nie woanders übernachtet als bei ihrer Mutter. Aber da war er klein gewesen. Jetzt war er fünf – und sprach nicht. Andererseits, was sollte passieren? Wohl kaum mehr, als dass Theo nach Hause wollte, und für den Fall gab es Telefone.

Kristers Blick ruhte abwartend auf ihr. Er gab sich Mühe, weiter entspannt zu lächeln, aber das Schlucken verriet ihn. Am Ende war es seine Nervosität, die sie sagen ließ: »Klar. Warum nicht. Mehr als schiefgehen kann es ja nicht.«

❦

Der Aufstieg am Samstag war qualvoll, weil Krister seinen viel zu vollen Kopf mitschleppte. So musste es sich anfühlen, wenn man hier nicht jeden Stein und jeden Vorsprung kannte, sondern den Weg mühsam finden und sich untrainiert hocharbeiten musste. Espens Worte gingen ihm nicht aus dem Kopf. *Du musst ihr sagen, dass du ein Hobby hast, das durchaus den Tod mit einkalkuliert.* Große Güte. Er fuhr keine Autorennen. Aber irgendetwas sagte ihm, dass Annik die Sache möglicherweise ähnlich sehen würde wie Espen. Er kannte sie inzwischen gut genug, um mit ihrer Übervorsichtigkeit mit Theo vertraut zu sein. Klar, wenn ihr Mann gestorben war, war es vielleicht irgendwie sogar verständlich, dass sie die entwickelt hatte. Nur erschien das, was er tat, von außen wahrscheinlich als genaues Gegenteil von übervorsichtig. In gewisser Weise war das Geständnis, das er plante, sogar schlimmer als der Moment, in dem er Annik gezeigt hatte, was er empfand. Denn jetzt hatte er von dem gekostet, was er vielleicht morgen verlieren würde. Er zog den Wingsuit an, sprang ohne Schnörkel, ließ sich von Sander zum Parkplatz bringen und stieg wieder auf.

Die Zeit, die ihm bis zum zweiten Sprung blieb, verbrachte er damit, abseits der Touristen auf einem Felsen zu liegen, sich von Schafen beschnuppern zu lassen und nachzudenken. Zum hundertsten Mal übte er Sätze, mit denen er ihr seine Passion erklären würde – wohl wissend, dass die am Ende nie so rauskommen würden wie geplant. Wahrscheinlich wäre alles leichter, wenn er wäre wie Sander, der kein Tonia-Fiasko hinter sich hatte, oder wie Tom, der sich einfach umdrehen und das hinter sich lassen konnte, wofür sie jahrelang gelebt hatten. Sander würde schlicht sagen: »Hey, ich mache in meiner Freizeit was echt Cooles, Wildes, Großartiges. Willst du mal mitkommen?« Sander würde sich nicht schon beim Gedanken daran die Stimmbänder verknoten. Aber Sander hatte auch nicht Anniks Überängstlichkeit erlebt.

Es war Zeit, zum Exit zu gehen, wenn er das Boot erwischen wollte. Wie ein Roboter lief er den letzten Rest hoch. Der Wind riss an seiner Kleidung und holte ihn aus seiner Trance. Genau das war es, was er hier tat. Etwas Cooles, Wildes, Großartiges.

Wovor also hatte er so eine beschissene Angst?

◆━◆

Petrolblaues, körperbetontes Hemd, das die Farbe seiner Augen verstärkte. Die langen Beine steckten in engen schwarzen Jeans, dazu schwarze Schuhe. Sogar frisch rasiert hatte er sich und die

Haare sehr sorgfältig in Form gebracht. Sie war mit einem schönen Mann zusammen, dachte Annik, als sie Krister von der Seite betrachtete, während sie Hand in Hand durch die engen Sträßchen der Altstadt von Stavanger schlenderten. Aber um ehrlich zu sein, hätte er auch Quasimodo sein können, sie hätte ihn genauso sehr gemocht, einfach für die Art, wie er mit Theo umging, und dafür, wie sicher und geborgen sie sich bei ihm fühlte. Und, na gut, weil er unglaublich aufmerksam im Bett war. Seine Hand lag warm um ihre, und sie zog beide an die Lippen, um seinen Handrücken zu küssen. »Wenn, dann machen wir das volle Touristenprogramm«, hatte er gesagt.

Tatsächlich war eins der bunten Holzhäuser niedlicher als das andere. Orange mit grünen Fensterrahmen, himmelblau mit gelben Fensterrahmen, mintgrün, pink, rot. Überall Cafés und Restaurants, vor denen Menschen saßen, lachten und erzählten. Es duftete nach Blumen, und die flirrende, fast südländische Stimmung, die an dem Abend über der Stadt lag, hatte etwas Magisches. Dazu tauchte die tief stehende Sonne alles in weiches, warmes Licht. Konnte das Leben sich freundlicher zeigen als jetzt, da sie mit diesem Mann einen solchen Ort entdeckte?

»Es ist schön hier«, sagte sie.

»Dem Tag angemessen.« Krister steuerte auf ein Restaurant mit dem Namen *Gabrielli* zu, wo er kurz mit einer Kellnerin sprach. Die deutete auf einen der runden Tische im Sonnenschein. Galant zog Krister einen Stuhl für Annik heraus. »Weißt du eigentlich, was heute für ein Tag ist?«, flüsterte er ihr ins Ohr, während sie sich setzte.

Annik hatte das Gefühl, jetzt sehr schnell nachdenken zu müssen, um sich keine Blöße zu geben. War irgendein Feiertag? Sommersonnenwende? Nein, die war letzten Monat gewesen. Während sie nachdachte, knetete Krister ihr sanft die Schultern. »Es ist mir unangenehm, aber …«

»Und da sag noch einer, Frauen könnten sich besser Daten merken. Heute vor einem Monat sind wir zusammengekommen.«

»Du bist ... Wieso weißt du das?« Und wie hatte sie daran nicht denken können?

»Gib es zu, du bist beeindruckt.« Er beugte sich nach vorn und küsste sie auf den Mund, bevor er sich ebenfalls setzte.

»Bin ich.«

»Siehst du. Deswegen weiß ich das.« Er senkte die Stimme zu einem verschwörerischen Raunen. »Ich steh drauf, wenn du beeindruckt von mir bist.«

»Jeden Tag wieder.«

Aus irgendeinem Grund wirkte Kristers Lächeln brüchig, doch er überspielte es, indem er die Karte aufschlug und ihr die diversen Fischspezialitäten empfahl.

»Ich kann Fisch leider nicht ausstehen.«

»Sie haben auch gute Flatbreads.«

»Das Flatbread mit Ziegenkäse, Feigen, Honig und Rucola«, bestellte sie, als die Kellnerin wieder an ihren Tisch trat.

»Für mich den Fisch hier. Und zwei Gläser Prosecco?« Fragend sah er sie an.

»Ich kann leider auch Prosecco nur mittelgut leiden«, gab sie zerknirscht zu.

»Das ist sehr beruhigend. Was ist mit Cider? Man sollte es nicht annehmen, aber es gibt hier richtig guten Cider. Und wir brauchen etwas zum Anstoßen.«

»Cider ist prima.«

Sie schafften es, den Abend über erfolgreich alle wesentlichen Themen auszuklammern. Annik sprach nicht an, dass sie fürchtete, der Alltag würde sie zu schnell verschlingen, und Krister schwieg darüber, was immer ihn seit Tagen beschäftigte. Stattdessen erzählte er ihr, dass das *Gabrielli* den Cider selbst aus norwegischen Äpfeln herstellte. Annik berichtete von ihrem bescheidenen Erfolg mit dem alten Jostein. Es war ganz erstaunlich, über wie viele nichtssagende Themen man plaudern und sich dabei tief in die Augen sehen konnte.

Nach dem Essen spazierten sie noch eine Weile in der lauen Sommernacht durch die Gassen von Stavanger und am Wasser entlang, bevor sie zurück nach Lillehamn fuhren.

Annik hatte die Augen halb geschlossen und Kristers Hand umfasst, die auf ihrem Bein lag, während sie durch die Nacht fuhren. Ab und zu schielte Annik zu Krister hinüber, und wenn sich ihre Blicke trafen, lächelte er. Sein Auto fühlte sich an wie ein warmer, sicherer Kokon.

Das Klingeln von Kristers Telefon über die Freisprechanlage ließ Annik aufschrecken. Ohne Vorwarnung jagte ihr Herz los, und ihre Finger krampften sich eiskalt um Kristers Hand, bevor er sie ihr entzog. So viel also ›zu den Momenten, in denen es sie unvermittelt einholte‹.

Mit einem schnellen Seitenblick drückte Krister das Gespräch weg, bevor Annik auf dem Display den Namen des Anrufers erkennen konnte. »Du hättest das ruhig annehmen können«, sagte sie, als sich ihr Herzschlag so weit beruhigt hatte, dass sie sprechen konnte.

»Nein.«

»Doch. Ich hätte nicht hingehört.«

Er schüttelte leicht den Kopf. »Darum geht es doch gar nicht. Das war nicht meine heimliche Geliebte oder so.«

»Beruhigend.«

»Ich hatte nur angenommen, du würdest vielleicht nicht besonders auf Telefonate im Auto stehen.«

Gab es irgendjemanden außer Krister Solberg, der derart unaufgeregt aufmerksam war?

Er konnte den ungöttlich früh seinen Schlaf zerreißenden Wecker einfach ignorieren und mit der Nase in Anniks Haaren liegen bleiben. Oder er konnte sie ausschlafen lassen und allein zum Kjerag fahren. Sie seufzte im Schlaf und kuschelte sich an ihn.

Nur würden weder Liegenbleiben noch Schweigen etwas ändern. Er schuldete ihr die Wahrheit.

Schlaftrunken drehte Annik sich zu ihm um. »Guten Morgen.« Es war zum Anbeißen, wie sie nuschelte. Es war bezaubernd, wie sie langsam zu sich kam. Und es war … sehr … atemberaubend, wie sie sich wieder ganz bewusst an ihn schmiegte.

»Ich wache gern neben dir auf«, flüsterte sie. »Wir sollten das öfter tun.«

Er konnte sie einfach lieben und dann wieder einschlafen.

Doch er tat es nicht. Beziehungsweise tat er nur das Erstere. Schlaftrunken, träge und vielleicht gerade deswegen markerschütternd.

Annik kochte, bereits in Leggings und Sport-Shirt, Kaffee und strahlte ihn an, als er wenig später aus der Dusche kam und sich das Shirt überzog. »Du kannst mir diesen Sixpack auch noch ein wenig länger zum Anschmachten präsentieren.«

»D---as hättest du g---ern.« Sprachzentrum, du dämlicher Verräter.

Er packte Anniks Rucksack in den Kofferraum. »Hast du eine Windjacke?«

»Ja.«

»Einen Pullover?«

Sie hatte die Arme gegen die morgendliche Kälte um den Körper geschlungen und federte auf und ab. Trotzdem sah sie ihn zweifelnd an. »Es sollen 25 Grad werden.«

Das hier war gut, vertrautes Terrain, Sicherheit. Krister lächelte. »Hast du einen Pullover dabei?«

»Nein.«

»Dann musst du zur Not meinen anziehen, es wird schon gehen.« Denn wenn sie jetzt ins Haus zurückkehrte, würde er ihr folgen, und sein ganzer todesmutiger Plan für diesen Tag würde in warmen, weichen Bettlaken versinken. »Zeig mal deine Schuhe.«

Sie hielt im Federn inne und hob einen Fuß. »Was hast du vor? Eine Expedition zum Pol? Ich dachte, wir wandern bloß ein bisschen.«

»Andere Schuhe hast du nicht?« Ganz so schlimm war es nicht, aber es war gut, wenn sie Respekt vor dem Aufstieg hatte. Es trieben sich schon genug größenwahnsinnige Touris in Turnschuhen da oben rum und verstopften die Wege.

»Siehe Frage eins«, knurrte Annik bibbernd.

Sehr nah an ihrem Ohr flüsterte er: »Sagen wir es so: Leute mit solchen Schuhen sind in der Regel die, die wir mit dem Hubschrauber vom Berg holen.«

»Ist der Hubschrauber immer mit so heißen Männern wie dir besetzt?«

Chapeau, Süße. Sie zog ihn nach vorn. Ohne Widerstand, zugegeben. Als wüsste sie, wie ihn das anmachte, liebkosten ihre Lippen seine, während sie wisperte: »Dann würde ich mich sehr, sehr gern retten lassen.«

»Ich werde also dafür sorgen müssen, dass es dazu nicht kommt.« Falls sie überhaupt je so weit kamen und nicht tatsächlich in ihrem Bett landeten. Besonders viel fehlte nicht, angesichts dessen, wie sie sich jetzt an ihn schmiegte und ihn küsste. »Hast du eine Wasserflasche?«, krächzte er.

»Ja«, hauchte sie gegen seinen Mundwinkel.

»Müsliriegel?«

»Yessir.«

»Gut, dann ... sollten wir ...«

»Ich bin sehr gespannt auf deinen Berg.« Sie boxte ihn sanft mit beiden Händen gegen den Brustkorb und öffnete die Autotür.

Es fühlte sich gut und richtig an, sie beim Fahren neben sich zu haben, das hatte er gestern schon gedacht. So als könnte er sich daran gewöhnen. Seine Hand lag entspannt auf ihrem Knie, und ihre wechselweise auf seiner oder seinem Oberschenkel. Ab und zu sahen sie sich an und lächelten. Krister hatte die Playlist von Will's Seaside angeschaltet, automatisch, weil er sie derzeit immer hörte. Doch bei *Rolling to shore* drehte Annik lauter. »Magst du das?«

»Ja.« Sie strich ein bisschen weiter innen über seinen Oberschenkel. Aus dem Augenwinkel sah er ihr Grinsen. »Doch, das mag ich durchaus.«

»Irgendwas habe ich verpasst, oder?«

»Das Lied lief an dem Abend in deinem Wohnzimmer, als du mir diese unglaublich hinreißende Liebeserklärung gemacht hast.«

Oh. »Du meinst ... das ist jetzt so was wie ›unser Lied‹?«

»Definitiv, Doktor Solberg.«

»Okay.«

Je näher sie dem Kjerag-Parkplatz kamen, desto nervöser wurde er doch wieder. Nicht einmal die einspurige, kurvige Straße konnte ihn ablenken – zu oft war er sie gefahren, um noch von ihr gestresst zu sein. Wenn jemand entgegenkam, hielt man kurz in einer Bucht an und fuhr dann weiter.

»Hey, da ist ein Schaf auf der Straße!«

»W-warte, b-bis wir oben sind. Da sind noch mehr davon.«

Der Parkplatz war mit vielleicht dreißig Autos noch beinahe leer, obwohl es schon nach sieben war, als Krister den Motor ausstellte. Für Annik war jeder Schritt hier oben neu, und er wünschte, er könne es besser genießen, alles durch ihre Augen noch einmal frisch zu erleben. Aber er war damit beschäftigt, sich ihre möglichen Reaktionen auf seinen Lifestyle vorzustellen – was letztlich vollkommen müßig war. Letztlich sprang er zur Entspannung und um den Stress aus der Praxis abzubauen. Und war es nicht offensichtlich, wie viel besser es für alle war, wenn er nicht gestresst war? Annik neben ihm keuchte vor Anstrengung. Er hatte vergessen, wie mörderisch dieser Aufstieg die ersten Male gewesen war. Auf dem ersten Gipfel reichte er ihr stumm ein Handtuch und eine Wasserflasche. »Danke«, japste sie. Sie war knallrot im Gesicht, und ihre Augen leuchteten. »Das ist … unsagbar groß.« Sie lachte, geflasht von dem irrsinnigen Glücksgefühl, das die Anstrengung unweigerlich mit sich brachte. »Und unsagbar heftig. Ist es noch weit?«

»N---ur noch z---weimal runter und w---ieder hoch.« Immerhin gelang es ihm, sie anzugrinsen. »Ein Fünftel haben wir schon.«

»Na, dann.« Sie küsste ihn schnell auf den Mund. »Lass uns weitergehen.«

Annik mochte nicht so schnell sein wie er, aber für jemanden aus dem Flachland war sie erstaunlich zäh. Mit eisiger Entschlossenheit kämpfte sie sich Meter um Meter den Berg hoch.

Kurz vor der Hochebene bestand er darauf, dass sie eine Pause einlegten. Nebeneinander setzten sie sich auf einen gerundeten Felsen und aßen, jeder in seinen eigenen Gedanken, Müsliriegel und Äpfel.

»Dass die Natur so gigantisch ist …«, sagte Annik. Krister legte den Arm um sie und zog sie an sich. Ihr Körper war warm, ihr Gesicht glühte. Sie legte den Kopf gegen seine Schulter und seufzte. »Unglaublich. Es ist nicht mal zehn Uhr morgens, und wir sind auf einem Berg. Auf einem fantastisch großen Berg.«

Es war nicht mal zehn Uhr morgens, und sein Herz schmolz.

»Danke, dass du mir das hier zeigst.«

»Hm.« Mehr als das fand nicht den Weg durch die übereinanderstürzenden Gefühle und Gedanken. Er zog sie noch ein bisschen dichter.

»Hast du dein Telefon greifbar?«

Krister nickte.

»Mach ein Selfie von uns, ja? Wir haben so wenige gemeinsame Bilder.«

Gehorsam fischte er sein Smartphone aus der Hosentasche und fotografierte.

»Guck nicht so streng.«

Er schnitt ihr eine Grimasse.

»Genau! Viel besser!«

Letztlich machte er bestimmt zehn Bilder. Bilder, auf denen sie lächelten – er eher angespannt –, Bilder mit Schmollmund und diverse Bilder, auf denen sie irgendwo an den Rand gerutscht waren und man hauptsächlich schiefe Berge sah, weil er beim Küssen die Kamera nicht sehen konnte.

»Gehen wir weiter?«

Er sprang auf und reichte ihr seine Rechte.

Hand in Hand gingen sie weiter, bis Annik beide Hände zum Abstützen brauchte, um einen besonders steilen Felsen zu erklimmen. Die brutale Kälte und der Wind, die gleich darauf einsetzten, schienen sie nicht zu stören – im Gegenteil. Sie breitete die Arme aus und lachte. »Guck mal, man kann sich gegen den Wind lehnen und einfach stehen bleiben.«

Krister machte ein Foto.

»Das ist der Hammer, probier das mal! Ich hab das Gefühl, ich hebe gleich ab. Es ist wie Fliegen!«

Fast wie Fliegen. »Ich weiß.« Er stopfte die Hände in die Hosentaschen.

»Okay, was ist los?«, fragte Annik, als sie weitergingen.

»N---ichts.«

»Ist klar.«

»Ich hab nur über was nachgedacht.«

Sie wischte sich mit dem T-Shirt den Schweiß aus dem Gesicht. »Kanntest du diesen Leon eigentlich, den Freund von Tom?«

Krister spürte, wie sein aufgesetztes Lächeln einfror. Dummerweise erstarrte sein Kehlkopf gleich mit. Wie kam sie jetzt auf Leon? Unschlüssig hob er die Schultern, um überhaupt irgendwie zu reagieren.

Aber sie schien zu gefangen von der wilden Schönheit hier oben, um zu bemerken, was mit ihm los war. »Keine Ahnung, wie ich gerade drauf kam, vielleicht durch das Gefühl vom Fliegen hier oben.«

Mit unverminderter Begeisterung kletterte und sprang sie weiter. Der Kjerag machte das mitunter mit Leuten. Er brachte sie dazu, sich so sehr in diesen Ort zu verlieben, dass er sie nie wieder losließ.

»O mein Gott, da sind Schafe!«

Als Kind hatte Krister diese Schafe gemalt. Tiefblauer Himmel, graue Felsen, schneeweiße Schafe. Er hatte eine Weile gebraucht, um herauszufinden, dass er die Schafe beim Malen einfach nur aussparen musste, um ihnen das entsprechende Weiß zu verleihen. Vermutlich gab es nirgendwo anders auf der Welt derart weiße Schafe.

Mit laut bimmelnden Glocken kamen die Tiere auf sie zugezockelt. »Die haben gar keine Angst, oder?«

Die nicht, nein. »Sie sind neugierig.«

Annik sah sich um. »Es ist so schön hier oben.«

»Ich weiß.« Er machte einen Schritt auf sie zu. Und noch einen. Und legte die Arme um sie und vergrub die Nase in ihren Haaren, deren Duft ihn sonst immer innerlich ruhig werden ließ und die der Wind ihm jetzt ins Gesicht peitschte. Lange standen sie so. Annik hatte den Kopf an seinen Brustkorb gelegt. Er war sicher, sie lauschte seinem hämmernden Herzen. Sanft strich er ihr über den Rücken. Dann drückte er ihre Hand und löste sich. Wo eben noch ihr Körper gewesen war, war es jetzt kalt.

»War das hier oben, wo du dir das Bein gebrochen hast?«

Klatsch. Erst Leon und jetzt das. Wusste sie am Ende längst, was er ihr sagen wollte? »Was?!«

»Sorry, ich wusste nicht ... ist das irgendwie ... Alva erzählte mir, du hättest die Praxisregel Nummer eins aufgestellt, nachdem deine Ex-Freundin abgehauen ist, während du mit einem Beinbruch im Krankenhaus lagst.«

»Ganz so war es nicht.«

Annik verzog das Gesicht bei seinem kühlen Ton. »Erzählst du es mir irgendwann?«

Schneller, als dir vermutlich lieb ist.

Eine Viertelstunde noch.

Doch zuerst schaffte er es, sich von Anniks Begeisterung wieder mitreißen zu lassen, als sie den frei in der Schlucht hängenden Kjeragbolten zum ersten Mal sah. Ein Mann war daraufgeklettert, der nun fürs Foto die Arme zu den Seiten ausstreckte. »Scheiße, das ist verrückt«, stammelte sie und tastete mit der Hand nach seiner. »Das ... ach du Scheiße. Das kann der doch nicht machen.«

Krister lächelte. Es war die übliche Reaktion. Absolute Fassungslosigkeit angesichts der scheinbar bodenlosen Tiefe, die sich unter dem so winzig wirkenden Stein öffnete.

»Ich kann das nicht mal sehen.« Sie umklammerte immer noch seine Hand. »Das schießt mir direkt in den Beckenboden.«

»Ich weiß.« Hätte Krister nicht derart neben sich gestanden, hätte er den Ball aufgefangen, den sie ihm zuwarf, und irgendeinen schmutzigen Witz gemacht. Aber es ging nicht. Er hatte Hunderte Male Leute dort oben stehen sehen, Hunderte Male jemanden kreischen gehört, wie tief und wie aufregend das alles sei – aber jetzt, da er es durch Anniks Augen wahrnahm, schien er auf einmal viel näher daran zu sein. Immerhin bequemte sich sein Sprachzentrum gerade zu kooperieren. »Willst du draufsteigen?«, fragte er, als sie das Plateau erreicht hatten. Außer ihnen waren nur wenige Touristen dort, von denen die meisten tatsächlich in der Schlange standen, weil sie wenigstens probieren wollten, ob sie sich trauen, auf den Kjeragbolten zu klettern.

»Auf den Stein da? Bin ich irre?«

»Du hast doch gesagt, du hast das schon auf Bildern gesehen. Es ist wesentlich weniger schlimm, als es aussieht.«

Sie lachte nervös. »Ich fürchte, dann ist es immer noch sehr schlimm. Höhe und ich sind keine guten Freunde. Außerdem habe ich ein Kind; wär doof, wenn ich runterfalle.«

»Eher unwahrscheinlich. Du wärst die Erste.«

»Ich muss es nicht riskieren. Aber ich könnte mich ganz eventuell da vorn an die Kante ranrobben.« Vorsichtig ging sie auf die Kante zu. »Das ist krass. Hast du die Wolke da ganz weit unten gesehen?«

»Ja.«

Einen Meter vor dem Abgrund, da, wo jeder Tourist unsichere Schritte bekam und auf alle viere ging, hockte auch Annik sich hin und krabbelte den Rest nach vorn. Ganz am Rand legte sie sich auf den Bauch und robbte zur Kante. »Scheiße, ist das tief.«

»Tausend Meter.« Krister kniff die Augen zusammen und scannte die Exits, die man vor hier aus sehen konnte. Noch niemand da. Oder ... der gelbe Punkt dort, das könnte ein Mensch sein. Eventuell. Ohnehin war es noch zu früh.

»Wenn ich jetzt runterfalle, bin ich ziemlich tot.«

»Warum solltest du?«

Sie robbte wieder zurück. »Ist das unheimlich! Hast du da runtergeguckt? Man denkt, man würde gleich nach vorn kippen, obwohl man eigentlich ganz fest auf dem Bauch liegt.«

»Ich weiß.« Er zwang sich ein Lächeln ins Gesicht. »Und? Jetzt auf den Stein?«

»Nein, ich verzichte dankend. Bist du schon mal drauf gewesen?«

»Ja.« Eigentlich wäre es ein guter Zeitpunkt, wieder zurückzuwandern, schlug der Feigling in ihm vor. Sie könnten unterwegs Pause machen und würden weit weg sein, wenn die ersten Rufe auf dem Plateau ertönten. Das wäre am einfachsten. Aber es würde –

um das zum dreiundsiebzigsten Mal festzustellen – nichts lösen. »Wollen wir uns einen Moment da drüben in die Sonne legen?«, fragte er.

Sein Fleecepullover bot keine besonders gute Polsterung, aber Annik seufzte dennoch in seinem Arm wie heute Morgen im weichen Bett.

»Mach ein Selfie.«

Er ließ seine Nase in ihren Haaren und hielt das Telefon hoch. Irgendetwas würde es schon aufnehmen.

Fünf Minuten noch.

Vier Minuten und dreißig Sekunden.

Als wäre je jemand auf die Minute genau um elf gesprungen, nur weil Sander unten mit dem Boot wartete.

Vier Minuten.

Am Wasserfall-Exit tauchte ein hellgrüner Wingsuit auf, wahrscheinlich der Amerikaner von letzter Woche, John. Und das Blaue am Exit 5D, das war Lise. Eine Kaskade von roten Punkten, gerade noch erkennbar, kam vom Exit 5: Morten, Alex und der neue Typ aus Österreich. Er wusste nicht, was schlimmer war, die Tatsache, dass sein ganzer Körper vor Verlangen kribbelte, ebenfalls dort oben zu stehen, oder das Wissen darum, dass Annik mit sehr großer Wahrscheinlichkeit nicht begeistert sein würde, ganz gleich, wie viele gute Argumente er ihr nannte.

Kristers Herz wummerte, als die erste Frau rief: »Guck mal, da!« Er schluckte. Jemand musste hier oben die verfluchte Luft abgesaugt haben. Aber alle anderen konnten noch rufen, in allen möglichen Sprachen, Deutsch, Englisch, Holländisch, Chinesisch. »Oh my goodness, look!«, »Wow, der springt da runter!«, »Das würde ich mich ja nie trauen.«

Krister setzte sich auf, er konnte keine Sekunde länger liegen bleiben.

»Ist das abgefahren!« Anniks Stimme neben ihm.

Vorsichtige Hoffnung flackerte in ihm auf.

»Krass! Guck mal, der da vorn!«

Das Hoffnungsflämmchen brannte ein wenig höher. Aber es schaffte es nicht, gegen die beschissene Angst anzukommen, die schlimmer in seinen Ohren hämmerte, als würde er selbst am Exit stehen. Es wurde schwer, klare Gedanken zu formulieren.

»Aber ich kann tatsächlich verstehen, dass es Hanne unheimlich ... Weißt du, ob das hier war, wo dieser Freund von Tom gestorben ist?«

»Nein, das war –«

»O mein Gott, hast du das gesehen?« Sie fasste nach seinem Arm. »Wenn ich mich nicht verguckt habe, ist der Typ da gerade mit einem Rückwärtssalto runtergesprungen!«

Ohne auf seine Antwort zu warten, ging sie wieder an den Rand des Plateaus und robbte vor bis zur Kante, um nach unten sehen zu können.

Er ballte die Fäuste. Atmen.

Er konnte über den Fjord fliegen.

Er hatte dem Tod persönlich zig Mal ein Schnippchen geschlagen.

Nur ein paar Worte. Nur Worte.

Er hatte das Gefühl, an ihnen zu ersticken.

Achtzehn

Krister stieß langsam die Luft aus. Annik war so fasziniert davon gewesen, wie der Typ in dem grünen Fledermausanzug sich seelenruhig in die Tiefe warf und Sekunden später weit unten an den Felsen entlangsegelte, dass sie ihn nur sehen konnte, wenn sie bis zur Kante des Plateaus krabbelte; sie hatte nicht auf Krister geachtet. Er stand neben dem Pullover, auf dem sie gelegen hatten, blass, viel blasser, als es diesem wunderschönen kühlen Sonnenmorgen in dieser unsagbar schönen Natur angemessen war.

»Was ist?«

Er öffnete den Mund nur testweise. Dann wandte er den Blick von ihr ab, betrachtete stattdessen eine der Bergspitzen, wo sich eine Gestalt in einem blau-weißen Overall zum Sprung bereit machte, und straffte die Schultern. Teilnahmslos sagte er in Richtung des Bergs: »Das ist Bjarne.«

Etwas begann sich in ihrem Kopf zusammenzusetzen, das sie noch nicht ganz zu fassen bekam. »Du kennst den?«

»Ja. Normalerweise wäre ich jetzt selbst da oben.«

Sehr, sehr langsam klickten die Zahnrädchen ineinander. So langsam, dass er Zeit hatte, sie mit brennenden Augen wieder anzusehen, kurz nur, unsicher, als machte es ihm Mühe, den Blickkontakt zu halten.

Seine Wochenendausflüge, von denen er nie sprach. Klick.

Er hatte ihr etwas zeigen wollen, das ihm wichtig war. Klick.

Den ganzen Morgen über hatte er zwischen liebevoller Zuwendung und krampfiger Abwesenheit geschwankt. Klick.

Er kannte ganz offensichtlich diesen Berg wie sein Wohnzimmer. Klick.

»Du meinst … Du springst da auch runter? Du machst Basejumping wie Tom? Wie dieser Leon?«

»Wingsuit, ja.«

Hatte Espen nicht gesagt, die Wingsuiter seien die richtig Irren? Sinngemäß? Annik presste die Mittelfinger gegen die Nasenwurzel. Scheiße, sie bekam schon Anfälle, wenn sie diesen verfluchten Steinklumpen dort hängen sah. Herrje, sie hatte einen Anfall bekommen, als Theo von dem Felsen auf Selerøy gesprungen war. Pipifax für Krister, logisch.

Sie spürte seinen Blick auf sich, aber sie konnte ihn jetzt nicht ansehen. Erst musste sie ihr Gefühlschaos sortieren. Zwischen Schreck, Angst, Wut, Faszination blieb am Ende nur der eine Gedanke übrig: Der Mann, den sie bereit gewesen war zu lieben, der Mann, der als Erster wieder ihr Herz berührt hatte, dieser Mann riskierte freiwillig den Tod. Angestrengt atmete sie in beide Handflächen.

»Annik?« Seine Hand streifte ihre Schulter.

Sie schüttelte ihn ab. »Nicht jetzt.« Atmen. Keine Panik. Krister war nicht Flo, und das hier war ein Berg, keine befahrene Autobahn, okay? Erst mal die Sache angucken. Mit übermenschlicher Anstrengung drängte sie die immer noch kochenden Gefühle zurück und nahm die Hände von den Augen.

Krister neben ihr hatte – so vertraut – die Hände in den Hosentaschen. Ein Bild der vollkommenen Entspanntheit für jeden, der ihn nicht kannte. Aber sie nahm seine zusammengezogenen Augenbrauen wahr, die aufeinandergepressten Kiefer, das kaum merkliche Zucken des rechten Oberlids.

»Wahnsinn, da sind noch mehr!«

Automatisch folgte Anniks Blick dem Fingerzeig des Mädchens. »Es sieht faszinierend aus«, gab sie mechanisch zu. »Schön irgendwie.«

»Es fühlt sich auch schön an.« Hatte sie sich die Erleichterung in seiner Stimme eingebildet? Nach wie vor hielt er den Blick abgewandt.

In ihrem Hinterkopf klickten immer noch die Zahnräder. Was war es, das ihn an der Sache so fertigmachte, dass er sie nicht einmal beim Sprechen ansehen konnte? Hannes spitze Bemerkung über Kristers Langarmshirt kam ihr in den Sinn. Hanne war in dem Moment klar gewesen, dass er die Wunde an seinem Arm nicht herumzeigen wollte. Hanne hatte ihren Mann überredet, mit Basejumping aufzuhören. Und – das musste es sein – Krister hatte Angst, dass Annik von ihm das Gleiche fordern würde, jetzt, da es mit ihnen etwas Festeres geworden war.

Auf einmal verstand sie auch seinen merkwürdigen Tonfall, als er gesagt hatte, er sei am Berg abgerutscht. Abgerutscht vielleicht, aber ganz bestimmt nicht beim Wandern. »Daher kam die Wunde an deinem Arm. Und die ganzen blauen Flecken.«

»Ja.« Er hatte die Augen gegen die Sonne zusammengekniffen, und sein Blick folgte irgendetwas sehr weit Entferntem. »Nice job, John«, murmelte er.

»Gibt es hier irgendwen, den du nicht kennst?«

»Nicht viele.«

Er war jedes Wochenende hier, erinnerte sie sich, immer wenn er »schon etwas vorhatte«. Jedes verfluchte Wochenende. Natürlich kannte er die alle. Trotzdem fragte sie: »Machst du das oft?«

Endlich drehte er sich zu ihr um und sah ihr gerade in die Augen. »Ich bin einer der Besten«, sagte er ruhig.

Vermutlich wurde man das nicht vom Zuschauen.

Er machte eine Kopfbewegung in Richtung des Abgrunds hinter ihm. »Basejumping ... Ich würde dich das so gern mal erleben lassen. Es ist das großartigste, phänomenalste, unbeschreiblichste Gefühl der Welt.«

Wahrscheinlich sollte das irgendwie nett sein. Aber sie wollte es gar nicht erleben! Wieder dachte sie an die vielen Male, wo er keine Zeit gehabt hatte. Weil das großartigste, phänomenalste, unbeschreiblichste Gefühl der Welt auf ihn gewartet hatte. Klar, da konnte ein bisschen heimliches Rumgeknutsche, wenn Theo gerade beschäftigt war, nicht mithalten.

Der Schweiß vom Aufstieg war angetrocknet und brannte in ihren Augen. Brannte ziemlich in ihren Augen. Brannte so sehr, dass sie sich wegdrehen und ihn mit der Handfläche wegwischen musste.

Was war nicht in Ordnung mit ihr?

Warum war der erste Mann, den sie nach Flos Tod wieder an sich herangelassen hatte, ein durchgeknallter Irrer, der sich von Bergen in Abgründe warf? Scheiße, verfluchte. Außerdem brauchte sie ein Taschentuch.

Sehnige Arme legten sich von hinten um ihre Schultern, Kristers harter Brustkorb drückte warm gegen ihren Rücken.

Scheiß Tränen. Die beschissenen, scheiß Tränen wollten einfach nicht aufhören zu laufen.

»Ich w---ollte, d---ass du w---eißt, w---er ich b---in.«

Sie versuchte, gegen das Schluchzen anzuatmen, das gegen ihre Kehle drückte. Es führte dazu, dass ihr Atem zitterte.

Was war verflucht noch mal falsch mit ihr?

»Kanntest du Leon?«

»Ja. Ich war dabei, als er abgestürzt ist.« Krister hielt sie fest, und die Tränen liefen und liefen und hörten überhaupt nicht mehr auf. Er wischte ihr sanft mit der Hand über die Augen, bevor er den Arm wieder um sie legte und sie festhielt. Danach liefen die Tränen noch mehr. Sie drehte sich in seinem Arm um und presste das Gesicht gegen seine Brust, die so warm und fest und lebendig war. Wie konnte er innerhalb so weniger Wochen so sehr zu ihr gehören? Und wie konnte er das mit einem einzigen Satz alles zerstören?

Er strich ihr über die Haare, sie schob die Hände unter sein Shirt und fuhr über die glatte Haut an seinem Rücken. Unter den Tränen regte sich etwas anderes: verzweifelte, rohe, zornige Lust. Ohne die vielen Menschen hier hätte sie ihm hier und jetzt die Kleider vom Leib gerissen und sich auf ihn gestürzt. Und danach hätte sie ihn in den beschissenen Abgrund gestoßen, diesen großartigen, phänomenalen.

Stattdessen hob sie den Kopf. Bevor sie ihn küssen konnte, mit all der wütenden Intensität, die in ihr tobte, erhaschte sie einen Blick in sein Gesicht. Er lächelte sein Aus-Versehen-Lächeln, aber es sah anders aus, als sie es kannte. Vielleicht lag es daran, dass seine Nasenflügel rote Schatten hatten. Oder daran, dass seine Augen durch die rötlichen Lider noch heller wirkten als sonst.

Nichts an ihrem Kuss war weich. Nichts war liebevoll. Kein zärtliches Tasten mit der Zungenspitze, keine Fragen. Sie presste den Mund auf seine Lippen, benutzte ihn, zwang ihn, ihre Zunge einzulassen, bis er leise stöhnte.

Dann riss sie sich los. »Großartig, oder?« Es klang nicht souverän, sondern genauso beschissen jämmerlich, wie sie sich fühlte. »Phänomenal, nicht wahr? Das hättest du haben können. Das hättest du alles haben können.« Sie musste runter von diesem Berg, sie hielt es keine Sekunde länger hier aus. Und es war ihr scheißegal, ob Krister ihr folgte oder nicht.

Während sie über die Felsblöcke in der schmalen Schlucht krabbelte, kamen wieder die Tränen. Weil sie gegen die Sonne kletterte, verschwamm das Bild vor ihren Augen zu diffusen Lichtflecken. Pullover, ha! Eine Sonnenbrille hätte sie gebraucht.

»Annik!«

Sollte er doch rufen. Sie rutschte ab, und ein brennender Schmerz raste ihr Schienbein entlang. Ihre Handflächen waren ebenfalls zerschrammt. Es war egal, sollte das Blut doch laufen. Immer wieder musste sie Leuten ausweichen, die ihr entgegenkamen und sie besorgt musterten.

»Annik!«

Scheiß Steine. Scheiß Schlucht. Scheiß glitschige Oberflächen. Sie krabbelte weiter, bis sie sich endlich an einer Felskante auf die Schafsebene ziehen konnte.

Ihre rechte Socke war nass vom Blut und einer Pfütze, in die sie getreten war, außerdem hatte sie garantiert Blasen an den Füßen.

»Annik!« Krister sprang neben sie. Die blöde Kante, die sie sich mühsam hochgezogen hatte, sprang er einfach hoch. »Hey.«

Sie schüttelte seine Hand ab. »Weißt du, was ich gestern noch zu meiner Mutter gesagt habe? Dass das mit dir zu gut ist, um wahr zu sein.«

Vielleicht war es nur das Sonnenlicht, das die Ränder um seine Augen noch röter wirken ließ. Auf jeden Fall konnte sie den Anblick nicht ertragen. Und es lag noch ein zweistündiger Abstieg vor ihr, mit Blasen an den Füßen und einem zerschmetterten Traum. Der eisige Wind auf der Hochebene trieb ihr umso mehr Tränen in die Augen. Sie stapfte weiter, einfach immer weiter. Manchmal stolperte sie, dann stand sie wieder auf. Weiter, weiter, weiter. Sie ignorierte die entgegenkommenden Menschen, die wolkenweißen Schafe mit ihren Glocken, und vor allem ignorierte sie Krister, der wie ein lautloser Schatten an ihrer Seite war. Sollte er doch zur Hölle fahren.

Die steinerne Treppe, die ins Tal führte, war schmal, und es kamen ihr immer mehr Menschen entgegen. Ihre Knie schmerzten, ihre Füße waren vermutlich schon abgestorben. Sie rutschte ab und stürzte nur deswegen nicht, weil ein riesiger Typ sie auffing. »Langsam, junge Lady.«

Nicht mal ein Dankeschön schaffte sie. Junge Lady, klar. Sie humpelte weiter. Einfach immer weiter. Eine zu große Stufe nach der anderen. Dämlicher Berg.

Am Ende der Treppe erschien seitlich von ihr ein Schatten, Krister landete mit einem Satz direkt vor ihr. »Es reicht.« Das, was seine Augen jetzt brennen ließ, war ganz klar Zorn.

»Lass mich durch«, sagte sie müde. »Ich will nach Hause.«

»Annik, hör auf.«

»Bitte, Krister, lass mich einfach durch.« Sie musste weitergehen. Nicht anhalten, nicht fühlen, nicht denken. Weitergehen. Nach Hause, zu Theo. Sie machte einen Schritt zur Seite.

Sofort trat er ihr in den Weg. »Begreifst du das nicht? Was du hier gerade machst, ist gefährlich. Du hast ein Kind, große Güte!«

»Genau da will ich jetzt hin, gut erkannt.«

»Wenn du in dem Stil weiterläufst, wird das kaum was werden.« Er stand ihr immer noch im Weg herum, wirkte jetzt aber eher hilflos als zornig, während er sich mit beiden Händen durchs Haar fuhr. »Hör zu. Du brauchst eine Pause. Du musst etwas trinken, und du musst etwas essen. Ich will Theo nicht erklären müssen, dass er jetzt ein Waisenkind ist, weil seine Mutter zu trotzig war, sich drei Minuten auszuruhen.«

Widerwillig gab sie vor sich selbst zu, dass er vermutlich recht hatte. Ihre Beine waren unangenehm zittrig, und der kalte Schweiß kam wohl eher weniger von der Hitze als von der Überanstrengung.

Ungelenk setzte sie sich auf einen Felsvorsprung und wühlte die letzten Müsliriegel aus dem Rucksack. »Auch einen?«

»Iss mal.«

»Wieso muss ich essen und du nicht?«

Krister seufzte. »Weil du ein Kind hast und ich nicht. Außerdem bin ich das hier gewöhnt.«

Richtig, da war was. Wie absurd, dass er sie daran erinnern musste. Schweigend knabberte sie an ihrem Müsliriegel. Krister hatte sich mit angezogenen Knien auf den Boden gesetzt. Die Arme über den Knien verschränkt, betrachtete er sie.

»Du musst mir jetzt nicht beim Essen zusehen.«

»Doch.«

»Nein, das ist mir unangenehm. Guck woandershin.«

Er grinste schief. »Ich habe d---ich schon g---anz anders gesehen.«

»Ja. Das hast du wohl.« Der Zucker tat allmählich sein Werk, sie spürte, wie sie innerlich wärmer und wieder ein winziges bisschen fröhlicher wurde. Nachdenklich musterte sie Kristers Gesicht, das ihr inzwischen so unendlich vertraut war. Beinahe fühlte es sich an, als würde sie mit den Fingerspitzen statt mit den Blicken seine Augenbrauen entlangstreichen. Sie tastete sich mit den Blicken an seinem scharfen Jochbogen entlang, über die kantige Wange und das Kinn. An Kristers Äußerem war alles präzise, beherrscht, definiert. Aber sie hatte den einfühlsamen Mann dahinter kennengelernt, der mit den Worten rang und ebenso viel Ballast herumtrug wie sie.

Er hielt aus, dass sie ihn betrachtete. Er sah nicht weg.

»Weißt du, was ich mir gerade wünsche?«, fragte sie. »Ich wünsche mir, du hättest mir das nie gesagt.«

Sein Lächeln hatte nichts Fröhliches. »Ich wollte nicht lügen.«

Den Rest des Wegs legten sie schweigend zurück. Kristers Schritte waren immer noch leicht und federnd, während Anniks Schuhe mit jedem Meter mehr an ihren Füßen zogen. Stoisch stapfte sie weiter. Linkes Bein, rechtes Bein. Linkes Bein, rechtes Bein. Wenigstens schwebten die Gedanken irgendwann einfach davon, weil sie zu erschöpft war, sie festzuhalten.

Am Auto ließ sie zu, dass Krister ihr die Beifahrertür aufhielt, bevor sie seitlich auf den Sitz sank und als Erstes die Schuhe auszog. Krister lehnte neben ihr am Auto, den Blick an einen Ort gerichtet, an den sie ihm nicht folgen konnte. »Wenn man es nicht gewöhnt ist, ist das eine ziemlich krasse Wanderung. Du hast sie geschafft.«

Sie wünschte, sich könnte sich mehr darüber freuen. Aber das glitzernde Hochgefühl des Aufstiegs war nur mehr eine vage Erinnerung.

»W-wollen wir noch ein E-eis essen?«

Und so tun, als sei alles normal? Sie sah zu ihm auf. »Wie gefährlich ist Basejumping wirklich?«

»Wenn man vernünftig ist, nicht gefährlicher als Auto–«, erschrocken brach er ab, »als irgendwas anderes auch.«

Nicht gefährlicher als Autofahren. Wunderbar. Genau das, was sie hatte hören wollen.

»Wenn man die Fallschirmausbildung mitzählt, mache ich das seit dreizehn Jahren«, sagte Krister in diesem Ton, hinter dem er sich immer versteckte, wenn ihm sonst die Sprache versagen würde. »In der ganzen Zeit hatte ich einen einzigen richtigen Unfall.«

»Den Beinbruch«, schoss sie ins Blaue.

»Ja.«

»Den Beinbruch, nach dem deine Ex dich verlassen hat.«

Er drückte sich vom Auto ab und ging auf die Fahrerseite. Noch bevor sie sich angeschnallt hatte, hatte er den Motor angelassen. Wow. Wenn das nicht ins Schwarze getroffen war. Die gemeine Ex, die den armen Verletzten verlassen hatte, bekam auf einmal ganz neue Facetten.

Krister legte den rechten Arm auf ihrer Rückenlehne ab, während er nach hinten sah und aus der Parklücke fuhr.

Die Playlist war dieselbe wie auf der Hinfahrt. Krister schien es ebenfalls aufzufallen, denn er schaltete mit ein paar schnellen Tipps auf den lokalen Radiosender um, wo ein gut gelaunter Moderator die Zuhörer an diesem schönen Sonntag begrüßte.

Annik lehnte den Kopf an die Nackenstütze und sah aus dem Fenster an der Beifahrerseite. Besonders viel war nicht zu sehen, da die Straße extrem schmal war und von einer Felswand begrenzt wurde.

»Sie war schwanger«, sagte Krister unvermittelt und ohne jede Emotion. »Tonia.«

Im Radio lief Kaffeewerbung, Krister drehte leiser.

»Sie wusste, was mir das Springen bedeutet, sie ist sogar selbst Fallschirm gesprungen. Aber als sie schwanger wurde, wollte sie auf einmal, dass ich aufhöre. Ich hatte in elf Jahren nie auch nur einen Kratzer abbekommen, aber sie wollte, dass ich aufhöre.« Obwohl seine Wortwahl einiges verriet, blieb sein Tonfall unbeteiligt. Ein Auto kam ihnen entgegen, Krister verlangsamte und bog in eine Ausweichbucht ein. Erst als er wieder schneller fuhr, sprach er weiter. »Wir hatten einen sehr unschönen Streit, der mir nicht aus dem Kopf ging. Nur deswegen habe ich diesen dummen Fehler gemacht und die Landung versaut. Tonia hat getobt und ist gegangen. Später hat sie mir geschrieben, dass sie das Kind abgetrieben hat.«

Zu viele Gedanken und Gefühle wirbelten in ihr herum, als dass Annik hätte antworten können. Arme Tonia. Armer Krister. Armes Baby. Hannes Baby fiel ihr ein. »Ich weigere mich, meine Kinder mit jemandem aufzuziehen, dem sein Vergnügen wichtiger ist als seine Verantwortung«, hatte Hanne gesagt, und auf einmal verstand Annik sie so gut. So, so gut. Theo war nicht Kristers Sohn. Aber wenn Krister und sie noch eine Chance, irgendeine Chance haben sollten, dann würde Theo es werden. Es war einer der Gründe, warum sie Krister so … mochte. Gemocht hatte. Was auch immer. Krister war liebevoll und aufmerksam mit Theo. Krister tat Theo gut. Und Theo durfte kein zweites Mal einen Vater verlieren.

Krister legte vorsichtig die Fingerspitzen in ihren Nacken und streichelte ihren Haaransatz. Annik fasste nach seiner Hand und drückte sie, bevor sie sie behutsam zurückschob.

Zu Hause holte die Realität sie ein. Keine Mara, der sie Theo aufdrücken konnte, um in Ruhe zu heulen und sich zu sortieren. Kein doppelter Boden. Sie duschte eine halbe Stunde lang, aß eine Tafel Schokolade und ging dann Theo abholen.

Rose öffnete ihr die Tür in einem gelb und grün gemusterten langen Kleid, Baby Amy auf dem Arm.

»Schickes Kleid«, sagte Annik, wie sie es an jedem normalen Tag gesagt hätte.

»Danke. Willst du reinkommen? Die Jungs spielen oben.«

»Klar. Gern.« Alles, um nicht zu Hause zu sein, wo jedes verdammte Molekül sie daran erinnerte, was Kristers Eröffnung zerstört hatte.

»Es ist ein bisschen unordentlich, aber«, Rose lachte unbekümmert, »ich habe einfach meist Besseres zu tun, als aufzuräumen. Nicht wahr, meine Süße?« Sie ließ das Baby auf der Hüfte wippen, und Amy kiekste.

Es war nicht unordentlicher als bei Annik zu Hause. Und sie hatte nur ein Kind. Roses Familie hingegen war genau das, was sie sich früher immer gewünscht hatte, laut und fröhlich. Außer Luis und dem Baby gab es noch zwei weitere Kinder, sechs und drei Jahre alt.

»Wir sind superspät mit Mittagessen, bleibt ihr dafür noch hier?«

»Ich … ich will mich nicht aufdrängen.« Vor allem wollte sie keine Almosen. Sie wollte nicht die arme Alleinerziehende sein, die man gnädig mit durchfütterte.

Doch Rose lachte ihren Einwand beiseite. »Aber ich will dich festhalten. Mein Mann hat Dienst, und ich freue mich über einen zweiten Erwachsenen, um diese Horde hier zu bändigen. Hey, Jack, lass das! Ich brauche dich noch.« Der Sechsjährige, der auf dem Sofa Salto geschlagen hatte, setzte mit einem Sprung über die Rückenlehne. »Hol mal lieber die anderen zum Essen.«

»Was gibt es denn?«, fragte Jack.

»Couscous. Los, ab mit dir. Und sag Theo, dass seine Mum hier ist.«

Annik half Rose, den großen Esstisch noch weiter auszuziehen. »Danke für die Einladung.«

»Danke fürs Annehmen. Es war übrigens wirklich schön mit Theo, überhaupt kein Problem. Einmal gab es ein kleines Missverständnis, aber das hatten sie geklärt, bevor ich auch nur eingreifen konnte. Wir können das gern öfter machen.«

Welche Macht des Himmels auch immer ihr Rose geschickt hatte, Annik würde ihr auf Knien danken, falls sie ihr eines Tages begegnete.

Auf der Treppe polterten Kinderfüße, gleich darauf flog Theo ihr in den Arm. »Na, Großer? Alles gut?«

Er nickte vehement.

»Das freut mich.«

Er kletterte auf ihren Schoß und lehnte sich mit dem Rücken an sie. Die ganze Mahlzeit über blieb er so sitzen, doch als sie danach mit ihm nach Hause gehen wollte, bestand er darauf, bei Luis zu bleiben.

»Es macht mir nichts aus«, sagte Rose. »Wirklich nicht. Theo ist nett, und wo vier Kinder Platz haben, hat auch ein fünftes Platz. Nenn es meine offizielle Bewerbung als Theos Tagesmutter.«

Zu Hause hielt Annik ihre Hände damit beschäftigt, die Wäsche zu legen, neue Wäsche in die Maschine zu tun und den Geschirrspüler auszuräumen. Sie putzte die Küche, die Badezimmer und das Wohnzimmer. Sie saugte in Theos Zimmer und im Schlafzimmer. Sie nahm Kristers T-Shirt, das neben ihrem Bett lag, in die Hand, um es ins Untergeschoss zu werfen – und presste es dann gegen ihr Gesicht.

Die Nase im Stoff vergraben, ließ sie sich aufs Bett fallen, rollte sich zusammen und heulte.

Draußen war es dämmrig. Es dauerte einen Moment, bis Annik verstand, wo sie war. Ihre Augen waren zugeklebt und verkrustet. Sie lag mitsamt ihren Kleidern im Bett. Sie hielt Kristers nass geweintes T-Shirt in der Hand. Und sie erinnerte sich leider sehr genau daran, warum sie geweint hatte.

Ihr Smartphone zeigte 22:12h. Sie hatte drei Nachrichten.

> Ich wusste nicht, wie ich es dir sonst sagen sollte.
> Tut mir leid, wenn es misslungen ist. Ich wollte,
> dass du weißt, wer ich bin.

> Du bedeutest mir mehr, als mir jemals eine andere
> Frau bedeutet hat. Ich will dich nicht verlieren.
> Bitte, gib uns eine Chance.

Die dritte Nachricht war nur wenige Minuten alt.

> Mir geht es gerade ziemlich mies, weil ich keine Ahnung
> habe, was du denkst und empfindest. Können wir reden?

Falls er genau wie sie im Bett lag und auf sein Smartphone starrte, wusste er, dass sie seine Nachrichten gelesen hatte. Wenn sie doch nur eine Antwort für ihn hätte, irgendeine.

> Vergiss es, du musst nicht antworten. Vielleicht betrinke
> ich mich einfach sinnlos, damit ich schlafen kann.
> Zu blöd, nichts zum Betrinken hier.

Trotz allem musste Annik lachen.

> Ich habe noch zwei Flaschen Bier,
> aber ich gebe dir nichts ab.

> Auch nicht, wenn ich verspreche, dich nicht unzüchtig
> zu berühren, während wir uns sinnlos betrinken?

> Auch dann nicht. Erst muss ich mir klar werden,
> wie es weitergehen soll. Ob es weitergehen soll.

Sie presste sein T-Shirt gegen ihre Wange und drückte auf »Senden«. Offene Karten, kein Taktieren. Noch drei Sätze mehr, und sie würde zustimmen, dass er auf ein Bierchen herüberkam. Was danach geschehen würde, war abzusehen. Schluss damit jetzt. Sie starrte gegen die Wand und überlegte, was sie ihm schreiben sollte, das ihn auf Abstand hielt, ohne gemein zu sein.

Das *Ping* ihres Telefons signalisierte, dass Krister schneller war.

> Ich will, dass es weitergeht. Ich will es so sehr, dass es mich zerreißt, etwas anderes auch nur zu denken. Ich will für dich da sein, und auch für Theo. Ich will mit dir zusammen am Feuer sitzen und dich einfach nur ansehen. Ich will dich küssen. Ich will dich lieben. Wenn es dir schlecht geht, will ich dir den Kopf massieren. Oder die Füße. Oder alles andere. Ich will mit dir zusammengehören.

»Bitte, tu das nicht, Krister«, flüsterte sie. »Kannst du nicht bitte ein egoistisches, ätzendes Arschloch sein?« Sie biss in das arme T-Shirt, um das Heulen zu unterdrücken, bis ihr einfiel, dass sie allein im Haus war. Niemand hörte sie. Aber wie viele Tränen konnte man bitte schön an einem Abend weinen? Mit zitternden Fingern schrieb sie die Antwort, die geschrieben werden musste, selbst wenn es ihr das Herz brach.

> Und mir macht dein Hobby eine Höllenangst. Aber ich werde nicht die Zicke sein, die dich zwingt, mit etwas aufzuhören, das dir anscheinend so viel bedeutet.
> Deswegen brauche ich Zeit, um herauszufinden, ob es für uns eine Chance gibt.

Er las ihre Nachricht nicht. Er las sie einfach nicht! Erst machte er ihr diese ... diese Liebeserklärung, die sie zum Heulen brachte, und dann las er ihre Nachricht nicht!

Gut, dann würde sie eben jetzt genau das tun, was sie täte, hätte es nie einen Krister Solberg in ihrem Leben gegeben. Und sie würde ihr

Telefon nicht mitnehmen, wenn sie die Wäsche aufhängte. Das Pling, das sie beim Zähneputzen aus dem Schlafzimmer vernahm, ignorierte sie. So. Es war nicht so, dass sie nur auf ihn wartete.

   Okay, hab ich verstanden.

Das war's?! *Hab ich verstanden*, ernsthaft? Vielleicht sollte sie doch schnell zu ihm rübergehen und das ausdiskutieren. Hab ich verstanden. Blödmann.

Sie hatte das Pyjamaoberteil schon abgestreift, um sich wieder anzuziehen, als die Vernunft zurückkehrte.

Krister hatte ihr sein Innerstes dargeboten, und sie hatte es nach allen Regeln der Kunst auf den Boden fallen lassen. Zwar hatte sie es immerhin nicht in Scherben geschlagen und zertreten, das nicht, aber trotzdem: Was sollte er denn auf ihre Abfuhr hin schon anderes schreiben als ›Hab ich verstanden‹?

Die Ungerechte von ihnen beiden war vermutlich sie. Aber sie musste ihr Herz retten, bevor es zu spät war. Flo an den Tod zu verlieren, hätte sie beinahe zerbrochen, obwohl sie da schon überlegt gehabt hatten, sich zu trennen. Und wenn Krister es quasi darauf anlegte … Es ging nicht.

Es ging einfach nicht.

   Ich habe Theo versprochen, nächste Woche das
   Floß mit ihm weiterzubauen, und würde das
   Versprechen ungern brechen.

Sie schaltete das Telefon aus, zog die Decke über sich und schob die Hand zwischen ihre Beine.

Neunzehn

Die Nacht war heißer Anwärter auf die Top 5 der beschissensten Nächte seines Lebens. Um halb vier gab Krister den Versuch auf, auch nur ein halbes Auge zuzutun. Ohnehin musste er bald aufstehen. Wenn Annik ihrer Beziehung keine Chance gab, nun, dann würde er eben genau das tun, was er täte, hätte es nie eine Annik Lerch in seinem Leben gegeben. Er hatte Sander versprochen, John und den Österreicher auf den Preikestolen zu bringen, und da war er besser pünktlich.

Hinter seiner Stirn hatte sich ein dicker Troll mit einem Presslufthammer niedergelassen, einem sehr nachdrücklich hämmernden Presslufthammer. Kristers Versuch, ihn in der heißen Dusche zu ertränken, misslang. Erst als er vor die Haustür trat, wo sich das erste vage Dämmerlicht durch den Morgennebel tastete und die Welt noch ganz still war, ließen die Kopfschmerzen ein wenig nach. Kühle, feuchte Luft legte sich auf seine Stirn.

Er war ein Teil dieser Stille, die Müdigkeit machte jeden seiner Schritte behutsam.

Sander wartete mit John und dem Österreicher auf dem Parkplatz. Krister begrüßte sie und ließ ihre weiteren Gespräche an sich vorbeifließen. Auf dem Weg nach oben schwiegen sie, jeder in Gedanken versunken. Kristers Dämonen verloren mit jedem Schritt durch den Wald, mit jeder Stufe, die er erklomm, mit jedem Felsen, über den er sprang, an Kraft. Das hier war … gut. Es war nichts Falsches daran, was auch immer Annik denken oder Hanne ihr möglicherweise einflüstern mochte.

Als sie den Preikestolen erreichten, schickte die Sonne die ersten Strahlen über den Berg. Tagsüber fehlten inzwischen nur noch eine

Würstchenbude und Blasmusik, um das Volksfest zu komplettieren, aber jetzt waren sie so gut wie allein. Zwei Frauen, die auf dem Plateau übernachtet hatten, blinzelten aus ihren Schlafsäcken, und in der Nähe der Kante hatte ein Fotograf sein Stativ aufgebaut und unterhielt sich gedämpft mit zwei anderen Touristen. Es war himmlisch ruhig, so ruhig, wie es hier im Sommer je werden konnte.

»Seid ihr bereit?«

Seine Frage war für seine Begleiter das Signal, ihr Schweigen zu brechen. Er kannte das. Es waren die üblichen angespannten Witze. Sander hatte darauf bestanden, dass die beiden mit Neopren unter dem Sprunganzug sprangen. Während sie sich anzogen, erklärte Krister noch einmal, worauf sie beim Sprung in den Fjord achten mussten. Erst als er ganz sicher war, dass beide alles verstanden hatten, fragte er: »Wer springt zuerst?«

Der Österreicher meldete sich.

»Gib mir drei Minuten, um dort an die Ecke zu gehen, von der ich dich filmen kann. John, du springst erst, wenn er sicher im Boot ist.«

Möglicherweise sollte er Annik bei Gelegenheit die Statistiken heraussuchen. Basejumping war nirgendwo auf der Welt sicherer als hier, vielleicht konnte er ihr das irgendwie erklären.

Er hob den Daumen zum Zeichen, dass er bereit war. Der Österreicher sprang sauber ab, sehr schön. Er wusste, was er tat. Krister zoomte so weit heran, wie die GoPro hergab, bis der Springer im Wasser aufsetzte und der Schirm vor ihm zusammenfiel. Sein Jubel war hier oben noch zu hören.

※

Annik hoffte zutiefst, dass sich die Nachricht von ihrer Beziehungskrise nicht ebenso schnell in der Stadt verbreitete hatte wie die von ihrem Zusammenkommen vor ein paar Wochen. In der Praxis machte es auf jeden Fall den Eindruck. Tilda begrüßte Annik nicht anders als jeden Tag. Svea war ebenfalls ganz normal, und als weder Märtha und Mia die Köpfe zusammensteckten noch Hanne eine mitleidige Bemerkung machte, wagte Annik, allmählich aufzuatmen. Sie hatte um drei Feierabend. Solange sie es schaffte, sich bis dahin in ihrem Sprechzimmer zu verschanzen, und aufpasste, Krister mittags nicht über den Weg zu laufen, würde sie den Tag überstehen. Möglicherweise.

»Wie war dein Wochenende?«, fragte Hanne, während sie den Inhalt der verschiedenen Schubladen überprüfte und Annik sich die Hände wusch.

»Durchwachsen.«

»Meins auch. Wahrscheinlich steht der Mond schief.«

»Wieso? Was war los?«

»Frag nicht. Schwiegermutterdrama. Ganz großes Schwiegermutterdrama. Ich mag die Frau gern, solange sie in ihrem Kaff ... Ach, vergiss es. Ich ärgere mich nur, wenn ich dir das alles erzähle, und Ärger ist nicht gut fürs Baby. Und was hat der schiefe Mond bei dir verursacht?«

Annik trocknete sich sie Hände ab. »Ich ärgere mich auch nur, wenn ich es dir erzähle, lass mal.«

»Aber mit Theo ist alles okay, oder?«

»Ja. Theo ist toll.«

»Ärger mit Frosty?«

»Das ist er nicht«, sagte Annik unwillig. »Frostig.«

»Sorry, ich weiß.« Hanne seufzte. »Sonst wäre ich nicht seit gefühlt hundert Jahren mit ihm befreundet.«

Hanne ahnte mit Sicherheit, was los war. Ihr mitleidiger Blick sprach Bände. Aber sie waren zum Arbeiten hier, und Annik würde jetzt keine Dramen inszenieren, nur weil Krister ein schräges Hobby hatte, mit dem sie – vielleicht – nicht klarkam. Und sie kannte Hannes Meinung zum Thema Basejumping. »Ich will da jetzt nicht drüber reden, Hanne.«

»Klar. Lass es mich einfach wissen, wenn du ein Ohr brauchst.«
»Danke. Was haben wir als Erstes?«

Hanne glich den Bildschirm mit dem Notizzettel ab, den Tilda in das Glaskästchen neben der Tür gesteckt hatte. »Wiederkehrendes Schwindelgefühl. Hilde Skogheim, neue Patientin.«

Eine neue Patientin war eine neue Chance, sich zu beweisen. »Tust du mir einen Gefallen? Gib vor, gar nicht da zu sein, ja? Ich muss langsam allein klarkommen.«

Der Vormittag ging erstaunlich schnell vorbei. Hilde Skogheim brauchte weitere Untersuchungen. Der junge Mann danach wollte im Wesentlichen eine Krankschreibung wegen seines Hustens. Sie verordnete ihm Bettruhe. Über Jostein Arnesens Besuch freute sie sich beinahe. Seit sie ihn nach seiner Vergangenheit auf der Ölbohrplattform gefragt hatte, war der grummelige alte Mann gewillter, ihr immerhin ein wenig Expertise zuzutrauen. Heute schien er Annik fröhlicher als sonst – oder lag es nur daran, dass sie selbst weniger fröhlich war?

»Jostein. Sie sehen gut aus.«

»Hab Ihnen was mitgebracht, Doktorfrauchen.«

Annik ignorierte den unangenehmen Spitznamen und zwang sich zum Lächeln. »Da bin ich neugierig.«

Er zog ein gut erhaltenes, aber vergilbtes Taschenbuch aus seiner Jacke. *Was wirklich auf der Alexander Kielland geschah – ein Insiderbericht*, lautete der norwegische Titel.

Die Unglücksplattform interessierte Annik inzwischen weit weniger als *Die Wahrheit über Basejumping – ein Insiderbericht* es getan hätte, trotzdem war sie gerührt. »Danke, Jostein, vielen Dank. Ich werde es lesen.«

Das erste Mal erschien tatsächlich etwas wie ein Lächeln zwischen seinen Falten. »Und ich habe noch eine Überraschung für Sie.«

Nach Jostein folgten weitere Patienten – der ganz normale Montagswahnsinn. So viele Menschen gaben sich die Türklinke in die

Hand, dass Annik zwischendurch tatsächlich vergaß, an Krister zu denken. Nur ein einziges Mal musste Hanne übersetzen, als ein Patient weder Englisch noch Anniks akzentuiertes Norwegisch verstand.

Mittags sah Alva herein. »*Jamal's?*«

»Keine Zeit.« Anniks Magen hielt Essen heute nicht für eine besonders gute Erfindung.

»Doch, hast du. Anweisung der Bordärztin.«

»Ich ... Okay.« Wenn sie ehrlich zu sich selbst war, hatte sie vor allem Krister aus dem Weg gehen wollen. Sie zog ihre Jeansjacke über das grüne T-Shirt. In der Praxis traf sie Krister ohnehin selten zufällig – es sei denn, sie wollte es. Um ihn schnell zwischendurch zu küssen, zum Beispiel. Was sie jetzt definitiv nicht vorhatte. Warum also sollte sie ihn ausgerechnet heute ... dort vorn aus dem Büro kommen sehen. Wunderbar.

»Kommst du?«, fragte Alva.

Annik hatte kaum gemerkt, wie sie stehen geblieben war. Verflucht, warum musste sie ihn so sehr mögen? Warum sprang ihr jetzt beinahe das Herz aus der Brust? »Klar.«

Ein Schritt nach dem anderen, ganz einfach. Weitergehen. Wie auf dem Kjerag. Kinn hoch und einfach weiter.

Krister bemerkte sie und blieb in der Bürotür stehen. Er lächelte dünn, nickte vage in Alvas und ihre Richtung und drehte sich wieder um.

»Keine Zeit zum Essen, ja?«, fragte Alva.

Annik hob hilflos die Schultern und mied den Blick in Richtung Büro. Krister hatte so blass und müde ausgesehen.

Alva hielt ihr die Tür auf. Auf dem Weg zu *Jamal's* war sie untypisch still gewesen. Erst nachdem sie ihren üblichen Fiskepudding geordert hatte und Annik nichts als ein Schälchen Linsensuppe, das eigentlich als Vorspeise galt, fragte Alva: »Krise oder endgültig vorbei?«

»Keine Ahnung.« Annik biss sich auf die Lippen. Sie würde nicht mal die Linsensuppe hinunterbekommen. Nicht, nachdem sie Krister gesehen hatte und sich am liebsten in seine Arme gestürzt hätte.

»Ich wollte dir eigentlich vorschlagen, die Teambesprechung wegen Theo heute bei dir zu Hause abzuhalten, aber vielleicht sollten wir es ausnahmsweise einfach lassen.«

»Nein.« Annik schüttelte den Kopf. Das Problem würde nicht weggehen, wenn sie vor ihm davonlief. Auf Dauer musste sie ohnehin einen Weg finden, mit Krister zu arbeiten. »Nein, das ist eine gute Idee, dass ihr zu mir kommt, danke.«

»Willst du mir erzählen, was los ist, oder eher nicht?«

Wenn Annik nach Flos Tod eins gelernt hatte, dann, dass Trauer nicht weniger wurde, wenn man sie in sich hineinfraß. Und bei Alva konnte sie wenigstens einigermaßen sicher sein, dass diese fair blieb und Krister nicht in falsch verstandener Solidarität zum Feind erklärte. »Wir waren am Wochenende zusammen auf dem Kjerag.«

Nachdenklich nickte Alva. »Und du hast ein Problem damit, dass er da runterspringt.«

»Ja.«

»Warum?«

»Warum?«, wiederholte Annik. Wie, *warum?* »Weil man den Tod nicht herausfordern muss!« Auch nicht, wenn es einem das angeblich großartigste, phänomenalste, unbeschreiblichste Gefühl der Welt verursacht.

Alva zog den Falz ihrer Serviette zwischen Daumen und Zeigefinger nach. »Krister ist mein Bruder, möglicherweise bin ich vorbelastet. Aber ich will nicht, dass das, was zwischen euch so aussichtsreich begonnen hat, aufgrund von Missverständnissen kaputtgeht. Möchtest du Zahlen dazu hören, wie gefährlich Basejumping wirklich ist?«

»Hast du welche?« Und nicht nur die minder hilfreiche Aussage, es sei nicht gefährlicher als Autofahren, setzte sie in Gedanken hinzu.

»Ja, ich habe ein bisschen recherchiert, als Espen vor ein paar Monaten anfing, deswegen auf Krister rumzuhacken.«

Moment mal. Espen hatte auch ein Problem mit Kristers Hobby? Ungefragt tauchten in Anniks Erinnerung Bilder von jenem Abend im *Frontstage* auf, als Hanne von ihrem Streit mit Tom berichtet hatte. Espens finsterer Blick hatte also keineswegs Tom gegolten, sondern vielmehr Krister? Alva hingegen schien Kristers Hobby nicht besonders aufregend zu finden. »Warum hat Espen etwas dagegen, dass Krister springt, und du nicht?« Sie hatte immer eher Alva für eine Glucke gehalten.

»Weil Espens bester Freund aus der Schulzeit verunglückt ist, als er meinte, unbedingt im Winter springen zu müssen, und unkontrolliert abgerutscht ist.«

»Leon«, sagte Annik.

»Ja. Espen meint, Krister hätte den Unfall verhindern müssen. Krister war mit Leon auf dem Berg.«

»Aber er ist nicht gesprungen?«

»Nein. Es war außerhalb der Saison. Das hätte er nicht getan.« Alva klang sehr sicher. »Also. Willst du Zahlen haben?«

»Ja.«

Jamal brachte ein Tablett mit ihren Gerichten. Sie bedankten sich beide, doch keine von ihnen schenkte dem Essen Beachtung. »Hier springen jedes Jahr Tausende von Menschen«, sagte Alva. »Nicht Hunderte, sondern wirklich Tausende. Wir sind inzwischen bei irgendwas um sechsundfünfzigtausend Sprüngen in fünfundzwanzig Jahren. Dabei gab es hundertvierzig Unfälle, dreizehn Tote. Dreizehn. Und das waren alles entweder sehr unglückliche Verkettungen oder einfach Irre, die ihre Grenzen nicht kannten.«

Wie Leon. Kannte Krister die Grenze?

Annik verbrannte sich die Zungenspitze an der Linsensuppe.

»Hat Krister dir gesagt, warum er springt?«

»Na ja, weil ... keine Ahnung. Ich schätze, es macht ihm einfach Spaß, oder?«

»Frag ihn bei Gelegenheit.«

Beinahe hätte Annik in ihre Suppe gehustet. »Ich frage Krister überhaupt nichts. Wir reden im Augenblick nicht mal miteinander.«

»Okay.« Alva sah sich um, wahrscheinlich, um zu überprüfen, wie viele neugierige Lillehamner Ohren in der Nähe waren. Doch außer ihnen war nur ein dänisch sprechendes älteres Paar hier, und Jamal werkelte in der Küche herum. »Er soll dir das trotzdem irgendwann selbst erzählen. Aber wenn du willst, sage ich dir, warum ich sein Hobby vollkommen in Ordnung finde.«

»Ich bin gespannt.«

»Es ist eine längere Geschichte.«

»Ich bin dennoch gespannt.«

»Gut. Du weißt, dass Krister stottert.«

»Es konnte mir kaum entgehen.«

»Was schon für sich genommen interessant ist, übrigens. Bevor du aufgetaucht bist, hat er nämlich jahrelang problemlos gesprochen. Nimm das mal so als Randnotiz in den Hinterkopf.«

»Notiert.«

»Als er klein war ... Sagen wir mal, ich glaube, er hat nicht ganz ohne Grund diese besondere Verbindung zu Theo. Aber lass mich von vorn anfangen. Krister war ein dürrer, mickriger Junge, der nie das Gefühl hatte, richtig dazuzugehören. Vielleicht auch, weil er kein einziges Wort sagen konnte, ohne hängen zu bleiben. Eine Weile hat er sich nicht getraut, überhaupt etwas zu sagen. Es war so schlimm, dass unser Vater ihn für geistig zurückgeblieben hielt. Krister hat sich jahrelang unglaublich angestrengt, um das Stigma loszuwerden. Deswegen hat er eine irrsinnige Disziplin entwickelt und diesen Ehrgeiz, immer eine Nase vorweg zu sein. Keine Ahnung, ob du es schon gemerkt hast, aber Krister ist nicht glücklich, wenn er nicht sicher ist, alles komplett im Griff zu haben. Als er fünfzehn war, starb unsere Mutter. Danach hat er sich noch mehr unter Druck gesetzt. Schulabschluss als Jahrgangsbester, Studium mit Bestnoten.« Alva lachte kurz auf. »Er ist vermutlich der einzige Student ganz Norwegens gewesen, der nie auch nur eine Vorlesung verpasst hat.«

Ich bin einer der Besten. Annik hörte ihn das immer noch sagen, ganz ruhig.

»Ein Freund hat ihn irgendwann mitgenommen zum Fallschirmspringen. Man braucht sehr, sehr viele Sprünge vorher, bis man hier überhaupt von den Bergen springen darf. Da man immer auf Boote angewiesen ist, die einen unten abholen, ist das ganz gut kontrollierbar. Wer sich nicht an die Regeln hält, verliert die Lizenz. Also hat Krister angefangen, neben dem Studium Rettungswagen zu fahren, um sich die Stunden leisten zu können. Inzwischen fliegt er ehrenamtlich als Notarzt im Rettungshubschrauber mit, das weißt du ja. Das ist einer der Gründe, warum ich so sicher bin, dass er beim Springen sehr genau weiß, was er da tut. Er ist einfach im Zweifelsfall der, der die Verunfallten wieder zusammenflickt.«

Die Suppe wärmte Annik ein wenig von innen, oder vielleicht waren es auch Alvas Worte. »Danke.«

»Sehr gern.« Alva betrachtete mit schiefem Grinsen ihr nicht einmal zur Hälfte gegessenes Mittagessen. »Gib ihm eine Chance. Er verdient das. Und du auch.«

»Ich denke drüber nach.«

Nachdem Alva Jamal darum gebeten hatte, ihr das Essen einzupacken, sagte sie: »Schade, ich hatte dich eigentlich einladen wollen, am Wochenende wieder mit auf die Insel zu kommen. Jetzt wage ich das fast nicht mehr.«

Annik dachte daran, wie gut der Ausflug nach Selerøy Theo getan hatte. Sie streckte den Rücken. »Doch, wir kommen gern.«

❦

Team-Meeting bei Annik. Krister konnte sich einen vergnüglicheren Abend vorstellen, aber als Alva mit dem Vorschlag kam, hätte er es auch kindisch gefunden, abzulehnen. Annik und er hatten gerade eine Krise, aber sie spielten immer noch im selben Team. Annik hatte heute keinen Babysitter, also war es das einzig Logische, sich bei ihr zu treffen, und solange Espen sich jedes »Hab ich's doch gewusst« verkniff, würden sie irgendwie klarkommen.

Aus dem Garten drang Hämmern, als Krister kam. Um Theo beim Bauen zu helfen, fehlten ihm die Zeit und Anniks Okay, aber sie konnte kaum etwas dagegen haben, dass er den Kleinen wenigstens begrüßte, oder? Anstatt zu klingeln, ging er um das Haus herum direkt in den Garten, wo Theo versuchte, eine Sitzbank auf dem Floß zu befestigen. Zumindest vermutete Krister, dass es eine werden sollte.

»Hey, Kumpel.«

Theo sah hoch, sprang auf und flog in Kristers Arme.

»Ich freue mich auch, Kleiner.« Er setzte Theo wieder ab. »Was baust du?«

Mit schief gelegtem Kopf sah Theo ihn an.

»Eine Sitzbank?«

Nicken.

»Und sie hält so nicht?«

Theo schüttelte den Kopf.

Krister fuhr sich durchs Haar. »Wir werden Winkel brauchen. Und mit Schrauben hält das besser, als wenn du es nagelst.« Und ich habe das mit deiner Mutter leider ein wenig verkackt, sonst könnte ich dir helfen. Er seufzte. »Pass auf. Ich habe in der nächsten Woche wenig Zeit, aber ich bespreche mit deiner Mama, wann wir zusammen weiterbauen können.«

Theos Freude hatte Kristers Anspannung ein wenig gelöst. Aus dem Haus hörte er durch die offene Terrassentür Alvas Stimme. Gut. Der Erste zu sein, hätte ihn überfordert.

Hoffentlich würde Annik ihn nicht fressen, weil er ohne zu fragen in den Garten gekommen war und mit Theo gesprochen hatte. Kurz überlegte Krister, zurück nach vorn zu gehen und zu klingeln, doch das war zu albern. Sie waren hier nicht im Kindergarten.

Annik hatte ihn bemerkt, darauf ließ ihr wenig überraschter Gesichtsausdruck schließen, als Krister kurz darauf an den Türrahmen der offen stehenden Terrassentür klopfte.

In der Praxis war es ihm nicht so aufgefallen, aber hier, wo sie strahlen und funkeln sollte, schlug es ihm beinahe ins Gesicht: Sie wirkte blass und übernächtigt, ihre Augen sahen größer aus als sonst, und ihr Lächeln war gezwungen. »Hi. Komm rein.«

Selten hatte er sich so mistig gefühlt.

Weitere Worte oder gar Umarmungen wurden ihnen erspart, weil es in diesem Moment an der Haustür klingelte. Mit einem »Setzt euch schon mal, ich mache eben Espen auf« verschwand Annik in den Flur, und Alva und er setzten sich an den Esstisch, auf den Annik Gläser und Getränke gestellt hatte. An allen vier Plätzen lagen sogar Notizzettel und Stift bereit.

»Bekommt ihr das wieder hin?«, fragte Alva statt einer Begrüßung.

Krister zuckte die Schultern. Es spielte hier und heute keine Rolle. Gerade war nur wichtig, dass er die Situation im Griff behielt. Er blickte in die Runde, sobald Espen und Annik sich gesetzt hatten, dann konzentrierte er sich auf das leere Papier vor sich. »Willkommen zum Team-Meeting. Wenn ihr nichts dagegen habt, würde ich es heute gern kurz halten, ich habe zu Hause noch zu tun. Espen, fängst du an?«

»Jaaaaa«, erwiderte sein Bruder gedehnt.

»Gut.«

Doch statt über die Arbeit zu berichten, fragte Espen: »Hab ich irgendein Memo nicht gekriegt?«

Krister sehnte sich auf den Berg. »Annik und ich haben gerade ein Thema. Nichts, was dich betreffen würde. Fängst du jetzt an?«

»Ein Thema, ja?«

Krister warf ihm einen Blick zu, der hoffentlich deutlich genug sagte, dass er Espen bei nächster Gelegenheit Hagebuttensaat in den Kleiderschrank streuen würde, wenn Espen nicht auf der Stelle zum Punkt kam. Aus dem Augenwinkel bekam er mit, dass Annik ihren Wortwechsel interessiert verfolgt hatte, nun aber auf ihre Finger sah, die den Kugelschreiber hin- und herdrehten.

»Okay.« Espen hob die Hände in einer Defensivgeste. »Geht mich nichts an. Ich hatte während der letzten Woche nichts, dessen Wichtigkeit das Wochenende überdauert hätte. Die üblichen Schniefereien und Halsschmerzen. Einen Verdacht auf eine Autoimmunerkrankung habe ich ins Krankenhaus nach Stavanger überwiesen. Oh, und ich bin froh, dass ich Jostein gerade los bin. Es macht das Leben sehr entspannend.« Er lehnte sich zurück. »Das war's von mir.«

»Jostein raucht seit einer Woche nicht mehr.« Anniks Stimme war leise, aber Krister meinte dennoch, eine Art trotzigen Triumph darin zu erkennen. Er fuhr fort, den Blick zu ihr zu meiden, doch Alva und Espen starrten dafür umso deutlicher.

»Bist du sicher, dass wir von demselben Mann reden?«, fragte Espen.

Annik lächelte. »Ich würde ihn gern als meinen Patienten behalten, wenn das für euch okay ist.«

Krister konnte nicht anders, als in sich hineinzugrinsen, während Alva antwortete: »Mir soll es recht sein.«

Sie hielten die Besprechung kurz, weder Annik noch er hatten viel zu berichten. Alva erzählte von einer Patientin, die ihr Sorgen machte, und während alle gemeinsam Symptome und Werte gegen mögliche Diagnosen abglichen, passierte es, dass Krister und Annik gleichzeitig dieselbe Idee äußerten. Das Lächeln in Anniks Augen spiegelte das, was Krister in diesem Augenblick fühlte, doch es verschwand ebenso schnell, wie es gekommen war.

Es machte ihn kribbelig. Diese angespannte Stimmung zwischen Annik und ihm war unerträglich und ließ ihn erneut wünschen, er hätte einfach geschwiegen. Ein verstohlener Blick auf die Uhr verriet ihm, dass immer noch Zeit genug bis zum Sonnenuntergang war, wenn sie bald zum Schluss kamen.

Alva hatte sich auf jeden Fall eine Menge Notizen gemacht. »Danke, da waren gute Ideen dabei. Wenn ich nächste Woche immer noch keine Diagnose habe, werde ich euch weiter löchern.«

Wenig später beendeten sie die Besprechung. Krister konnte sich des Eindrucks nicht erwehren, dass sowohl Espen als auch Alva froh waren, der nur mühsam aufrechterhaltenen Freundlichkeit entfliehen zu können. Er musste sich etwas ausdenken, damit Annik und er wieder auf einen vernünftigen Level kamen, bei dem sie sich wenigstens ansehen konnten.

»Krister?«, fragte Annik ruhig, als er mit seinen Geschwistern zum Ausgang gehen wollte.

Sein Herz machte einen Satz.

»Bleibst du noch kurz?«

Alva und Espen taten angestrengt, als wäre alles normal, und verabschiedeten sich mit einem hoffnungsvollen Lächeln und einem locker hingeworfenen »Tut nichts, was ich nicht auch tun würde«.

Krister schnaubte leise. Darüber brauchte Espen sich in absehbarer Zeit wohl keine Sorgen zu machen.

Annik ging zur Terrassentür und sah nach Theo, dann wandte sie sich zu Krister um, die Arme Halt suchend um den Oberkörper geschlungen. Krister war bei Gott nicht der König im Lesen von Körpersprache, aber dass das hier nicht auf eine tränenreiche

Versöhnung hindeutete, war sogar ihm klar. »Ich habe sehr viel nachgedacht«, sagte Annik.

Trotz Anniks verschlossener Gestik reckte die Hoffnung in Krister vorsichtig den Kopf.

»Alva hat dasselbe gesagt wie du. Dass Basejumping nicht gefährlicher ist als Autofahren – was es für mich im Übrigen tatsächlich nicht attraktiver macht.« Sie klemmte am Rahmen der Terrassentür, so weit wie nur irgend möglich von ihm entfernt, und sah mit diesen großen, verwundeten Augen auf einen Punkt irgendwo hinter ihm. »Ich habe Videos gesehen und Reportagen gelesen, ich habe mich wirklich damit auseinandergesetzt. Aber Angst gehorcht keiner Logik, weißt du? Ich kann zum jetzigen Zeitpunkt nicht damit umgehen, dass du das machst. Und deswegen«, ihre Stimme zitterte ein wenig, und sie schluckte, »deswegen kann ich nicht mit dir zusammen sein.«

Krister nickte.

»Von meiner Seite haben wir also nicht nur ein Thema, wie du so schön gesagt hast, sondern von meiner Seite ist es vorbei.« Sie presste die Lippen aufeinander und sah an die Decke, während ihre Augen anfingen zu schwimmen.

Der Drang, den Raum zu durchqueren und sie in den Arm zu nehmen, wurde übermächtig. Um sich davon abzuhalten, verschränkte Krister die Arme. »V-verstanden.«

»Danke für die Zeit mit dir«, flüsterte sie.

Er versuchte ein Lächeln, aber vermutlich sah es eher aus, als hätte er einen Krampf im Kiefer.

»Ich wünschte, ich könnte die Angst einfach wegwischen, aber es geht nicht. Es tut mir leid.«

»Mir auch.« Er sprach wie ein verdammter Roboter. Und wie ein Roboter ging er nach draußen, einen mechanischen Schritt vor den anderen, um nicht hier und jetzt einfach in sich zusammenzusacken. Was er für temporäre Missstimmung gehalten hatte, war in

Wirklichkeit das Ende. Fuck, wie melodramatisch konnte er noch werden?

Hinter der Hausecke hörte er, wie Theo sich mit dem Floß abmühte. Seine Hände waren eiskalt, als er auf dem Weg nach Hause Anniks Kontakt antippte.

> Grüß Theo von mir.

Dann rief er Morten an und bot ihm fünfhundert Kronen plus Benzingeld dafür, dass er den Rest der Woche als Bootschauffeur zur Verfügung stand. Irgendwie musste er wieder zu sich kommen.

Er stopfte sich die Tage so voll, wie es nur irgend ging. Vor der Praxis ging er laufen, dann arbeitete er ohne Pause bis fast zur Besinnungslosigkeit.

Jeden Abend fuhr er raus auf den Berg, aber der Rausch hielt ihn gerade im funktionsfähigen Bereich. Der verfluchte Schmerz in seiner Brust wurde davon nicht gelindert. Auch nicht davon, dass er am Mittwochabend den Staub von den Flaschen in seinem Abstellraum wischte und begann, die Vorräte zu leeren, die Tilda ihm über Jahre zu Weihnachten geschenkt hatte.

Nichts half.

Es wurde nur jeden beschissenen Tag schlimmer. Sein Herz tat weh, seine Lenden im Übrigen auch, seine blöden Gedanken kreisten nur noch um Annik. Wie alt war er, verflucht noch mal?

In der Praxis ertappte Krister sich dabei, Annik aktiv aus dem Weg zu gehen. Er musste nicht ständig an sein Versagen erinnert werden. Auch Alva und Espen mied er, Hanne sowieso. Einmal rief Espen abends an, er ignorierte ihn. Alva klopfte am Donnerstagabend, er öffnete nicht. Tom schickte eine Textnachricht, er tat, als hätte er sie nicht gelesen.

Annik meldete sich nicht. Natürlich nicht. Warum sollte sie auch?

Freitagabend war der Moltebeerenschnaps beträchtlich reduziert und Krister erstmals im Leben so betrunken, dass er es nicht mehr ins Bett schaffte, sondern mit Kleidung bäuchlings aufs Sofa fiel und einschlief.

Zwanzig

Sie setzten mit Hannes Boot über, nur Alva, Hanne, Annik und die Kinder.

Im Ferienhaus stellte Alva Theo und Ella an, um die mitgebrachten Lebensmittel in die Schränke zu räumen. Annik und Hanne bezogen die Betten für alle.

»Schön, dass ihr auch hier schlaft«, sagte Annik, während sie einen anthrazitfarbenen Bettbezug hin- und herdrehte, um die Öffnung zu finden. Sie versuchte, nicht daran zu denken, wer später unter dieser Decke schlafen würde.

»Den Kurzurlaub können wir uns doch nicht entgehen lassen.« Hanne schlug das passende Kopfkissen auf. »Wir waren früher oft hier, die ganze Clique.« Ihr Blick glitt in die Ferne, dann schüttelte sie kurz den Kopf, wie um eine Erinnerung loszuwerden.

»Stell ich mir schön vor. Vielleicht verbringen unsere Kinder hier auch in zehn oder fünfzehn Jahren ihre Freizeit, hören Musik, betrinken sich …«

Aus der Küche erklang Ellas munteres Geplapper, und Hanne lachte. »Hör auf, daran will ich gar nicht denken. Aber es war damals eine gute Zeit. Ich weiß noch genau, wie Krister mir Tom vorgestellt hat.«

»Die beiden kennen sich schon lange, oder?«

»Ewig. Gib mir mal den Bettbezug da.«

Annik reicht ihn hinüber, bevor sie sich ihrerseits an einer weiteren Decke zu schaffen machte.

»Ich war eine Zeit lang die Einzige von uns, die Single war.« Hanne lachte bei der Erinnerung. »Krister hatte eine supertussige

Freundin. Hat auch nicht sehr lange gehalten. Aber jedenfalls fand er wohl, ich bräuchte auch jemanden, und hat Tom angeschleppt. Die beiden hatten zu der Zeit gerade angefangen mit Fallschirmspringen.«

Sie waren zu nah an Anniks aktuell wichtigster Frage, um die Gelegenheit verstreichen zu lassen. »Und für Tom ist es jetzt echt in Ordnung, das aufzugeben? Er hat ja da offensichtlich auch eine Menge reingesteckt ... Nicht nur an Geld wahrscheinlich, sondern auch an Begeisterung und Lebenszeit.«

Hanne setzte sich auf die Bettkante und sah Annik abwartend an. »Du willst wissen, ob ich denke, dass Krister irgendwann den gleichen Schritt tut wie Tom.«

»Glaube schon. Ja.«

»Ich bin mir ziemlich sicher, Tom ist zufrieden, wie es jetzt ist, obwohl ich mich im Nachhinein ein bisschen schlecht fühle, weil ich so rumgezickt habe. Vielleicht waren es die Hormone.« Sie lachte ihr fröhliches Lachen. »Als ich mit Ella schwanger war, hatten wir uns auch schon deswegen in den Haaren. Dabei ist Tom wirklich vernünftig, er würde normalerweise keine unnötigen Risiken eingehen.«

»Was heißt normalerweise?« Aus unerfindlichen Gründen war Anniks Mund auf einmal trocken.

Hanne grinste schief. »Kris.«

»Was ist mit ihm?«

»Ich bin mir nicht sicher, ob es an mir ist, dir das zu sagen, aber ich finde, du solltest wissen, worauf du dich einlässt, wenn du mit ihm was anfängst.«

Sie hatte längst nicht nur ›was angefangen‹, sondern auch ›was‹ wieder aufgegeben. Aber die Sehnsucht nach Krister war in den vergangenen Tagen kein bisschen weniger geworden. Annik konzentrierte sich auf die Knöpfe an dem Kopfkissenbezug. »Worauf ... würde ich mich denn einlassen?«

»Versteh bitte, dass ich Kris in keiner Weise irgendwie schlechtmachen will. Er ist einer der tollsten Menschen, die ich kenne, aber ...«

»Rück raus«, sagte Annik tonlos.

Hanne seufzte. »Die meisten Leute, die Basejumping machen, sind ganz normal. Bisschen crazy vielleicht, aber okay. So einer ist Tom. Andere müssen sozusagen die Dosis permanent erhöhen. Immer noch eine Schippe drauf, was das Adrenalin angeht. Immer die Grenzen des Möglichen ausloten. Bis ... halt nichts mehr auszuloten ist.«

»Krister fällt in die zweite Kategorie, willst du mir sagen.«

Hanne nickte mitleidig. »Krister ist ein Junkie.«

Es war die richtige Entscheidung. Wenn Hannes Meinung über Krister irgendwas hätte bewirken sollen, dann, dass Annik sich umso sicherer war, die richtige Entscheidung getroffen zu haben, für sich und für Theo. Nur leider trat genau das Gegenteil ein. Dieser dämliche kleine Hoffnungsfunken in ihr, der immer noch glauben wollte, sie würden wieder zusammenkommen, ließ sich von Logik kein bisschen beeinflussen. Und es wurde nicht besser, als Krister und Espen am Nachmittag zur Insel kamen. Sie brachten Tom, Rose, Luis und Amy mit. Wenigstens das – bei den vielen Menschen konnte Annik Krister leicht aus dem Weg gehen.

Wie beim letzten Mal verlagerte sich das Geschehen bald in die Felsensenke am Wasser. Zielstrebig marschierte Theo, sobald er seine Badesachen trug, auf den hohen Felsen zu, um daran emporzuklettern. Dass Rose ganz offensichtlich kein Problem damit hatte, wenn Luis das trotz der Schwimmweste tat und dann hinter Espen herhopste, der mit einem Salto im Wasser gelandet war, machte es nicht leichter. Aber Annik wollte Theo weder mit Platzwunde am Boden liegen noch hilflos im Wasser paddeln sehen.

»Theo?«

Er drehte sich um.

Betont deutlich schüttelte sie den Kopf und sah ihn eindringlich an.

Er nickte langsam. Doch, hieß das.

»Nein.«

Ungeachtet ihres Verbots kletterte er weiter.

»Ich habe Nein gesagt«, wiederholte sie und stand auf. Hilflose Wut begann in ihr zu köcheln, während Theo kichernd weiterrannte und flink wie ein Affe zu klettern begann. Als sie den Felsen erreicht hatte, war er schon so weit oben, dass sie nur noch seinen Knöchel erwischt hätte. Aber Theo war nicht der Einzige, der hier klettern konnte. Mit zusammengebissenen Zähnen setzte Annik ihm nach.

Theo schien ihre Verfolgung als Spiel aufzufassen. Verflixt! Wenn er in dieser aufgedrehten Stimmung ins Wasser sprang und dort niemand war, um ihn einzusammeln … Ganz ruhig, sagte ihr Kopf. Theo hatte eine Schwimmweste an, es konnte nicht viel passieren. Die Angst interessierte sich nicht im Mindesten dafür, was ihr Verstand zu sagen hatte. Viel zu schrill rief Annik: »Theo, das ist kein Spiel, halt jetzt an!«

Scheiße!

Sie erreichte das obere Ende des Felsens, als Krister gerade den Arm ausstreckte und Theo einfing, bevor dieser springen konnte. Fantastisch. Jetzt kam sie nicht mehr mal ohne ihn mit ihrem Kind klar. Was für eine Demütigung.

Krister beugte sich zu Theo hinunter und sprach leise mit ihm, woraufhin Theo zwar wütend guckte und die Arme verschränkte, aber nicht mehr auf die Felskante zusteuerte.

»Danke«, sagte sie knapp. »Los, Theo, runter hier.«

Wenigstens schien Theo jetzt zu verstehen, dass es ihr Ernst war. Mit theatralisch gesenktem Kopf machte er sich auf den Weg nach unten.

»Und sei vorsichtig.« Musste ausgerechnet Krister als ihr verlängerter Arm auftreten? Er hatte Theo davon abgehalten zu springen, er hatte in dem Fall nicht besonders viel falsch gemacht. Dennoch ballte sich jedes bisschen Hilflosigkeit, jedes bisschen Angst, jedes bisschen Verlassenheit der letzten Tage in Anniks Innerem zu glühender Wut zusammen. »Was hast du ihm gesagt?«, fragte sie borstiger als nötig.

Krister betrachtete etwas hinter ihrem linken Ohr. »Ich habe Theo nur erinnert, dass er versprochen hat, mit dir zu besprechen, bevor er springt.«

Die Wut drängte nach oben. »Warte mal ... *bevor* er springt? Diese Entscheidung treffe ja wohl immer noch ich und nicht du.«

»Du fesselst ihn, wenn du so was verbietest.«

»Was bist du jetzt? Kinderpsychologe?«, zischte sie. »Es geht dich nichts an, okay? Theo geht dich nichts an.«

»Hey, ist ja gut, ich wollte doch bloß –«

»Du meinst, ich stelle mich an, ja?« Sie baute sich vor Krister auf. »Vielleicht hat dir das noch nie jemand gesagt, Doktor Solberg: Dein Verhältnis zu Gefahren ist nicht gerade das gesündeste.«

»D---arum g---eht es doch nicht.«

»Fuck, Krister, ganz genau darum geht es!«

Als sie später am Lagerfeuer saßen, betrug der Abstand zwischen Krister und ihr ungefähr eine ganze Welt. Trotzdem musste sie immer wieder zu ihm hinsehen, verstohlen, aus dem Augenwinkel. Niemand sollte es merken, am allerwenigsten er.

Sie hatte ihn in den letzten Wochen auf so viele verschiedene Arten kennengelernt. Sie kannte den Krister, der sah, was getan werden musste und nicht viel Aufhebens darum machte. Sie kannte den – bei diesem Gedanken musste sie schlucken – extrem aufmerksamen Liebhaber. Sie kannte den unsicheren Krister und den kühlen, präzisen Denker, hinter dem er sich versteckte. Aber so, wie er jetzt war, kannte sie ihn nicht.

Etwas zutiefst Verlorenes ging von ihm aus, obwohl er zwischen Espen und Tom saß und lauthals lachte. Vielleicht gerade, weil er das tat. Denn sobald er glaubte, niemand würde ihn beobachten, versickerte sein Lachen in dieser Verlorenheit.

Tom hatte die Gitarre dieses Mal nicht dabei, aber Alva holte tatsächlich eine Ukulele aus dem Ferienhaus und klimperte darauf herum. Annik hätte nicht sagen können, worum es sich bei den verschiedenen Gesprächen drehte. Themen und Stimmen glitten an ihr vorbei, das Norwegisch, das sie inzwischen eigentlich gut verstand, wurde zu einem unverständlichen Brei hinter den zu vielen Gedanken in ihrem Kopf. Sie ließ sich vom Züngeln der Flammen hypnotisieren und versuchte, dem hauchfeinen, unsichtbaren Band zu widerstehen, das ihren Blick immer wieder zu Krister lenken wollte.

Theo kam mit Luis und Ella verdreckt und glücklich aus Richtung des Ferienhauses. »Wir haben jetzt einen Froschzoo«, verkündete Ella, bevor sie sich neben Hanne hockte. Theo steuerte wie selbstverständlich auf Krister zu. Annik konnte nicht länger vorgeben, nicht hinzusehen. »Komm her, mein Schatz.«

Doch Theo sah sie nur ernst an und setzte sich sehr entschieden auf Kristers Schoß.

Krister blickte sie über das Feuer hinweg fragend an.

»Whatever«, knurrte sie, um einen kläglichen Rest Würde zu bewahren. Was sollte sie dagegen sagen? Theo interessierte es nicht im Geringsten, dass seine Mutter mittendrin war, ein ziemlich fettes Hühnchen mit Krister zu rupfen.

Sie schuldete Krister noch eine Antwort. Aber erst, als alle geschlossen zum Ferienhaus zurückgingen, gelangte sie an seine Seite. »Krister?«

Wie anders war dieser kleine Spaziergang als der letzte, den sie beide hier unternommen hatten! Jetzt war es laut und fröhlich, und ringsherum flackerten Taschenlampenkegel. Einer davon streifte

Kristers Gesicht, gerade rechtzeitig, dass Annik seine hochgezogenen Augenbrauen erkannte.

»Du hattest geschrieben, du würdest gern mit Theo das Floß zu Ende bauen.«

»Ja.«

»Es ist okay. Also, ich meine, das ist wirklich nett. Theo würde sich freuen.«

Wie konnte man jemanden so entsetzlich vermissen, der nicht einmal einen Meter neben einem stand?

◆ ─ ◆

Theo würde sich freuen.

Immerhin, sie fand es nett von ihm, das Floß bauen zu wollen. Emotionale Schonkost nannte Espen so etwas.

So leid es Krister um Theo tat, er würde dieses Floß nur dann helfen zu beenden, wenn Annik ihn explizit darum bat. Ganz bestimmt würde Krister ihr nicht hinterherlaufen. Er hatte nichts falsch gemacht. Sie war es, die ein Problem hatte. Und was sollte es Theo bringen, mit ihm abzuhängen, wenn Annik ihn nicht in ihrem Leben haben wollte?

Krister konnte die Menschen, die eigentlich seine besten Freunde waren, gerade nicht ertragen, wie sie in ihrer unglaublichen Behaglichkeit auf dem Sofa oder dem Teppich herumsaßen oder -lagen. Mit Glück würde es heute Nacht trocken bleiben. Krister holte seine Schlafsachen und nahm zwei Flaschen Bier mit. Falls es doch regnete, konnte er immer noch zurück ins Haus gehen und sich neben Espens Schnarchen kuscheln – wissend, dass Annik und ihn nur eine dünne Holzwand trennte. Es würde sich anfühlen wie eine meterdicke Stahlbetonmauer.

Er legte ein neues Holzscheit auf die Glut und fachte das Feuer noch einmal an. Im Schneidersitz ließ er sich daneben auf dem

Felsen nieder. Es ploppte leise, als er die Bierflasche öffnete. Die vierte an diesem Abend. Oder die fünfte? Objektiv nicht besonders viel, aber für ihn weit mehr als normal. Krister hasste Trinken und den damit einhergehenden Kontrollverlust normalerweise. Aber nach den Moltebeerenexzessen der letzten Tage spielte das Bier jetzt auch keine Rolle mehr, und er wollte, dass der Schlaf ihn auf der Stelle tief hinabziehen würde, ohne Ausflüge in verbotene Bereiche.

Doch sobald sein Kopf die Isomatte berührte, spulten sich vor seiner inneren Leinwand die Bilder der vergangenen Tage und Wochen ab. Die gemeinsame Zeit, die Küsse, die Berührungen. Der Moment, in dem er ihr gestanden hatte, was er empfand.

Seine Gedanken begannen sich zu drehen und zu wiederholen. Wie auch immer sie das angestellt hatte, Annik hatte eine Tür in seinem Inneren geöffnet, die jahrelang, wenn nicht sogar sein Leben lang, verschlossen gewesen war. Aber musste er sich deswegen geben, dass sie ihn beim ersten Anzeichen von Schwierigkeiten am langen Arm verhungern ließ?

Theo würde sich freuen.

Fuck you, Annik.

Einundzwanzig

Theo ging es nicht gut.

Annik auch nicht, aber im Gegensatz zu ihrem Sohn zeigte sie es nicht dadurch, bei jeder Kleinigkeit einen Wutanfall zu bekommen. Ihre Mutter hatte immer behauptet, Theo sei ein Kind, das die Empfindungen seiner Umgebung aufnähme und dann nicht wieder loswürde. Sie irrte sich. Falls es tatsächlich Anniks Wut und Trauer waren, die Theo auslebte, gab er diese ganz hervorragend an sie zurück.

Annik fing an, sich zu wünschen, sie hätte mit Alva einen Vollzeitjob ausgehandelt. Mit Überstunden, vielen Überstunden. Aber derzeit holte sie Theo regelmäßig um halb vier ab, nachdem sie den ersten Teil des Tages damit verbracht hatte, Krister aus dem Weg zu gehen. Dann stritten Theo und sie sich, weil es regnete oder weil Annik die fünfte Folge seiner Serie nicht erlaubte. Sie hatte nicht einmal mehr die Kraft, ihn zu Rose zu bringen, um fünf Minuten durchzuatmen.

Die Woche zählte definitiv nicht zu ihren besten.

Streit um das Floß versuchte sie zu vermeiden, aber der Anblick des angefangenen Werks im Garten ging ihr zunehmend auf die Nerven. Dafür, dass Krister geschrieben hatte, er würde das Floß gern mit Theo bauen, machte er sich einigermaßen rar. Was einerseits in Ordnung war – Annik hätte ohnehin nicht gewusst, wie sie mit ihm umgehen sollte –, andererseits aber dazu führte, dass Theo Stunden damit verbrachte, Bretter anzuschrauben, die am Ende nicht hielten, oder sich eine Mastkonstruktion auszudenken, die nicht stehen blieb. Am Donnerstag machte Annik den Fehler, ihm helfen zu wollen. Der Versuch endete damit, dass ihr ein

Schraubenzieher sehr nah am Kopf vorbeiflog und Theo den Rest des Tages in seinem Zimmer verbrachte. Sie hasste sich. Sie war die hinterletzte, schlechteste Mutter der Welt.

Und sie vermisste Krister.

Als sie am Freitagnachmittag aus dem Küchenfenster zusah, wie Theo heulend mit seinem kleinen Hammer auf das Floß einprügelte, weil wieder irgendetwas nicht funktionierte, gab sie auf. Wenn Krister nicht zu ihr kam, würde sie zu ihm gehen müssen.

Erstaunlicherweise fand mit dieser Entscheidung ein wenig Tatkraft den Weg zu ihr zurück, während Theo kurz darauf türenknallend in seinem Zimmer verschwand. So konnte es nicht weitergehen.

Das erste Mal seit Tagen öffnete Annik Kristers Chat.

… Ich will für dich da sein, und auch für Theo. Ich will mit dir zusammen am Feuer sitzen. Ich will dich küssen. Ich will dich lieben …

Und sie wollte schon wieder nur weinen.

Aber es war allmählich genug geweint und gewütet worden in diesem Haus. Es wurde Zeit für Taten. »Theo? Ich gehe jetzt Eis essen und dann an den Strand. Kommst du mit?« Natürlich hätte sie ihn nicht allein zu Hause gelassen, aber sie wusste, dass er der Aussicht auf Eis und Strand nicht würde widerstehen können.

Sie waren wieder im Geschäft.

Der Abend verlief einigermaßen friedlich. Sie aßen das teuerste Eis ihres Lebens, spielten Fangen und bauten eine Tröpfelburg am Strand. Später im Bett las Annik zwanzig Seiten vom *Hummelhörnchen* vor, und Theo schlief an sie gekuschelt ein. Annik lag im Halbdunkel und spürte, wie die Wärme seines kleinen Körpers an ihrer Seite sie durchsickerte. Erst als sie ganz sicher war, dass er in absehbarer Zeit nicht aufwachen würde, fädelte sie sich langsam zwischen seinen Armen hervor, stopfte die Decke um ihn fest und küsste ihn auf die Wange. »Wenn du wüsstest, wie sehr ich dich liebe, Kleiner«, flüsterte sie. »Ich muss noch mal kurz weg, aber ich bin gleich wieder da.«

Er rührte sich nicht einmal – aber Annik fiel ein, dass *Frontstage*-Abend war. Krister würde nicht vor elf zu Hause sein, dabei war sie jetzt schon so höllenmüde. Nachdem sie Theo im Bett zurückgelassen hatte, war ihr kalt. Sie hüllte sich im Wohnzimmer in eine Decke und fragte Alva per Textnachricht, ob Krister im *Frontstage* sei. Alva versprach, ihr Bescheid zu geben, sobald er sich auf den Weg nach Hause machte.

Annik scrollte durch Instagram, klickte sich durch Facebook und schickte Mara und ihrer Mutter Fotos vom Strand. Dann rief sie ihre Mails ab – sie bekam mehrere Angebote für Sex mit verheirateten Frauen und eins für Werkzeug mit Gabel-Ringratschenschlüssel –, scrollte noch ein bisschen durch Instagram und versuchte, sich daran zu erinnern, wann Krister sonst immer die Bar verlassen hatte.

Es war halb zwölf, als Alva endlich schrieb. Ob Annik was auch immer nicht lieber morgen mit ihm klären wolle.

Nein, wollte sie nicht. Sie schälte sich aus der Decke und schlich noch einmal nach oben ins Schlafzimmer, um nach Theo zu schauen. Alles war ruhig. Die Frau, die im Kleiderschrankspiegel an ihr vorbeihuschte, war erwartungsgemäß ein bisschen hohläugig, aber sie hatte ja auch nicht vor, Krister zu bezirzen. Sie wollte ihn lediglich bitten, ihren Sohn aus seiner Verzweiflung zu erlösen, was dieses Bauprojekt anging.

Sie sprintete die paar Meter zu Kristers Haus, bevor sie es sich in letzter Sekunde anders überlegen konnte. Trickreich konnte sie sich bei der Gelegenheit einreden, ihr Herz würde nur vom Rennen so hämmern. Drinnen brannte Licht, durch das Milchglas in der Tür sah sie Kristers verschwommene Silhouette, dann öffnete er – nur in Boxershorts und mit zerwühlten Haaren.

»Was willst du?« Am Rande bemerkte sie, dass er weder stotterte noch sich hinter der üblichen Kühle verschanzte, sondern einfach nur verblüfft klang. Und müde. Und abweisend. Vielleicht waren die Zeiten vorbei, in denen ihre Anwesenheit ihn zum Stottern gebracht hatte.

»Ich ...« Der Fairness halber fehlten ihr jetzt die Worte. »Darf ich reinkommen?«

»Nein.« Er stützte einen Oberarm auf Kopfhöhe gegen den Türrahmen. Die Bewegung wirkte seltsam übertrieben und schickte seinen ganz eigenen Krister-Duft in ihre Richtung. Was ihr auf der Stelle weiche Knie gemacht hätte, wäre er nicht mit dem scharfen Aroma harten Alkohols durchmischt gewesen.

Ein unsicheres Lachen entwischte ihr. Das hier lief nicht wie geplant. Sie war nicht sicher, was genau sie sich vorgestellt hatte, wie Krister auf ihren Besuch reagieren würde, aber es hatte garantiert nichts damit zu tun gehabt, dass er halb nackt und angetrunken die Tür blockierte. »Entschuldige. Es ... es war ein Fehler, herzukommen. Ich werde einfach –«

Bevor sie sich jedoch umdrehen konnte, fasste er sie am Arm. »Warte. Komm rein.« Jetzt hörte sie auch, wie seine Stimme schleppte.

Nur zögernd betrat sie den Wohnraum, wobei sie jeden Blick zum Sofa mied, wo er ihr die Liebeserklärung gemacht hatte.

»Setz dich irgendwo hin, ich bin gleich wieder da.«

Irgendwo hinsetzen, der Mann hatte Humor. Das Sofa war definitiv tabu. Es dauerte eine Weile, bis Annik begriff, warum der Raum anders wirkte als sonst. Zwar waren die Esstischstühle ordentlich herangeschoben, aber auf dem Tisch selbst lag ein zusammengeknüllter Sweater neben ein paar Zeitschriften. Auf dem Küchenblock erkannte sie neben einer leeren Flasche von Tildas Selbstgebranntem eine aufgeschnittene Paprika, deren Ränder angefangen hatten, sich nach innen zu rollen, und eine Gurke mit schrumpeliger Schnittfläche. In der Stempelkanne stand alter Kaffee, und diverse ungespülte Tassen und Teller waren im Raum verteilt.

Aus dem Obergeschoss hörte sie gedämpftes Wasserrauschen. Sie verdrängte die Vorstellung von einem nackten Krister unter der Dusche, indem sie einen der Esszimmerstühle hervorzog und sich ungemütlich daraufsetzte. Unter einer alten Medizinerzeitschrift entdeckte sie ein Hochglanzheft mit dem Titel *B. A. S. E. Magasin*, in dem mehrere Seiten mit Eselsohren markiert waren. Widerwillig fasziniert schlug sie die erste auf. Ein Mann blickte ihr entgegen, etwa in ihrem Alter, doch durch das schalkhafte Lächeln sehr jung und unbeschwert wirkend. *De som gudene elsker ...* stand als Überschrift neben dem Bild. Wen die Götter lieben ...

Mit klopfendem Herzen begann Annik, den Artikel zu lesen.

»Sorry, ich ...« Kristers Blick fiel auf das Magazin vor ihr.

Annik hatte nicht einmal gemerkt, dass er zurückgekommen war, so sehr war sie von dem, was sie las, eingenommen. »Dieser Leon hier, das war dein Kumpel, der abgestürzt ist.«

»Ja.« Kristers Gesichtsausdruck war einmal mehr undurchdringlich. Mit verschränkten Armen lehnte er sich gegen den Küchenblock. Er war immer noch barfuß, trug jetzt aber Jeans und ein ausgewaschenes graugrünes T-Shirt mit der sinnigen Aufschrift *Fly or die*. Annik schob die Auswahl des Kleidungsstücks auf seinen Alkoholpegel. »Aber du bist nicht hier, um meine Zeitschriften zu lesen. Was willst du?«

Ich will dich zurückhaben, dachte sie. Ich will, dass du wieder stotterst, wenn du mit mir sprichst, und dass du aufhörst, mich auf diese abschätzige Art anzusehen. »Theo vermisst dich.«

Krister lächelte dünn. »Hat er dir das gesagt?«

»Und du? Hast du gerade deinen Arschlochabend, oder was ist mit dir los?«, schoss Annik zurück. Niemand, nicht einmal Krister Solberg, durfte sich erlauben, Witze über Theos Sprache zu machen.

»Entschuldige. Ich hatte einen langen Tag, es ist Mitternacht, ich habe viel zu viel getrunken, und ich ärgere mich, dass du dich hinter Theo versteckst. Wenn du mich sehen willst, dann sag es einfach.«

Annik biss sich auf die Lippen. »Ich bin wirklich Theos wegen hier. Er arbeitet so schwer an dem Floß, aber es klappt und klappt nicht, wie er sich das vorstellt. Er lässt mich nicht helfen, aber er heult jeden Tag, und wir streiten uns jeden Tag. Ich kann nicht mehr. Deswegen bitte ich dich einfach, das Ding mit ihm fertig zu machen. Es würde ihm so viel bedeuten.« Das Nächste flüsterte sie nur. »Und mir auch.«

»Schön. Ich mache es.«

Überrannt davon, wie schnell er zugestimmt und wie emotionslos er dabei geklungen hatte, sagte sie: »Danke.«

Krister hob den Blick. »Ich habe eine Bedingung.«

»Was für eine?«

»Du darfst nicht im Weg herumstehen.«

»Wie ... im Weg ...?«

Er legte den Kopf in den Nacken und stieß die Luft aus. »Ich meine, dass ich mich auf Theo konzentrieren möchte und nicht darauf, dass du möglicherweise unter dem Kleid kein Höschen anhaben könntest. Ist das deutlich genug?«

»Ja.« Sie wollte noch mehr sagen. Sie wollte genau genommen auch noch mehr tun, mit ihm, jetzt sofort, aber sie stand nur da und sah auf seine Unterarme, die immer noch vor dem Schriftzug *Fly or die* verschränkt waren.

»Gehst du jetzt bitte?«

»Krister, ich ...«

»B---itte. Geh. Jetzt«, presste er durch die Zähne.

Also ging sie, schnell, ohne sich zu verabschieden. Aber schon auf dem Weg nach Hause tippte sie:

> Weißt du schon, wann du es schaffst?
> Vielleicht gleich morgen?

Theo kann es ja kaum abwarten.

Sie blieb vor ihrer Haustür stehen. Statt einer Antwort schickte sie Krister nur den Emoji, der die Augen zusammenkneift und die Zunge herausstreckt. Dann schloss sie die Tür auf.

> Ich bin morgen verabredet. Sonntag auch. Vielleicht Montag, falls keiner was Wichtiges für das Team-Meeting hat.

> Danke.

Er war verabredet, klar. Er wollte mit seinen Kumpels von irgendeinem Berg springen. Trotzdem ging es Annik ein bisschen besser, als sie sich kurz darauf wieder zu Theo ins Bett kuschelte.

Der Montag war merkwürdig. Krister und sie gingen sich immer noch aus dem Weg, aber als sie sich in der Mittagspause trafen, weil Krister die Praxis betrat, als Annik sie gerade verlassen wollte, gefror wenigstens die Luft nicht mehr zwischen ihnen. Was man mit ein wenig gutem Willen durchaus als Fortschritt bezeichnen konnte.

Alva musste in der Mittagspause einen Botengang für die Robbenstation unternehmen, also besorgte Annik sich auch nur schnell an der Salatbar im *KiWi* etwas zu essen, das sie an einem Stehtisch vor dem Laden aß.

Bevor sie nachmittags nach Hause ging, fasste sie sich ein Herz und klopfte zwischen zwei Terminen an Kristers Sprechzimmertür. Bei ihrem Zusammentreffen an der Tür hatte er die Kapuze seines Sweaters aufgehabt, deswegen war es ihr nicht aufgefallen, aber jetzt sah sie, dass er beim Friseur gewesen war. Das erste Mal, seit sie ihn kannte, sah er tatsächlich aus wie auf dem Praxisfoto von der Website. Sogar die Brille trug er. Er kam ihr fremd vor. Ihr fehlten die Locken im Nacken jetzt schon. Aber vermutlich würde sie ihn dort ohnehin nie wieder kraulen, also sollte es ihr vermutlich egal sein.

»Weißt du schon, ob du nachher vorbeikommst?«

»Ich d-enke schon.« Er blieb nur ganz kurz hängen, es war fast nicht zu hören, aber Annik fiel es auf, und auf eine seltsame Weise machte es sie froh.

»Dann kann ich es Theo sagen?«

»Ja.«

Sie verkniff sich, ein weiteres Mal nachzuhaken. Wenn Krister Ja sagte, bedeutete das, er würde kommen.

Was ebenfalls bedeutete, dass sie aufräumen musste. Und die Wäsche zusammenlegen, die sich schon wieder stapelte. Und vielleicht einen Kuchen backen? Auf jeden Fall könnte sie ihre Beine noch einmal epilieren, das Make-up erneuern, die Haare bürsten und die Brauen zupfen. Nicht für Krister, natürlich, schließlich würden sie sich ohnehin kaum sehen, da sie ja nicht »im Weg herumstehen« durfte. Welches Kleid hatte er wohl bei dem Spruch mit dem fehlenden Höschen im Sinn gehabt? Es war warm genug für ein Kleid. Sie könnte ... diese Gedanken auch einfach sein lassen und seinen Wunsch respektieren, das Feld zu räumen, sobald er auftauchte. Vielleicht sollte sie einfach joggen gehen, irgendwo, wo niemand mitbekam, dass sie nach dreihundert Metern fast an Atemnot zugrunde gehen würde.

Rein zufällig sah sie aus dem Fenster, als Krister kam. Er trug dieselbe Kleidung, die er auf Selerøy an dem Abend angehabt hatte, an dem sie sich das erste Mal geküsst hatten. Was mit Sicherheit keine Absicht war; schließlich besaß er eine Menge weißer T-Shirts, und kein Mann, den Annik je kennengelernt hatte, achtete auf derartige Details.

Bevor Krister klingeln konnte, öffnete sie die Tür und legte den Finger auf die Lippen.

Sie winkte ihn in die Diele, wobei sie beide sehr genau aufpassten, sich nicht zu berühren. Zu sagen, dass die Situation ungemütlich war, wäre vermutlich die Untertreibung des Jahrtausends gewesen. Krister hatte wieder einmal die Hände in den Hosentaschen vergraben und stand mit diesem verschlossenen Gesicht so weit weg wie nur irgend möglich von ihr entfernt in der Nähe der Wohnzimmertür.

»Theo?«, rief Annik nach oben.

Schritte im Obergeschoss verrieten ihr kurz darauf, dass Theo ans Treppengeländer trat. Sie konzentrierte sich sehr darauf, nach oben zu schauen.

»Ich habe eine Überraschung für dich. Kommst du mal runter?«

Inzwischen konnte sie an Theos Schrittrhythmus ablesen, was er dachte. Die Schritte, die jetzt die auf der Treppe erklangen, hießen ›Okay, wenn es sein muss. Ich habe eigentlich zu tun, aber ich bin auch ein wenig neugierig‹. Seine nackten Füße tauchten auf, die abgeschnittenen Beine seiner Hose, dann blieb er stehen.

Und dann rannte er polternd los, raste auf Krister zu und sprang so an ihm hoch, dass Krister nicht anders konnte, als blitzschnell die Hände aus den Taschen zu ziehen und Theo zu umarmen. Für den Bruchteil einer Sekunde schloss er die Augen und kniff die Lippen zusammen, während er Theo an sich drückte. Der Augenblick war so schnell vorbei, dass Annik es sich möglicherweise nur eingebildet hatte, dennoch führte er dazu, dass ihr Atem zitterte.

Sie schaffte es dennoch, überaus unbeschwert zu klingen. »Ich geh ein bisschen laufen. Theo, du kannst Krister ja mal zeigen, wo das Problem bei deinem Floß ist.«

Theo hatte die Ärmchen immer noch um Kristers Hals gelegt, aber er nickte ihr zu.

»Ich nehme mein Telefon mit. Wenn irgendwas ist …« Verflucht, ihre Stimme kratzte.

Krister stellte Theo auf dem Fußboden ab. »W---ir k---ommen k---lar.«

Die Frage war eher, ob sie klarkommen würde.

Sie rannte los, als wären hundert Dämonen hinter ihr her. Was bei genauer Betrachtung möglicherweise sogar stimmte.

Leider reichte ihre Kondition nicht besonders weit, vor allem, da sie so schnell gestartet war. Auf Höhe der Robbenstation keuchte sie bereits, und während sie im Schritttempo am Strand entlangtrabte, hätte sie wahrscheinlich Lotta Eriksson noch überholen können. Irgendwie war Anniks Leben gerade zu anstrengend für sie.

Ob sie noch einmal mit Krister sprechen sollte? Sie könnte ihm erklären, welche grauenhaften Ängste allein der Gedanke bei ihr auslöste, dass er sich regelmäßig vom Berg stürzte. Vielleicht, wenn er begriff, was das mit ihr machte … Aber da war sie wieder am Anfang ihrer Spirale angelangt. Sie wollte nicht die zickige Frau sein, die ihren Lover dazu zwang, mit etwas aufzuhören, das ihm wichtig war. In den letzten Tagen hatte sie genügend Basejumping-Videos gesehen, um zu begreifen, dass man nicht sofort tot umfiel, sobald man sich einen Fallschirm umschnallte. Aber sie konnte nun mal nichts dagegen tun, dass es sie panisch werden ließ.

Nachdem sie zum fünften Mal gedanklich an diesem Punkt angekommen war, zockelte sie zurück, vorbei an der geschlossenen Robbenstation, nach Hause.

Ein heimlicher Blick durchs Küchenfenster verriet ihr, dass das Projekt Floß gut voranging. Annik hatte immer noch keine Ahnung, was Krister sich dazu überlegt hatte, das Ding aus dem Garten und ins Wasser zu schaffen, aber das Floß sah auf jeden Fall recht beeindruckend aus.

Theo kniete wie ein alter Zimmermann mit Kristers Akkuschrauber in der Hand auf einer der Bohlen. Krister drückte von hinten auf den Schrauber, wahrscheinlich konnte Theo ihn allein nicht festhalten. Kurz darauf sagte Krister etwas zu Theo, das Annik nicht verstehen konnte, und die beiden klatschten sich ab.

Bevor einer von ihnen sie entdeckte, ging sie duschen. Ganz kurz, wirklich ganz kurz, dachte sie daran, eventuell doch noch das geblümte Kleid anzuziehen, wählte dann aber – jawohl – ihre Gemütlichkeitshose und das einzige saubere Top, das sie nicht aus irgendeinem Wäscheberg graben musste. Dies hier war kein Date.

Also konnte sie ebenso gut tiefenentspannt auf die Terrasse schlendern und tiefenentspannt kommentieren, wie gelungen das Floß aussähe. Sie fand sich ziemlich überzeugend, aber Krister schaffte es dennoch, ihre Lässigkeit mit vier knappen Worten zerbröckeln zu lassen.

»Nicht nur das Floß.« Er sah sie nicht einmal dabei an und sagte es, als spräche er über das Wetter.

Trotzdem kostete es sie Mühe, weiterzulächeln. »Macht ihr dann bald Schluss? Es ist Bettgehzeit für Theo.«

Theo verschränkte die Arme und schüttelte den Kopf.

Und Annik fühlte sich inkompetent und bloßgestellt wie bei ihrem letzten Besuch auf Selerøy. War sie nicht über ihren Schatten gesprungen und hatte Theo diese Stunde ermöglicht? »Theo, es ist jetzt nicht der richtige Zeitpunkt, das zu diskutieren.« Wie soll man vernünftig mit seinem Kind reden, wenn jemand zusah, in dessen Gegenwart man sowieso schon gehemmt war? Sie straffte den Rücken und drängte die Wut zurück. »Zwei Minuten, dann kommst du rein, und ich lese dir noch ein Kapitel vor.«

Wieder schüttelte er den Kopf und deutete entschieden auf Krister.

»Nein«, sagte Annik fest. »Nein, Krister muss jetzt nach Hause gehen. Vielleicht kann er bald einmal wiederkommen.« Wenn Krister ihr jetzt in den Rücken fiel, würde sie ihn eigenhändig ohne Fallschirm vom Kjerag schubsen.

Doch Krister spreizte in einer Defensivgeste die Hände. »Du hast die Chefin gehört, Kumpel.«

»Kommst du morgen wieder?« Sie wollte nicht, dass Theo wieder so lange warten musste, und vor allem wollte sie diese Sache hinter sich bringen, damit ihr armes kleines Herz endlich zur Ruhe finden konnte.

»Meinetwegen. Nach der Arbeit gegen fünf, wenn das passt.« Mit ein paar schnellen Handgriffen packte Krister den Akkuschrauber in den dazugehörigen Koffer. Nachdem er sich die Hose abgeklopft hatte, nickte er Theo zu. »Mach's gut, Kumpel. Wir denken uns was aus wegen der Scharniere.«

»Und wegen der Querstrebe«, sagte Theo.

Auf Kristers Gesicht breitete sich ein weites Lächeln aus. »Und wegen d---er Qu---erstrebe.«

Annik biss in ihre Faust, um das erschrockene Juchzen, Schluchzen oder was auch immer es war, das ihren Brustkorb sprengen wollte, zu unterdrücken. Theo griff nach ihrer Hand, um sie in Richtung Haus zu ziehen. Aber sie stand noch auf zu wackeligem Grund, nachdem doch eben erst die Erde gebebt hatte. »Krister? Willst du ... ich meine, willst du noch eine Runde mit reinkommen?«

Sein Lächeln blieb. »Nein.«

Zweiundzwanzig

Aaaaaaah! Krister schrie nur innerlich, und er sprang und jubelte auch nicht laut, aber in ihm reckte der fünfjährige Krister eine Faust in den Himmel und stieß einen gellenden Triumphschrei aus. Nimm das, du permanent plappernde, laute Welt!

Was auch immer der Grund dafür war – er war zu Theo durchgedrungen. Nicht Annik, nicht irgendeine Psychologin. Er. Möglicherweise war er nicht ganz und gar nutzlos. Vielleicht war es wirklich die fehlende Sprache, die Theo und ihn verband. Mit jedem von Theos Fortschritten heilte auch ein Teil in ihm selbst.

Nach diesem Nachmittag glaubte Krister zum ersten Mal, dass es tatsächlich funktionieren könnte, unabhängig von Annik eine Art Freundschaft zu Theo aufzubauen, zumindest bis der seine Sprache zurückerobert hatte. Man musste ja deswegen nicht gleich mit Annik ... befreundet sein.

Bei der Erinnerung an den knappen Sportdress, in dem Annik laufen gegangen war, äußerte sein Körper zwar eine andere Ansicht, aber Krister war nicht mehr fünfzehn, und er würde nicht wie ein Hündchen um ihre Aufmerksamkeit betteln, nur um sich danach die nächste Breitseite einzufangen. Wenn jemand seinen Körper im Griff hatte, dann er.

Pfeifend schloss er die Tür auf.

Es war ein guter Tag gewesen.

Immer noch pfeifend schaltete er seine *Will's Seaside*-Playlist ein. Der Abend war noch lang genug, um das vernachlässigte Haus wieder auf Zack zu bringen. Staubsauger, Feger, Putzlappen heraus. Aber *Will's Seaside* war bei aller vorsichtigen guten Laune doch eine Stufe zu gefährlich. Krister scrollte ein bisschen und blieb ausgerechnet an ABBA hängen. Dankenswerterweise sah ihm niemand dabei zu, wie er zu den Klängen von *Mamma Mia* den Putzlappen über dem Kopf drehte und die Hüften schwang.

Nein, er sprang nicht, wenn Annik ihn fragte, ob er nicht bleiben wollte. Ein flotter Wisch über den Herd.

Theo hatte mehr als ein Wort gesagt. Zu ihm. Ein eleganter Swutsch über die Ofenklappe.

Es war nicht so, dass er ihre Panik nicht verstand, wirklich nicht. Aber er würde sich nicht sein Leben kaputt machen lassen, weil sie … Und er würde nicht schon wieder grübeln. Hüftschwung, der Lappen flog in die Spüle.

Er sammelte die im Haus verteilten Klamotten ein und verfrachtete sie in die Wäsche, putzte die Klos und am Ende sogar die Fenster, bevor er der Länge nach aufs Sofa hechtete.

Der Teil wäre geschafft.

Annik hatte vor einer Weile geschrieben, er hatte es beim Putzen nicht einmal mitbekommen.

> Danke, dass du heute mit Theo gebaut hast.
> Warum bist du nicht noch geblieben?

Krister rollte sich auf den Rücken. Verstand sie das tatsächlich nicht?

> Denk nach, Doktor Watson.

Er schaltete das Handy aus.

◆━◆

Theo sagte den Abend über kein weiteres Wort, aber sein Stolz war unübersehbar. So gern hätte sie auf der Stelle eine riesige Theo-hat-gesprochen-Party gefeiert! Aber einer der Psychologen, mit denen sie am Anfang Theos wegen gesprochen hatte, war der festen Ansicht gewesen, es sei besser, nicht zu viel Aufhebens zu machen, wenn Theo wieder sprach. Aber sie konnte es auch nicht einfach ignorieren! Nicht, wenn Theo vor Stolz strahlte wie eine kleine, grinsende Sonne! Beim Zubettbringen wagte sie endlich, ihn darauf anzusprechen. »Ich fand es schön, wie du Krister heute an die Querstrebe erinnert hast.«

Theo nickte.

»Es wird ein schönes Floß.«

Wieder nickte er.

»Und ihr beide habt wirklich eine Idee, wie man das Floß aus unserem Garten zum Wasser bringen kann?«

»Ja.« Damit hatte er sich umgedreht und war eingeschlafen. Und sie hatte wieder einmal geheult.

Krister klingelte am nächsten Tag pünktlich um fünf, und er hatte einen runden Holzstab dabei.

»Die Querstrebe?«, fragte sie.

»Die Querstrebe.« Er lächelte vage an ihr vorbei, machte jedoch keine Anstalten, hereinzukommen. »Wenn das in Ordnung ist, gehe ich gleich ums Haus herum in den Garten.«

»Sicher. Klar. Ich ... äh ... ich schicke dir Theo raus.«

»Hat er noch mehr gesagt?«

»Nein.« Es gab so vieles, worüber sie mit ihm reden wollte. Und alles, was herauskam, war dieses eine Wort. »Aber er war gestern Abend sehr glücklich«, schob sie hinterher.

»Freut mich.« Er zog einen Briefumschlag aus der Tasche seines Kapuzenpullovers und reichte ihn ihr, wobei er sehr bewusst ihre Fingerspitzen berührte. »Das ist für dich.«

Er musste eine Art zarten Schmetterlingsstaub an ihren Fingern hinterlassen haben. Wie sonst konnte sie die Berührung noch spüren, als er längst mit Theo den Akkuschrauber auspackte?

Der Briefumschlag in ihrer Hand wellte sich, wo sie ihn umklammert hielt. Entschlossen wandte sie sich vom Küchenfenster ab. Es wäre warm genug, den Brief auf der Terrasse zu öffnen, aber sie wollte dafür allein sein. Wer weiß, was in dem Umschlag war.

Sie setzte Teewasser auf. Was immer sie erwartete, alles war besser mit einer Tasse Tee, um die sie die Hände legen konnte.

Und wo sie schon einmal in der Küche war, linste sie doch wieder aus dem Fenster. Theo hatte die Arme in die Seiten gestützt und begutachtete, wo Krister den Stab hinhielt, den er mitgebracht hatte. Vermutlich ging es um die Befestigungshöhe am Mast. Ob Theo noch einmal gesprochen hatte? Zu gern wäre sie unter einem Vorwand nach draußen gegangen, aber Kristers Bedingung war eindeutig gewesen.

Der Briefumschlag lauerte auf der Anrichte. Sie könnte ihn auch am Abend öffnen, nachdem Theo im Bett war. Sie könnte … Ihre Neugier siegte. Mit der Teetasse in einer und dem Umschlag in der anderen Hand ließ sie sich vorsichtig auf dem Sofa nieder, wobei sie ein Bein unter sich faltete.

Der Brief war fast eine Seite lang, gefüllt mit einer erstaunlich geschwungenen Handschrift.

Annik,

du hast gefragt, warum ich nicht zum Abendessen bleibe. Ich fand das einigermaßen offensichtlich. Wir sind nicht mehr zusammen, und ich werde mit dir nicht Familie ohne Anfassen spielen.
Erinnerst du dich an den Abend, als ich dir gestanden habe, was du mir bedeutest? Ich hatte davor mehr Angst, als ich vor einem Sprung selbst vom Mount Everest je haben könnte – was schon einigermaßen beängstigend wäre. Ich mag dich immer noch. Ich will dich. Du fehlst mir mehr, als ich in Worte fassen kann.

Ich mag auch Theo. Aber ich bin nicht Theos Vater.
Keine Ahnung, ob du das verstehen kannst, aber mir gefällt der Gedanke, um meiner selbst willen gemocht zu werden und nicht, weil ich ein Floß bauen kann. Nicht mal, weil Theo zufällig in meiner Anwesenheit spricht.
Ich finde es anstrengend, wie es im Moment läuft, aber solange du dich hinter Theo oder irgendwelchen irrationalen Ängsten versteckst, wird es wohl so bleiben. Du kannst nur leben oder vor dem Leben Angst haben. Beides gleichzeitig geht nicht.

Du bist am Zug.
K.

Während sie las, hatten sich nicht nur ihre Beine, sondern auch ihre Gedanken in Watte verwandelt. Sie betrachtete die schön geschriebenen Buchstaben wie durch einen Schleier.

… *der Gedanke, um meiner selbst willen gemocht zu werden* …
Aber sie mochte Krister doch um seiner selbst willen. Viel mehr noch als das sogar. Stimmte es, was er kürzlich gesagt hatte und hier wieder andeutete? Versteckte sie sich tatsächlich hinter Theo? Angenommen, nur mal angenommen, es wäre irgendetwas dran an dem, was er da schrieb – hatte sie vielleicht in Wirklichkeit Angst vor einer neuen Beziehung, und die Tatsache, dass Krister dieses schräge Hobby hatte, kam ihr insgeheim ganz gelegen? War sie nach Flos Tod vielleicht tatsächlich schlicht und ergreifend noch nicht bereit, sich wirklich einzulassen?

Mit steifen Gliedern stand sie auf. Wie lange hatte sie hier gesessen und nachgedacht?

Theo hatte Krister an der Hand gefasst und zog ihn ins Haus. Nebeneinander standen die beiden kurz darauf in der Küche. Es hatte etwas von Vorsingen beim Schulchor. Abwartend sah Theo

Annik an, bis er ganz sicher war, dass er ihre volle Aufmerksamkeit hatte. »Vi er ferdige.« Wir sind fertig.

»Wirklich? Und«, Annik zog die Nase hoch, »du kannst das auf Norwegisch sagen?«

»Ja.«

Sie lachte. Und sie weinte. Und lachte und alles durcheinander. »Darf ich euch bitte beide umarmen?«

»A-ausnahmsweise.«

Mit einem geübten Satz sprang Theo auf ihre Hüfte.

Krister legte unbeholfen die Arme um sie beide. Für einen winzigen Augenblick hielt sie Theo und Krister, ihre Lippen berührten die empfindliche Stelle unter Kristers Ohr, dann löste er sich ruckartig. *Ich bin nicht Theos Vater.*

Trotzdem konnte Annik nicht anders, als einfach nur glücklich zu sein. Sie griff nach Kristers Hand und drückte sie. »Danke.«

Er nickte spröde.

»Auch für den Brief.« Sie setzte Theo ab.

»Hast d---«

»Ich habe ihn gelesen, ja. Ich schätze, ich muss über ein paar Sachen nachdenken.«

Krister blieb nicht länger, und Annik bat ihn nicht darum. Sie brachte den aufgekratzten Theo ins Bett und las ihm das einzige norwegische Kinderbuch vor, das sie besaßen. Zweimal korrigierte er ihre Aussprache. Beide Male rieselte das Glück durch sie hindurch, bis sie kaum mehr ruhig liegen konnte.

Schließlich gähnte er, und sie knipste das Licht aus. Im Dunkeln strich sie ihm über die Haare. »Es ist ein schönes Floß.«

»Es braucht noch ein Segel. Wir können ein großes Tuch nehmen, zum Beispiel ein Tischtuch.«

»Schauen wir mal.«

»Ich hab dich lieb, Mama.« Er drehte sich mit dem Rücken zu ihr und rollte sich zusammen.

Vorsichtig robbte sie zum Nachttisch und holte Flos Bild aus der Schublade. Im Halbdunkel des Schlafzimmers wirkten seine Konturen fremd, als hätte er sich unbemerkt weiter von ihr entfernt. »Meinst du, ich stelle mich an, was Kristers Basejumping angeht?«, fragte sie.

Sie schaffte es nicht, sich den Klang von Flos Stimme in Erinnerung zu rufen. Was hätte er wohl auf ihre Frage geantwortet? Auf einmal vermisste sie ihn entsetzlich.

Stattdessen hörte sie Krister sagen: *Ich glaube, dass es auf eine Art immer zu früh sein wird. Und gleichzeitig wird es immer genau der richtige Zeitpunkt sein.*

Aber das hatte er gesagt, bevor sie wusste, wie er seine Freizeit verbrachte. Bedeutete dieses Wissen für ihre Gefühle wirklich einen Unterschied?

Es dauerte zwei Wochen, bis sie die Antwort darauf gefunden hatte. Zwei Wochen, in denen Theo herausfand, dass sie ihm die Sterne vom Himmel pflückte, wenn er sie mit seiner kleinen, kratzigen Schlumpfstimme darum bat. Zwei Wochen, in denen Annik mit ihrer Schwester telefonierte, die nicht begriff, wo das Problem lag, bevor sie mit ihrer Mutter telefoniere, die ihr die Geschichte einer Bekannten einer Bekannten erzählte, deren Sohn beim Basejumping gestorben sei – oder war es doch beim Bergwandern? Zwei Wochen, in denen der Sommer verblühte, zartes Braun sich in das Grün mischte und das Gras im Garten das Floß immer mehr umarmte. Zwei Wochen, in denen Theo in sein eigenes Bett umzog und nachmittags diverse Seeräuberbanden die Küche überfielen, bevor sie weiterfuhren in das Südseeland, »wo ganz bunte Fische sind, Mama«. Annik begann, daran zu zweifeln, dass das Floß jemals das Meer sehen würde.

An einem Abend malte Theo Schiffsfahrkarten für alle, die auf dem Floß mitfahren sollten. Als er sie nicht mehr brauchte, hängte

Annik die unordentlich ausgeschnittenen Zettel, auf denen in einer blauen Umrandung unter dem Wort FAKATE auch die Namen der Passagiere standen, mit einem Magneten an den Kühlschrank. Ganz nach unten klemmte sie das Papier mit dem Namen *KisTЯ*.

Ein anderes Mal fand sie ein Bild mit einem Segelboot auf blauen, zackigen Wellen und einer gelben Sonne in der Ecke des Bilds. Auf dem Boot standen drei Strichmännchen, zwei große und ein kleines. Alle hatten dicke schwarze Nasenstriche und Lachmünder. MAMA, THEO und KЯiSr.

Vielleicht war es für ihre Ängste ohnehin zu spät. Theo hatte sein Herz an Krister an dem Tag verschenkt, als dieser seinen heiligen Ball zurückgebracht hatte (der im Übrigen seither unbeachtet in Theos Zimmer lag).

Theo war nicht der Grund, erinnerte sie sich. Es ging nicht darum, ob Krister für Theo gut war. Es ging darum, ob Krister und sie füreinander gut waren und ob sie sich eine neue Beziehung zutraute. Falls es noch nicht zu spät dafür war.

Am nächsten Tag, dem Donnerstag der zweiten Woche, wusste sie endlich, was sie zu tun hatte. Krister hatte Rettungsdienst und war nicht in der Praxis, aber sie schrieb ihm eine Textnachricht, was er davon hielte, am Abend kurz mit ihr spazieren zu gehen. Spazierengehen war ungefährlicher, als ihn zu besuchen.

Die Schritte ihrer Sneakers klangen in der Dämmerungsstille nur leise auf dem Asphalt. Annik fröstelte und zog den Cardigan enger. Eigentlich war der Abend zu kühl für das dünne Kleid. Aber für das, was sie zu sagen hatte, war das Kleid nun einmal unabdingbar.

Hinter der Milchglasscheibe erkannte sie einen blassen Lichtschein, der aus dem Wohnzimmer zu kommen schien, aber niemand öffnete auf ihr Klingeln. Und jetzt?

Nach dem zweiten Klingeln verdunkelte sich der Lichtschein für einen Moment, schemenhaft näherte sich jemand der Tür. Beim

Anblick des Kleids weiteten sich Kristers Augen kurz. Dann lächelte er Anniks Knie an und rieb sich mit der Hand über den Nacken. »Soll ich fragen, was du drunter hast?«

»Wollene Häkelunterwäsche.«

»Hört sich sexy an.« Er sah auf, immer noch dieses vorsichtige Lächeln in den Augenwinkeln.

Wie ferngesteuert machte sie einen Schritt auf ihn zu. Der brachte sie so nah an ihn heran, dass ihre Brust die seine streifte. Ihre Brustwarzen registrierten die Berührung schmerzhaft schnell.

Sein Kehlkopf bewegte sich, als er hart schluckte, bevor er mit einer schnellen Bewegung wieder Abstand zwischen sie brachte. »W-warte kurz.« Es dauerte keine Minute, bis er mit Schuhen und Pullover zurück war. »Sicher, dass du warm genug angezogen bist?«

»Wollene Unterwäsche.« Beim Gehen würde ihr schon warm werden.

»Ich gebe dir meinen Pullover nicht, wenn du frierst.«

Es war so gut, wieder normal mit ihm zu sprechen und sogar ein wenig zu frotzeln. Vielleicht bestand wirklich noch Hoffnung. Annik zog den Cardigan um sich und schob die Hände in den jeweils anderen Ärmel. Krister hatte die Hände in den Hosentaschen versenkt.

Als Annik kurz darauf feststellte, dass sie die Straße im Gleichschritt entlangliefen, lächelte sie.

Krister erwartete vermutlich, dass sie den Anfang machte, wenn sie ihn schon so gut wie gezwungen hatte, mit ihr hier durch die Nacht zu wandern. Eigentlich war es nicht schwierig. Sie musste ihm nur sagen, dass sie nachgedacht –

»Ich werde aufhören«, sagte er ohne Einleitung.

»Du ...« Sie brauchte einen Moment, um sich zu sortieren. »Du ... ich meine ...«

»Ich werde aufhören mit Springen.« Kristers Stimme war sehr ruhig, und er stockte kein bisschen.

Anniks Knie wurden weich. Da war sie gekommen, um ihm zu sagen, dass sie versuchen würde, damit umzugehen, und jetzt …

»Falls du mich noch willst. Sonst sähe ich wenig Grund dafür.«

»Ob ich dich noch will?« Sie lachte und weinte gleichzeitig. »Natürlich will ich dich, was denkst du denn, warum ich hier bin?« Küss mich. Verflucht, küss mich endlich!

»Warum bist du hier?«

»Ich wäre sehr gern wieder mit dir zusammen.«

»Warum?«

»Was soll ich darauf denn bitte antworten?«

Aber Krister hatte keinen Witz gemacht. Er wartete auf ihre Antwort.

»Du bist gut im Bett.«

Er zog eine Augenbraue hoch.

»Und es macht mich an, wenn du die Augenbrauen hochziehst.« Sie schubste ihn leicht mit der Schulter. »Keine Ahnung. Ich fühle mich wohl mit dir. Angekommen. Richtig. Ich habe das Gefühl, mit dir gut in fünfzig Jahren auf Selerøy im Schaukelstuhl sitzen zu können, dich anzusehen und immer noch glücklich zu sein.«

»Ich werde Falten haben.«

»Und ich Hängebrüste.«

»Vielleicht gehen mir auch die Haare aus.«

»Auch dann werde ich dich noch mögen.« Sie zögerte. »Ich wollte dir heute Abend eigentlich sagen, dass ich versuchen würde, damit klarzukommen, dass du springst. Aber die Wahrheit ist: Ich weiß nicht, ob ich das wirklich könnte. Mir ist schon einmal jemand weggestorben.«

Krister kickte kleine Steinchen vor sich her.

»Ich hätte mich bemüht, aber ich kann nicht verhindern, dass ich ein bisschen … übervorsichtig bin. Ich arbeite dran, doch es geht nicht einfach so. Weißt du, ich war in meinem Leben noch nie so entsetzlich allein wie an dem Tag, an dem Flo starb. Ich hätte so gern mit jemandem zusammen geweint. Aber Flo war ja nicht mehr da.« Sie merkte erst, dass ihre Zähne klapperten, als Krister seinen Troyer auszog und ihr um die Schultern legte. Verflixt, sie wollte sich jetzt nicht ausgerechnet bei ihm über Flo ausheulen. »Du hast gesagt, du würdest mir den nicht geben, wenn ich friere.«

»Ich habe aber nicht gesagt, ich würde ihn dir nicht geben, wenn du weinst.« Er legte die Hand an ihre Wange. »Du hast ihn sehr geliebt, oder?«

Sie lachte freudlos. »Das ist fast das Schlimmste daran. Wir waren kurz davor, uns zu trennen. Es lief schon eine Weile nicht mehr besonders gut zwischen uns.« Nicht einmal ihrer Mutter oder Mara hatte sie das bisher erzählt, aber jetzt konnte sie es nicht mehr bei sich behalten. »Flo war mit Theo auf dem Weg zu seiner Mutter, und wir haben uns sogar da noch gestritten, über die Freisprechanlage im Auto. Ich hab ihn angebrüllt, dass er überhaupt gar nicht mehr wiederkommen muss, wenn er … Ist egal.« Manche Sachen musste sie nicht erzählen, aber trotzdem tat es unglaublich gut, die Geschichte endlich rauszulassen, als würde etwas Schweres, Giftiges aus ihr hinausfließen.

»Und dann?«

»Dann hat Theo angefangen, auf dem Rücksitz rumzukreischen, dass er aber wieder nach Hause will und nicht zu Oma, und Flo hat gebrüllt, dass Theo endlich die Klappe halten soll.« Die letzten Worte würgte sie nur noch hervor. »Und dann habe ich nur noch dieses Krachen gehört.«

Krister sah sie eine ganze Weile an, dann legte er schweigend die Arme um sie und hielt sie einfach nur fest, bis sie zu Ende geweint hatte.

Irgendwann kam nur noch trockenes Schluchzen. »Entschuldige, das ist alles nicht dein Problem.«

Er küsste vorsichtig ihren Scheitel. »Ich danke dir dafür, dass du mir das erzählt hast. Und ich danke dir dafür, dass du es versucht hättest. Aber ich möchte nicht, dass du immer Angst haben musst, und deswegen höre ich auf.«

Das Schluchzen wurde allmählich weniger. Lange standen sie einfach so, Herzschlag an holperndem, stolperndem Herzschlag. Krister hatte die Arme fest um Annik gelegt, und die Wärme, die von ihm ausging, hüllte Annik ein wie in einen Kokon. Wo sein Atem an ihrer Haut entlangstrich, wurde es wechselweise kalt und warm. Annik drückte die Nase in seine Halsbeuge, die ein wenig nach Duschgel und unglaublich nach Krister und Geborgenheit roch. Am Himmel trauten sich vereinzelte Sterne durch das Pastellblau der Nacht.

»Als Tom aufgehört hat, meinte er, Hanne sei ihm wichtiger«, sagte Krister in Anniks Haare hinein. »Ich habe das nicht verstanden.«

»Und jetzt tust du es?«, murmelte sie und küsste seinen Hals.

Er stieß ein kleines Schnauben aus, das ihre Kopfhaut kribbeln ließ, wo der Atem sie streifte. »Ich habe einfach gemerkt, dass es mir ohne dich ziemlich beschissen geht.«

Die Sonne zwinkerte durchs Fenster und wärmte Kristers bloße Schulter. Den größten Teil der Bettdecke hatte Annik sich gesichert, die sich mit dem Rücken an Kristers Vorderseite in seinem Arm zusammengerollt hatte.

Die Welt war in Ordnung. Die Welt war endlich wieder in Ordnung. Krister vergrub die Nase in Anniks Haaren.

Annik machte ein kleines, wohliges Geräusch und drehte sich halb zu ihm um. Schlaftrunken, zerwühlt und mit einem Lächeln im Gesicht. Und sehr, sehr erregend. »Guten Morgen. Hast du gut geschlafen?«

»Ja.« Er küsste sie auf die Nase. Und auf das rechte und dann das linke Auge. Und die Schläfe. Und die Stelle am Halsansatz unter dem Ohr, was ihr ein Kichern entlockte. Er ließ die flache Hand über ihren Bauch kreisen, Annik schloss genüsslich die Augen. Als er die Kreise ausdehnte, wurden ihre Atemzüge angestrengter und die Spannung in seinen Lenden größer. Ihre Brust zeigte sehr deutlich, wie sehr sie seine Berührung ersehnte. Aber noch hatten sie Zeit, er arbeitete sich langsam vor. Über ihre Brustansätze, sodass der Daumen gerade den Hof berührte, an der Körperseite, wo sie so empfindlich war, mit federleichten Strichen hinunter. Anniks Brustkorb hob und senkte sich jetzt sehr schnell, sie biss mit einem angespannten Lächeln auf ihre Unterlippe. Krister atmete inzwischen auch reichlich unregelmäßig. Zwischen ihren Beckenknochen verstärkte er den Druck wieder, glitt mit dem Mittelfinger tiefer, dahin, wo er wusste, dass seine Berührung ersehnt wurde …

»Mama?«

Annik lachte atemlos auf und zog reflexartig die Decke über ihren Körper. Einen Stoßseufzer unterdrückend, tastete Krister neben sich nach der Boxershorts.

»Später mehr«, flüsterte Annik.

Da konnte sie drauf wetten.

Auf dem Flur erklangen Schritte von kleinen Füßen, dann wurde die Tür geöffnet, keine Sekunde zu früh. Anniks »Guten Morgen, mein Schatz« klang ein wenig atemlos.

»Krister!« In der nächsten Sekunde war Theo auf die Bettdecke gehüpft.

»Hi«, sagte Krister.

»Seid ihr jetzt wieder Freunde?«

»Ich schätze, ja.«

»Seid ihr wieder Freunde, Mama?«

Annik grinste Krister an. »Das sind wir.«

»Find ich gut«, sagte Theo und ruckelte sich so zurecht, dass er auf der Decke zwischen ihnen lag. Leider blieb dadurch nicht mehr viel Decke an den Seiten übrig, aber Krister hatte sich selten so wenig an ein bisschen Kälte gestört.

Dreiundzwanzig

Der Traum dauerte exakt sieben Tage. Sieben glückselige Tage, in denen Annik und er zusammen aufstanden, den Tag zusammen verbrachten und nachts miteinander schliefen, sich liebten, vögelten, bis sie erschöpft aneinandergeschmiegt in den Schlaf glitten, nur um sich irgendwann erneut zu küssen und zu lieben. Krister hatte nicht gewusst, dass es so sein konnte. So intensiv, so überwältigend. Er wusste nicht einmal, welcher Teil ihrer Beziehung am besten war, weil ihn alles zusammen so unsäglich glücklich machte.

Die ersten Unruhezeichen setzten am Freitag ein. Bis auf wenige Ausnahmen war der Freitag in den letzten elf Jahren der Tag gewesen, an dem Kristers seliges Wochenende anfing. So wie andere Leute in seinem Alter auf Partywochenenden hingelebt hatten, war sein Leben auf die Zeiten mit seinen Basejumping-Freunden ausgerichtet gewesen und vor allem auf das Springen selbst. Er liebte Annik, er liebte dieses neue, noch ein wenig unheimliche Leben, und doch zog das alte mit jedem Tag mehr an ihm. Ein Windstoß im richtigen Augenblick reichte aus, um seine Sehnsucht nach dem Fliegen wach zu kitzeln.

Sander wusste noch nichts von Kristers Entscheidung; am vergangenen Wochenende hatte Krister sich einfach nicht gemeldet. Aber so langsam sollte er in der Basis vielleicht Bescheid geben, dass in absehbarer Zeit nicht mit ihm zu rechnen war. ›In absehbarer Zeit‹ war einfacher zu denken als ›nie wieder‹. ›Nie wieder‹ ließ Krister trocken schlucken und seine Hände kalt werden.

Am Samstag hatten Annik und er den ersten Streit, weil er gereizt ausflippte, als sie ihn bat, Theo ein bestimmtes Buch nicht vorzulesen, das sie noch für ungeeignet hielt. Es war kein schlimmer Streit, aber er schwelte in Krister weiter und nährte die Unruhe, die ihn auf den Berg trieb und die sich nicht verscheuchen ließ durch Anniks Küsse in der Nacht und die Lustexplosionen, die darauf folgten.

Sie saßen am Sonntag beim Frühstück, als Sander anrief. Obwohl Annik ihn wenig begeistert ansah, weil er das Telefon überhaupt mit am Tisch hatte, stand Krister auf und nahm auf dem Weg in den Flur das Gespräch an. »Hey.«

»Was ist los mit dir, Batman? Bist du krank? Wir vermissen dich hier.«

Jetzt. Sag es. Kristers Mund war zu trocken für Worte.

Doch Sander sprach schon weiter. »Anyway, ich hab dir schon drei Textnachrichten geschickt, hast du sie nicht gelesen? Am nächsten Wochenende kommt ein Filmteam, ich brauch dich da.«

Krister massierte seine Nasenwurzel zwischen Daumen und Zeigefinger. »Sander, ich ...« Ich fliege nicht mehr.

»Kannst du heute Nachmittag um vier oben sein? Ich würde gern eine Choreografie ausprobieren und sehen, wer was mit welcher Helmkamera einfangen kann.«

Nein, ich bin mit meiner Freundin bei den Nachbarn verabredet. Er hatte keine Chance. Sein innerer Autopilot hatte längst genickt. »Denke schon.«

»Danach will ich mich noch kurz zusammensetzen, um das durchzusprechen. Das ist so eine Chance für uns, Kris! Einer der größten europäischen Sportsender, und sie kommen zu uns.«

Das Wissen darum, dass er nachher wieder fliegen durfte, breitete sich wie eine freundliche warme Flamme in Kristers Innerem aus, die die Unruhe zurückdrängte. Sein schlechtes Gewissen wirkte dagegen wie ein verhärmter kleiner Mann, der hilflos zeterte, ohne sich Gehör verschaffen zu können. Sie sprachen über ein paar wenige Sprünge, was war das schon? Annik musste es nicht einmal erfahren. Es ging doch bloß darum, dass sie keine Angst haben musste. Und sie brauchte keine Angst zu haben, wenn sie es nicht erfuhr, ganz einfach. »Über wie viele Termine reden wir?«

»Die Aufnahmen wollen sie am späten Samstagnachmittag machen, wenn das Licht gut ist«, sagte Sander. »Wie viele Termine brauchen wir vorher? Heute und dann vielleicht noch vier über die Woche verteilt?«

»Sollte machbar sein.« Kristers Gehirn überschlug sich. Er hatte Rettungsdienst, das war perfekt. Annik kannte seinen Schichtplan nicht genau genug, um zu wissen, wann er Schluss hatte. Jetzt musste er es nur noch hinbekommen, Annik glaubhaft nebenbei mitzuteilen, dass er heute Nachmittag einem Freund helfen musste. Das war nicht einmal gelogen.

Nur noch diese Woche, dann würde er aufhören. Nur noch diese Woche.

Wenn man bedachte, dass er mit Hin- und Rückfahrt und Aufstieg locker vier Stunden brauchte, war es erstaunlich, wie leicht er mit seiner mehr als gedehnten Halbwahrheit durchkam. Annik ahnte nichts. Ab und zu regte sich Kristers schlechtes Gewissen, aber er brachte es zum Verstummen, indem er besonders geduldig mit Theo spielte oder Annik besonders ausdauernd liebte. Letztlich war es, von allen Seiten betrachtet, einfach besser, wenn er nicht permanent gereizt und ungeduldig war, weil ihm das Fliegen fehlte, oder etwa nicht?

Annik war nicht begeistert gewesen, als er gesagt hatte, dass sein Freund am Wochenende auch noch Hilfe brauchte, und blöderweise hatte Krister ziemlich angefangen zu stottern, als er ihr die Lüge versucht hatte aufzutischen. Aber er konnte Sander jetzt auch nicht mehr im Stich lassen, nicht, nachdem sie die Woche über alles bis ins kleinste Detail ausgetüftelt hatten. Wenn, dann hätte er von vornherein sagen müssen, dass er nicht mitmachte.

Hatte er aber nicht, und jetzt auszusteigen, wäre unfair.

Außerdem wollte er ganz egoistisch diese letzten Sprünge noch ausnutzen, bevor er … Scheiße, er konnte wirklich nicht einmal daran denken. Er brauchte das hier, er brauchte es, um ein ausgeglichener, freundlicher Mensch zu sein. Gleich bei seinem ersten Tandemsprung, als er sechzehn Jahre alt gewesen war, hatte er gewusst, dass sie zusammengehörten, dieser Rausch des Überlebens und er. Seine Mutter war gerade ein halbes Jahr tot, und als Krister in der geöffneten Tür des Flugzeugs saß, hatte er das erste Mal seit Monaten Angst, ebenfalls zu sterben. Er hatte das erste Mal seit Monaten überhaupt wieder etwas gefühlt: panische, animalische Angst. Du wirst sterben, hatte sein Körper gebrüllt. Du wirst verflucht noch mal sterben, wenn du das tust.

Dann hatte sein Sprungpartner ihn nach draußen geschubst – und er war nicht gestorben.

Ganz im Gegenteil. Er war so lebendig gewesen wie nie zuvor.

Dazu war bald die Gemeinschaft gekommen. Neue Freunde, Clubleben, Wettbewerbe. Keiner sah Krister, den schüchternen, stotternden Jungen. Der, den sie sahen, war Krister, der Shootingstar der Szene, der mit kühlem Kopf den Überblick behielt und schneller Fortschritte machte als alle anderen. Sie prophezeiten ihm den World Cup. Es hatte sich so unglaublich gut angefühlt.

Das alles ging ihm durch den Kopf, während er mit dem Filmteam den Kjerag hochlief. Der Wind riss schon auf der Hochebene an seinem Shirt, Krister merkte es kaum. Die Leute aus Berlin waren nicht wirklich trainiert, also brachten Morten, Alex, Bjarne und er den Großteil der Sachen hoch.

Krister war nervös, so nervös wie schon lange nicht mehr, und es hatte wenig bis nichts mit den Filmaufnahmen zu tun. Es hatte damit zu tun, dass dies sein letzter Sprung sein würde, sein Meisterstück. Im Gegensatz zu anderen Wingsuitern hatte Krister nie viel Wert auf Außenwirkung gelegt, ihn interessierten die omnipräsenten Kameras nicht. Aber dieses Mal gehörten sie dazu, und irgendwann in ferner Zukunft, wenn sie faltig und ohne Haare im Schaukelstuhl saßen, würde er Annik die Aufnahmen seines letzten Sprungs zeigen.

Das Wissen um diese Tatsache ließ seinen Mund immer noch trocken werden, aber es ging nicht anders, ironischerweise nicht einmal wegen Annik. Er musste aufhören, weil er in wenigen hellen Augenblicken während der vergangenen Woche erkannt hatte, was Tom, Hanne, Espen längst wussten: Krister hatte ein verdammtes Suchtproblem. Er war süchtig nach Adrenalin, und zwar nicht, wie man süchtig nach einem guten Song ist. In seinem Fall war es eher der goldene Schuss auf dem Osloer Bahnhofsklo. Je näher er sich an diesen Gedanken herangetraut hatte, desto grimmiger war dessen Knurren geworden. Krister wollte nicht süchtig sein. Das war nicht er, wie er sich selbst kannte. Krister Solberg hatte sein Leben unter Kontrolle. Er ging kein Risiko ein, das er nicht vorher bis auf fünf Stellen hinter dem Komma kalkuliert hatte. Er arbeitete diszipliniert, und als geistigen und körperlichen Ausgleich dazu ging er seinem Sport nach, einem außergewöhnlichen Sport zwar, aber es konnte nicht jeder nur Tennis spielen. Wann hatte es angefangen, dass es etwas anderes wurde? Und wieso hatte er es nicht vorher begriffen?

Die letzten paar Hundert Meter beschleunigte er seine Schritte noch, bis er mit rasselndem Atem gegen den schneidenden Wind bergauf joggte. Die Ironie der Sache entging ihm nicht: Er hetzte wie ein Gejagter ohne Rücksicht auf seine Begleiter den Berg hoch, um mit der Erkenntnis klarzukommen, dass er das Springen besser aufgeben sollte. Lass den Kokser noch schnell eine Line ziehen, damit er sich drüber klar werden kann, ob er aufhören soll zu koksen. Scheiße.

Verfluchte Scheiße.

Leon war gewesen wie er, und er hatte es nicht bemerkt. Er hatte nicht geweint, als Leon gestorben war. Er hatte sich nicht einmal betrunken. Er hatte nur gedacht: Das bringt der Lifestyle mit sich. Leon ist bei dem gestorben, was er am meisten liebte. Gott, war er kaputt.

Auf dem Gipfel wartete er, bis die anderen ihn eingeholt hatten. Der Wind hatte noch zugelegt, und feiner Nebel benetzte Kristers Haare und Gesicht. Vielleicht würden sie die Choreografie ein bisschen abwandeln müssen. Er checkte seine App. Das Wetter war nicht so brutal, wie es sich anfühlte, alles war noch im grünen Bereich. In seinem Körper vibrierte die Vorfreude und drängte die Selbstzermarterung vom Aufstieg zurück. Weit entfernt glaubte er, Morten und die beiden anderen mit den Filmleuten zu hören, aber vielleicht waren es auch nur Touristen.

Minutenlang saß er mit um die Knie gelegten Armen an der Steilkante und spürte, wie der Wind ihn lockte. *Flieg mit mir,* wisperte er. *Lass mich deine Sorgen und Gedanken ein letztes Mal verwehen. Du gehörst zu mir.*

Dieser eine Sprung noch. Oder vielleicht diese Saison noch. Dann würde er sich etwas überlegen.

Ich trage dich, wir sind eins, du und ich, säuselte der Wind.

»Hier bist du!« Morten näherte sich, leicht außer Atem. »Wie sieht's aus, Projektleiter?«

Krister ergriff die Hand, die Morten ihm hinstreckte, und sprang auf die Füße. »Wird gehen, denke ich, wenn wir alles ein bisschen modifizieren. Machst du schon mal diese Interviewsache mit den Journalisten, während ich mit Sander telefoniere?« Er wollte nicht nur mit Sander die kleinen Änderungen klären, die er wegen des Winds vorhatte, er musste auch kurz mit Espen sprechen. Er brauchte einen äußeren Anker, der ihn zwingen würde, aufzuhören …

Das willst du nicht wirklich, lachte der Wind.

… oder zumindest darüber nachzudenken.

Du brauchst nicht zu grübeln, wenn du bei mir bist, raunte der Wind. *Du darfst loslassen.*

Krister zog das Telefon aus der Tasche und entfernte sich auf Anweisung des Kameramanns nur so weit von den anderen, dass die Kamera noch einfangen konnte, wie er wichtig telefonierend in der Nähe der Kante stand. Hören würde man ihn nicht mehr. Nach einer kurzen Info an Sander rief Krister Espen an.

»Was bringt mich zu der Ehre, Storebror? Es ist Samstag! Wieso bist du nicht mit Annik ... keine Ahnung, irgendwo, wo man sich als Familie so an Samstagen rumtreibt?«

»Esp, ich hab einen Fehler gemacht.«

»Ist das Windheulen da im Hintergrund das, was ich denke, das es ist?«

Krister seufzte. »Deswegen rufe ich dich an. Ich muss gleich springen, Sander hat hier ein fettes Filmprojekt laufen. Ich wollte nur –«

»Sagtest du gerade, du müsstest gleich springen? Weiß Annik das?«

»Nein.« Die Gereiztheit war wieder da. »Ich sagte ja, ich habe einen Fehler gemacht. Und ich brauche deine Hilfe.«

»Okay.«

Komm zu mir, rief der Wind. *Ich fange dich auf, ich trage dich. Lass uns endlich wieder spielen!*

»Ich brauche jemanden, der mich ab und zu daran erinnert, dass ich auch ohne das hier leben kann«, flüsterte Krister.

»Ich verstehe dich nicht, der Wind ist so laut.«

Ich weiß. Krister schluckte. Ich höre ihn. »Ich bin beschissen adrenalinsüchtig, Esp«, sagte Krister lauter, »und ich brauche deine Hilfe, damit ich da rauskomme. Nur eine Erinnerung, wenn ich wieder unten bin. Bitte.«

»Wow. Du hast es echt erkannt, oder?«

»Mir ist jetzt nicht nach Witzen.« Der Wind zerrte an seinen Ärmeln. »Kann ich mit dir rechnen?«

»Du bist mein Bruder, Kris. Natürlich kannst du mit mir rechnen. Und jetzt geh und genieß deinen letzten Sprung. Wehe, ich bekomme nicht das Video.«

Das war's dann also.

Es fühlte sich furchtbar an, als hätte er sich gerade selbst die Lebensader gekappt. Aber gleichzeitig wusste Krister, dass es nötig war. Ein paarmal sog er die kühle Luft tief in seine Lunge und ließ sie wieder ausströmen. Er war immer noch Herr über seine Emotionen. Als er zu den anderen zurückkehrte, hatte er sich wieder im Griff.

Morten, Alex und Bjarne machten die üblichen lockeren Sprüche, um die Nervosität zu übertünchen, und wie immer war das nichts, worauf Krister einstieg. Er gestattete, dass der Kameramann ihm beim Anziehen und Überprüfen des Wingsuits filmte, und schenkte ihm sogar ein Lächeln.

»Letzter Check, Leute.« Krister ließ den Blick über die Anzüge der anderen gleiten. Alles war bereit. Er besprach ein letztes Mal, worauf sie heute besonders achten mussten, dann klopften sie sich gegenseitig auf die Schultern und gingen danach auf die Absprungpositionen.

Krister sprang mit einem Rückwärtssalto ab, und der Wind fing ihn auf. Er pfiff ihm um die Ohren, er wehte ihm vereinzelte Nebeltröpfchen gegen die Schutzbrille, die in der Geschwindigkeit sofort zur Seite flossen. Aber das Pfeifen des Winds war nichts gegen die unendliche, selige Erleichterung, die ihn durchfloss, während er abwärtsraste. Das Adrenalin flutete seinen Körper, er sah jede Scharte, jede noch so kleine Blume an der Bergwand neben ihm. Und er wusste in diesem Augenblick, dass er alles konnte, was er sich vornahm. Alles außer aufhören.

Die Choreografie saß perfekt. Sie alle trugen Helmkameras, deren Aufnahmen später zusammengeschnitten werden würden. Morten und er flogen synchron, gefolgt von Alex und Bjarne, die sie kurz darauf aufholen ließen, um als Vierergespann die Öffnung zwischen den beiden Felswänden zu queren und sich dann wieder gleichmäßig zu verteilen. Krister hatte die riskanteste Position in der Nähe der steil aufragenden Wand; er war am erfahrensten und konnte von hier aus am besten die Flugbahnen der anderen im Auge behalten. Was für ein würdiger letzter Flug! Alles klappte, als hätten sie es nicht nur fünf- sondern eher zwanzigmal geübt. Eine Sekunde noch, bevor sie synchron die Fallschirme ziehen –

Sengender Schmerz brannte sich durch Kristers rechte Schulter. Er hatte keine Ahnung, was passiert war, aber er konnte den Arm nicht mehr richtig strecken. Noch im Trudeln tastete er mit der Linken nach der Reißleine. Die Welt wirbelte außer Kontrolle um ihn herum. Sekunden später krachte etwas, ein Brechen, ein Reißen. Höllische Schmerzen jagten durch seinen Oberschenkel, und in seinem Rücken explodierte etwas. Als er mühsam die Augen öffnete, lag er irgendwie verkrümmt auf dem Bauch. Neben ihm war ein Felsbrocken – war er an dem entlanggeschrammt? –, und vor ihm … vor ihm waberte das Bild. Laub, zerbrochene Äste. Irgendwo weit unten war der Fjord, irgendwo … Außerdem war es kalt. Und sein Rücken … etwas Warmes floss an seinem Arm entlang. Er wollte nachsehen, was es war, aber … die Welt … verschwamm. Und wurde schwarz.

Vierundzwanzig

»Krister ist nicht da? Ich dachte, der wohnt inzwischen fast hier.« Alva hatte dieses Mal einen Teller mit einem Stapel Lefser dabei.

Annik schüttelte den Kopf und nahm ihrer Freundin den Teller ab. Sie liebte die dünnen, zimtigen Pfannkuchen. »Hilft irgendwem beim Umzug, wenn ich das richtig verstanden habe. Aber wir kriegen die Lefser schon alle, da mache ich mir wenig Sorgen.«

»Wer zieht denn um?« Alva wirkte nachdenklich.

»Keine Ahnung, ich kenne Kristers Freunde ja noch nicht alle. Also, außer euch.«

Alva hatte die Schuhe abgestreift. Sie folgte Annik in die Küche. Theo war dabei, gemeinsam mit Luis einen zweiten Mast auf dem Floß zu montieren, aber mit seinem untrüglichen Instinkt für Naschkram tauchte er jetzt in der Terrassentür auf.

»Schuhe aus«, sagte Annik. »Oder warte. Ich gebe euch einfach ein bisschen von Alvas Leckereien mit nach draußen.«

»Können wir an den Strand?«, fragte Luis mit vollem Mund. Solange er jemanden hatte, der für ihn sprechen konnte, drängte Theo sich nicht vor.

»Jetzt?« Annik überlegte. »Krister müsste eigentlich bald zurück sein, und … Ach was, in Wirklichkeit bin ich bloß zu faul. Wir gehen an den Strand.« Sie wandte sie an Alva. »Kommst du mit?«

Es dauerte, bis die Kinder in Gummistiefel und Regenjacken verpackt, die Lefser verstaut und Annik und Alva ebenfalls einigermaßen wetterfest angezogen waren. Der neblige Nieselregen störte sie nicht, aber mit der Zeit würde er zwischen die Stoffschichten kriechen, wenn sie keine Jacken trugen.

Die Jungen hüpften voran, und Annik schlenderte mit Alva zusammen hinterher.

»Aber Krister und du, ihr seid nach wie vor glücklich, oder?«, fragte Alva.

»Ja, sehr.«

»Das freut mich. Du tust ihm gut.«

»Er tut mir auch gut«, gab Annik unumwunden zu. »Er ist toll. Er ist aufmerksam, liebevoll, er kann extrem gut k–«

»Nicht zu viele Bilder!« Alva lachte. »Denk dran, dass du von meinem Bruder sprichst. Ich bin mir nicht sicher, ob ich wissen will, wie gut oder nicht gut er küsst.«

»Ich wollte kochen sagen.« Annik feixte.

»Krister kann nicht kochen.«

Lachend bogen sie auf den Holzsteg zum Strand ein. Annik hatte Alva schon oft fragen wollen, aber es war nie der richtige Zeitpunkt gewesen. Doch jetzt blubberte die Frage einfach aus ihr heraus. »Was ist eigentlich mit dir und der Liebe?«

»Nichts«, sagte Alva ungerührt.

Annik horchte auf. Sie kannte diesen Tonfall von Krister. Es war der, den er nutzte, wenn er nichts preisgeben wollte.

»Entschuldige, ich wollte dir nicht zu nahetreten. Ich dachte nur ... Keine Ahnung, was ich dachte.«

»Das ist völlig in Ordnung. Ist kein großes Geheimnis, dass ich neben der Praxis, den Röbbchen und meinen Freunden keine Zeit habe dafür.«

Keine *Zeit?*, dachte Annik, aber sie bohrte nicht weiter nach. Wieder einmal war sie verblüfft, wie so unsäglich nette und noch dazu durchaus nicht schlecht aussehende Menschen wie Alva und Espen Singles sein konnten. Wobei man Espen nach allem, was sie so mitbekam, genau genommen nicht wirklich als Single bezeichnen konnte. Eher als äußerst unstet.

»Da ist Ella!«, rief Luis. Theo warf Annik einen fragenden Blick zu. Sie nickte, und die beiden stürzten davon. Ganz offensichtlich waren sie nicht die Einzigen mit der Idee, an den Strand zu gehen. Annik zog ihre Schuhe aus. Während sie Seite an Seite mit Alva zu Hanne und ihrer Familie durch den feuchten Sand stapfte, winkte ein rotbärtiger Wikinger ihr fröhlich zu. Sie brauchte einen Augenblick, um Håkon, den Busfahrer, ohne seine Uniform zu erkennen. Er hob einen Drachen hoch, dessen Schnur ein kleiner Junge hielt.

Hanne umarmte sie zur Begrüßung, und Tom zog sie ebenfalls in eine raue Umarmung. Alva nickte den Neuankömmlingen nur lächelnd zu, da sie einen Anruf bekam und sich ein paar Schritte entfernte, um ihn anzunehmen.

»Du siehst gut aus«, sagte Hanne.

»Mir geht's auch gut, danke. Du übrigens auch. Täuscht das, oder fängt man an, deinen Bauch zu sehen?«

»Ich hoffe doch.« Mit beiden Händen strich Hanne das gestreifte Shirt glatt, das sie unter dem Regenmantel trug. »Ich habe extra dieses Oberteil angezogen, bei dem man es sieht, im Gegensatz zu dem schlabberigen Praxis-T-Shirt.«

»Du müsstest nicht XL tragen«, sagte Annik grinsend. Ihr eigenes Shirt saß durchaus figurbetont.

»Fuck!«, sagte Alva und zog damit Anniks Aufmerksamkeit auf sich. »Ach du Scheiße! Wann?«

Annik versuchte, nicht zu neugierig zu Alva zu starren, und hielt den Blick stattdessen auf Hanne und Tom gerichtet. Tom umarmte Hanne von hinten und strich mit seinen großen Händen zärtlich über ihren Bauch. »Ich liebe dieses Shirt, Baby, und alles, was darin steckt.«

Lachend drehte Hanne den Kopf, um ihn zu küssen. Es war so nett und selbstverständlich, dass Annik nicht das Gefühl hatte, wegsehen zu müssen.

»Verstehe«, sagte Alva.

Hanne unterbrach ihren Kuss und sah Alva an, als diese zu ihnen zurückkehrte, und auch Annik wandte sich ihr nun zu.

Irgendwas stimmte nicht.

Alva war so blass geworden, dass ihr Gesicht fast weiß wirkte. Selbst aus den Lippen war jegliche Farbe gewichen. Nur die grünen Augen schienen unnatürlich zu schimmern. Mit einem Ausdruck sehr mühsamer Beherrschung sah Alva Annik an, bevor sie tonlos hervorbrachte: »Das war Espen. Krister ist abgestürzt.«

Nein.

Das war alles, was Annik denken konnte.

Nein.

Der Strand, Theo, Alva … die Umgebung verschwamm, und Annik hatte das Gefühl, selbst haltlos in einen unendlich tiefen Abgrund zu stürzen. Es durfte nicht sein. Nicht noch einmal. Es durfte nicht so enden.

Mit eisernem Willen wiederholte sie laut das Wort in ihrem Kopf. »Nein.« Und dann noch einmal. »Nein.« Wie durch einen dichten, dunklen Schleier sah sie Alva an. »Das muss ein Irrtum sein, Krister springt überhaupt nicht mehr.«

»Ich fürchte, doch.«

»Und wenn schon!« Es war Annik scheißegal, dass sie hysterisch klang. »Er ist der Beste, oder? Er kann nicht … er kann nicht …« Es war zu viel für ein Leben. Es war nicht fair.

Alva zog sie an sich, und erst da wurde Annik klar, dass das animalische Fiepen aus ihrer eigenen Kehle kam. Nein, nein, nein. Es war ein Irrtum. Bitte, irgendwer, lass es einen Irrtum sein! Annik krallte die Hände in Alvas Jacke. Hanne wärmte sie von hinten, und Tom legte von der Seite seine langen Arme so gut es ging um sie alle.

»Sie fliegen ihn nach Stavanger in die Uniklinik«, sagte Alva. »Espen fährt da jetzt hin.«

Uniklinik. So viel kam in Anniks Bewusstsein an. Sie schmeckte Blut und stellte fest, dass sie sich die Lippe aufgebissen hatte. »Das heißt, er ist nicht … ich meine, er lebt?«

»Espen sagte, er sei sich nicht zu schade gewesen, bescheuerte Witze über das Rettungsteam zu machen.«

»Espen hat mit Krister gesprochen?« Vor Erleichterung wurden Anniks Knie so weich, dass sie es mit Mühe und Not schaffte, nicht an Ort und Stelle zusammenzusacken.

»Hörte sich so an, ja. Bis der Kollege, der Krister das Telefon ans Ohr gehalten hat, keine Lust mehr hatte.« Alvas Versuch eines Lächelns war gerade noch als das erkennbar, was es sein sollte. »Sie melden sich später, wenn sie mehr wissen. Wie es aussieht, hat Krister sich wohl relativ gründlich zerlegt.«

Aber er lebte.

Und wenn er am Telefon Witze reißen konnte, würde er am Leben bleiben.

»Ich fahre da hin.«

»Nein.« Alva schüttelte den Kopf. »Du kannst jetzt überhaupt gar nichts tun.«

»Ich kann Krister Mut machen.« Sie schniefte. »Und außerdem kann ich ihn gleich noch mal den scheiß Berg runterstoßen, weil er mich angelogen hat.« Sie wusste selbst, dass es Unsinn war. Selbst wenn sie sich beeilte und Theo bereitwillig mit zu Luis ging, selbst wenn sie Hannes oder Alvas Auto nehmen konnte, würde sie erst ankommen, wenn Krister hoffentlich schon in der MRT-Röhre steckte. Oder an Geräte angeschlossen war oder auf einem Operationstisch lag. Die Angst wollte sich wieder in ihr ausbreiten. ›Zerlegt‹, hatte Alva gesagt, ›gründlich zerlegt‹. Was bedeutete das?

»Sieh mal, ich glaube, Theo hat Krebse gefunden.« Alvas Ablenkungsversuch war so deutlich, so rührend. Dabei musste sie ebenfalls vor Sorge vergehen. Immerhin war Krister ihr Bruder.

»Was bedeutet ›gründlich zerlegt‹?«

»Espen meldet sich, sagt er«, wiederholte Alva. Dann blitzte ein Lächeln in ihrem Gesicht auf. »Angeblich hat Krister so gebrüllt, dass die Seehunde aus dem Fjord geflohen sind, als die Sanis ihm den Oberschenkelbruch gerichtet haben. Aber frag mich nicht, was genau passiert oder was an ihm sonst noch kaputt ist, denn ich weiß es nicht.«

Der Rest des Tages war ein surrealer Albtraum. Als es am Strand zu ungemütlich wurde, kamen alle kurzerhand mit zu Annik und Theo nach Hause. Und irgendwie schafften sie es sogar, die bedrückte Stimmung immer wieder zu überspielen. Tom stellte sich als Zirkuspferd für die Kinder zur Verfügung, und Annik fütterte es mit »Heukuchen«, wie Theo sagte. Während es draußen stürmischer wurde und die Zweige der Bäume und Büsche sich bogen, hätte es drinnen mit Kaffeeduft, Kuchen und Kakao für die Kinder heimeliger nicht sein können. Eigentlich. Wäre nur in Anniks Hinterkopf nicht immerzu die Sorge gekreist.

Und auch bei Alva und Tom sah sie sie immer wieder hervorschimmern, auch wenn zumindest Tom es hinter Flapsigkeit tarnte. »Ich hab Kris gesagt, ich würde seine Leiche nicht nach Hause schleifen. Nett, dass sie Espen angerufen haben und nicht mich«, sagte er, während er mit Annik zusammen die Kuchenteller in die Spülmaschine räumte.

Annik zog pflichtschuldig den Mundwinkel hoch.

»Nicht witzig?«

»Nicht sehr.«

»Sorry. Aber wenn du mich fragst: Er hat es verdient, irgendwie. Was nicht heißt, dass ich mir keine Sorgen machen würde. Ich meine, ich habe wenig Lust, sein ganzes Haus behindertengerecht umbauen zu müssen, insofern …«

Scheibenkleister. So weit hatte sie noch gar nicht gedacht. »Auch nicht so witzig«, murmelte sie.

»Komm her.« Sie kannte Tom kaum, aber seine kräftige Umarmung war unglaublich tröstlich. »Ich habe mit Hanne gesprochen.

Wenn du willst, bleibt sie morgen früh mit Ella hier bei Theo, und ich fahre mit dir nach Stavanger.«

Als Annik Theo später einen Gutenachtkuss gab, fragte er: »Mama? Warum waren heute alle so komisch?«

»Was meinst du mit komisch?«

»Alle haben immer so komisch gelächelt. So wie du jetzt.«

Sie strich ihm über die blonden Locken. »Du aufmerksames Kind. Ich denke nur über etwas nach. Eine Erwachsenensache.«

»Was für eine?« Im Halbdunkel waren seine Augen riesig.

Annik gab sich einen Ruck. Irgendwann würde er es ohnehin mitbekommen. »Krister hatte einen Unfall.«

Als Theo endlich wieder sprach, war seine Stimme sehr klein. »Mit dem Auto?«

Atmen. Nicht durchdrehen. Atmen. »Nein, mein Schatz. Nicht mit dem Auto. Er ist nur ... hingefallen.«

»Ach so.« Theo drehte sich zur Wand. »Dann ist es ja gut.«

Annik wusste nicht, ob sie Krister Theos angsterfüllten Blick je verzeihen würde. O nein, sie würde ihm keinen Mut zusprechen, dem Vollidioten. Ganz im Gegenteil. Sie würde ihm mitteilen, dass er seine Klamotten und seine Zahnbürste abholen konnte, sobald er dazu wieder in der Lage war. Oder sie stellte ihm das Zeug einfach vor die Tür.

Am nächsten Tag war es nicht Tom, sondern Espen, der sich als Chauffeur anbot. Wahrscheinlich, weil er selbst wissen wollte, wie es seinem Bruder heute ging. Während der Fahrt unterhielten sie sich kaum, beide hingen sie ihren eigenen Gedanken nach.

Erst als sie auf den Parkplatz des Krankenhauses einbogen, sprach Espen. »Du hast das Recht, sauer zu sein, weißt du?«

»Ich bin nicht sauer. Ich bin knisterwütend. Der Arsch hat mich belogen und betrogen, und dann besitzt er auch noch die Frechheit, sich zu verletzen, sodass ich ihm dafür nicht mal eine reinhauen kann.«

Espens leises Lachen erinnerte sie auf unheimliche Weise an Krister. »Er hat es verdient, dass du ihm eine reinhaust.«

»Ich werde trainieren, solange er im Krankenhaus ist.« Auf absurde Weise tat es gut, sich in die Wut hineinzusteigern. Der Schmerz wurde dadurch erträglicher.

Espen kontrollierte das Heck des Wagens auf dem Monitor, während er rückwärts in eine Parklücke setzte. »Kris hat mich angerufen, bevor er gesprungen ist. Er sagte, er habe einen Fehler gemacht.«

Annik schnaubte. »Ich werde mehr als einen machen, bevor ich mit ihm fertig bin.«

»Mit Kristers Erlaubnis werde ich dir bei Gelegenheit erzählen, worum es in unserem Gespräch ging.« Er schaltete den Motor aus.

Seufzend löste Annik den Gurt. »Nimm es mir nicht übel, Espen, aber nichts, was du mir erzählen könntest, würde dazu führen, dass ich deinen Bruder gerade nicht umbringen will.«

Vor Kristers Krankenhauszimmer blieb Annik einen Moment unschlüssig stehen. Ja, sie war verflucht sauer. Ja, sie fühlte sich betrogen und verraten. Aber sie würde erst dann mit Krister offiziell Schluss machen, wenn sie nicht mehr das Gefühl haben müsste, auf jemanden einzutreten, der bereits am Boden lag.

Espen hatte zu seiner üblichen Unbesorgtheit zurückgefunden. »Los, geh schon. Ich gebe euch fünf Minuten zum Küssen, dann komme ich dazu.«

»Wenn es nur darum geht, kannst du sofort mitkommen.«

Espen blieb trotzdem draußen.

Kristers Hautfarbe unterschied sich kaum vom blassen Grün des Kopfkissenbezugs. Elektrolyte und Nährstofflösung liefen durch den zentralen Venenkatheter an seinem Hals, im linken

Handrücken steckte eine Braunüle für die Schmerzmittelversorgung. Zwischen all den Schläuchen und Maschinen und mit dem Sauerstoffschlauch unter der Nase grinste Krister Annik entgegen, als sie an sein Bett trat. »Sorry, das war so nicht geplant«, wisperte er.

»Nicht?« Der Schreck über seinen Anblick ließ sie weniger wütend klingen, als sie kurz zuvor noch gewesen war.

»Nein, ich hatte gehofft, nächstes Mal in Stavanger mit dir ins Kino zu gehen. Oder noch mal schick essen. Ein richtiges Date. Das hier«, er hob die mit Schlauchzugängen versehene Hand einen Zentimeter, »reißt es irgendwie nicht so. Außerdem bin ich unrasiert.«

Warum mussten sie eigentlich allesamt blöde Witze über die Situation machen? Stand es so schlimm? »Was ist mit deinem rechten Arm?«

»Glatter Schlüsselbeinbruch, nicht weiter schlimm.« Kristers Augen waren glasig, und schon die wenigen Worte, die sie bisher gewechselt hatten, schienen ihn extrem anzustrengen.

Sie setzte sich auf den unbequemen Stuhl neben seinem Bett und nahm vorsichtig die verkabelte Hand in ihre. Sie war eiskalt.

»Ich würde dich gern küssen.«

»Ich bin leider ziemlich sauer auf dich«, sagte sie leise.

»Kannst du mich trotzdem küssen? Nur ganz kurz?«

»Ich hasse dich.«

»Kein Grund, nicht zu –«

»Hör auf, darüber Witze zu machen, Krister. Ich bin echt verdammt wütend.«

»Ich weiß. Es tut mir leid.«

»Ja, davon kann ich mir richtig was kaufen.« Sie seufzte. Diesen blassen, schwer verletzten Mann konnte sie nicht einmal guten Gewissens anschreien. »Also, was ist noch kaputt außer deinem Schlüsselbein?«

»So ziemlich alles, wie man mir gesagt hat. Sie haben neun Stunden an mir rumoperiert. Ich habe jetzt eine Menge Metall im Oberschenkel und diverse Schrauben in der Wirbelsäule. Und schätzungsweise eine Jahresration Opiate im Blut.« Er lachte tonlos. »Was sich im Übrigen ganz angenehm anfühlt.«

»Ich hasse dich wirklich.« Und ich liebe dich so, dass es mich zerfetzt.

»Das Gute ist, dass ich mir das mit all dem Zeug in der Blutbahn eh nicht merken kann.«

»Wirst du wieder laufen können?«

»Wissen sie noch nicht.« Er tat unbeteiligt, drehte aber den Kopf weg.

Annik schloss die Augen. Toms blöde Bemerkung in ihrer Küche bekam auf einmal eine ganz neue Tiefe. Sie zwang alle Fröhlichkeit, die sie aufbringen konnte, in ihre Stimme. »Tom meinte, er hätte keine Lust, dein Haus behindertengerecht umzubauen.«

»Dann muss ich mir wohl Mühe geben«, nuschelte Krister.

»Das musst du dann wohl«, erwiderte Annik leise, doch er driftete schon davon. Nachdem er eingeschlafen und sie ganz sicher war, dass er es nicht merken würde, küsste sie ihn vorsichtig auf den Mund, dann ging sie hinaus.

Espen lehnte in einer Fensternische. Verblüfft sah er von seinem Smartphone auf. »Schon wieder da?«

»Krister schläft.«

»Er hat eine ganze Menge zu heilen.«

»Darüber haben wir nicht gesprochen.«

Espen lächelte schief. »Du warst auch keine zehn Minuten da drin. Trinkst du mit mir einen Kaffee? Nur, wenn es geht, nicht hier. Ich kann Krankenhäuser nicht besonders gut leiden.«

Wer kann das schon?, dachte Annik. Dennoch fiel ihr die Vehemenz auf, mit der er es sagte. Und immerhin war Espen Internist. Er hatte dieser Klinik vermutlich sogar einen Teil seiner Ausbildung zu verdanken. Doch sie hakte nicht nach, sondern nickte nur. Krister brauchte sie im Moment nicht. Espen warf noch einen schnellen Blick ins Krankenzimmer, dann gingen sie.

Die Nachricht von Kristers Unfall verbreitete sich ebenso schnell in Lillehamn wie vor Wochen die Kunde davon, dass sie ein Paar waren. Es rührte Annik, wie viele Patienten mit guten Wünschen oder kleinen Gaben zu ihr kamen, entweder für sie oder für Krister. Bücher, Pralinen, Blumen – es waren nicht so sehr all die Gaben, die sie rührten, sondern vielmehr das, was dahinterstand. Sie war in Lillehamn angekommen. Die Leute hier hatten sie als eine der ihren akzeptiert. Lotta Eriksson berichtete sogar mit verschmitztem Lächeln, eine ihrer Katzen hätte Junge bekommen. Ob es für Theo nicht schön wäre, zwei kleine Kätzchen zu besitzen?

All das erlöste Annik zwar nicht von der Sorge, die permanent in ihrem Hinterkopf auf der Lauer lag, aber es lenkte sie wenigstens ab. Sie hatte gerade einem jungen Mann eine Überweisung zum Hals-Nasen-Ohren-Arzt geschrieben, als die erste Textnachricht seit dem Unfall von Krister eintraf.

Ich kann meine Zehen bewegen!

Am liebsten hätte Annik es durch die ganze Praxis gebrüllt. Während sie noch an einer Antwort tippte, kam ein Video von ihm. Unscharf herangezoomt sah man darauf, wie er mit dem Fuß wackelte. Annik musste lachen, das erste Mal seit Tagen.

Er sieht aus wie ein Hobbitfuß, ich weiß. Aber ich kann ihn bewegen!
Du kannst übrigens mein Auto nehmen, solange ich defekt bin. Sag Alva, sie soll dir den Schlüssel geben. (Du könntest mich damit besuchen, wenn du willst.)

Wie selbstverständlich er so tat, als wären sie noch zusammen! Als hätte er sie nie belogen. Als gäbe es nichts, worüber sie dringend sprechen müssten.

> Du weißt schon, dass ich mörderisch
> wütend auf dich bin, oder?

> Sieh es mal so. Wenn du hierherkommst, kannst du
> mich besser anschreien. Das wäre doch praktisch.

> Ich könnte dir auch ein Kissen aufs Gesicht drücken.

Sie nahm sein Angebot nicht an, schon aus Prinzip nicht. Doch am nächsten Wochenende fuhr sie mit Espen zusammen nach Stavanger. Er würde sie abholen, und Theo sollte zu Rose gehen.

»Kann ich mitkommen?«, fragte Theo, während Annik sich die Wimpern tuschte.

Annik dachte an die Schläuche und an Kristers geisterhafte Gesichtsfarbe. »Vielleicht nächstes Mal.«

»Bitte, Mama!«

»Heute nicht, Theo. Ich muss erst fragen, ob Kinder da reindürfen.« Was für eine bescheuerte Ausrede! Doch er schluckte sie und beauftragte Annik, Krister das Bild zu überbringen, das er für ihn gemalt hatte. Theos übliche Strichmännchen waren darauf zu sehen, blaue Zackenwellen und ein Buckel, der wohl ein Felsen sein sollte, denn die Strichmännchen sprangen davon ins Wasser, was beeindruckend zu spritzen schien. GUT BESERNG, KRISTR, FON THEO.

»Süß«, sagte Espen, als Annik ihm das Bild zeigte.

»Er verdient das nicht.«

»Gib ihm eine Chance.« Was, bitte, war mit Espen los? Wo war der Mann, der seinen Bruder im *Frontstage* beinahe mit Blicken gegrillt hätte, als es um das Thema Basejumping ging?

»Das weiß ich noch nicht.«

Das Bild in der Hand zusammengerollt, betrat Annik zunächst allein Kristers Zimmer – und wäre vor Verblüffung beinahe zurückgeprallt. Krister *stand* neben seinem Bett. Der nutzlose rechte Arm steckte in einer Schlinge, mit dem linken stützte Krister sich auf den taillenhohen Lenker eines Gehwagens. Eine Physiotherapeutin stabilisierte ihn von hinten. Die geisterhafte Blässe in Kristers Gesicht war verschwunden. Nur noch ein paar Zugänge in der linken Hand deuteten darauf hin, dass die vielen Schläuche an seinem Körper je vorhanden gewesen waren.

Die körperliche Übung schien all seine Konzentration zu fordern, denn Krister sah nur kurz auf, als Annik den Raum betrat, lächelte breit und stolz und kehrte dann mit seiner Aufmerksamkeit zu den winzigen Gewichtsverlagerungen zurück, die vielleicht irgendwann einmal wieder Schritte werden würden. In kurzer Zeit hatte er sich so weit vors Bett manövriert, dass er sich hinsetzen und erschöpft zurücksinken lassen konnte. Schweißtröpfchen glitzerten auf seiner Stirn.

»Nicht schlecht für den Anfang«, sagte die Physiotherapeutin. »Aber da ist Luft nach oben. Wir sehen uns später.«

»Sie hasst mich«, stöhnte Krister, als sie den Raum verlassen hatte. Aber er schien äußerst zufrieden mit sich zu sein.

Annik tupfte ihm mit einem Kleenex den Schweiß ab. »Da ist sie nicht die Einzige.«

»Ich w---eiß.« Einen Moment lang hielt er ihrem Blick stand, bevor er auf das Papier in ihrer Hand deutete. »Was ist das?«

»Schickt Theo dir.«

»Sieht aus, als müssten wir öfter nach Selerøy fahren, wenn ich wieder auf dem Damm bin.« Krister lächelte das Bild an. »Grüß ihn von mir.«

»Mach ich.« Annik legte das Bild auf den Nachttisch und zog sich einen Stuhl heran.

Es nützte alles nichts. Sie mussten ein anderes Gespräch irgendwann zumindest beginnen, falls es eine Chance für sie beide geben sollte. Und wenn die letzten Wochen Annik eins gezeigt hatten, dann war es, dass sie trotz allem nicht ohne einander sein konnten.

»Ich hatte viel Zeit nachzudenken, während ich auf den Rettungshubschrauber gewartet habe«, teilte Krister der Wand hinter ihr mit. »Ich k---ann v---erstehen, wenn du mich hasst.«

Sieh mich an, dachte sie. Sieh mich bitte einfach an. »Es ist viel schlimmer. Ich bin so stinkwütend auf dich, wie du dir in deinen schlimmsten Träumen nicht vorstellen kannst. Am ersten Tag hätte ich dein ganzes Zeug, was bei mir rumliegt, am liebsten einfach rausgeschmissen.«

»Und jetzt n-nicht mehr?«

»Das weiß ich noch nicht«, sagte Annik ehrlich. »Auf jeden Fall sehne ich den Moment herbei, in dem du deinen reizenden Hintern wieder vernünftig bewegen kannst, denn ich werde dir dort hineintreten, dass du bis ans Ende der Straße fliegst. Aber –«

»Warte mal ... du findest meinen *Hintern* reizend?«

»Ich fände es vor allem reizend, wenn du mal ernst bleiben könntest. Mir ist es auch unangenehm, das glaub mal, aber wir müssen über diese Sache reden, Krister.«

Wieder bildete sich auf seiner Stirn ein schimmernder Film. Wieder tupfte sie ihn ab. Er seufzte, setzte an, etwas zu sagen, und schloss den Mund wieder. »Es ist nicht nur unangenehm«, sagte er schließlich leise.

Nach einem vorsichtigen Klopfen trat Espen ein. Erleichterung breitete sich auf Kristers Zügen aus. Aber wenn er glaubte, Espens Anwesenheit würde etwas an ihrem Entschluss ändern, ihn zur Rede zu stellen, hatte er sich geirrt.

»Wo sind die Schläuche?«, fragte Espen. »Du siehst aus wie ein Mensch.«

»Alles Tarnung. In Wirklichkeit bin ich ein Cyborg. Mehr Metall als Knochen.«

Espen umarmte Krister ungeschickt und vorsichtig, dann setzte er sich auf die Fensterbank, während Annik neben Kristers Bett sitzen blieb.

»Seid ihr schon fertig mit dem Krisengespräch?«, fragte Espen in das sich ausbreitende Schweigen hinein.

Annik schüttelte den Kopf. »Wir haben nicht mal richtig angefangen. Weil Krister anscheinend der Meinung ist, die Sache hätte sich damit erledigt, dass er ohnehin nicht mehr fliegen kann.«

»Soll ich wieder rausgehen?«, fragte Espen, während Krister etwas sagte, das Annik nicht verstand.

Wieder schüttelte sie den Kopf.

»Ich habe g---, g---esagt«, erneut traten Schweißtröpfchen auf Kristers Stirn, »ich werde wieder f---liegen.«

Annik starrte ihn an.

»Ich m---uss.«

»Was soll das heißen, du musst?«

Krister sah auffordernd zu Espen hinüber, der die Arme vor der Brust verschränkte und herausfordernd grinste. »O nein, Bruder, glaub nicht, dass ich dich da raushole. Ich hab den Mist nicht verzapft.«

Krister schnitt ihm eine Grimasse.

»Erklärt mir jemand, worum es geht?«, fragte Annik.

Krister hob einen Mundwinkel zu einem selbstironischen Grinsen. »Ich b---« Er schluckte. »Ich ... ich b---« Sein müdes, kleines Lachen enthielt so viel Selbsthass, dass Annik, ohne darüber nachzudenken, Kristers Hand nahm. Sie war nicht mehr ganz so eisig wie noch vor wenigen Tagen. Krister atmete tief ein und sah Annik direkt an. »Ich habe ein Suchtproblem. Ich b---in adrenalinsüchtig. Und ich weiß nicht, ob ich aufhören kann.«

Annik schloss die Augen. Doch das Krankenhauszimmer, Krister, der sie mit diesem bitteren Grinsen ansah, Espen auf der Fensterbank, alles war noch da, als sie wagte, wieder hinzusehen.

»Vor dem Unfall habe ich Espen gebeten, mich daran zu erinnern, dass es nicht cool ist, was ich mache.«

»Willkommen im kalten Entzug. Aber du hast ja noch die Opiate.« Espen sprang von der Fensterbank. »Ich geh kurz noch mal raus, Privatsphäre und so.«

»Ich weiß, dass ich es verbockt habe«, sagte Krister, als die Tür hinter seinem Bruder in Schloss schnappte.

Annik schnaubte. »Scheiße, wenn man auffliegt, oder? Wie lange hättest du das noch heimlich gemacht? Bis du stirbst?«

»Bitte, Annik, ich … ich hab das selbst erst an dem Tag wirklich verstanden, was mit mir los ist.«

»Was? Dass du ein Suchtproblem hast? Tut mir leid, das zu sagen, Krister, aber ich habe gerade ein Vertrauensproblem.«

»Ich weiß. Ich … würde das gern wiedergutmachen.«

»Davon kann ich mir leider nichts kaufen.«

Kristers Unterkiefer mahlten.

Annik wartete.

»Erinnerst du dich an den M---orgen, nachdem wir uns gest---« Er ballte die gesunde Hand zur Faust. »Gest---«

Gestritten haben, wollte er vermutlich sagen. Annik schwieg.

»Nachdem wir aneinandergeraten sind?«, stieß er hervor.

»Ja.«

»Der Anruf beim Frühstück, das war Sander.«

»Einer von deinen Basejump-Buddies?«

»Ja, er leitet den Verein. Ich hatte ihm noch nicht gesagt, dass ich aufhöre –«

»Klar.«

»Ich wollte das nicht, echt nicht, aber er hat mich einfach eingeplant. Wir … er … ein Filmteam wollte kommen, und Sander brauchte mich für die Choreografie.« Etwas wie Trotz schlich sich in seine Stimme. »Ich schuldete ihm das. Na ja, das habe ich mir jedenfalls eingeredet. Ich wollte nicht, dass du dir Sorgen machst, und das Ende war absehbar. Eine Woche proben, dann die Aufnahmen. Deswegen habe ich nichts gesagt. Nur, um dich zu schützen.«

»Merkst du noch irgendwas? Eine bescheuertere Rechtfertigung konntest du dir wohl nicht –«

»Annik.« Kristers Nasenflügel zitterten, als er Atem holte. »Ich erzähle dir b-bloß, was sich mein Junkie-Hirn bei alldem überlegt hat. Es ist nicht so, dass ich kein schlechtes Gewissen gehabt hätte.«

»Wenigstens.«

Er lächelte bitter. »Es hat gehalten bis zum ersten Flug. Dann war es ... Es war mir so egal. Ich wollte nur wieder auf den Berg. Du hättest es nie erfahren.«

Was eine wichtige Frage aufwarf: Was wäre ohne den Absturz geschehen?

»Jeden Tag wurden meine Gewissensbisse kleiner. Zwischen uns lief alles gut, wir haben uns nicht mehr gestritten, weil ich endlich wieder ausgeglichen war. Du kannst dir die Argumentationskette vorstellen, die sich mein Hirn dazu ausgedacht hat.«

Annik rief sich die Woche vor dem Unfall in Erinnerung. Kristers Aufmerksamkeit Theo gegenüber. Sein Einfallsreichtum und seine Hingabe im Bett. All die kleinen freundlichen Gesten zwischen ihnen, mit denen er sein Gewissen beruhigt hatte. Sie hatte sein Verhalten für eine Art Wiedergutmachung nach ihrem Streit gehalten.

»Am letzten Tag mit dem Filmteam habe ich gemerkt, dass mir himmelangst wird bei dem Gedanken, nie wieder springen zu dürfen.« Er verzog das Gesicht. »Und was das bedeutet. Die Erkenntnis war ein ziemlicher Schock. Ich meine, wer gesteht sich schon gern ein, von einer lausigen Sucht gesteuert zu werden?«

Bestimmt nicht Krister, dachte Annik. Nicht der gewissenhafte Krister, den sie kennengelernt hatte.

Erschöpft ließ er sich ins Kissen sinken. »Und dann hab ich, wie gesagt, Espen angerufen. Weil ich nicht weiß, ob ich es allein schaffe.«

Trotz allem musste Annik lächeln. »Dir ist aber schon klar, dass für Süchte eher Psychologen zuständig sind als Internisten?«

»Tatsächlich? Gut, dass du mir das sagst.«

»Gern geschehen. Aber jetzt bist du ja eh erst mal auf Entzug, das hast du schlau gemacht.«

Krister zog sich an dem Griff über seinem Bett hoch. Sein Gesicht zeigte mehr als deutlich, dass es ihm nur unter Schmerzen gelang.

»Was wird das?«

Er sank wieder zurück. »Nichts, fürchte ich. Ich wollte dich küssen.«

»Wer sagt, dass ich das jemals wieder will?«

»Das wirst du. Hoffe ich doch.«

»Nicht, wenn du so selbstgefällig vor dich hin grinst.«

»Ich grinse höchstens erleichtert.«

»Glaub nicht, dass es mit einem zerknirschten Geständnis ausgestanden ist.« Annik fasste nach Kristers Hand. »Nehmen wir – rein hypothetisch – an, du schaffst es irgendwann, mein Vertrauen zu dir wiederherzustellen, und wir bekommen so etwas wie eine gemeinsame Zukunft hin, zieht es dich trotzdem ja nicht von allein weniger dort auf den Berg. Und gerade im Moment kann ich dir nicht sagen, ob ich damit umgehen kann.«

»Du brauchst mich. Ich kann Flöße bauen.«

»Hör auf. Mir ist das ernst.«

»Mir auch.« Krister lächelte schief. »Damit meinte ich, dass es mir wichtig ist, das zu tun. So als Beispiel. Ich weiß durchaus, dass«, er stieß die Luft aus, »der körperliche Entzug das, was dahinterliegt, nicht einfach wegzaubert. Ich gehe da ran, okay? Aber noch nicht jetzt.«

»Wann?«

»D---emnächst.«

»Wann, Krister?«

»Sobald du weg bist, rufe ich Alva an und frage sie nach Adressen von geeigneten Therapeuten. Reicht das?«

War es naiv, dass sie ihm glaubte? Sagte das nicht jeder Süchtige unter der Sonne: *Ich ändere mich?* Trotzdem konnte Annik nicht anders, als sich vorzubeugen und ihre Lippen an Kristers entlangstreifen zu lassen, ganz zart, sodass es kaum mehr als die Erinnerung an eine Berührung war. Es genügte, um seinen Atem zittern zu lassen. Sie stützte sich neben seinem Kopf auf, um die verletzte Schulter nicht zu belasten, dann berührte sie mit der Zungenspitze den Spalt zwischen seinen leicht geöffneten Lippen.

Fünfundzwanzig

Schritt für Schritt arbeitete Krister sich in den nächsten Monaten zurück in sein normales Leben, und Annik half ihm dabei, so gut sie konnte. Wegen seines gebrochenen Schlüsselbeins konnte er die ersten Wochen über keine Krücken nutzen und war bei seinen Gehversuchen auf Anniks Hilfe oder die der Physiotherapeuten angewiesen. Trotzdem machte er beeindruckende Fortschritte, und Annik begann zu verstehen, mit welcher eisernen Disziplin aus dem angeblich so unscheinbaren kleinen Jungen, der er gewesen war, der durchtrainierte Arzt mit der gut laufenden Praxis hatte werden können. Sobald das Schlüsselbein geheilt war, humpelte Krister ihr mit seinen Krücken entgegen, wenn sie kam, und vier Wochen nach dem Unfall bestand er darauf, es mit den ersten paar Stufen zu probieren, die auf die Stationsterrasse hinausführten.

Manchmal nahm Annik Theo mit, wenn sie Krister besuchen fuhr. Ihm war zwar das Krankenhaus selbst unheimlich, aber er fand Kristers Krücken faszinierend, und er liebte das Eis in der Caféteria.

In der Praxis taten alle vom Team ihr Bestes, den Alltag weiterlaufen zu lassen. Alva und Espen stellten auf Kristers Wunsch hin vorübergehend einen alten Freund ihres Vaters als Chirurgen ein, der eigentlich schon in Rente gegangen war. Oddgeir hieß er. Er brachte eine neue Art von Gelassenheit mit in die Praxis, die Annik guttat. Mehr als einmal verbrachte sie die Mittagspause nun statt mit Alva mit Oddgeir und ließ sich Geschichten darüber erzählen, wie Krister und die Zwillinge früher gemeinsam mit Oddgeirs Kindern Verstecke auf Heuböden gebaut oder heimliche Bootsausflüge gemacht hatten.

»Ich muss nach Hause«, sagte Krister sechs Wochen nach dem Unfall, als sie wieder einmal an seinem Bett saß. »Ich ertrage das hier nicht drei Tage länger.«

»Du kannst keine Treppen steigen.«

»Dann verlasse ich die Wohnung halt nicht.«

»Du kannst dir auch nichts kochen.«

»Für Tiefkühlbohnen wird es vielleicht gerade noch reichen.«

»Und du kannst nicht aufräumen oder putzen.«

»Weißt du was?« Krister schloss träumerisch die Augen. »Ich ziehe einfach bei dir ein.«

»Du meinst, ich soll dir Miete zahlen dafür, dass ich dir die Socken hinterherräumen darf, die du nicht aufheben kannst? Vergiss es.«

Aber eigentlich war es keine schlechte Idee. Es war überhaupt gar keine schlechte Idee. Kristers unpersönliche, durchdesignte Wohnung mochte beeindruckend sein – behaglich hatte Annik sie nie gefunden. Letztlich überzeugte Krister sie, indem er ihr in Erinnerung rief, dass sie es gewesen war, die vorgeschlagen hatte, sie sollten es doch einfach versuchen.

Es war ein klarer Samstagmorgen Mitte Oktober, und die Luft trug bereits deutlich den Herbst mit sich, als der Krankenwagen vorfuhr und Krister mitsamt Krankenbett, Krücken und Gehwagen für Notfälle bei ihr einzog. Theo konnte sich nichts Aufregenderes vorstellen, und auch Luis hopste mit im Garten herum. Und so trug Theo schließlich die Krücken, Annik schleppte Kristers Koffer, und die beiden Sanitäter brachten den Gehwagen hinterher, nachdem sie Kristers Bett ins Haus manövriert hatten.

Theo wich nicht von Kristers Seite. Nachmittags las Krister mit bewundernswerter Geduld das dümmste Kinderbuch vor, das Theo besaß – Annik hatte versäumt, es beim Umzug unauffällig zu entsorgen. Theo amüsierte sich königlich über Kristers Akzent beim Lesen, als Espen und Alva vorbeikamen, um Krister zur Heimkehr und sie beide zu ihrem neuen Wohnarrangement zu beglückwünschen.

Nach der allgemeinen Begrüßung beäugte Espen kritisch die Einrichtung. Annik hatte extra die Kommode an der Wand beiseitegeräumt, um Platz zu schaffen. Dennoch wirkte das Wohnzimmer mit dem hässlichen Krankenbett darin beinahe gestopft voll. »Schön ist anders.«

»Ist ja nur für ein paar Tage«, ließ Krister vom Sofa aus vernehmen.

»Stimmt, dann zofft ihr euch ohnehin wieder, du ziehst aus, ihr heult beide, und in der Praxis ist dicke Luft. Da war was.«

»Du glaubst nicht, wie friedlich wir sein können«, sagte Krister träge.

Tatsächlich hatten sie sich seit dem Unfall überhaupt nicht gestritten. Es hatte auch niemand ihre Beziehung beendet, und niemand war nachts spontan vorbeigekommen – wobei das auch den äußeren Umständen geschuldet sein mochte. Der Frieden hätte beinahe beunruhigend sein können, hätte da nicht dieser schöne Mann auf ihrem Sofa gesessen, Anniks Kind im Arm, die Krücken neben sich und das Versprechen auf Glück in den Augen.

Es klingelte, und Alva verließ das Wohnzimmer, um die Tür zu öffnen.

»Außerdem kann er keine Treppen steigen«, ergänzte Annik. »Er ist von mir abhängig.«

»Weißt du, wie ich es liebe, von dir abhängig zu sein?«, fragte Krister mit einer Stimme, die Annik auf direktem Weg in den Unterleib schoss.

»Große Güte, das ist ja nicht zum Aushalten mit euch.« Espen schüttelte sich. »Wenn ihr irgendwann zwischen dieser ganzen Verliebtheit wieder geradeaus gucken könnt und der Spuk hier zu Ende geht ... Ich helfe gern, Kristers Zeug wieder rüberzutragen.«

»Er kann ja keine Treppen steigen.« Annik hob beide Hände, um ihre Hilflosigkeit zu demonstrieren.

»Und ich baue garantiert keinen Treppenlift da ein.« Tom kam ins Zimmer. Er umarmte Krister ruppig von hinten und wuschelte ihm durch die Haare wie einem ungezogenen kleinen Bruder. »Schön, dich wiederzuhaben, Vollidiot.«

»Sei vorsichtig, was du sagst.« Krister drehte den Kopf nur ein wenig – Annik wusste, dass es noch dauern würde, bis er im Rücken die volle Beweglichkeit wiedererlangt hatte. »Sonst musst du dir bei deinem nächsten Arbeitsunfall einen anderen Arzt suchen.«

Tom lachte gutmütig.

Annik begrüßte Hanne, Ella und Tom und versorgte alle mit aufgeschnittenem Obst, Keksen und Getränken, als es erneut klingelte und Rose mit ihrer Familie eintraf. Tilda, Svea und sogar die Auszubildenden trudelten nach und nach ein. Am Ende saßen, lagen oder standen überall in ihrem Wohnzimmer, das seit heute Kristers und ihr gemeinsames Wohnzimmer war, gut gelaunte Menschen. Tom holte seine Gitarre aus dem Auto, Svea organisierte Prosecco von irgendwo, und Tilda rief ihre Schwester Mette an, die zufällig gerade gebacken hatte und zwanzig Minuten später mit einem Blech frischen Apfelkuchens vor der Tür stand.

Krister bestand darauf, trotz der Krücken den Hausherrn zu spielen, und Annik ließ sich die Chance nicht nehmen, die Gläser zu verteilen, die er füllte, und sich dabei einen kleinen Kuss zu stehlen. Oder zwei oder … Er schlang den Arm um sie und drückte sie an sich. Für einen Moment verschwanden alle Gäste, alle Geräusche im Hintergrund ihres Bewusstseins, und sie nahm nur Krister wahr, der sie küsste. Dann ertönten fröhliches Johlen, Pfeifen und Applaus, und Theo sagte mit seiner Schlumpfstimme: »Da hat man die Zunge gesehen.«

»Das gehört sich so«, antwortete Krister gelassen und küsste Annik gleich noch einmal. Lachend streckte Annik die Hand nach

Theo aus. Er kam zu ihr gehüpft, legte die Arme um Kristers und ihre Taille und drückte sie, so fest er konnte.

Über seinen Kopf hinweg ließ Annik den Blick über die Menschen schweifen, die Theo und sie in ihrer Mitte aufgenommen hatten.

Es war der letzte Sonntag im Mai des nächsten Frühlings, als sie mit Krister auf den Kjerag stieg. Über die langen Wintermonate hatten sie viel miteinander gesprochen, Zukunftspläne geschmiedet und vorsichtig wieder Vertrauen aufgebaut.

Lange hatte Annik verdrängt, was Krister gesagt hatte. Einmal müsse er noch springen. Würde es damit nicht wieder losgehen? Sie hatte sich daran festgehalten, wie wenig sicher es war, ob die Ärzte dem überhaupt zustimmen würden. Doch Krister hatte in jeder freien Minute Kraft und Beweglichkeit trainiert, und erstaunlich schnell war nichts mehr von den Verletzungen zu merken. Dennoch lautete die offizielle Empfehlung anders, als sich bei nächster Gelegenheit wieder von einem Berggipfel zu stürzen.

»Du sollst mindestens ein Jahr lang aussetzen«, hatte sie protestiert, als er sie fragte, ob sie mitkommen wolle.

»Das müssen sie sagen. Ich bin okay.«

Sie vertraute ihm tatsächlich. Er hatte ihr die Röntgenbilder gezeigt, und zu ihrem Leidwesen musste sie ihm zustimmen. Er war so fit, wie man es sich nur wünschen konnte.

Sein Schweigen während des Aufstiegs war anders als beim ersten Mal. Friedlicher.

»Was denkst du?«, fragte sie, während sie ausnahmsweise auf einer nahezu ebenen Strecke zu Atem kam.

»Dasselbe, was ich jedes Mal denke, wenn ich hier hochgehe. Ich arbeite mich durch meine aufsteigende Panik.« Er lächelte und wirkte dabei kein bisschen panisch. »Nenn es Meditation.«

»Warum … Panik?«

»Es ist nicht so, dass ich keine Angst hätte, wenn ich da oben stehe, weißt du. Ich habe Todesangst, jedes Mal wieder. Bloß habe ich gelernt, damit umzugehen.«

Nun, wo sie darüber sprachen, verblüffte es Annik, dass sie Krister in all den Monaten nie danach gefragt hatte. Irgendwie war sie so dankbar gewesen, das Thema nicht anrühren zu müssen, dass es nie zur Sprache gekommen war.

»Die Angst ist wie ein Monster, das immer größer wird, je näher ich dem Augenblick komme, wo ich einfach abspringen und vertrauen muss, dass der Wind mich tragen wird. Ich nutze den Weg nach oben meistens, indem ich lerne, es zu ignorieren.« Sein kleines Lachen galt nicht Annik, sondern der aufgehenden Sonne hinter ihr. »Und wenn ich dann gesprungen bin, stelle ich fest, es war überhaupt gar kein Monster. Es war nur der enorme Schatten einer kleinen Maus, den meine Fantasie zu etwas Unbesiegbarem aufgeblasen hat. Jedes Mal, wenn ich das Monster überlebt habe, gibt mir das Kraft, all den anderen Alltagsmonstern ins Gesicht zu sehen.«

»So viele Monster hast du gar nicht.«

Er zog sie an sich und küsste sie. »Es sind weniger geworden, das stimmt.«

»Wahrscheinlich sollte ich auch mal von irgendwelchen Bergen springen und Monster enttarnen.« Vielleicht würde es dagegen helfen, dass ein Teil von ihr immer noch fürchtete, sie könnte einen ihrer Liebsten an eine unbekannte Gefahr verlieren, die ohne Vorwarnung um die Ecke bog.

»Machst du doch gerade schon.« Mit einer unglaublich zärtlichen Geste strich er ihr eine verschwitzte Haarsträhne aus der Stirn. »Ist es wirklich in Ordnung für dich, mich springen zu sehen?«

Nein. »Ja.«

Nun, da Annik wusste, was ihn beschäftigte, überließ sie Krister für den Rest des anstrengenden Aufstiegs seinen Gedanken. Sie bildete sich ein, das Monster, von dem er gesprochen hatte, förmlich wachsen zu sehen, je höher sie stiegen.

Oder war es ihr eigenes?

Äußerlich hatte sich eine beinahe unheimliche Ruhe um Krister gelegt. Noch in seiner normalen Kleidung stand er nur Zentimeter von der Kante des Felsvorsprungs entfernt, von dem er springen würde, eine unbewegte Statue im Rauschen des Winds, der nichts von ihren inneren Kämpfen anzumerken war.

Anders als bei ihrem ersten Besuch auf diesem Berg verspürte Annik selbst nicht die geringste Lust, an den Rand zu krabbeln und in den Fjord zu sehen. Sie wollte nicht wissen, wie tief es da wirklich hinunterging.

»Hörst du, wie er ruft?« Beinahe hätte sie über den Windgeräuschen gar nicht mitbekommen, dass Krister etwas sagte. Aber selbst als sie ihn hörte, war sie sich anfangs nicht sicher, dass die Worte überhaupt ihr galten. Für einen entsetzlichen Augenblick war sie sicher, Krister würde sich aus irgendeinem Wahn heraus ohne Fallschirm in den Abgrund stürzen. Doch dann drehte er sich um und lächelte resigniert. »Er tut das jedes Mal. Er ruft mich. Und dann muss ich gehen.«

»Wer ruft dich?«, fragte Annik mühsam.

Krister wirkte kein bisschen neben der Spur, sondern vollkommen normal, als er vom Abgrund zurücktrat. »Der Wind.«

Stumm sah Annik zu, wie er den Wingsuit überstreifte. Ihr eigenes Monster fauchte und wütete inzwischen.

Krister schloss die Reißverschlüsse und breitete die Arme aus. Um zu prüfen, ob alles richtig saß? Er wirkte fremd in dem unförmigen rot-weißen Zelt.

»Bist du wirklich okay?«

»Ja.«

Er legte die Fledermausarme um Annik und hüllte sie ein in raschelnde Stoffbahnen. »Sicher?«

Warum musste sie jetzt eigentlich lachen? »Nein, bin ich nicht. Aber das spielt keine Rolle.«

Er zog zweifelnd eine Augenbraue hoch.

»Jetzt spring schon. Wir treffen uns unten.«

Ein letzter Kuss, und er setzte den Helm auf und wurde ihr dadurch noch fremder.

Es war nicht okay. Es war so was von nicht okay, dass sie schreien wollte. Aber sie schrie nicht. Weil das Monster nur in ihrer Fantasie existierte. Sie nickte Krister lächelnd zu, als er an die Kante trat.

Musste er nicht wenigstens irgendwie Schwung nehmen, anlaufen, um möglichst schnell von der Wand wegzukommen?

Sie würde nicht schreien. Sie würde nicht ...

Er breitete die Arme aus. Und ließ sie wieder sinken.

Annik hielt den Atem an.

Doch Krister sprang nicht. Wieder stand er eine ganze Weile nur da, bevor er den Kopf senkte, als würde er sich vor dem Fjord verneigen.

Dann drehte er sich zu Annik um und nahm den Helm ab.

Was zum ...

»Ich musste das wissen.« In seinem Blick meinte Annik, etwas wie Triumph zu erkennen. »Ich musste wissen, ob ich gegen das Rufen ankomme.«

Ihr so einen Schreck einzujagen! Am liebsten hätte sie ihn gegen die Brust geboxt. Aber sie sprang nur in seinen Arm, dass er taumelte und mit ihr zusammen lachend in einem Haufen aus Stoff zu Boden ging. »Herzlichen Glückwunsch.« Sie küsste ihn auf den Mund.

»Dir auch. Das war ein verflucht großes Monster hinter dir.«

»Hast du es gesehen?«

»Klar. Es hatte Hörner und lila Dornen am Körper und ganz knubbelige ...«

»Du Blödmann! Du hast Theos Bücher gelesen.«

»Ich kann jedes davon auswendig.« Er legte die Arme um sie, und sie war sich sicher, nie ein schöneres Gefühl erlebt zu haben, als von raschelndem Kunststoff umhüllt auf einer Bergkuppe zu liegen, über die der Wind fegte. Vor allem, weil Krister sie hielt, warm und fest und lebendig. Und weil sein Blick ihr sagte, dass er ganz genau dasselbe empfand.

»Gehen wir nach Hause?«, fragte er irgendwann, nach sehr vielen Küssen und sehr viel Gelächter, weil der Wind ihnen ständig Haare in Mund und Nase wehen wollte.

»Ich weiß nicht, wie es dir geht, aber ich bin zu Hause«, sagte sie. So sehr zu Hause, wie man nur irgend sein konnte.

ENDE

Danksagung

Franzi, Jenny, Kira, Daniela, geliebte Schreibfreundinnen – ohne euch wäre sehr vieles in meinem Leben anders gekommen, und vielleicht hätte es dieses Buch nie gegeben. Deswegen schicke ich Umarmungen an euch, mein Büro, die ihr vom ersten aufgeregten Telefonat mit Knaur an dabei wart. »Wann telefoniert ihr?« und »Weißt du schon was?« sind nicht unbedingt nervenschonend, aber auf jeden Fall wusste ich immer, mir hält jemand virtuell die Hand. Es fühlt sich an wie echt. Ich danke euch von Herzen für all die Gespräche und Gedanken über die letzten Jahre. Und für viel Gelächter. Ich will nie wieder ein Buch ohne euch schreiben, ich sagte das.

Überhaupt erst möglich gemacht hat »Northern Love« meine engagierte Verlagslektorin Natalja. Danke, meine Liebe, für deinen scharfäugigen und doch entspannten Blick – und dafür, dass du Catherine als Außenredakteurin engagiert hast. Was für eine Freude, mit dir zu arbeiten, Catherine. Danke für den produktiven und humorvollen Austausch. Ich habe nur bei wenigen Lektorinnen vor dir Tränen gelacht.

Außerdem danke ich natürlich meiner wunderbaren Agentin Rosi, die über Jahre an mich und meine Geschichten geglaubt und mir mit stoischer Gelassenheit immer wieder aufgeholfen hat, wenn der Buchmarkt mich einmal mehr emotional in die Knie zwingen wollte.

Ich danke Nina, die Krister als Erste geliebt hat. Für deinen Enthusiasmus, deine Zillionen von Sprachnachrichten, deine Reflexionen und wertvollen Impulse. Ich freue mich sehr, dich zu kennen.

Auch von meinen Testleserinnen Ivonne, Silvia, Katharina und Rabea kamen wichtige Gedanken. Vielen lieben Dank!

Ich danke Maike, die (wieder einmal) alle Höhen und Tiefen des Schreibens hautnah mitbekommen und tapfer ertragen hat – ohne (wie Kira) die Augenbrauen hochzuziehen und zu sagen: »Ah, heute wieder Dr. Jekyll« (oder das zumindest nur innerlich zu tun).

Angelika, Yvonne und Stephanie, ohne euch wäre mir nicht so schnell klar geworden, was an einer entscheidenden Szene hakte. Danke, dass ihr euch zur Verfügung gestellt habt, um das mit mir zu klären. Ich hätte mir keinen besseren Krister, keine bessere Annik und keine klareren Fragen wünschen können.

Heidrun danke ich dafür, mein zusammengestoppeltes Norwegisch geduldig überprüft zu haben. Takk for deg.

Nicht direkt im Zusammenhang mit diesem Buch, aber doch mit meinem Schreiben allgemein freue ich mich jeden Tag wieder, dass es die anregende und lebendige Buch-Community im Internet gibt. Stellvertretend für so viele bedanke ich mich bei Martha, Tatjana, Andrea, Carmen, Kira, Hadassa, Stephi, Sina, Eva, Anna, Patricia, Susanne, Astrid … Danke, dass ihr alle da seid und mich zum Teil schon seit Jahren begleitet. Es bedeutet mir viel.

Und natürlich geht wie immer ein riesengroßer Dank an meine Familie (auch wenn diese Danksagung wie immer keiner von denen lesen wird). Ich danke euch für eure Unterstützung, eure Liebe, euer Mitfiebern. Ich danke euch dafür, dass ihr mit mir in dieser wunderbaren Wahnsinnsaktion zur Dropzone am Kjerag gepaddelt seid, mit mir das Ölmuseum erforscht und nach den Robben im Fjord Ausschau gehalten habt. Ich danke euch dafür, dass ihr auch abends um neun noch Geduld habt, wenn ich »nur noch schnell einen Absatz« schreiben muss. Und überhaupt dafür, dass es euch gibt. Ich liebe euch.

Alvas Version des Kvæfjordkake

Der Kvæfjordkake wird in Norwegen auch als *verdens beste kake* – der weltbeste Kuchen – bezeichnet, deswegen durfte er natürlich in Northern Love nicht fehlen. Er sieht schwierig aus, ist aber mit etwas Geduld leicht hinzubekommen. Du brauchst einen Ofen, ein Backbleck, Backpapier und folgende Zutaten:

Für den Rührteigboden:
150 g Butter oder Margarine, Zimmertemperatur
125 g Zucker
150 g Weizenmehl
1 Teelöffel Backpulver
5 Eigelb (Alva nimmt die Eier von den Hühnern, die glücklich in Espens Garten herumpicken)
5 Esslöffel Vollmilch (Alva nimmt die vom Bauern, aber der Teig funktioniert mit Pflanzenmilch ebenso gut)

Für die Baisermasse:
5 Eiweiß (siehe oben)
150 g Zucker
100 g gehobelte Mandeln

Für die Puddingfüllung:
(wenn es schnell gehen muss, nimmt Alva auch manchmal fertige Vanillecreme aus dem Kühlregal und mischt sie mit 200 ml Sahne und etwas Sahnesteif)
250 ml Milch oder Pflanzenmilch
250 ml Sahne oder das pflanzliche Pendant
100 g Zucker
35 g Vanillepuddingpulver
2 Eigelb
1 Päckchen Vanillezucker

Und so geht's:
- Ofen vorheizen auf 160° Ober- und Unterhitze.
- Für den Teig Butter/Margarine und Zucker schaumig schlagen. Eier trennen, das Eiweiß für das Baiser aufheben. Mehl, Backpulver, Eigelb und (Pflanzen-)Milch zu der fluffigen Masse geben.
  Den Teig auf dem mit Backpapier belegten Blech verteilen.
- Auf dem Teig wird nun die Baisermasse verteilt. Dafür (mit sauberen und fettfreien Schüsseln und Rührhaken) das Eiweiß zur Hälfte steif schlagen, den Zucker hineinrieseln lassen und steif schlagen. Über den Teig verteilen und Mandeln darüber verteilen.
- Auf der mittleren Schiene 30 Min. backen.

- Während der Kuchen abkühlt, die Vanillecremefüllung zubereiten. Dafür Eigelb, Zucker, Vanillezucker und Puddingpulver in einer Schüssel (am besten aus Metall) gut verschlagen.
  Milch und Sahne mischen und zum Kochen bringen – Vorsicht, es darf nicht anbrennen!
  Unter ständigem Rühren die Zucker-Puddingpulver-Mischung dazugeben und erhitzen, bis eine dicke Puddingkonsistenz erreicht ist. Dabei ständig weiterrühren und aufpassen, dass es nicht anbrennt.
- Creme abkühlen lassen, ggf. eine Stunde in den Kühlschrank stellen.
- Als letzter Schritt wird der Kuchen halbiert, eine Hälfte vorsichtig mit der Vanillecreme bestrichen, die andere dann mit dem Baiser nach obendrauf gelegt.
  Vor dem Servieren am besten noch eine bis zwei Stunden durchziehen lassen.

Vær så god, forsyn deg.

Zarte Romantik, ungezähmte Natur und ergreifende Schicksale – die »Northern Love«-Reihe geht weiter.

JULIE BIRKLAND

Tief wie das Meer

ROMAN

Espen Solberg tut viel dafür, seinen Ruf als Herzensbrecher von Lillehamn zu kultivieren. Seit zwei Jahren ist er locker mit der bildschönen Laborantin Svea befreundet, und nur seine Geschwister kennen den wahren Grund, warum Espen tiefere Beziehungen meidet. Svea aber hat ihr ganz eigenes Päckchen zu tragen. Sie ist nach Lillehamn gekommen, um ihrem ehrgeizigen Elternhaus in Oslo zu entfliehen. In der ungezähmten Natur, zwischen Wasserfällen und Winterwäldern, findet sie Frieden – und die Erkenntnis, dass Espen und sie längst mehr verbindet als Freundschaft …